Josef Kelnberger

DER GRENZER

KOMMISSAR WOLF ERMITTELT

Kindler

1. Auflage September 2013

Satz Kepler PostScript, InDesign,
bei Pinkuin Satz und Datentechnik, Berlin
Druck und Bindung CPI – Clausen & Bosse, Leck
Printed in Germany
ISBN 978 3 463 40614 5

DER GRENZER

PROLOG

Martin war ein kluger Junge, das sah man ihm schon von weitem an, denn er trug eine Brille mit Gläsern so dick wie Glasbausteine. Die Schule war seine Welt. Physik, Kraft mal Weg, Masse mal Beschleunigung: als hätte er die Formeln mit der Muttermilch aufgesogen. Und Romane lesen konnte Martin, stundenlang. Aber leider, das Leben war Martins Sache nicht. Er konnte den Fliegenpilz nicht von der Rotkappe unterscheiden; das kann gefährlich werden für ein Kind, das im Bayerischen Wald aufwächst. Mit Mädchen erging es ihm ähnlich. Martin hatte mit seinen sechzehn Jahren noch keinen Schimmer, welche er anfassen und von welchen er die Finger lassen sollte, wegen Vergiftungsgefahr.

Tina, die Nachbarstochter, war ebenso alt wie Martin. Sie ging nicht aufs Gymnasium, aber vom Leben hatte sie schon mehr gelernt als er. An jenem Septembertag des Jahres 2012, an dem das grausige Geschehen seinen Anfang nahm, trug sie ein bunt geblümtes Sommerkleidchen, darüber eine kurze Jeansjacke, denn sie wusste, selbst an den sonnigsten Tagen kann einem im Bayerischen Wald der kalte Ostwind, der Böhmische, Schauer über den Rücken jagen.

Es war ein wunderbarer, sonniger, rostrot schimmernder, unglaublich langweiliger Sonntagnachmittag in einem kleinen Dorf im Bayerwald. Tina schlug Martin und dessen Bruder Max vor, sie sollten Pilze suchen gehen. «In die Schwammerl gehen», so nannte sie es.

Max, zwei Jahre älter als Martin, ging in die Lehre, Landmaschinenmechaniker, fuhr schon Auto, und überhaupt. Man könnte alle möglichen Gründe anführen, warum er auf Mädchen mehr Eindruck machte als Martin. Den Dreitagebart, das breite Kreuz, das Geld, das er verdiente, aber letztlich war es doch die Art und Weise, wie die halblang geschnittenen Haare über seine Ohren rieselten, so sanft, dass die Mädchen gar nicht anders konnten, als mit den Händen hindurchzustreichen.

Sie fuhren einen der Mittelgebirgsbuckel hinauf, in einen Waldweg hinein. «Geh du einmal voraus», sagte Max und drückte dem Bruder ein Weidenkörbchen in die Hände. Martin trug das Körbchen so vorsichtig, als berge es Sprengstoff. Er trampelte mit seinen neuen Sportschuhen einige gut gewachsene Rotkappen nieder, gleich darauf machte er einen Schwarzpunktierten Schneckling dem Waldboden gleich und schließlich auch einen Purpurleistling. In die Schwammerl gehen, Martin nahm es wörtlich, ganz in Gedanken an Tinas Sommersprossen und den Saum ihres Kleidchens. Nach einer Weile kehrte er um, mit einem flauen Gefühl im Magen.

Er fand die beiden ineinander verschlungen auf dem Waldboden, nicht weit vom Auto entfernt. Tinas linke Hand fuhr durch das rieselnde Haar seines Bruders, dessen Linke verschwand unter dem Saum ihres Kleidchens.

Da schleuderte Martin das Weidenkörbchen von sich und drehte um, rannte zurück, giftige wie köstliche Pilze niedermähend. Tränen traten unter seinen Brillengläsern hervor, während er hineinlief in das Dickicht des Nationalparks, wo der Wald ungestört bleibt in seinem rücksichtslosen Kreislauf von Sterben und Gebären. Martin stolperte, riss sich die Unterarme blutig an Dornen und Sträuchern, rannte immer weiter bergauf, fernab von Wanderwegen und Trampelpfaden, hinein in eine Nebelbank, die auf dem Gipfel lag wie ein Wattebausch.

In dem letzten, steilen Anstieg fiel er der Länge nach hin, außer Atem und entkräftet. Und er hätte den Knochen bestimmt nicht gesehen, wenn er nicht direkt vor seiner Nase gelegen hätte, der Knochen mit dem seltsamen Stück Metall daran.

Martin schob die Brille hoch, wischte sich die Tränen aus dem Gesicht, rückte die Brille wieder zurück und musterte den Knochen. Er richtete den Blick nach oben, in die Krone der Fichte, unter der er gestolpert war.

Martin brüllte wie ein Tier. Und bei aller Angst und allem Entsetzen klang aus dem Schrei auch so etwas wie Freude, Begeisterung, ja: Befreiung.

Tina hatte seine Spur aufgenommen, Max konnte ihr kaum folgen, und gerade als sie Martin erreichte, pustete der kalte böhmische Wind vom Osten her in die Nebelbrühe hinein. Die Wolkendecke öffnete sich, ein Kegel aus Licht fiel vom Himmel her schräg in den Wald, wie von einem gigantischen Bühnenscheinwerfer, den Gottes Hand lenkte. Mittendrin in dem Kegel Martin, den Blick nach oben gerichtet, auf das Skelett. Und um ihn herum strich ein Wolf.

Tina schaute Martin aus ihren großen grünen Augen an. Der linke Träger ihres Sommerkleidchens war über die Schulter gerutscht. Sie konnten ihre Blicke nicht mehr voneinander lösen, während über ihnen das Skelett davon kündete, wie die Liebe enden kann, wenn eine Frau und zwei Männer im Spiel sind.

Max, der große Bruder, besah sich den Knochenhaufen, der in der Fichte hing, elf Meter über dem Boden. Eine weitere eiskalte Böe bürstete in jenem Augenblick von Osten her durch den Wald, rüttelte an dem Skelett, sodass ein leises Klappern zu hören war. Die Böe trieb auch das Windrad an, das sich auf dem nächsten Bergzug über die Wipfel erhob und emsig kreiselte. Max drückte fröstelnd auf seinem Mobiltelefon die Ziffern 110. Das Morden konnte beginnen.

1. KAPITEL

Jeder Schritt ein Ereignis.

Konrad Wolf starrte Ayla hinterher. Er war einige Meter zurückgeblieben, fasziniert von der Vorstellung, dass ihren Auftritt wohl die ganze Welt gern gesehen hätte, er aber der einzige Zeuge sein durfte. Es ist ja oft so im Verhältnis zwischen Mann und Frau, dass der Mann sich am wohlsten fühlt, wenn er nichts reden muss, wenn er der Frau hinterherlaufen kann und sie bewundern. Und dieser Auftritt galt ihm ganz allein, daran wollte Konrad Wolf in jenem Augenblick ganz fest glauben: Besitzerstolz, auch so eine männliche Eigenschaft, die sich oft rächt.

Als ginge sie über ein Minenfeld, so sorgfältig wählte sie bei jedem Schritt die Stelle, an der sie den Schuh auf das Pflaster setzte. Ein Klacken hallte dann über den menschenleeren Stadtplatz, wie das Signal: Operation gelungen. Dann schwang sie ihren Körper über die waghalsig hohe Hacke hinweg. Das Klacken ihrer Absätze und der Schwung ihrer Hüfte schienen diese verlassene Stadt, den ganzen Bayerischen Wald in Schwingung zu versetzen, und bestimmt fielen auf den bewaldeten Buckeln rings um die Stadt Zwiesel vor Schreck ein paar dieser todkranken Fichten um, denen der Borkenkäfer die Eingeweide herausgefressen hatte.

Jedenfalls setzte sich der Schwung ihrer Hüfte bis hinein in Konrad Wolfs Körper fort.

«Und in diesem Aufzug warst du heute arbeiten?», fragte er. «Du machst deine Kunden ja total verrückt.»

Ayla hielt inne, blickte über die Schulter zurück. Wolf erkannte im Profil die verwegene Linie ihrer Nase, die kunstvoll geflochtenen Haare an ihren Schläfen.

Ihn traf ein müder Blick aus braunen Augen.

«Den Witz hatten wir schon mal, Herr Kommissar.»

«Aber er ist gut», erwiderte Wolf, «ich stell mir immer vor, wie du an deinen Depressiven, Schizophrenen, Borderlinern vorbeistöckelst mit deinen High Heels, und mit diesen engen Jeans. Mit so einer Psychiaterin, da werden die Patienten doch wirklich total ...»

«Bist du schon wieder eifersüchtig?», unterbrach sie ihn. «In der Klinik trage ich Birkenstock und einen weißen Kittel, wenn dich das beruhigt.»

Sie ging wieder voran, energischer jetzt. Der Ostwind heulte um die Ecke.

«Wir gehen jetzt endlich irgendwo rein, in das nächste Wirtshaus», sagte sie, ohne sich umzusehen, «und wenn wir die einzigen Gäste sind. Ich habe den ganzen Tag gearbeitet. Ich bin müde. Mir ist kalt. Ich hab Hunger.»

«Aber ich will nicht *irgendwo* rein», sagte Wolf. «Ich will an einen Ort, wo Menschen sind. Leben.»

«Menschen. Leben.» Ayla spuckte die Wörter aus. «Du machst mich wahnsinnig. Das hier ist Zwiesel. Nachsaison. Keine Touristen in der Stadt. Es ist Mittwochabend, die Menschen bleiben zu Hause in ihren Häusern und kochen sich das Abendessen in ihrer Küche. Das ist nicht München. Das ist der Bayerische Wald. Bist du sicher, dass du in diese Gegend ziehen willst, Herr Kommissar?»

Sie gingen weiter, ein ungleiches Paar auf den ersten Blick. Jeder ihrer Schritte ein Ereignis, während er sich bewegte wie auf schwankendem Grund, als fühle er sich nicht wohl in seiner Haut. Ein durchschnittlicher Mann anscheinend, unscheinbar gekleidet, mittelgroß und auf Augenhöhe mit Ayla, eine Frisur wie ein abgeerntetes Getreidefeld, blass und blauäugig. Sie dagegen: türkisch stolz, erkenntlich zehn bis fünfzehn Jahre jünger als er. Und doch zogen sie einander an auf eine Weise, die Fremden rätselhaft blieb. Mochte sie nun auch davonstürmen, müde und genervt nach einem langen Tag der Arbeit mit seelenkranken Menschen, so achtete sie doch genau darauf, den Abstand nicht zu groß werden zu lassen.

Ein Jahr war nun vergangen, seitdem Ayla eine Stelle in einer Privatklinik ganz in der Nähe angetreten hatte, exzellent bezahlt und trotzdem mit genügend Freiheiten, dass sie sich um ihren achtjährigen Sohn Juri kümmern konnte. Sie hatte für sich und Juri ein Haus gekauft in Gratterszell, einer kleinen Gemeinde fünfundzwanzig Kilometer von Zwiesel entfernt und nicht weit von ihrem Arbeitsplatz. Sie hatte «Fakten geschaffen», wie sie es nannte, überdrüssig der ewigen Debatten, ob sie ein gemeinsames Leben führen sollten, Wolf, Juri und sie, und wenn ja, wo? Nun war es an Konrad Wolf, sich zu entscheiden. Eine Versetzung von München nach Passau war ihm in Aussicht gestellt worden, aber nun wusste er nicht so recht, ob er das überhaupt wollte.

Natürlich liebte er Ayla, er liebte sie wie von Sinnen. Aber er hatte Angst davor, sich auszuliefern. Er fühlte sich sicherer, wenn er nur zu Besuch kam, so oft wie nur irgend möglich. Also hatte er sich nun wieder zwei Wochen Urlaub genommen und verbrachte sie hier im Bayerischen Wald mit dem festen Vorsatz, eine Entscheidung zu treffen über seine Zukunft.

Er hatte Juri von der Schule abgeholt, war den Nachmittag über mit ihm zu Hause gewesen und hatte ihn dann für die Nacht bei seinem Klassenkameraden Felix Dobler untergebracht. Wolf hatte Ayla bei ihrer Rückkehr aus der Klinik gar nicht mehr aussteigen lassen aus ihrem kleinen blauen Auto, hatte sie gedrängt, in die Stadt zu fahren, sofort. «Lass uns ausgehen», hatte er gesagt und selbst gemerkt, wie lächerlich das klang. Aber er sehnte sich nach einer Stadt, und sei sie noch so klein.

«Was hast du eigentlich Juri zum Abendessen gekocht?», fragte Ayla nun auf dem Zwieseler Stadtplatz.

«Gekocht ist der falsche Ausdruck», erwiderte Wolf. «Drei Käsesemmeln, Tomate, Gurke.»

«Und Frau Dobler war nicht genervt, weil sie Juri schon wieder über Nacht hat?»

«Frau Dobler hat gesagt, Juri ist jederzeit willkommen. Er sei wie ihr zweiter Sohn. Er und Felix gehen morgen gemeinsam zur Schule. Keine Sorge, dein Kleiner kommt gut zurecht.»

«Ich weiß, dass Juri gut zurechtkommt hier», sagte Ayla. «Im Gegensatz zu dir.»

In Halbdunkel unter den Arkaden lehnte an der Wand eines Bekleidungsgeschäfts ein älterer Mann mit grünem Filzhut. Umständlich versuchte er, sich eine Zigarette anzuzünden, aber es gelang ihm nicht. Als der Mann das Klacken von Aylas Absätzen hörte, warf er die Zigarette weg, stieß sich von der Wand ab und näherte sich der jungen Frau, schwankend, gestützt auf einen Gehstock.

«Fräulein», lallte er, «Sie kommen jetzt schon zum dritten Mal vorbei. Und immer ist dieser alte Depp hinter Ihnen her. Passen S' auf, der schaut Ihnen die ganze Zeit auf den Hintern. Brauchen Sie vielleicht Hilfe, Fräulein?»

«Vielen Dank», erwiderte Ayla, «der darf das. Der Herr ist mein ...» Sie suchte nach dem richtigen Wort, schließlich sagte sie: «Wir sind ein Team.»

«Ein Team, aha. Und was soll das sein?»

«Wir gehören zusammen.»

«Aha, und zu so etwas sagt man heutzutage Team?»

«Ja, so sagt man das heutzutage», erwiderte Ayla keck und hakte sich bei Wolf unter.

«Ich wollte bloß sicher sein, Fräulein.» Der Betrunkene ließ nicht locker. «Das ist nämlich eine gefährliche Gegend, bei uns im Wald. Vor drei Tagen haben sie sogar einen Toten gefunden. Im Wald.»

«Einen Toten?», fragte Wolf.

«Ja, haben Sie das nicht gehört? Die Leute reden von nichts anderem mehr. Der Tote im Baum.»

Da Doude im Bam.

«Wie, im Baum?» Wolf versuchte sich als Ermittler.

«Ja, im Baum halt gefunden, in einer alten Fichte, draußen im Nationalpark», erwiderte der Betrunkene.

«Selbstmord?», fragte Wolf.

«Ja, was weiß denn ich», sagte der Rentner. «Bin ich Jesus, hab ich Klapperl? Und sehen tu ich auch nicht mehr so gut wie früher.»

«Wir suchen ein Wirtshaus, oder ein Restaurant», ging Ayla dazwischen, sie zog fröstelnd den Kragen ihres Lederjäckchens unter dem Kinn zusammen. «Einen Platz, wo vielleicht ein wenig Leben ist. Sie wissen schon, Menschen. Mein Begleiter fühlt sich sonst nämlich so einsam, ohne Menschen.»

«Ach, Menschen suchen Sie», sagte der Betrunkene. «Ja, da kann ich Ihnen das erste Haus am Platz empfehlen, da können Sie Sachen essen, die kann ich nicht einmal aussprechen. Viele Menschen da, aber ein wenig teuer halt. Oder Sie gehen jetzt gleich hier die Treppe hinunter und essen eine Pizza. Sind auch immer ganz viele Menschen in der Pizzeria. Und immer interessante Gespräche. Das täte ich Ihnen empfehlen, Fräulein.»

Während Konrad Wolf dem Rentner half, seine Zigarette anzuzünden – er gab ihm mit seinem schmalen Körper Windschatten –, eilte Ayla schon voraus, die Treppe hinunter. Der Böhmische pfiff ihr hinterher.

«Jetzt aber schnell», sagte der Rentner, als er den ersten Zug genommen hatte, «sonst kommst du dem Fräulein nimmer hinterher.»

«Sagen Sie, haben wir uns schon einmal getroffen?», fragte Wolf.

«Nicht dass ich wüsste», erwiderte der Rentner, «und jetzt geh zu deinen Menschen.»

Wolf musterte den Rentner von oben bis unten. Der Schatten einer Erinnerung huschte vorüber, aber Wolf bekam ihn nicht zu fassen. So ließ er den alten Mann stehen, eilte ebenfalls die Treppe hinunter.

«Junge Menschen sucht der bei uns, so ein Narr», rief der Rentner, als Wolf die Tür zur Pizzeria aufstieß.

Dunkle Holzdecke, dunkle Tische, dunkle Stühle, spärliche Beleuchtung. Eine blonde Kellnerin lehnte am Tresen und empfing ihn mit einem Blick, als habe ihr dieser Mann gerade noch gefehlt zu ihrem Unglück an einem ohnehin schon völlig missratenen Abend.

«Freie Platzwahl, der Herr», sagte sie gelangweilt.

Wolf blickte sich um, sah über Reihen leerer Tische und Stühle hinweg und erkannte im hintersten Winkel des Lokals Ayla. Am Tisch gegenüber lärmte ein Damenkränzchen, außer ihnen die einzigen Gäste an diesem Abend.

Ayla gähnte, ein Zittern ging durch ihren Körper, sie umfasste sich selbst mit beiden Armen, schloss die Augen. Als Wolf sich zu ihr setzte, knipste sie ein Lächeln an, aber zu spät, um ihn zu täuschen.

«Du bist müde. Tut mir leid, dass ich dich noch in die Stadt geschleppt habe», sagte Wolf.

«Kein Problem», erwiderte sie, während sie in der Speisekarte blätterte, «gefällt's dir denn wenigstens hier? Ich habe mich extra in die Nähe der Damen gesetzt, damit du auch Menschen um dich hast. Sie sind nicht mehr *ganz* jung, aber immerhin.»

«Alles perfekt.» Wolf erkannte die Ironie in ihrer Frage, meinte aber seine Antwort vollkommen ernst. Er fühlte sich wie zu Hause, sicher und geborgen.

Ayla sah ihn an, erst zweifelnd, dann kichernd. «Sei mir nicht böse», sagte sie, «aber du bist wirklich ein Stadtneurotiker. Wir leben mitten im schönen Bayerwald, in einem Ökohaus direkt am Waldrand. Du gehst keinen Schritt vor die Tür, starrst den ganzen Tag in deinen Computer. Und wo fühlst du dich wohl? In einem finsteren Keller in der einzigen Stadt, die es hier weit und breit gibt. Magst du mal in der Sprechstunde bei mir vorbeikommen?»

Die schwere, schmiedeeiserne Lampe, die über dem Tisch hing, warf warmes Licht auf ihr Gesicht. Wolf nahm den bedrohlichen Schatten wahr, den Aylas Nase warf.

«Die Herrschaften haben gewählt?»

Das klang eher nach einem Befehl als nach einer Frage. Die Bedienung hatte sich vor ihnen aufgebaut, um den Hals eines dieser Tücher, die Kommissar Wolf mit Palästinenserführer Arafat in Verbindung brachte, und mit Friedensdemonstrantinnen. Sie hielt den Kugelschreiber wie eine Waffe über dem Notizblock. Blonder Pferdeschwanz, aschfahl das Gesicht.

«Vielleicht ein Schnapserl oder einen Aperitif vorweg, zur Entspannung?»

Sie hatte offenbar bemerkt, dass hier Kampfhandlungen drohten.

«Obstler», sagte Ayla.

«Zwei», ergänzte Wolf.

«Nein, bloß einen», sagte Ayla, an die Bedienung gewandt, «der Herr muss nämlich noch Auto fahren.»

Während sie zu ihrem gemischten Salat und ihrem Obstler gleich noch ein Viertel Lugana bestellte, orderte Wolf zur Pizza Salami extrascharf ein stilles Wasser, schuldbewusst.

Denn es war ja nur die halbe Wahrheit, dass er sich in diesem Haus am Wald wie ein Fremder fühlte. Er hatte bereits einen Makler zu Rate gezogen, um zu erkunden, ob und zu welchem Preis dieses Haus wieder zu verkaufen wäre. Er wollte dem Makler das Haus demnächst sogar zeigen, wenn Ayla bei der Arbeit und Juri in der Schule wäre.

«Sag mal, dieser alte Herr vorhin, kennen wir den nicht irgendwoher?», fragte er. «Ich habe dieses Gesicht schon einmal gesehen. Hatte er nicht mit dem Fall zu tun? Straubing?»

Ayla legte ihm die Hand auf den Arm.

«Das lässt dich nicht los, oder?»

Der Straubinger Fall. Er würde ihn niemals mehr loslassen, natürlich nicht, denn auch Ayla war darin verwickelt gewesen. Ohne diesen Fall hätten sie einander niemals kennengelernt. Ayla hatte Wolf geholfen, den Fall zu lösen. Und als die rollende Bombe explodiert war, hatte die Druckwelle auch sie getroffen, wenn auch aus größerer Entfernung als Konrad Wolf.

Eine Tonne Sprengstoff.

Wie durch ein Wunder war Wolf nicht in Stücke gerissen worden, aber noch immer spürte er die Folgen. Immer wieder quälte ihn nachts dieses Pfeifen in den Ohren, seine Nackenwirbel würden sich wohl nie mehr ganz erholen, seine Hüfte schmerzte. Ob er ein Trauma erlitten hatte? Obwohl Ayla Psychiaterin war, hatten sie darüber niemals gesprochen. Wolf konnte gut damit umgehen, dass ihn diese Bombe an eine Scheunenwand geschmettert und beinahe umgebracht hatte. Denn sie hatte ihn auch hineingeschleudert in ein neues Leben an der Seite dieser Frau.

«Raus damit!» Ayla hatte den Obstler in einem Zug gekippt und sah Wolf, das Glas noch in der Hand, herausfordernd an. «Jetzt sag schon, dir liegt doch was auf der Seele. Du brütest irgendwas aus. Du glaubst gar nicht, wie dämlich du aussiehst, wenn du so vor dich hin brütest.»

«Sprechstunde?», sagte Konrad Wolf. Er gab sich einen Ruck. «Na gut, Frau Doktor. Also, mal grundsätzlich. Es ist unglaublich, wie du dich hier eingelebt hast, in einem Jahr nur. Du fühlst dich wohl, Juri fühlt sich wohl, die Nachbarn mögen dich und helfen dir. Die Arbeit macht dir Spaß. Du hast Freunde. Aber ich weiß nicht recht, wo in diesem Leben meine Rolle sein könnte. Ich war schon vor dieser Sache in

Straubing nicht besonders alltagstauglich. Aber seither ist das noch schlimmer geworden. Es ist schön, dass du mir ein Mountainbike gekauft hast und Langlaufski. Dass du mir CDs mit Orgelmusik schenkst. Aber ich fühle mich hier so, wie soll ich sagen, unzulänglich? Ich bin nicht gern sesshaft. Ich bin gern unterwegs, auf Reisen. Und hauptsächlich bin ich Polizist. Das kann ich am besten.»

Ayla beugte sich über den Tisch, kam ihm ganz nahe.

«Konrad», sagte sie, «du musst dich nicht jedes Jahr mit einer Tonne Sprengstoff in die Luft jagen lassen oder einen Massenmörder aufhalten, um mir zu imponieren ...»

«Aber doch jedes zweite Jahr, oder?» Wolf knipste zur Sicherheit sein Blenda-Lächeln an. Blenda, so hatten ihn seine Freunde zu Schulzeiten genannt, nach der Zahnpasta Blenda-med. Denn mochte Wolf ansonsten keine sonderlich attraktive Erscheinung sein, so fühlte er sich doch unverwundbar, wenn er lächelnd seine Zähne entblößte, makellos aufgereiht und gleichmäßig weiß. Hinter diesem Lächeln konnte er sich verstecken, und mit diesem Lächeln konnte er auch in die Offensive gehen.

«Du Narr», sagte Ayla, auf angenehme Weise empört über seinen Einwand, «du musst auch nicht unbedingt Bach hören oder in die Berge gehen. Es reicht, wenn du ganz einfach mit uns lebst, mit Juri und mir. Das allerdings musst du zumindest versuchen. Versprochen?»

Auch er beugte sich über den Tisch. Ein schönes Paar, ein wunderliches Paar. Seine Stupsnase und ihre kühn geschwungene Nase. Seine blassblauen Augen und ihr Silberblick aus braunen Augen. Sein Schädel mit den blonden Stoppeln, ihre schwarze Mähne.

Wolf begann zu lachen, als sich ihre Nasen berührten.

«Machst du dich wieder über meinen Zinken lustig?», fragte sie. «Oder über mein Schielen?»

«Keine Spur», erwiderte er, «was ich mich frage: Warum

nimmst du dir jeden Morgen so viel Zeit, um diese Haare an der Schläfe zu flechten? Und überhaupt, das perfekte Make-up, die langen Fingernägel, die High Heels. Warum machst du dir die Mühe?»

«Nur für dich», sagte sie, ihre Wimpern flatterten wie Schmetterlingsflügel.

«Lügnerin», sagte er, «wahrscheinlich tust du das alles nur für Doktor Günther.»

Günther Schweiger war ein alter Schulfreund von Wolf, arbeitete jetzt als Arzt in Passau. Wolf hatte ihn mit Ayla bekannt gemacht, was er mittlerweile manchmal bereute. Denn die beiden schienen sich prächtig zu verstehen und unternahmen viel gemeinsam.

«Du schuldest mir noch ein Versprechen», erwiderte sie ungerührt.

«Versprochen», sagte er und drückte ihr einen Kuss auf die Lippen.

Die bis dahin so lebhaften Gespräche am Nebentisch verstummten. Fünf Damen schauten herüber zu Ayla und dem Kommissar, gebannt von der Romantik, ja Liebe, die an einem kühlen Herbstabend in einem kleinen Kellerrestaurant inmitten des großen, mythenumwobenen Bayerwaldes waltete.

Von ganzem Herzen versprochen, dachte Wolf, seine Lippen auf ihren Lippen, er wollte mit Ayla und Juri leben. Aber er musste ja nicht unbedingt *hier* mit den beiden leben.

«Einmal Pizza Salami extrascharf, einmal gemischter Salat, stilles Wasser und der Viertel Lugana. Darf ich für den Herrn vielleicht doch ein zweites Weinglas bringen?» Die Bedienung mit dem Arafat-Tuch schien schon einige Zeit am Tisch gewartet zu haben mit ihrem Tablett.

«Ein alkoholfreies Bier tut es auch für den Anfang», erwiderte Ayla.

Während die beiden nun aßen und tranken und schwiegen, jeder in seine eigene Welt versunken, setzten die Damen am Nebentisch ihre Unterhaltung fort, unangenehm laut, wie Konrad Wolf plötzlich fand.

Gesprächsfetzen wehten herüber.

Ich geh ja nimmer aus dem Haus, eigentlich, sagte die eine. Aber wenn ein Sonderangebot beim Aldi, dann natürlich. Sagte die andere.

Die dritte: Preis-Leistungs-Verhältnis.

Dazwischen eine bellende Stimme beim vergeblichen Versuch, Wörter zu formulieren, zumindest Wörter, die für Wolf zu verstehen gewesen wären. Die anderen Damen aber nickten verständnisvoll.

Die bellende Frau beendete ihren Vortrag mit einem Wort, zwei Silben:

Aldi!

Genau, Elfriede. Anerkennendes Nicken.

Und die Autobahn nach Regensburg hinauf, da passiert so viel, neuerdings.

Wegen den Lastwagenfahrern.

Ganz narrisch, wie die fahren.

Die bellende Stimme, am Ende eines langen Vortrags mit letzter Kraft:

Tote!

So ist das, Elfriede, allgemeines Nicken.

Der Silbereisen und die Carmen Nebel.

Die einen heiraten, und die anderen laufen wieder auseinander. So geht das am laufenden Band heutzutage.

Nichts ist mehr heilig. Man weiß gar nicht mehr, wer mit wem.

Die bellende Stimme, ein Schrei: Heilig!

Ganz ehrlich, Elfriede, ich sag dir, ich mag das auch nicht mehr mit den Gästen. Einladungen. Essen kochen. Der ganze Schmarrn. Da macht man sich Mühe.

Und dann zerreißen die sich das Maul hinterher.

Undank!

Mei ja, Elfriede, und der Bundespräsident. Kaum haben wir einen gescheiten, muss er schon wieder zurücktreten, weil die Zeitungen einen Schmarrn schreiben.

Wie die Bundesligatrainer werden sie rausgeworfen, die Politiker.

Zeitungsschmierer.

Genau Elfriede, und der schwule Bürgermeister mit seinem Windrad.

Windrad. Bei uns im Wald.

Verschandeln die ganze Landschaft.

Schande.

O ja, Elfriede, und der Xaverl, dem geht es auch nicht mehr so gut mit dem Knie. Aber ein Skifahrer, sag ich dir, so was hast du noch nicht gesehen, weißt du das noch, früher.

Wie der Teufel, der Xaverl. Wenn bloß das mit dem Knie nicht wäre.

Xaver! Hysterisch fast brüllte die Frau, die offenbar Elfriede hieß, den Namen.

Xaver!

Ayla und Wolf sahen einander an. Wolf war zum Lachen zumute, und zugleich schämte er sich dafür.

«Was ist mit der Frau?», fragte er leise.

«Schlaganfall wahrscheinlich, Sprachzentrum gestört. Rührend, wie sich die anderen um sie kümmern. Apropos, weißt du übrigens, wer die typischen Depressiven sind, die wir in der Klinik behandeln?»

«Ayla, bitte!», sagte Wolf. Sie hatten vereinbart, dass Ayla ihre Kranken und deren Geschichten nicht mit nach Hause bringen durfte. Wolf fragte sich manchmal, wo sie abends den Wahnsinn, die Verzweiflung, alle diese Gespenster wegsperrte, mit denen sie Tag für Tag umzugehen hatte. Er jedenfalls konnte ihr nicht helfen. Denn keinesfalls wollte er, dass sich diese Gespenster unter seinem Dach einnisteten. Er würde daran zugrunde gehen.

«Jetzt hab dich nicht so», sagte Ayla. «Du solltest dich mit dem Thema beschäftigen. Es sind alleinstehende alte Männer. Witwer. Die haben ihr Leben lang gearbeitet, und die Frauen haben den Alltag organisiert. Gäste einladen, Kegelabende vereinbaren, all das haben die Frauen gemacht. Und wenn die Frau nicht mehr da ist, fallen die Männer in das schwarze Loch. In der Gegend hier gibt es besonders viele von diesen Fällen. Die jungen Leute ziehen weg, weil's hier keine Arbeit gibt. Die Frauen können damit umgehen, auch wenn sie allein sind, die helfen einander, wie diese fünf hier. Aber denk an den betrunkenen alten Mann, den wir gerade getroffen haben. Der ist bestimmt auch von der Sorte: verwitwet, und die Kinder weggezogen.»

«Loisl!», rief Wolf plötzlich. «Das war der Loisl, der Rentner aus dem Bierzelt in Straubing! Der Mann hat mir das große Bombenattentat vorhergesagt! Er hat sich den Bart abrasiert, deshalb habe ich ihn nicht mehr erkannt.» Er sprang auf, stieß unter großem Getöse mit dem Kopf an den gusseisernen Leuchter und ließ sich unter Schmerzen zurück auf die Bank fallen.

Am Nebentisch verstummte das Gespräch. Ayla hielt sich die Hand vor den Mund, um nicht loszuprusten.

«Ein Seher, genau», spottete sie schließlich, «früher schon hat man die Geisteskranken hier in der Gegend für Propheten gehalten; die haben Kriege und den Weltuntergang vorhergesagt. Wahrscheinlich wirst du auch mal so ein Mühlhiasl.»

«Sagen Sie nix gegen unseren Waldpropheten, Frau Doktor», kam es in dem Moment vom Nebentisch. Die Frau, die mit dem Rücken zu Ayla und Wolf gesessen hatte, drehte sich um. Wolf blickte auf einen erhobenen Zeigefinger. Äuglein, die nicht zur Ruhe kamen hinter dicken Brillengläsern, eine Landschaft aus Falten und Furchen, die sich zu einem Lachen formten. Eine lila schimmernde Dauerwelle.

«Frau Hallmeier», rief Ayla, «ich hab Sie gar nicht bemerkt.»

«Ja, kein Wunder, wenn Sie die ganze Zeit bloß Augen haben für Ihren Tschamsterer.»

Tschamsterer. Das Wort hatte Konrad Wolf seit der Kindheit nicht mehr gehört.

«Wollen Sie sich nicht ein wenig zu uns setzen, Frau Hallmeier?», fragte Ayala. Wolf hatte es befürchtet.

«Ja, gerne», sagte die alte Frau.

Während sie umständlich ihre Beine unter dem Tisch hervordrehte, sich aus dem Stuhl stemmte, eine Hand auf dem Tisch, die andere an der Stuhllehne, fragte Ayla leise, was denn ein Tschamsterer sei. Freund, Geliebter, raunte ihr Wolf zu und fragte, wer denn diese Frau sei. Die Nachbarin, zischte Ayla, ob er denn völlig blind durchs Leben gehe?

Frau Hallmeier reichte den beiden ihre eiskalte Hand, dann setzte sie sich auf den Stuhl neben Ayla.

«Mei, Frau Doktor», sagte sie, «der Mühlhiasl hat das Waldsterben vorausgesagt, und er hat recht gehabt, schauen Sie sich unseren Wald bloß an. Und den dritten Weltkrieg hat er auch vorausgesagt. Passen Sie auf, da steht Ihnen noch was bevor. Ich erleb den Gott sei Dank nicht mehr, sterbe sowieso bald.»

«Weiß man's», sagte Ayla unbekümmert, «wann ist denn der Termin? Für den Krieg, meine ich.»

«Ich kann mir so was nicht mehr merken, Frau Doktor, bin bald achtzig Jahre alt.»

«Und wie geht's Ihnen gesundheitlich?»

«Mal besser, mal schlechter, Frau Doktor, jeder Tag anders, wissen Sie. Man muss es nehmen, wie es kommt. Oder? Was sagen Sie?»

Ihre Äuglein richteten sich auf Konrad Wolf.

«Stimmt, Frau Hallmeier», erwiderte Wolf, «meine Mutter hat immer gesagt: Die Welt ist rund wie eine Mistgabel.»

Ayla sah ihn entsetzt an. Frau Hallmeier aber klatschte die Hände vor der Brust zusammen und zog die Schultern hoch, während sie leise vor sich hin kicherte.

«Mei, die alten Sprüche. Immer noch richtig. Ist er doch ein ganz ein Lustiger, Ihr Tschamsterer. Oder? Gell?» Sie boxte Ayla in die Seite. «Auch wenn er ein wenig komisch ist. Gell? Oder? Grüßt nicht. Sagt nichts. Ich weiß nicht einmal, wie er heißt, der Herr.»

Konrad Wolf fand nichts mehr dabei, wenn jemand über ihn in der dritten Person sprach. Er hatte sich daran gewöhnt, unsichtbar zu sein neben Ayla. Aber von diesen Äuglein, die ihn unverwandt anstarrten, fühlte er sich wie aufgespießt. Ayla schaute ihn ebenfalls erwartungsvoll an, gespannt, ob er es schaffen würde, der alten Dame wenigstens seinen Namen zu nennen.

Die Pause dehnte sich, Wolf hörte das Gemurmel am Nebentisch.

Er hörte: Da Doude im Bam.

«Konrad Wolf heiße ich», sagte Wolf und setzte sein Blenda-Lächeln auf, «bin Polizist in München. Entschuldigen Sie, wenn ich mich noch nicht vorgestellt habe. Aber ich bin ja auch nicht regelmäßig in dem Haus. Und was treibt Sie in die Stadt an so einem ungemütlichen Abend?»

Die Äuglein setzten sich wieder in Bewegung.

«Ja, unsere Damenrunde halt», sagte Frau Hallmeier, «jeden Mittwoch treffen wir uns, mal da, mal dort ...»

Die Frau mit der bellenden Stimme wurde am Nebentisch immer lauter. Ihre letzten Kräfte schien sie in ein Wort zu legen, das klang wie:

Hüftg'lenk.

«... weil», sagte Frau Hallmeier, «man kann ja nicht den ganzen Tag zu Hause herumsitzen. Daheim sterben die Leut'.»

Dahoam sterm d'Leit.

«Und, haben Sie auch schon gehört von dem Toten im Baum?», fragte Wolf.

Frau Hallmeier legte ihre Hände an die faltigen Wangen.

«Mei, mei», sagte sie, «Sie wissen das auch schon?»

«Die Leute erzählen sich das», sagte Wolf. «Ein Toter, der im Nationalpark im Baum hing. Erhängt, glaube ich.»

«Wieso erhängt?», sagte Frau Hallmeier, die Äuglein starr auf Wolf gerichtet. «Er hat sich erschossen. Vor mehr als dreißig Jahren erschossen.»

Das Gespräch geriet ins Stocken. Frau Hallmeier wirkte zwar recht lebhaft und aufgeweckt, aber Wolf bezweifelte, dass sie noch ganz bei Trost war. Warum erschießt sich jemand in einem Baum? Und wie sollte eine Leiche dreißig Jahre lang in einem Baum hängen, ohne herunterzufallen und entdeckt zu werden?

Hüftg'lenk!

Wieder die bellende Stimme vom Nebentisch.

Ayla rief nach der Kellnerin, bestellte zwei weitere Obstler, einen für sich und einen für Frau Hallmeier. Die Friedensdemonstrantin warf dem Mann am Tisch einen fragenden Blick zu, doch Wolf schüttelte den Kopf und machte mit den Händen Lenkbewegungen. Sie machte kehrt. Er sah ihr hinterher, wie sie zurück zum Tresen ging, breitbeinig wie ein Cowboy, ein wenig bucklig.

«Schaut er den fremden Weibern hinterher», sagte Frau Hallmeier, mit ihrem Zeigefinger wedelnd. «Passen S' auf Ihren Tschamsterer auf, Frau Doktor.»

«Und Sie sind sich sicher, Frau Hallmeier?», erwiderte Ayla. «Der Mann hat sich erschossen, und er war dreißig Jahre in dem Baum?»

«Ja freilich, Frau Doktor», erwiderte sie, «ich weiß schon, ich gehöre zum Alteisen, und ich vergess immer mehr. Aber den Hans habe ja ich selber ganz gut gekannt.»

«Den Hans?», fragte Wolf.

«Ja freilich, den Hans. Schwammerlsucher haben ihn gefunden, im Fichtenholz, das heißt, einen Knochen haben sie gefunden. Der Knochen ist unter der Fichte gelegen. Die jungen Leute haben erst gedacht, der Knochen ist von einem Viech, aber da ist so ein Metallteil drin gewesen. Ein Stück von einem künstlichen Hüftgelenk ist dringesteckt.»

Ayla und Wolf sahen hinüber zu der Frau mit der Sprachstörung, die wieder in ein anderes Thema vertieft zu sein schien. Es ging um den Euro und um die Politiker, die nicht mehr wissen, wie es weitergehen soll. Frau Hallmeier war nun nicht mehr zu bremsen.

«Die jungen Leute haben die Polizei angerufen und die Polizisten zu der Stelle geführt. Können Sie sich vorstellen, wie die erschrocken sind? Die Leiche, elf Meter hoch in der Fichte. Das heißt, was von der Leiche noch übrig war. Heiliger Jesus und Maria. Ich wäre auf der Stelle tot umgefallen. Drei Tage ist das jetzt her. Und es hat gedauert, bis man da überhaupt hinaufgekommen ist. Elf Meter über dem Boden. Mitten im Wald. Da hat erst das THW anrücken müssen und hat einen Kran aufgebaut, stellen Sie sich vor, was das für eine Arbeit war. Und über denen der Tote im Baum. Immer die Angst, dass ihnen noch ein Knochen auf den Kopf fällt. Und wie sie dann oben waren, hat man gleich gesehen: Der Kopf ist nimmer da. Den hat man auch nimmer gefunden, der ist runtergefallen, den haben wahrscheinlich die Viecher verzogen. Der Rest natürlich bloß mehr Knochen. Aber das Gewand hat man noch erkannt. Die Jacke ist ganz vermoost gewesen von der Wetterseite her, aber sie haben doch gleich gesehen, dass es die Jacke von einer Uniform gewesen ist. Von einem Grenzer.»

«Grenzer?», fragte Ayla.

«Grenzschutzbeamter», erwiderte Wolf. «Der Hans also?»

«Ja freilich, der Hans», sagte Frau Hallmeier, «Gott hab ihn selig. Und die Pistole, die sie auf dem Baum gefunden haben, ist auch die Pistole von einem Grenzer gewesen. Wissen Sie was, der hat die Pistole mit einem Draht an einem Ast festgebunden, damit sie nicht herunterfällt, wenn der Schuss gefallen ist. Und sich selber hat er am Stamm festgebunden, mit Gürteln und Schnüren. Der wollte auf gar keinen Fall gefunden werden, der Hans. Natürlich sind in den letzten Jahren bei uns in der Gegend nicht so viele Grenzer verschwunden, da ist man schnell auf den Hans gekommen. Und ein künstliches Hüftgelenk hat er ja auch gehabt, der Hans. Ein ganz ein Wilder ist er gewesen, Skifahrer, wie der Teufel. Aber einmal hat es ihn sauber zerlegt. Die Hüfte kaputt, war noch eine Riesen-Operation, seinerzeit. Heutzutage macht man das ja ambulant.»

«Komisch», sagte Ayla, «in der Zeitung habe ich gar nichts davon gelesen.»

Frau Hallmeier schüttelte verständnislos den Kopf, leerte ihren Obstler in einem Zug. «Ja das kann Ihnen bestimmt auch Ihr Tschamsterer erklären, Frau Doktor, das ist doch klar. Die Polizei wollte halt erst ganz sichergehen, wer der Mann ist. Da haben sie so einen DNA-Test machen lassen. Haben seine Frau gefragt, ob sie noch irgendwas von ihm hat, Haare oder so etwas. Und sie hat wirklich noch eine Haarbürste von ihm gehabt, dreißig Jahre später. Stellen Sie sich das vor. Hat ja so schöne schwarze Haare gehabt, der Hans. Und ist das nicht der Wahnsinn, dass man das jetzt so feststellen kann. Da ein paar Knochen, die dreißig Jahre im Baum gehangen sind. Und da ein paar alte Haare auf der Bürste. Und da sagt die Wissenschaft: Diese alten Haare gehören zu diesen alten Boandln. Ein und derselbe Mensch, obwohl er dreißig Jahre lang aufgeteilt war, sozusagen.»

«Und warum hat der Hans sich umgebracht?», fragte Kommissar Wolf.

«Mei, da fragen Sie was», erwiderte Frau Hallmeier. «Er hat keinen Brief hinterlassen, nix. War von einem Tag auf den anderen verschwunden. Die Leute haben das Tratschen angefangen. Ist er durchgebrannt, mit einer anderen Frau, nach Amerika? Hat es ja früher oft gegeben, geht der Mann zum Zigarettenholen oder ins Wirtshaus, angeblich, und fort ist er. Heutzutage ist das eher andersrum. Sogar bei uns im Wald. Da kümmern sich die Männer um die Kinder, wechseln die Windeln und putzen dem Baby den Popo, die Frau geht ins Fitnessstudio, und schon ist sie weg mit dem tschechischen Trainer. Aber damals. Die Arme. Hat immer gesagt, der Hans hätte keine andere gehabt. Aber er war so ruhig zum Schluss. Hat nix mehr gesagt. Die Hüfte hat ihm weh getan. Und es war ja auch nicht schön, was die Grenzer damals gemacht haben. Den ganzen Tag allein, Sperrgebiet, und auf der anderen Seite der Tschech und der Russ, und du weißt nie, kommen sie gleich herüber mit ihren Panzern, und du bist der Erste, der dran glaubt im dritten Weltkrieg. Wahrscheinlich hat der Hans Depressionen gehabt. Oder wie sagt man da jetzt, Frau Doktor, Burnout?»

Ihre Äuglein ruhten starr auf Ayla.

«Und die Frau von Hans», ging Wolf dazwischen, «lebt die noch hier in der Gegend?»

«Jetzt glaub ich's aber», erwiderte die alte Dame leise, fast flüsternd, «für einen Polizisten haben Sie eine ziemlich lange Leitung. Natürlich lebt die noch hier, die Elfriede.»

Konrad Wolf konnte nicht anders, als in die Richtung der Frau mit der bellenden Stimme zu starren. Ihre Blicke trafen sich, nur für einen Augenblick, dann wandte sich Wolf beschämt ab.

«Gut geht's ihr schon lange nicht mehr, der Elfriede», sagte Frau Hallmeier. «Die Sorgen, der Kummer, die Ratscherei von den Leuten. Dann vor fünf Jahren der Schlaganfall. Wir haben sie heute überreden müssen, sie wollte gar nicht mitgehen zu unserem Damenkränzchen. Sonst ist sie immer dabei. Aber jetzt. Den ganzen Tag die Polizei im Haus. Die ganze Aufregung. Und dann die Frage: Soll sie ihren Hans, oder was von ihm übrig ist, jetzt noch beerdigen? Dreißig Jahre später? Mit allem, was dazu gehört, Pfarrer, Musik, Reden am Grab. Was meinen Sie, Frau Doktor?»

«Da kann ich nicht viel beitragen», erwiderte Ayla. «Hat sie denn noch einmal geheiratet, hat sie Kinder?»

«Keine Kinder, keine Familie mehr, nix. Sie war dreißig Jahre alt damals, gerade einmal zwei Jahre verheiratet. Dann war auf einen Schlag der Mann weg, und die Tratscherei hat angefangen. Glauben Sie, da interessiert sich jemand für so eine Frau? Und außerdem, kein anderer war ihr gut genug. Sie hat sich allein durchgeschlagen, und meine Freundinnen und ich, wir haben sie ein wenig, wie sagt man, unter die Fittiche genommen.» Frau Hallmeier seufzte. «Wissen Sie was. Ich glaube, ich gehe jetzt heim.»

Aber sie blieb sitzen und überlegte.

«Herr Wolf, Sie sind doch Polizist.»

Wolf nickte.

«Der Mann von meiner Freundin, der Agnes, ist seit gestern verschwunden. Können Sie da etwas tun?»

Wolf schüttelte den Kopf. «Da müssen Sie die Passauer Kollegen einschalten», sagte er, «ich kann hier nichts unternehmen.»

«Ach, die Passauer, die sagen, der kommt schon wieder. Und es stimmt ja auch, der Ludwig ist schon öfter mal über Nacht weg gewesen. Hinter den Weibern her. Aber die Agnes sagt, diesmal kommt ihr das komisch vor. Gestern ist er weg, heute haben wir Mittwoch, und er ist immer noch nicht zurück. Können Sie wirklich nix tun, Herr Wolf?»

Er hob abwehrend die Hände, da schaltete sich Ayla ein.

«Was macht denn der Mann von Ihrer Freundin? Rentner wahrscheinlich.»

«Ach woher», sagte Frau Hallmeier, «der Ludwig setzt sich nicht zur Ruhe. Sie kennen doch den Rosenmüller Ludwig bestimmt auch. Hotel Rosenmüller, am Schellenberg. Da, wo das Windradl steht und wo sie jetzt diesen Windpark bauen wollen.»

«Ja, klar, das Hotel kenne ich», schaltete sich Ayla ein. «Wissen Sie was, Frau Hallmeier, geben Sie Ihrer Freundin meine Telefonnummer. Die haben Sie ja. Da kann die Frau Rosenmüller morgen Vormittag mit Herrn Wolf sprechen.»

Konrad Wolf wurde nicht mehr gefragt.

Zufrieden richtete sich Frau Hallmeier auf, zugleich mit den vier Damen am anderen Tisch. Frau Hallmeier ließ es sich nicht nehmen, mitten im großen Aufbruch den vier Freundinnen ihre Nachbarn vorzustellen. Wolf schüttelte Frauenhände, kalte, faltige, weiche, schaute in Frauengesichter, konnte sich aber später nur an eines erinnern. Das Gesicht einer zeitlos schönen, einer stolzen, gleichwohl gebrochenen Frau. Feine Gesichtszüge, graublaue Augen, die grauen Haare streng nach hinten gekämmt und zu einem Zopf gebunden. Ihr linker Mundwinkel schien leicht nach unten zu hängen. Auf Wiedersehen und alles Gute, wünschte Wolf. Sie nickte wortlos. Der Druck ihrer rechten Hand war überraschend fest.

Die fünf Damen machten sich auf den Weg zum Ausgang, zwei ihrer Freundinnen nahmen Elfriede in die Mitte und stützten sie.

Ayla und Wolf blieben zurück, sprachlos für eine Weile. Ehrfurchtsvoll.

Ayla bestellte sich noch einen Obstler, den dritten mittlerweile.

Sie erhielt ihn gratis, zusammen mit der Rechnung.

«Die Dame schnapselt gern, oder?», sagte die Friedensdemonstrantin an Wolf gewandt.

«O ja, das tut sie», sagte Wolf in gespielter Verzweiflung.

Er erntete ein Lächeln. Nur ein winzig kleines Lächeln in dem aschfahlen Gesicht, nicht zu sehen für Ayla, aber es war wie eine Einladung. Als ginge so spät am Abend die Sonne auf.

Konrad Wolf wusste wieder, warum er die Stadt so liebte, jede Stadt, je größer, desto mehr. Weil alles in Bewegung ist in der Stadt, weil sich unverhofft wildfremde Leben ineinander verhaken. Hinter jeder Ecke tut sich eine neue Möglichkeit auf, und was wäre das Leben ohne neue Möglichkeiten, ohne einen Plan B, einen Plan C.

«Wieso bist du so scharf darauf, dass ich mit Frau Rosenmüller spreche?», fragte er.

Ayla grinste. «Weil ihr Mann der reichste und umstrittenste Geschäftsmann im ganzen Ort ist», sagte sie. «Der betreibt das größte Hotel am Ort. Und er will den Windpark verhindern. Sprich mit seiner Frau, und du erfährst etwas über unser schönes Gratterszell.»

«Ich glaube, du bist ganz einfach neugierig», sagte Wolf. «Welche von den Frauen war das denn eigentlich, die Frau Rosenmüller?»

«Die etwas, tja, geräumige. Schwarze Brille, scharfe Nasenfalte.»

Wolf konnte sich nicht erinnern. Er hatte nur Augen für die Witwe Elfriede gehabt.

Als sie das Lokal verließen, ging ihnen der Böhmische durch Mark und Bein. Wolf glaubte, der Wind wehe ihm den Geruch von verbranntem Holz in die Nase, war sich aber nicht sicher.

«Und wohin jetzt?», fragte Ayla, während sie ihm mit großer Geste den Autoschlüssel in die Hand drückte.

«Du willst nicht nach Hause?», erwiderte er.

«Natürlich nicht. Es ist halb elf. Der Abend hat gerade erst begonnen.»

Wolf schüttelte den Kopf. Sie drehten eine weitere Runde auf dem Stadtplatz, suchten in den benachbarten Straßen nach einem offenen Lokal, doch alles war dunkel und still. Da plötzlich hörten sie Musik.

Klassische Musik. Sie gingen der Musik entgegen und

fanden unter den Arkaden, vor den verrammelten Schaufenstern eines Kaufhauses, zwei Mädchen in Ballettkleidern, vielleicht 16 oder 17 Jahre alt, die Haare streng nach hinten gebunden, frierend in ihren knappen Trikots. Sie tanzten zu der Musik, die aus einem winzigen CD-Player kam.

«Was macht ihr denn hier, Mädels?», fragte Ayla, in die Musik und den Tanz hinein.

Die beiden hielten erschrocken inne.

«Wo sollen wir denn sonst üben?», sagte die eine.

«Kann man hier denn nirgends hingehen? Was trinken, vielleicht tanzen?»

«Hier? Nein!», sagte die andere.

Dann begannen die beiden wieder zu tanzen.

Ayla zog ihre roten Schuhe aus, stellte sie neben Konrad Wolf ab und schloss sich den beiden Mädchen an. Sie hatte niemals Ballett gelernt, das sah man auf den ersten Blick, aber sie vollführte die anmutigsten Drehungen und Sprünge, die Hände über dem Kopf, mit einer Ernsthaftigkeit, zum Weinen schön.

Konrad Wolf sah ihr eine Weile zu, voller Vorfreude auf den weiteren Verlauf des Abends. Dann zog auch er seine Schuhe aus, streifte die Socken von den Füßen. Federte auf Ayla und die beiden Mädchen zu, tänzelte um sie herum, auf eiskalten Zehenspitzen balancierend, die Arme in die Hüften gestemmt. Dann nahm er Anlauf und sprang, streckte die Arme weit von sich, spreizte die Beine in der Luft. Den Schmerz, der ihm dabei in die Leisten fuhr, sollte Konrad Wolf noch tagelang spüren.

Und du willst mich jetzt erschießen? Wegen dieser alten Geschichte? Dreißig Jahre danach, bloß weil sie den Hans jetzt in der Fichte gefunden haben? Sag ehrlich!

Erst die Vernehmung, sagst du. Und dann das Urteil. Aber vielleicht nimmst du doch die Pistole weg von meinem Kopf. Ist doch eine Pistole, oder, das eiskalte Trumm, das du mir da an den Kopf hältst. Nimm das Trumm weg. Sonst erschießt du mich am End noch aus Versehen, bevor du das Urteil sprechen kannst.

Und nimm mir doch diese Haube runter vom Kopf, weg von den Augen, ich seh ja gar nichts. Ist eh schon so warm da herinnen in meiner Hütte. So ein Holzkohlenofen ist immer noch das Beste, gell, gemütlich, und im Wandl immer ein warmes Wasser, aber mit der Haube, da schwitz ich wie eine Sau. Gut, ich soll nichts sehen, soll dich nicht erkennen. Ich glaube, du verstellst deine Stimme, aber irgendwie kommt die mir bekannt vor.

Bist du ein Polizist vielleicht? Arbeitet man heutzutage bei der Polizei mit solchen Methoden? Haut einem alten Mann eine Zaunlatte über den Schädel, zieht ihm eine Haube über und fesselt ihn? Und presst ihm dann das Geständnis mit der Pistole ab. Früher hättest du mich nicht so leicht überfallen können: Kraft wie ein Stier, sage ich dir. Aber jetzt hast du nichts mehr zu fürchten. Ich bin ein alter Mann. Alteisen.

Gut, wie du willst, dann halt mit der Haube. Soll die Nachwelt meine Geschichte hören, jetzt pass gut auf, damit du auch alles verstehst.

Xaver Wurzer ist mein Name, Jahrgang 1942, geboren in Leopoldsreut und aufgewachsen daselbst. Von mir aus kannst du auch Xaverl zu mir sagen. So sagen alle zu mir bei uns im Wald, Xaverl. Außer die Elfriede. Die hat immer Xaver zu mir gesagt.

Ich will jetzt kein Angeber sein oder so etwas. Aber ich habe schätzungsweise schon, sagen wir, zwanzig Frauen gehabt in meinem Leben, vor meiner Hochzeit mit der Lotte, aber auch währenddessen. Man ist ja kein Kostverächter. Und die Ehe ist ja, wie soll ich sagen, ich bin da eher liberal eingestellt, immer schon gewesen. Ein Liberaler, wenn es um die Frauen geht.

Aber die Elfriede, so eine Frau triffst du nur einmal im Leben.

Mei, die Elfriede.

2. KAPITEL

Durch die geöffnete Terrassentür hindurch sah Konrad Wolf den kleinen Juri am Esstisch, über seine Hausaufgaben gebeugt. Juri ruckte und zuckte und rutschte hin und her auf seinem Stuhl, biss in den Bleistift, bohrte mit dem Bleistift in der Nase, schniefte, wischte den Rotz mit dem kurzen Ärmel seines T-Shirts ab, schniefte wieder, stöhnte, glitt vom Stuhl und hockte sich mit beiden Knien darauf, schrieb einige Wörter in sein Heft. Dann bohrte er den Stift wieder in seine Nase, weit hinauf, mit einer Hingabe, als würde er in der Nase völlig neue Dinge erforschen, fremde Galaxien, die vierte Dimension, den Sinn des Lebens.

Still sitzen konnte dieser Junge den ganzen Tag nicht, und wenn er tatsächlich einmal ein Buch zur Hand nahm, dann las er dieses Buch nicht einfach, sondern wälzte sich damit auf dem Sofa, auf dem Bett, auf dem Fußboden, er überwältigte das Buch, musste es besiegen, Seite für Seite. Juris Leben: ein einziger Kampf, unterbrochen von jeweils zehnstündigem Schlaf, während dem ihn auch das schärfste Gewitter nicht wecken konnte, das der Bayerische Wald aufzubieten hatte.

Juri war ganz und gar die Mutter, bis hin zu dem verwegenen Schwung der Nase, der sich schon im Gesicht des Achtjährigen abzuzeichnen begann. Niemand, der ihn kannte, hätte sagen können, wo denn die Spuren eines deutschen Vaters in diesem Kind verborgen lagen. Der lebte in Berlin mittlerweile, Juri bekam ihn nicht mehr zu Gesicht, dafür sorgte Ayla. In dem Punkt kannte sie keine Gnade. Sie nahm kein Geld von ihm, sie wollte nicht mehr mit ihm sprechen, und sie wollte auch über ihn nicht sprechen, nicht einmal mit Wolf, der sein Bestes gab, um die Lücke zu schließen, die Juris Erzeuger hinterlassen hatte.

Juri hasste es, die Hausaufgaben in seinem Zimmer zu erledigen, an seinem Schreibtisch. Er konnte nicht allein sein, er brauchte Nähe, Gesellschaft. Seine Hefte breitete er am liebsten auf dem Küchentisch aus, dem Mittelpunkt dieses Hauses, und Konrad Wolf gefiel das sehr. Er hätte dem rotzenden, zappelnden, stöhnenden Juri stundenlang zusehen können. Der Kleine fing nun seinen Blick auf.

«Hilfst du mir?», fragte er. Ein Blick aus braunen Knopfaugen traf Wolf.

«Lass mich mal sehen», erwiderte Wolf. Er schaute dem Kleinen über die Schulter, während er mit seiner Hand in dem schwarzen Lockendickicht auf Juris Kopf kraulte. Heimat- und Sachkunde. Es ging um Laubbäume und Nadelbäume.

«Tut mir leid, Juri, das kann nicht», sagte Wolf. Der Kommissar hatte nicht die geringste Ahnung, wie sich Tannenzapfen von Fichtenzapfen unterschieden.

«Ach Mann», sagte Juri, «du bist bloß zu faul.»

«Stimmt überhaupt nicht», erwiderte Wolf, «ich hab zu tun. Ermittlungen. Ich mache mir gerade Notizen über einen schwierigen Fall.»

«Echt?», sagte Juri begeistert. «Darf ich mal sehen?»

«Wenn du fertig bist, in Ordnung?» Wolf umarmte den Kleinen von hinten, drückte ihn fest an sich, aber das hielt Juri nicht lange aus. Er zappelte und hampelte und wand sich heraus aus Wolfs Griff.

«Zehn Minuten, dann bin ich fertig», sagte Juri.

Konrad Wolf machte sich wieder an seine Ermittlungen. Sie bestanden darin, dass er in einem weißen Gartenstuhl aus Plastik auf der riesenhaften, erhöhten Terrasse von Aylas Holzhaus saß und an den Toten im Baum dachte. Er konnte an nichts anderes mehr denken.

Ein Selbstmord und dreißig Jahre lagen zwischen dem tödlichen Schuss und dem Fund der Leiche. Die Witwe erweckte den Anschein, als sei für sie damals die Zeit stehengeblieben. Wolf hatte nur kurz in Elfriede Lammers Gesicht gesehen, hatte nur kurz ihre Hand geschüttelt. Aber dabei hatte er den Eindruck gehabt, er stehe einer jungen Frau gegenüber, einer jungen Frau im Alter von mehr als 60 Jahren. Als sei diese Frau nicht wirklich gealtert, als trage sie keine Spuren von Freud und Leid aus den vergangenen dreißig Jahren in ihrem Gesicht, sondern sei eingefroren in dem Schock des damaligen Unglücks. Welches ungeheure Drama mochte sich dahinter verbergen?

Wolf hatte Zeitung gelesen, hatte im Internet alle verfügbaren Informationen gesammelt, aber schnell erkannt, dass er aus dem Gespräch mit Frau Hallmeier mehr wusste als alle Journalisten zusammengenommen und vermutlich auch mehr als die Kollegen, die nun einen dreißig Jahre alten Vermisstenfall abschließen mussten.

Wie viel Energie würden sie darauf verwenden, der Sache auf den Grund zu gehen? Er selbst, dachte Wolf, würde an ihrer Stelle Nachforschungen anstellen, denn nichts faszinierte doch die Menschen so sehr wie alte Vermisstenfälle.

Das hübsche blonde Mädchen, so süß, acht Jahre alt, das nachmittags nach der Hausaufgabe zur Freundin geht, nur über die Straße, ein wenig spielen: spurlos verschwunden, fünf Jahre später befreit aus dem Hobbykeller eines Sexualtriebtäters. Die Frau, die freitagabends mit der Sporttasche über der Schulter aus der Tür huscht, zur Problemzonengymnastik: von ihrem Mann zwanzig Jahre später zufällig im Fernsehen wiederentdeckt, klapprig dürr wie nach einer Hungerfolter, festbetoniert ihr Grinsen an der Seite eines amerikanischen Präsidentschaftskandidaten. Der Mann, der abends schnell noch mal rausgeht, die Uniformjacke überwirft: dreißig Jahre später tot im Wald entdeckt, elf Meter hoch in einer Fichte, und fast wie neu sein künstliches Hüftgelenk.

So ein Stoff interessierte den Kriminalhauptkommissar Konrad Wolf mehr als ein vermisster Hotelier wie dieser Ludwig Rosenmüller, der offenbar im hohen Alter noch rüstig genug war, jüngeren Frauen über Nacht Gesellschaft zu leisten. Rosenmüllers Frau Agnes hatte noch nicht angerufen, und Wolf war froh darüber. Was hätte er auch für sie tun können?

Wolf stand auf, trat an die Brüstung der Terrasse, blickte in die Richtung, in der er den Schellenberg vermutete, konnte aber selbst auf Zehenspitzen das Windrad nicht entdecken, geschweige denn das Hotel Rosenmüller.

Aylas Haus thronte über dem Rest des Dorfes, mit atemberaubender Aussicht. Über den spitzen Giebel des Häuschens von Frau Hallmeier und über den Rest der Siedlung hinweg öffnete sich der Blick hinein in den rot flammenden Wald. Ein Hanghaus, mit den Wohnräumen und der Terrasse im Obergeschoss, um dort so viel Licht wie möglich einzufangen, am Waldrand gelegen, am Ende einer steilen Stichstraße, die früher zu dem riesenhaften Grundstück des Glashüttenbesitzers Überreuter geführt hatte. Ayla hatte das Haus von dessen Sohn gekauft. Auf alten Fotos, die ihr der junge Überreuter überlassen hatte, war ein Monstrum von Villa zu sehen gewesen, mit einem überdachten Swimmingpool, zu erkennen an den Panoramascheiben zum Garten hin. Im manikürten Garten ein künstlicher Teich, ein Pavillon. Venus und Putten aus Gips.

Der Sohn hatte die ganze Scheußlichkeit vor zehn Jahren abreißen lassen. Die eine Hälfte des alten Grundstücks hatte er wieder dem Wald überlassen, auf die andere Hälfte hatte er dieses Haus gebaut. Weithin leuchtete die Fassade mit ihren Fichtenbrettern und den als Zierde angebrachten Planken in freundlichem Grün. Es wirkte, als habe der Sohn dieses Grundstück mit dem Wald versöhnen wollen. Warum der junge Überreuter das Haus vor einem Jahr verkauft hatte,

hatte Wolf nicht genau verstanden. Ein Scheidungsfall offenbar, er lebte nun in München.

Wolf setzte sich wieder in seinen Plastikstuhl. Die Waldwogen vor seiner Terrasse konnten so verführerisch sanft verlaufen, wie sie wollten, die Herbstsonne sich noch so sehr verausgaben. Konrad Wolf hatte keinen Sinn dafür, denn der Tote im Baum interessierte ihn auch noch aus einem anderen Grund. Wegen des künstlichen Hüftgelenks. Wolf fühlte dem Schmerz in seiner eigenen rechten Hüfte hinterher. Er spürte ihn seit dem großen Rumms in Straubing, doch der Arzt behauptete, dieses Leiden sei wohl Wolfs Schreibtischleben zuzuschreiben.

Wolf rief auf seinem Tablet, der Computer-Wundertafel, eine Skizze des Oberschenkelknochens auf. Äußerer Gelenkknorren. Schenkelschaft. Schenkelhals. Schenkelkopf. *Condylus medialis* und *Condylus lateralis, Tuberositas glutea.* Dann stieß er auf ein Operationsfoto. Zu sehen ein Metallschaft, der in einen Oberschenkelknochen versenkt war, darauf ein Keramikkopf, der in einer Keramikpfanne endete. Die war in den Hüftknochen eingesetzt worden. Rundherum blutiges Fleisch, an dem sich die Hände des Operateurs mit einem metallisch glänzenden Werkzeug zu schaffen machen.

«Boa, das sieht ja eklig aus. Ist da ein Mord passiert?»

Wolf wandte sich um und erblickte an seiner Schulter die dicken schwarzen Locken, die verrotzte Nase. Knopfaugen, weit aufgerissen.

«Kein Mord, nur eine Operation», sagte Konrad Wolf und wischte die Seite mit dem Zeigefinger schnell weg.

«Das glaube ich dir nicht, wieso guckst du einen Mord an?»

«Nimm ein Taschentuch», erwiderte Wolf, «und zieh dir Socken an, sonst holst du dir eine Lungenentzündung. Und bist du überhaupt mit den Hausaufgaben schon fertig?»

Konrad Wolf hatte noch nie ein Kind erzogen, mit bald

fünfzig sammelte er nun seine ersten Erfahrungen. Nase putzen, warm anziehen, Hausaufgaben. Diese Ermahnungen gehörten zum Repertoire von Eltern, wenn sie ihre Kinder ruhigstellen wollten, aber natürlich funktionierten sie niemals. Schon gar nicht bei einem aufgeweckten Jungen wie Juri.

Barfuß, die Arme vor der Brust verschränkt, in T-Shirt und kurzer Hose stand er auf der halb im Schatten liegenden Terrasse, die einer türkischen Großfamilie locker Platz geboten hätte.

«Du lügst», sagte Juri, «Mama sagt immer, man darf nicht lügen.»

«Jetzt pass mal auf, junger Mann», erwiderte Konrad Wolf, «ich verrate dir ein Geheimnis.»

Der Kommissar rückte seinen Plastikstuhl in die Sonne, drehte ihn so, dass sein Oberkörper einen Schatten auf das Tablet warf, dann zog er Juri auf seinen Schoß. Eiskalt wie ein Fisch fühlte er sich an, Wolf legte beide Arme um ihn und drückte ihn an sich. Juri wehrte sich nicht, ein kleiner Sieg für den Kommissar. Es konnte der Beziehung zwischen Vater und Sohn, oder Stiefvater und Sohn, oder Freund-der-Mutter und Sohn, nicht schaden, ein Geheimnis zu teilen.

«Was für ein Geheimnis?», fragte Juri.

«Also pass auf», sagte Wolf, «ich zeig dir mal etwas Spannendes, aber nur, wenn du nicht mit deiner Mama darüber sprichst. Ehrenwort?»

Juri nickte, hob zwei Finger zum Schwur.

Wolf rief ein Bild auf, das er am Morgen im Internet entdeckt hatte. «Und was soll das sein?», fragte Juri.

«Hör zu, in einem Baum hier ganz in der Nähe hat sich ein Mann vor dreißig Jahren erschossen. Und er hat sich im Baum festgebunden, damit er nicht herunterfällt. Er wollte nicht gefunden werden. Aber jetzt ist sein Oberschenkelknochen vom Baum gefallen, weißt du, was das ist?»

«Ja klar», sagte Juri, «wir haben in der Schule so einen Knochenmann, da hat uns die Lehrerin erklärt, was die Hüfte ist.» Er fasste sich an die Seite.

«Kluger Junge. Und jetzt pass auf. Was du hier siehst, das ist der Oberschenkelknochen von dem Mann. Und das Metallding, das da drinsteckt, ist ein Teil eines künstlichen Hüftgelenks.»

Es war ein grob gepixeltes Bild, dunkler Wald, ein Knochen mit Metallteil. Einer der drei Jugendlichen, die Hans Lammer gefunden hatten, wollte offenbar berühmt werden und hatte das Handy-Foto ins Netz gestellt.

Und so war Hans Lammer, der seit dreißig Jahren tote Grenzer, dank seiner kaputten Hüfte im Twitter-Zeitalter zu Berühmtheit gelangt. Das Foto verbreitete sich rasend schnell.

«Aber das Foto vorhin war viel schlimmer», sagte Juri nach einer Weile.

«Das war ein Foto von einer Operation. Da hat ein Arzt einem Patienten so ein Hüftgelenk eingesetzt.»

«Und warum guckst du so was an?» Juri saß reglos auf Wolfs Schoß. So lange hatte der Junge noch nie stillgehalten, seit Wolf ihn kannte.

«Um zu verstehen», sagte Wolf. «Ich will verstehen, warum sich dieser Mann umgebracht hat. Und warum er nicht gefunden werden wollte. Und wenn man so etwas verstehen will, muss man sich mit den Menschen befassen. Ich muss mich hineindenken, hineinfühlen in die Menschen. Das ist mein Beruf.»

«Alle Menschen, mit denen du zu tun hast, sind tot, oder?», fragte Juri.

Wolf lächelte. «Das nicht», sagte er, «aber die meisten haben mit dem Tod zu tun.»

«Und macht das Spaß? Gefällt dir dein Beruf?»

«Oje», sagte Wolf, «das ist eine gute Frage. Ich hab halt

keinen anderen Beruf.» Es war die einzige Antwort, die er geben konnte.

«Mach das Bild weg», sagte Juri, «ich mag das nicht mehr sehen.»

Er befreite sich aus Wolfs Umklammerung und sprang auf.

Wolf fragte sich, ob er dem Jungen zu viel zugemutet hatte. Von Ayla hatte er gehört, manche Kinder würden panisch, wenn sie begriffen, dass sie irgendwann ihre Eltern in einer Grube verscharren müssten. Andere wiederum blieben ganz gelassen, weil der Tod ein Ereignis war, das in unendlicher Ferne lag. Juri schien Wolf eher zur zweiten Sorte zu gehören. Sie hatten einmal gemeinsam eine Smartphone-App genutzt, mit der sich der eigene Todestag bestimmen ließ. Man tippte ein: Geburtstag, Geschlecht, Gewicht, Blutdruck, Raucher oder Nichtraucher, und irgendein Algorithmus berechnete den Todestag. Juri gab Wolfs Daten ein, und das Gerät meldete für ihn als Todestag den 19. Mai 2043. Juri hatte gelacht und dann den eigenen Todestag berechnen wollen, aber Wolf hatte sich geweigert.

«Schau mal, Konrad», sagte Juri, an die Brüstung der Terrasse gelehnt. «Frau Dobler winkt uns.»

Wolf stand auf, und da sah auch er Frau Dobler von ihrer Terrasse heraufwinken, ihre kurzen roten Haare Ton in Ton mit dem Herbstwald. Das Haus der Doblers stand auf der anderen Seite der Stichstraße, gegenüber von Frau Hallmeiers Grundstück. Sie winkte und schien damit anzudeuten, Juri solle doch hinüberkommen, um mit ihrem Felix zu spielen. Selbst aus dieser Entfernung deutete Wolf ihr verbindliches Lächeln als Vorwurf. Wie konnte man nur an so einem herrlichen Tag in ein elektronisches Gerät starren, wie konnte man sein Kind Tag und Nacht diesen Strahlen, diesen elektromagnetischen Wellen aussetzen. WLAN und Bluetooth und Handywellen. Wie konnte man nur?

Es war ein beständiges Thema, wenn man Doblers zum

Klatsch auf der Straße traf. Und es war das einzige Thema, bei dem Ayla und Frau Dobler einer Meinung waren. Ayla hielt die Doblers, ein Lehrer-Ehepaar, wegen ihres überaus korrekten, ökologisch-pädagogischen Lebenswandels im Grunde für Spießer. Frau Dobler war der Meinung, Juri müsse dringend zum Logopäden, weil er ein wenig lispelte, und natürlich brauche er auch eine Zahnspange, weil die Zunge, die das Lispeln verursachte, die Zähne verschob. Konrad Wolf hatte keine Ahnung von Logopädie und Kieferorthopädie, wunderte sich nur, wie weit die kommerzielle Ausbeutung des kindlichen Mundraums vorangeschritten war, denn in seiner Kindheit galt auf dem Land schon das tägliche Zähneputzen als ein sehr fortschrittlicher Akt. Aber natürlich unterstützte er Ayla in ihrer Abneigung gegen Logopäden und Kieferorthopäden – schon deshalb, weil er dann Solidarität einfordern konnte, wenn es um WLAN und Handystrahlung ging.

Wolf zeigte Frau Dobler den gereckten Daumen, rief «vielen Dank», dann schickte er Juri los.

19. Mai 2043. Wolf überlegte. Würde er sich verabschieden wollen mit 82 Jahren, und Ayla wäre dann 67?

Das Telefon riss Konrad Wolf aus seinen Gedanken. Er ging ins Haus, nahm das Gespräch an und hörte zunächst nur schweres Schnaufen.

«Hallo?», sagte Wolf.

«Morgen ist es in der Zeitung.» Eine Brummstimme, Wolf wusste nicht, ob Mann oder Frau.

«Wer ist denn am Apparat?», fragte Wolf.

«Ja, die Rosenmüllerin halt, Rosenmüller Agnes.» Wieder schweres Schnaufen.

«Und was ist in der Zeitung?»

«Mein Mann ist vermisst. Morgen steht es in der Zeitung. Jetzt glaubt es endlich auch die Polizei. Kein Mensch weiß, wo er ist. Zwei Tage ist er schon weg. Seit Dienstag. Heute haben wir Donnerstag, und er ist immer noch nicht aufgetaucht.»

Das schwere Schnaufen schien sich zu beschleunigen.

«Sie müssen mit meinen Kollegen reden, Frau Rosenmüller», sagte Wolf, «Sie müssen denen alles erzählen, was Sie wissen. Ich kann Ihnen da nicht helfen.»

«Aber die Hallmeier Rita sagt mir, Sie sind Kriminaler, Herr ...»

«Wolf», sagte Wolf, «freilich bin ich ein Kriminaler, aber ich bin hier im Wald nicht zuständig. Ich darf nicht mit Ihnen reden.» Er wollte sich keinesfalls in das Geschäft der Kollegen einmischen, nicht noch einmal diesen Fehler begehen, wie damals in Straubing.

«Aber gerade deswegen können Sie mir helfen», sagte die Brummstimme. «Gerade deswegen. Weil Sie nicht zuständig sind. Bittschön, Sie müssen mir helfen.»

«Das müssen Sie mir jetzt aber erklären, Frau Rosenmüller.»

«Herr Wolf, es gibt etwas, was ich Ihren Kollegen nicht erzählen kann. Es ist wichtig. Ich erzähle es Ihnen, und Sie tun dann mit der Geschichte, was Sie für richtig halten. Aber Sie werden nicht sagen, dass Sie es von mir wissen.»

«Aber Sie kennen mich doch gar nicht, Frau Rosenmüller», sagte Wolf.

«Herr Wolf. Ich habe Sie gestern gesehen. In der Pizzeria, mit Ihrer Freundin. Ihnen kann man trauen, das glaubt auch die Hallmeierin. Bin seit vierzig Jahren Geschäftsfrau. Ich habe eine Menschenkenntnis.» Nach jedem Satz dieses schwere Schnaufen, Wolf hielt es nicht mehr aus. Er wollte das Gespräch zu Ende bringen.

«Ich komme morgen Abend bei Ihnen vorbei, Freitagabend, in Ordnung?»

«Freitag?», fragte sie.

«Ja, morgen Abend, Frau Rosenmüller. Heute geht es nicht

mehr. Und wenn es dringend ist, müssen Sie es unbedingt den Kollegen sagen. Haben Sie mich verstanden? Unbedingt den Kollegen erzählen, sonst machen Sie sich strafbar.»

«Ja, also bis morgen», sagte sie. Dann war noch das altmodische Geräusch eines Telefonhörers zu vernehmen, der in eine Telefongabel geknallt wird.

Wolf horchte eine Weile in die tote Leitung hinein, dann drückte er die rote Taste. Er spürte eine seltsame Unruhe in sich aufsteigen.

Eine Ahnung von Unheil.

Geschähe irgendein Verbrechen, weil er zu feige war, mit Frau Rosenmüller zu sprechen, dann würde er sich das niemals verzeihen.

Andererseits, er hatte eine Versetzung nach Passau beantragt. Mischte er sich jetzt ein und machte sich unbeliebt, dann konnte er dieses Gesuch wohl vergessen.

In jenem Augenblick sah er von der Terrasse aus, wie sich ein silberglänzendes Ungetüm die Stichstraße heraufquälte. Der Motor jaulte ein letztes Mal auf, dann bog das Ungetüm in die Auffahrt von Aylas Haus ein, der Kies knirschte unter den Reifen, schnurrend rollte der Wagen aus.

Die Fahrertür ging auf, es tauchten auf: braune Slipper mit Bommeln, dazu weiße Socken. Eine blaue Jeans, eine Lodenjacke über einem weißen, weit offenen Hemd, ein goldenes Kreuz auf dem schwarzen Gestrüpp im Ausschnitt. Ein feistes Gesicht, verhangen von einer stark ausgedünnten Poppertolle.

Richard Wildgruber von der Firma Wildgruber und Söhne. Der Immobilienmakler.

Wolf eilte die Treppe hinunter, dem Makler entgegen.

«Grüße Sie, Herr Wolf. Autofahren muss man aber gut können, damit man zu Ihnen heraufkommt.» Wildgruber reichte dem Kommissar die Rechte. Der Kommissar versenkte seine Hand in einem Feuchtbiotop.

«Herr Wildgruber, Sie haben aber großes Glück, dass Sie mich zu Hause antreffen. Wir wollten doch einen Termin ausmachen.» Wolf wagte gar nicht daran zu denken, was passieren würde, wenn Ayla dem Makler in die Arme liefe.

«Das tut mir leid, Herr Wolf, aber ich war gerade in der Gegend, und da dachte ich mir, Richard, schau doch gleich einmal vorbei beim Herrn Wolf. Und bei der Besitzerin von dem schönen Haus, Frau Davutoglu, glaube ich. Ist sie denn auch zu Hause?»

Wildgruber hatte sich offenbar kundig gemacht über die Eigentumsverhältnisse.

«Wir handeln hundertprozentig einvernehmlich, meine Lebenspartnerin und ich», sagte Konrad Wolf, «aber Frau Davutoglu möchte sich momentan nicht um den Verkauf kümmern. Sie hat so viel anderes am Hals. Deshalb wäre es gut, wenn Sie sie damit nicht belästigen würden.»

Richard Wildgruber überging die Lüge professionell. Er stöhnte und schwitzte, als wäre er den ganzen Weg herauf gelaufen. Stemmte die Hände in die wulstigen Hüften, setzte einen Fuß vor, hob den Blick.

«Ja, dann wollen wir mal schauen. Schön haben Sie's hier oben, sehr schön. Holzständerbau, nehme ich an?»

Wolf nickte. So viel wusste er noch von dem Haus, dass es aus Fertigbauteilen zusammengesetzt war, aus vertikalen Stützen, schrägen Streben, horizontalen Schwellen. Er hatte Fotos von den Lastwagen gesehen, auf denen die Teile des Hauses angeliefert worden waren, und von dem Kran, der sie in ihre Position brachte.

«Und die Dämmung?»

«Zellulose, in die Hohlräume hineingeblasen:»

«Wun-der-bar, es gibt nix Besseres», erwiderte Wildgruber. «Zellulose. Isolierung mit Altpapier. Alten Zeitungen. Das gefällt mir gut, Herr Wolf, dass man diese scheiß Zeitungen noch einmal sinnvoll verwenden kann.»

«Sie mögen Zeitungen nicht?», erkundigte sich Wolf.

«Ich hab nix gegen Zeitungen als solche, Herr Wolf, hab nix gegen das Papier an sich, wenn Sie wissen, was ich meine. Papier ist geduldig und kann ja auch nix dafür. Aber ich hab was gegen diese Zeitungsschmierer. Jetzt inserieren wir im Internet. Gratis. Das haben sie davon, die Zeitungen. Soll sie der Teufel holen.»

Wildgruber schnaufte einmal tief durch, dann schaltete er wieder in den Makler-Modus: «Niedrigenergiehaus, nehme ich an?»

Wolf nickte.

«Und können wir vielleicht einmal rund ums Haus gehen, Herr Wolf?»

Wildgruber setzte sich in Bewegung, ohne eine Antwort abzuwarten.

«Carport, sehr schön», stöhnte er, als er seinen Körper an der offenen Garage vorüber den Hang hinaufschleppte. «Mei, die meisten Leute bei uns haben gerne eine geschlossene Garage mit einer Fernbedienung fürs Garagentor. Aber ich sag immer: Was soll der Luxus? Es ist ja bloß ein Auto.»

Das erste Minus, dachte Wolf. Bestimmt hatte Makler Wildgruber eine Luxusvariante von Garage zu Hause stehen, mit Fernbedienung fürs Tor, Fußbodenheizung, goldenen Fliesen. Und so einem alten Opel Astra, wie Wolf ihn im Carport stehen hatte, hätte Wildgruber bestimmt die Zufahrt verweigert.

Sie gingen weiter, nun an der Rückseite des Hauses entlang, der Makler einen skeptischen Blick nach oben gerichtet, dorthin, wo die Dachbalken auf den Seitenwänden ruhten.

«Stimmt etwas nicht?», fragte Wolf.

«Sehr schön, das Lärchenholz», erwiderte Wildgruber, «wird so wunderbar grau, wenn es verwittert.»

Sie kamen auf der anderen Seite des Hauses den Hang herunter, hinein in den Garten, den der angrenzende Wald verschattete. Wildgruber hielt sich im Kiesbett, das rund ums Haus lief, trat gar nicht erst hinein in den Garten, stocherte mit seinem rechten Slipper im Schlamm und im Moos herum, als trage er ein Ballerina-Schühchen.

Ayla hatte schon zweimal versucht, hier Rasen zu säen, aber es war zu feucht und zu schattig.

«Ein Wimbledonrasen wird uns da nicht mehr wachsen», sagte Wildgruber, «aber wir wollen ja auch nicht Tennis spielen im Garten. Gell, Herr Wolf, oder, was sagen Sie?»

Wolf setzte sein Blenda-Lächeln auf, führte den Makler noch einmal um die Ecke, auf die Frontseite des Hauses.

«Aber schauen Sie hier, diese Pracht, unschlagbar, oder?»

Drei Glastüren, die von den Zimmern im Erdgeschoss in den sonnigen Garten führten. In einem der Zimmer schliefen Wolf und Ayla, das zweite gehörte Juri, im dritten war Wolfs Büro untergebracht. Die Fassade leuchtete im Sonnenlicht. Glas, Fenster und Türen bis unter das Pultdach. An der Seite des Hauses, über dem Carport angebaut, war die riesenhafte Terrasse.

«Ein Traum, Herr Wolf», sagte der Makler, «aber wenn wir Kunden zu Besichtigungen einladen: bitte nicht vor zwei Uhr. Bis dahin liegt nämlich Ihre schöne Fassade im Schatten.»

«Wer braucht denn eine Morgensonne? Die Leute sollen arbeiten», erwiderte Wolf in einem Anflug von Sarkasmus.

Er bat Herrn Wildgruber hinein ins Haus, entschuldigte sich, die Wohnräume im Keller seien leider nicht vorzeigbar, da nicht aufgeräumt. Der Makler erwiderte, kein Problem, bat aber darum, zumindest die dem Hang zugewandten Räume zu sehen.

«Frisch herausgemauert?», fragte er, während er den ersten Lagerraum inspizierte, wo sich immer noch Umzugskisten türmten.

«Nein», erwiderte Wolf, «das Haus ist auf die Kellermauern des alten Hauses gebaut worden.» Ayla hatte ihm das erzählt, begeistert von der Vorstellung, ihr Leben auf dem Fundament eines alten Glasmagnaten zu führen.

«Ja, das ist originell», erwiderte Wildgruber, «Alt und Neu Hand in Hand. Der Überreuter senior würde sich freuen. Der alte Verbrecher.»

«Verbrecher?», fragte Wolf.

«Wie wir halt so reden im Wald», beschwichtigte Wildgruber.

Er rückte Regale und Schränke zur Seite, im Lagerraum und auch im Waschraum, offenbar auf der Suche nach Feuchtigkeitsflecken an der Hangseite, fand aber alle Wände staubtrocken.

«Sehr schön», sagte er, «und das ist also der Heizungsraum?»

Er klopfte auf die Stahltür, die zum mittleren Kellerraum führte.

«Ölheizung», sagte Wolf und öffnete die Tür, Wildmoser warf einen kurzen Blick auf Tank, Brenner, Rohre und gab sich zufrieden.

Sie gingen hinauf ins Obergeschoss. Wolf ging voran, die Treppe knarzte unangenehm laut, Wildgruber folgte, ächzend und stöhnend. Sie wurden empfangen von Herbstlicht, das den großen Wohn- und Essraum flutete. Wildgruber aber hatte keinen Sinn dafür, er klopfte mit den Fingerknöcheln gegen eine der Innenwände. Es klang hohl, das Geräusch ging Wolf durch Mark und Bein.

«Mit der Faust dürfen Sie nicht hineinhauen», sagte Herr Wildgruber nüchtern, «aber Trockenbau halt. Für den, der das mag, ist es das Höchste.»

Sie nahmen Platz am großen Küchentisch aus Kirschholz. Konrad Wolf, einem Wutausbruch nahe, füllte zwei Trinkgläser mit Leitungswasser und knallte sie auf die Tischplatte. Zu essen gebe es leider nichts mehr, höchstens einen Apfel.

«Ja gern, Herr Wolf», erwiderte Wildgruber, «ich sag zu meiner Frau immer: *An apple a day keeps the doctor away.*»

Wolf holte aus der Speisekammer das runzligste Exemplar, das er finden konnte, platzierte es auf einem Teller und stellte den Teller neben das Glas mit dem Leitungswasser.

«Also, Herr Wildgruber, Sie sind nicht gerade begeistert von dem Haus», sagte Wolf, während er sich zu dem Makler an den Tisch setzte.

«Im Gegenteil, Herr Wolf, im Gegenteil.» Wildgruber hob beide Hände, um den Kommissar zu beschwichtigen. «Sehr schön das alles. Aber es ist halt so. Wir Menschen im Wald haben gern was Handfestes. Einen festen Ziegelbau oder massives Holz. Das ist alles ein bisschen, ich sag einmal: windig. Geschmackssache halt. Und dann haben wir natürlich diesen schwarzen Fleck, Herr Wolf, gell.»

Der Makler wischte sich seine Poppertolle aus dem fetten Gesicht, um mit beiden Schweinsäuglein freie Sicht auf den Kommissar zu bekommen.

«Der schwarze Fleck?» Wolf versuchte, die Fassung zu wahren.

«Sie haben den Fleck ja bestimmt gesehen, über dem Badfenster, und an der Fassade geht es auch schon los», fuhr Wildgruber fort, nachdem er das Wasserglas in einem Zug geleert hatte. «Das ist halt immer die Geschichte mit den Holzhäusern, gell. Meine Kunden haben Angst, dass die Dampfbremse nicht sauber montiert ist. Dass Feuchtigkeit in die Außenwände kommt und dass ihnen die ganze Bude verschimmelt. Da braucht es halt einen Käufer, der so einen Fleck gelassen nimmt: Wenn da der Dampf einmal herausbläst, muss man halt die Stelle aufmachen, die Fuge neu abkleben, und man macht wieder zu. Aus die Maus. Ganz dicht kriegt man so ein Haus ja nie. Und der Innenausbau in Ihrem Haus ist ja bestimmt eins a gemacht worden, von Fachleuten und streng nach den Regeln?»

Konrad Wolf hatte nicht die leiseste Ahnung, wovon dieser Mann sprach.

«Es ist ja bestimmt ein Blower-Door-Test gemacht worden. Das Zertifikat über die Luftdichtheit hat Ihre Lebenspartnerin vom Verkäufer erhalten. Herr Wolf?»

«Selbstverständlich», sagte Wolf.

«Und die Luftwechselzahl ist hoffentlich nicht höher als 1,50?»

«Natürlich nicht!» Konrad Wolf verschanzte sich hinter seinem Blenda-Lächeln.

«Sehr gut, sehr gut», erwiderte Herr Wildgruber, «dann werden wir halt jemanden suchen, der ein Herz für so ein Haus hat und dem so ein Fleck nix ausmacht. Wir müssen halt auf alle Fragen vorbereitet sein, Herr Wolf. Denn natürlich wird der Kunde fragen: Wenn jemand so ein Traumhaus gekauft hat – warum zieht der nach einem Jahr schon wieder aus? Ist da was faul?»

Herr Wildgruber sagte es beiläufig, während er nach dem runzligen Apfel griff.

«Und was wollen Sie für das Haus haben, Herr Wolf?», setzte der Makler nach, weil Wolf keine Antwort gab.

«Dreihunderttausend», erwiderte Wolf, allen Mut mobilisierend.

Wildgruber begann zu husten, als habe er sich verschluckt an dem Apfel.

«Herr Wolf», sagte der Makler, «bei der Summe wird das aber schwierig. Das ist ganz bestimmt ein sehr schönes Haus und eine, wie soll ich sagen, privilegierte Lage. Hochherrschaftlich, gewissermaßen. Sie schauen ja über das Dorf wie ein König. Aber dreihunderttausend, ich weiß nicht. Hat Ihre Lebenspartnerin so viel bezahlt?»

«Das werde ich Ihnen jetzt nicht verraten», erwiderte Wolf, «aber es ist eine Menge Grund dabei. Und es ist ein ganz spezielles Haus. Legen Sie sich einmal flach auf den

Eichenboden im Wohnzimmer. Schauen Sie hinauf in die Dachbalken. Sechs Meter hoch. Und dieses Licht um Sie herum. Da ist die Welt auf einmal in Ordnung, Herr Wildgruber.»

Das viele Licht, die wenigen Möbel aus hellem Holz, die freundliche Küche, ein rotes Ledersofa als Blickfang. Alles angeordnet wie in diesen Wohnzeitschriften, die Wolf im Wartezimmer beim Zahnarzt las.

«Ich werd mich da jetzt nicht hinlegen, Herr Wolf», sagte der Makler. «So romantisch bin ich nicht veranlagt. Vielleicht finden wir ja wirklich jemanden, der für dieses Licht so viel Geld bezahlt. Und für den schwarzen Fleck. Aber jetzt sagen Sie mir, warum wollen Sie denn schon wieder verkaufen, wenn es doch so schön ist hier? Das müsste ich schon wissen, bevor wir Kunden durch das Haus führen.»

«Wir haben gemerkt, dass wir uns in München doch wohler fühlen», sagte Wolf. Es war die halbe Wahrheit, seine Wahrheit.

«Typischer Fehler, Herr Wolf», erwiderte der Makler. «Typischer Fehler. Passiert immer wieder, da sind Sie nicht der Einzige. Ich sag meinen Kunden immer: Sie können an einem Haus verändern, was Sie wollen. Umbauen, kein Problem. Sie können bloß eines nicht machen: das Haus versetzen. Das muss sich der Kunde merken. Weil, das schönste Haus nutzt Ihnen nix, wenn es an der falschen Stelle steht. Oft merken das die Leute erst, wenn wir den Kaufvertrag schon aufgesetzt haben und der Notartermin schon steht. Dann kriegen sie die Panik, und der Makler hat den Stress und muss alles wieder abblasen. Und manchmal merken die Leute erst viel zu spät, dass sie einen Fehler gemacht haben. Und dann natürlich. Alles zu spät, alles am Arsch.»

Der Makler hatte den Apfel mit Stumpf und Stiel aufgegessen. Er leckte sich schmatzend die Finger, alle zehn, einen nach dem anderen.

Der Kommissar ließ es schweigend über sich ergehen.

Alles zu spät, alles am Arsch?

Wolf gab nicht auf.

«Aber der Gemeinde geht es doch gut. Und wenn jetzt auch noch der Windpark gebaut wird, da werden doch Arbeitsplätze entstehen, und es werden Leute hierherziehen.»

«Herr Wolf, Sie haben recht», sagte Wildgruber, «der junge Bürgermeister hat viele kleine Firmen in den Ort geholt. Alles Umwelt und Öko. Aber ich weiß nicht, ob mit dem Windpark neue Arbeitsplätze kommen. Die Windradl drehen sich ja von ganz alleine, die muss ja niemand anschubsen. Oder?» Er lachte über den eigenen Witz. «Außerdem ist das ganze Dorf zerstritten. Für den Windpark, gegen den Windpark. Die besten Freunde reden nicht mehr miteinander. Die einen sagen, die Windkraft macht uns reich, und kaufen Anteile an dem Park. Die anderen sagen, diese Windradl verscheuchen unsere Touristen. Und dieser verrückte Hotelier klagt sogar dagegen. Für die Immobilienpreise in Gratterszell ist der Streit nicht gut. Und jetzt auch noch der Lammer Hans, die Zeitungsschmierer mit ihren Gruselgeschichten. Da kriegen die Leute ja Angst, dass ihnen Boandl auf den Kopf fallen, wenn sie im Wald spazieren gehen.»

Wolf atmete dreimal tief durch.

«Ich bringe Sie zum Auto, Herr Wildgruber», sagte er dann.

Sie gingen die knarzende Treppe hinunter, verabschiedeten sich mit einem Handschlag. Wildgruber bot an, ein Exposé für die Wohnung zu verfassen, und bei zweihundertfünfzigtausend Euro würde das Geschäft bedeutend leichter. Wolf erwiderte, er müsse sich die Sache noch einmal überlegen. Der Makler saß bereits im Auto, da fiel Konrad Wolf noch eine letzte Frage ein. Er klopfte an das Seitenfenster. Mit einem Knopfdruck ließ Wildgruber die Scheibe nach unten gleiten.

«Herr Wolf?»

«Sagen Sie, Herr Wildgruber, was ist Ludwig Rosenmüller eigentlich für ein Mensch?»

Der Makler Wildgruber holte eine Zigarettenschachtel aus dem Handschuhfach, fingerte eine Zigarette aus der Packung, steckte sie mit zittrigen Fingern an.

«Sie sind von Beruf Polizist, gell?» Wildgruber zog an seiner Zigarette wie ein Verdurstender an einem Strohhalm. «Also sag ich nichts als die Wahrheit: Ein rechter Hallodri ist er halt. Fürs Geschäft geht er über Leichen. Und hinter den Weibern war er sein Leben lang her. Ist er wahrscheinlich immer noch, obwohl schon mehr als siebzig Jahre alt. Da muss man fast den Hut vor ihm ziehen, oder, was sagen Sie? Siebzig, und immer noch so fidel. Andererseits, die arme Frau.»

Wolf ging darüber hinweg.

«Und was erzählen sich die Leute denn von Hans Lammer? Warum hat er sich umgebracht damals?»

Da winkte der Makler ab. «Seien Sie mir nicht böse, aber ich bin kein Auskunftsbüro. Außerdem sollten Sie die alten Geschichten ruhen lassen. Wir haben größere Probleme hier als diesen alten Boandlhaufen. Auf Wiederschau'n, und wir hören voneinander.»

Der Makler Richard Wildgruber hob kurz die Hand, ließ mit einem Knopfdruck die Scheibe hochschnurren, direkt vor Wolfs Nase. Dann legte er den Rückwärtsgang ein.

Die Stunden bis zum Abend verbrachte Konrad Wolf wie hinter einem Schleier. Er war überzeugt davon, dass Ayla ihr ganzes Vermögen in einen verrottenden Bretterverschlag gesteckt hatte. Das Haus würde niemals mehr zu verkaufen sein, Ayla würde daran gefesselt bleiben bis zum Ende ihrer Tage. Und er, Konrad Wolf, hatte die Wahl, einzuziehen in diese Schimmelbaracke oder aber sich nach München abzusetzen und die Liebe seines Lebens über kurz oder lang zu vergessen. Erst als er am Abend das kleine blaue Auto die

Stichstraße heraufruckeln sah, besserte sich seine Laune. Er hatte Nudeln gekocht, irgendeine fette Pampe darüber ausgebreitet, den Tisch feierlich gedeckt – mit Papierservietten, das war Feierlichkeit nach Wolfs Geschmack –, und so saßen Ayla, Wolf und Juri nun versöhnlich gestimmt beim Abendessen, Juri ruckelnd und zuckelnd und mampfend. Doch kaum hatte er den Teller leer gegessen, konnte er nicht mehr an sich halten.

«Mama», rief er, «Konrad und ich, wir haben ein Geheimnis. Das darf ich dir nicht verraten.»

«Und welches Geheimnis darfst du mir nicht verraten, mein Kleiner?», fragte Ayla leichthin.

Wolf hielt den Atem an.

«Ein Toter, Mama. Konrad hat mir den Knochen von einem Toten gezeigt. Im Internet. Von dem Toten im Baum.»

So viel zu den Geheimnissen zwischen Vater und Sohn.

Ayla legte Gabel und Löffel zur Seite.

«Konrad», sagte sie sehr ernst, «du bringst den Tod in unser Haus.»

Jedenfalls. Meine Heimat, Leopoldsreut. Gar nicht weit weg von hier, das Dorf. Aber kennst du wahrscheinlich gar nicht, das Dorf. Gibt es auch nicht mehr. Bloß noch das Ortsschild und die Kirche und das Schulhaus und die Forsthütte. Alles sauber hergerichtet, renoviert, damit die Leute was zum Schauen haben. Die Wanderer, die Touristen, die Tschechen, die Preißn. Sollen ja ihr Geld bei uns abliefern.

Gute alte Zeit, oder? Da rollt der Rubel, wenn man den Leuten die alten Geschichten verkauft. Hören sie immer gerne. Ruhe, Bescheidenheit, Einklang mit der Natur. Idylle.

Ein Scheißdreck, sag ich dir.

Hochebene, elfhundert Meter, da pfeift der Wind. Acht

Monate im Jahr Winter. Schneemauern, sag ich dir. So viel Schnee, dass man wochenlang nicht hinuntergekonnt hat ins Tal. Und niemand ist heraufgekommen. Kein Strom, keine Wasserleitungen, keine Zentralheizung. Kannst du dir vorstellen, wie das gewesen ist? Hundert Leute wochenlang auf einem Fleck eingesperrt. Eiskalt. Da brauchst du etwas, was dich aufwärmt. Da haben wir uns am Abend getroffen, mal in dem einen Haus, mal in dem anderen. Die Alten haben von ganz früher erzählt. Da hast du gedacht, die haben noch persönlich im Mittelalter gesehen, wie die Säumer durch unser Dorf gezogen sind.

Was, du weißt nicht, was Säumer sind? Die Leute, die mit ihrem Salz durch den Wald und durch unser Dorf gezogen sind. Von der Donau nach Prag. Goldener Steig, muss man doch wissen. Lernt man das heute nicht mehr in der Schule, Geschichte?

Ja, unsere Alten, ich weiß, ich bin ungerecht zu denen, aber wir sind junge Menschen gewesen damals. Und wir wollten eigentlich nur eins: weg da. Du willst ja nicht unbedingt dein Leben lang auf dem Hof arbeiten, im Wald arbeiten, auf dem Feld arbeiten, wo eh nichts wächst. Und im Winter den Arsch abfrieren lassen. Aber natürlich: war schon auch lustig. Wir haben musiziert, gesungen. Ein wenig getrunken. Getanzt. Junge Menschen halt. Und die Dirndln. Sind mit jedem Tag schöner geworden, damals in den kalten Wintern. Ich könnte dir Geschichten erzählen. Die Rosemarie, sag ich dir, die Rosi, unsere Nachbarin, die hatte so Zöpfe, blond, kommt ja selten vor bei uns im Wald, dass jemand blond ist, wir kommen im Wald ja alle mehr von der slawischen Seite her …

Gut, willst du nicht hören. Ist eh nichts geworden mit der Rosi.

Mein Vater also, der Matthias. Haben alle Hias gesagt. Ein kleiner Bauer, mein Vater, später, als der Hof gar nicht mehr gegangen ist, hat er in den Granitwerken gearbeitet. Wir haben ein paar Sauen gehabt, eine Kuh. Hafer haben wir angebaut, Erdäpfel, sonst wächst nicht viel da oben. Und meine Mutter, die Maria. Was willst du hören? Hausfrau. Bäuerin. Mutter. Vier Kinder.

Das ganze Dorf war voller Kinder. Und der Lammer Hans natürlich, das ist wahrscheinlich jetzt das, was dich interessiert. Ist ein Nachbar von uns gewesen. Sie haben keine Kinder gehabt beim Lammer. Musst du dir vorstellen, das ganze Dorf voller Kinder, und die Frau Lammer kriegt keins. Da haben sie sich gefreut, als der Hans über die Grenze gekommen ist, 1956. War ein böhmischer Verwandter, weitschichtig. Er war fünf Jahre jünger als ich, der Hans, wie ein kleiner Bruder. Aber bei den Dirndln war er mir immer voraus. Die Rosi und der Hans … Ob mich das geärgert hat?

Natürlich nicht, ich habe ja die Auswahl gehabt, immer, mein ganzes Leben lang. Wie Motten ums Licht, die Frauen, sage ich dir. Aber bei mir war immer das Herz dabei. Immer ein bisserl das Herz dabei.

3. KAPITEL

«Herr Ranger, heulen die Wölfe eigentlich bei Vollmond?»

Ein Mädchen mit rosa lackierten Fingernägeln und rosa Ballerinaschuhen, vielleicht vierzehn Jahre alt, sah den Ranger an, schlug heftig mit den Wimpern und schüttelte ihr blondes Wallehaar. Sie schien darauf zu warten, dass der Rest der Klasse ihr Beifall klatschte für die großartige Frage.

«Nein», brummte der Ranger, ohne sie anzusehen, den Blick hinein in den herbstrot schimmernden Wald gerichtet. «Unsere Wölfe heulen bloß, wenn sie eine Sirene hören.»

Offene Münder, große Augen. Gekreische und Gequietsche und Gekicher auf der Wolfskanzel. Die Touristen, die meisten von ihnen ältere Ehepaare, flüchteten. Dieser Lärm, und dieses rosa Püppchen, und überhaupt, eine Münchner Schulklasse, hier würde sich kein Wolf blicken lassen, der noch bei Trost war. Höchstens um hineinzubeißen in einen rosaroten Ballerinaschuh. Aber da waren die Zäune und die Gitter. Die Wolfskanzel erhob sich fünf Meter über den Waldboden, und an den Pfeilern waren Bleche angebracht, damit die Wölfe keinen Halt fanden beim Versuch, Münchner Kinder zu jagen.

«Und wann haben die Wölfe zum letzten Mal geheult, Herr Ranger?», fragte das rosa Püppchen leicht verunsichert.

«Vorgestern Abend erst, Kinder», sagte der Ranger, «habt ihr das nicht gehört in eurem Hotel? Ein Sägewerk hat gebrannt, gar nicht weit von hier. Die Feuerwehren aus der ganzen Gegend waren unterwegs.»

Konrad Wolf hatte sich also nicht getäuscht. Dieser Brandgeruch in der Stadt, er hatte ihn sich nicht eingebildet. Der Kommissar glaubte den Geruch hier, im großen Tiergehege des Nationalparks, selbst eineinhalb Tage später noch in der Nase zu haben. Er lehnte am Geländer, den Blick in das Gehege gerichtet.

Und da entdeckte er ihn doch, den Wolf, einen von acht, die hier gehalten wurden, für einige Augenblicke ließ er sich blicken. Leichtfüßig, stolz, gleichmütig trotz des Lärms auf der Besucherkanzel trottete er durch sein Gefängnis. Das Spiel von Licht und Schatten auf seinem Fell machte ihn unsichtbar zwischen den Bäumen. Er federte durch sein Revier, dann verschwand er hinter einem Felsen. Die Schulklasse traktierte derweil den Ranger mit ihren Fragen.

Und wenn der Wolf hier hochklettern will und abstürzt, bricht er sich dann das Genick?

Oder kann er sich in der Luft drehen wie eine Katze?

Dem Ranger musste geholfen werden.

«Herr Ranger», ging Konrad Wolf dazwischen, «und warum heult der Wolf, wenn er eine Feuerwehrsirene hört?»

Die naheliegende Frage. Das rosa Püppchen starrte ihn mit großen Augen an.

«Wisst ihr, Kinder», sagte der Ranger mit einem Lächeln, «wenn der Wolf die Sirene hört, da denkt er immer: Das ist eine Nachricht für mich. Da denkt er: Der Mensch schickt mir eine Botschaft, interessant, da muss ich jetzt aber antworten. Und da heult er zurück. Erzählt uns eine Geschichte. Aber leider verstehen wir ihn nicht, den Wolf. Und jetzt lasst uns gehen, Kinder.»

Der Ranger verließ die Kanzel, die Kinder in einer Schlange hinter sich wie der Rattenfänger; der Kommissar blieb zurück, allein mit seinen Gedanken. Ein Toter wird im Baum gefunden. Ein Sägewerk geht in Flammen auf. Ein Hotelier verschwindet. Da fangen die Sirenen zu heulen an, da schlägt der Mensch Alarm. Was mochte der Wolf verstehen, wenn er die Sirenen hörte? Ahnte er das menschliche Unglück, den Tod, die Zerstörung? Und wenn er zurückheulte: Spendete er Trost, oder machte er sich lustig darüber, wie wichtig der Mensch sich und seine Schicksalsschläge nahm?

Konrad Wolf hätte sie gern verhört, die Wölfe. Zwar waren sie eingesperrt in dem Gehege, aber bestimmt fanden sie Mittel und Wege, sich mit anderen Waldtieren zu verständigen, vielleicht sogar mit Artgenossen auf der anderen Seite des Zaunes, die sich versteckt hielten in dem großen dunklen Wald.

Der Kommissar suchte das Gehege ab, aber kein Wolf ließ sich mehr blicken, sosehr er auch starrte.

Er spürte eine Hand auf seiner Schulter, blickte sich um. Rote Mähne, roter Wallebart, ein prüfender Blick aus blauen Augen.

«Ach, der einsame Wolf», sagte der Ranger, er hatte die Schulklasse verabschiedet. Der übliche Spruch. «Und jetzt sag einmal, was willst du von mir? Warum willst du mit mir heute wandern gehen? Doch nicht wegen der Natur, oder? Ich kenn dich doch.»

Ein Jahr zuvor hatten sich die beiden kennengelernt. Konrad Wolf hatte nach der Explosion in Straubing tatsächlich erwogen, seinen Beruf aufzugeben. Er hatte die fixe Idee gehabt, er könne im Wald zur Ruhe kommen. Ein bisschen Familienleben führen mit Ayla und Juri, ein bisschen Natur erleben, ein wenig Geld verdienen mit Tierführungen und Pflanzenführungen für Touristen, mit Referaten über die Geschichte des Bayerischen Waldes. Deshalb hatte er Theo Vogler angesprochen, den Ranger Theo. Ayla war auf die Idee gekommen, denn der Ranger wohnte mit Frau und Kindern in Gratterszell. Und tatsächlich nahm der Ranger den Münchner Kommissar unter seine Fittiche. Aber schon bald hatte Wolf das Vorhaben abgebrochen. Schaute er in den Herbstwald, fühlte er sich auch nach zehn langen Wanderungen mit dem Ranger noch an die Fototapete in seinem Kinderzimmer erinnert. Drang der Geruch von Wald in seine

Nase, dachte er an Toilettenspray. Die Zivilisation habe ihn versaut, fand der Ranger. Aber sie waren Freunde geblieben, so weit das möglich war angesichts der sporadischen Besuche Wolfs.

«Ich will dich aushorchen, Ranger», sagte der Kommissar, «du weißt doch, ich bin Kriminaler durch und durch. Etwas anderes kann ich nicht.»

«Dich interessiert also auch der Tote im Baum», sagte der Ranger Theo. «Alle wollen jetzt zu der Stelle, wo man den Grenzer gefunden hat. Vielleicht hätte man ihn im Baum hängen lassen sollen, dann wäre das wahrscheinlich bald ein eigener Tourismus-Zweig. Boandl-Watching. Furchtbar, dieser Zirkus.»

«Ranger, du hast recht wie immer, da will ich hin», sagte Wolf. Auf Ludwig Rosenmüller würden sie schon auch noch irgendwann zu sprechen kommen.

Ohne ein weiteres Wort wandte der Ranger sich ab und machte sich auf den Weg. Der Kommissar folgte ihm wortlos.

Es dauerte nicht lange, und sie wanderten durch Landschaften, wie Konrad Wolf sie aus den Harry-Potter-Filmen kannte, die er zusammen mit Juri sah. Finsterer Urwald, zauberhafte Lichtungen, sprudelnde Bäche. Der Kommissar hätte sich nicht gewundert, wenn Gnome oder Elfen um die Ecke gebogen wären, geschweige denn ein Luchs, oder gar ein Wolf. Der Ranger ging voran, an allen Hindernissen mühelos vorbei, an Wurzeln und Baumstümpfen, mit gedämpften federnden Schritten. Konrad Wolf war gebannt von dieser Figur im Poncho, mächtig und schief und doch von großer Leichtigkeit mit ihrem Wanderstock. Wolf hatte Mühe, Schritt zu halten.

«Bist du froh, dass du diese Quälgeister endlich los bist?», fragte der Kommissar, um den Ranger zu bremsen.

«Wen meinst du?», fragte der Ranger, und wirklich blieb er stehen.

«Diese Schulklasse natürlich», sagte Wolf.

Probeweise hatte der Ranger ihn einmal eine Klasse durch das Freigehege führen lassen. Die Tierarten hatte der Kommissar auch fehlerfrei vorstellen können, aber dann diese Fragen.

Das Sexualleben der Braunbären? Wie machen die das, rein technisch, Herr Praktikant?

Herr Praktikant, so hatte ihn ein pubertierender Gymnasiast genannt. Seither hasste er Schulklassen.

«Sei doch froh, dass die jungen Leute überhaupt Interesse aufbringen für den Nationalpark, Wildnis, Natur», erwiderte der Ranger. «Alle reden jetzt vom Wolf. Der Wolf ist zurück in Deutschland, alle freuen sich. Mei, ist das schön.» Der Ranger schien das rosa Püppchen nachzuäffen.

«Und was meinst du, was passiert, wenn sich eure Wölfe wieder vom Acker machen, wie seinerzeit in den Siebzigern?», fragte der Kommissar. «Dann fordert ihr doch wieder die Bereitschaftspolizei an, und die knallt die Tiere ab.»

Acht Wölfe waren damals aus dem Gehege ausgebrochen. Die Menschen fürchteten um Leib und Leben ihrer Kinder, ihrer Tiere. Und die Aufregung steigerte sich zur Hysterie, nachdem zwei Wölfe einen vierjährigen Jungen in den Wald zu zerren versucht hatten. Zum Spielen, erklärten die Tierschützer, denn Wölfe seien erfahrungsgemäß kinderlieb. Aber das wusste der Vierjährige damals nicht, dass die Geschichte von Rotkäppchen und dem bösen Wolf nur ein Märchen war und dass Wölfe «erfahrungsgemäß» Kinder mochten. Er wusste es nicht, und seine Eltern und Geschwister wussten es auch nicht. Aber im ganzen Land machte man Witze über die ignoranten Hinterwäldler, die «Waidler». Es war leicht, Witze zu machen, wenn der Wolf nicht um das eigene Haus schlich.

«Lass mich mit deinen blöden Geschichten in Ruhe», sagte der Ranger und verschärfte sein Tempo wieder.

Die Waidler und ihre Heimat, bei diesem Thema verstand der sonst so gut gelaunte Ranger keinen Spaß.

Theo hatte als Vierzehnjähriger das Glasbläserhandwerk erlernt. Er hatte, als seine Hütte pleitegegangen war, einen Job in der großen Automobilfabrik in Dingolfing angenommen. Für einen Mann aus dem Wald die Höchststrafe: die tägliche Fahrt hinaus ins flache Land, die Arbeit am Fließband, die sinnlosen Stunden im Bus, der die Pendler im Morgengrauen zur Fabrik und abends wieder zurück brachte. Jeden Tag, acht Jahre lang, und an jedem einzelnen Tag war er nach der Arbeit in den Wald gestürmt, um zur Ruhe zu finden.

Wie sein Vater, wie fast alle Waidler, hasste er anfangs diesen Nationalpark. Hasste die Münchner Tierschützer, die ihnen erklärten, dass der böse Wolf ja eigentlich ein Lieber sei, der die Schafe und Ziegen nur aus Versehen umbringen würde. Und er hasste die Umweltschützer, die den Menschen erklärten, dass man den Wald nicht pflegen dürfe, dass man ihn sich selbst überlassen müsse, dass man die gefallenen Bäume, die Äste und Zweige nicht als Brennholz verwenden dürfe, so wie man es seit Menschengedenken getan hatte. Und so hochmütig, wie den Waidler früher die staatlichen Förster im Namen des Königs aus dem Wald vertrieben hatten, so vertrieben ihn nun die Ranger des Nationalparks aus dem Wald.

Doch Theo versuchte die Idee vom Nationalpark, vom unberührten Wald zu verstehen, und irgendwann fing er Feuer. Nun war er Ranger, Mittler zwischen den Welten. Bat im Dorf um Verständnis für den Naturschutz und bat im Nationalpark um Verständnis für die Einheimischen. Die beiden Welten hatten sich angenähert im Laufe der vielen Jahre, aber so ganz passten sie noch immer nicht zusammen, da mochte Theo noch so entschlossen vorangehen mit seinem Wanderstock.

Theo und sein Stock. Er hatte sich den Stock gekauft für seine Heimkehr in den Wald. Nach dem letzten Arbeitstag in Dingolfing hatte er sich zu Fuß auf den Weg gemacht. Er wollte jeden Meter spüren, fünf Tage nahm er sich Zeit, ließ sich unterwegs von Bauern zum Abendessen und zur Übernachtung in der Scheune einladen. Man müsste einen Film über die Geschichte drehen, dachte der Kommissar: Theos Heimkehr in den Wald. Wie er neben der Autobahn her wandert, mit Bäuerinnen flirtet, wie er auf die andere Seite der Isar wechselt, wie ihm Tränen über die Wangen laufen, als sich die Berge vor ihm abzeichnen, schwarz und blau schimmernd. Und wie er aufsteigt, keuchend und schwitzend und glühend vor Glück: der Wald-Saulus, zum Paulus gewandelt, nachdem er verstanden hat, dass die Natur sehr gut alleine zurechtkommt. Und nicht zuletzt: dass sehr viele Touristen dabei zuschauen wollen, wie der Wald sich selbst erneuert.

Der Ranger hielt an einer kleinen Lichtung, Wolf bemerkte wieder diesen prüfenden Blick, er kannte ihn von ihren gemeinsamen Ausflügen. Theo wollte nun hören, was der Kommissar sah, roch, fühlte. Farben, Formen, Gerüche. Ein Lehrer und sein Schüler, und wieder einmal gab sich der Kommissar allergrößte Mühe zu verstehen, welche Gabe der Natur er gerade bewundern sollte.

Flachwurzelnde Fichten, die der Wind umgelegt hatte: wie umgestürzte Sonnenschirme samt Sockel, fand der Kommissar. Sie türmten sich aufeinander, ein archaisches Mikado. Wie mit grüner Seide bespannt ein bemooster Stamm in einem schmalen Streifen Sonnenlicht, der durch die Baumkronen brach. Ein weiterer Fichtenstamm, aus dem viele kleine Fichtenbabys wuchsen, in der Mitte zerquetscht von einem Felsbrocken.

Das Rucken und Zucken in einem kleinen Tümpel.

Von fern ein beständig wiederkehrender Vogelschrei.

«Du meinst das Auerhuhn?», fragte Wolf.

«Riechst du es denn nicht?», fragte der Ranger, kopfschüttelnd.

«O ja, ich rieche es, Ranger. So zitronig, irgendwie», sagte der Kommissar. Dann brach er in Gelächter aus, denn natürlich roch er: nichts.

Vielleicht, so dachte er, war es wieder irgendein Pilz, der ein besonderes Aroma verbreitete. Zum Beispiel die Rundsporige Nadelholz-Scheinlorchel, die, wie Wolf einmal auswendig gelernt hatte, der mehrstämmigen Würgefeige ähnelte und deren Fund im Bayerwald von den Pilz-Gelehrten, die sich Mykologen nannten, als wahre Sensation gefeiert wurde.

«Du Depp», sagte der Ranger, ebenfalls lachend, «bei dir ist Hopfen und Malz verloren.»

Er ging wieder voran, der Kommissar stürmte ihm hinterher im Schummerlicht der Waldkathedrale, auf eigentlich verbotenen Wegen, die nur der Ranger kannte und auf denen sich Wolf, wäre er allein gewesen, wohl tödlich verirrt hätte. Gedankenverloren wäre Wolf dem Ranger beinahe in den Rücken gelaufen, als dieser nach mehr als einer Stunde des wortlosen Wanderns vor einem rot-weißen Absperrband hielt.

Zwei Männer trugen Bretter und Streben weg, in Richtung des nächsten Waldweges, wo ein kleiner Lkw geparkt war. Sie bauten die Reste des Gerüsts ab, das man unter größten Mühen in den Wald geschafft hatte, um den Toten aus dem Baum zu holen.

«Keine Ahnung, was du hier willst», sagte der Ranger, «aber bitte, jetzt bist du an der Reihe. Ich hab dir nichts beibringen können, was unseren Wald betrifft, leider. Vielleicht kannst jetzt du mir was beibringen, Herr Kommissar!»

Konrad Wolf legte den Kopf in den Nacken und schaute hoch in die Fichte. Elf Meter über dem Boden, so hatte er es in der Zeitung gelesen, hatten sie die Leiche gefunden, dreißig Jahre, nachdem Hans verschwunden war. Eine dicht bewachsene Fichtenschonung in abschüssigem Gelände, mehrere hundert Meter entfernt vom nächsten Waldweg, im geschützten, unberührten Teil des Nationalparks. Es war purer Zufall, dass die drei jungen Pilzsammler auf verbotenen Pfaden unterwegs gewesen waren und so den Knochen mit dem Metall entdeckt hatten.

«Dieser Mann wollte auf gar keinen Fall gefunden werden», sagte der Kommissar, «der hat sein Ende akribisch vorbereitet, kaltblütig. Der hat nicht mehr gezweifelt an seinem Entschluss. Für immer raus aus dieser Welt, weg von seiner schönen Frau und seinen vielen Freunden. Hat sich mit Schnüren und Gürteln festgebunden. Und die Pistole mit einem Draht befestigt. Und dann der Schuss. Aus die Maus.»

Konrad Wolf horchte ihm hinterher, dem Schuss, glaubte sein Echo auch dreißig Jahre später noch zu hören.

«Wahnsinn, wie du das alles analysierst», sagte der Ranger, «wie der Kommissar Wallander, oder wie der Finne heißt, von dem ich dieses eine Buch gelesen habe. Man merkt gleich, dass du vom Fach bist. Aber kann es sein, dass ich das alles schon aus der Zeitung kenne?»

Eine Brise fuhr durch das Stoppelfeld auf Konrad Wolfs Schädel und bauschte die rote Mähne des Rangers. Irgendwo verrichtete der Borkenkäfer sein tödliches Werk, Kommissar Wolf glaubte, sein Schaben zu vernehmen. Er achtete nicht auf den Spott des Rangers, war nun ganz bei sich.

«Der Hans hat niemandem zur Last fallen wollen», fuhr der Kommissar fort, «keinem Arzt, keinem Sanitäter, keinem Polizisten, keinem Leichenbeschauer, keinem Totengräber. Er wollte von keinem Pfarrer gesegnet und ins Himmelreich verabschiedet werden. Er wollte nicht, dass sich Gattin, Familie, Freunde, Kollegen versammeln, um in seinem Namen zu trauern, zu essen und zu trinken. Der wollte seine Ruhe haben. Er wollte nicht mehr angefasst werden, allein sein. Und er wollte ein großes Rätsel sein für die anderen.»

«Bis die Knochen aus dem Baum fallen», ergänzte der Ranger.

«Genau», sagte der Kommissar, «der Hans war bestimmt ein großer Naturfreund. Der wollte eins sein mit der Natur, wollte sich selber einspeisen in den ewigen Kreislauf. Eure Fichtenbabys im Nationalpark wachsen ja auch aus den Leichen der alten Bäume heraus. Wer weiß, welche Viecher in all den Jahren vom Hans gelebt haben, welche Pilze auf ihm gewachsen sind.»

«Nicht schlecht, Kommissar», erwiderte der Ranger.

«Aber da ist natürlich die eine Frage. Warum? Wie kann man so etwas der eigenen Frau antun? Die waren doch erst ein paar Jahre verheiratet? So ein gewaltiger, so ein brutaler Abschied.»

Wolf, der heftig gestikulierend hin und her gelaufen war unter der Fichte, hielt inne.

«Ohne Abschiedsbrief, Ranger? Das glaube ich nicht. Wenn ich mir seine Frau so anschaue, wie die heute noch leidet, dann war das eine ganz große Liebe. Die hat bis heute gehalten. Kann es sein, dass seine Elfriede den Abschiedsbrief hat verschwinden lassen, weil da etwas drinstand, was niemand lesen sollte? Was erzählen denn die Leute?»

«Die Leute erzählen viel, wenn der Tag lang ist. Der Hans ist fremdgegangen, der Hans hat mit einer anderen ein uneheliches Kind gehabt. Der Hans hat das ganze Geld seiner Frau durchgebracht, er hat ja in ein Sportgeschäft in Zwiesel eingeheiratet, als Junior-Chef. Aber nix davon stimmt, wenn du mich fragst. Du glaubst nicht, wie genau die Polizei damals ermittelt hat. Ein Grenzer, der plötzlich verschwunden ist – die haben erst gedacht, vielleicht ist er übergelaufen. Ein Spion. Die haben keinen Stein auf dem anderen gelassen. Aber es hat am Ende keine Erklärung gegeben, keinen Verdacht gegen die Frau. Nichts.» Er hielt kurz inne. «Vielleicht ist der Hans ja umgebracht worden, was meinst du?»

Auch diese Möglichkeit hatte Wolf schon durchgespielt, allein am Frühstückstisch. War Hans von seinem Mörder gezwungen worden, auf einen Baum zu klettern, sich anzugurten, und war dann erschossen worden? Oder war er zuvor schon erschossen worden, und der Mörder, oder *die* Mörder, hatten ihn anschließend hochgehievt in diese Fichte, um einen Selbstmord vorzutäuschen? Konrad Wolf stellte sich beides vor. Wie das Opfer gezwungen wird, elf Meter hoch in eine Fichte zu klettern, oder wie jemand versucht, einen Toten hochzuzerren.

Brechende Äste, fluchende Männer, die Fichte rauf, die Fichte runter.

«Das ergibt keinen Sinn, Theo. Das ist ausgeschlossen. Der Mörder lässt sein Opfer nicht in einem Baum hängen. Der vergräbt es. Wenn der Hans hier irgendwo vergraben worden wäre – man hätte ihn niemals gefunden.»

«Du hast ja wahrscheinlich recht. Aber jetzt sag mal, warum interessiert dich das alles eigentlich?» Der Ranger zeigte ihm wieder sein Prüfgesicht, und Wolf ahnte, diesmal würde er nicht mit einem Scherz davonkommen.

Nostalgie, die Sehnsucht nach der guten alten Zeit. Das war die Antwort. Er sehnte sich manchmal in die achtziger Jahre zurück. Nicht wegen der Karottenjeans, nicht wegen der weißen Sportsocken, nicht wegen der Dauerwelle, die ihm der Dorffriseur in seine strohblonden Spaghetti-Haare geätzt hatte. Was er vermisste, war diese Übersichtlichkeit.

Hüben und drüben. Ost und West. Wir und die anderen. Und dazwischen diese Grenze. Sie verlief damals nur wenige hundert Meter von der Stelle, an der sie nun standen. Und dort oben in der Fichte hing ein Mann, der diese Grenze bewacht hatte. Und deshalb hatte es den Kommissar hingezogen zu diesem Ort, schon von dem Moment an, als Frau Hallmeier ihm von dem Toten im Baum erzählt hatte.

Die Männer vom THW trugen die letzten Streben des Gerüsts weg, schwitzend und keuchend. Sie warfen einen verächtlichen Blick auf den Ranger und den Kommissar, hielten die beiden wohl für Katastrophentouristen. Boandl-Watcher.

«Jetzt stell dir mal vor», sagte der Kommissar zum Ranger, «der Hans hätte sich da oben im Baum nicht umgebracht, sondern er hätte sich nur schlafen gelegt und würde jetzt nach dreißig Jahren wieder aufwachen. Da würden wir ihm sagen: Hans, tut uns leid, du bist arbeitslos. Die Grenze gibt's nicht mehr. Der Kohl ist nicht mehr Kanzler. Wir haben jetzt eine Bundeskanzlerin, und die kommt aus der Uckermark.»

Der Ranger lachte. «Der Hans hat aber nicht geschlafen. Und ich weiß immer noch nicht, warum du dich für seinen Tod interessierst.»

«Es ist so. Ich war bei der Bundeswehr damals, als der Hans hier Streife gegangen ist. Wenn in der Kaserne die Sirene heulte, mussten wir alle in den Verfügungsraum.»

«Die Soldaten der ganzen Kaserne in einen einzigen Raum?», fragte der Ranger.

Jetzt musste Wolf lachen. Damals beim Bund hatten sie die Neulinge jedes Jahr am 1. April zum Spieß geschickt mit dem Auftrag, sie sollten den Schlüssel zum Verfügungsraum holen.

«Der Verfügungsraum, Theo, war der Ort außerhalb der Kaserne, wo sich das Bataillon bereitgehalten hat für den Ernstfall. Ein Wald meistens. Konntest ja nicht in der Kaserne bleiben, sonst hätte dich der Russe weggebombt, bevor du überhaupt dein Gewehr geladen hast. Wir sind ausgerückt in einen Wald in der Nähe. Und nachts haben wir uns vorgestellt, wie das sein wird, wenn der Russe mit seinen Panzern über die Grenze rollt. Wie sie durch den Bayerischen Wald walzen, und an der Donau hätten wir sie aufhalten sollen. Wir kleinen Würstchen. Weißt du was, Ranger? Wir waren Kanonenfutter.»

«Und das beschäftigt dich immer noch?», fragte der Ranger.

Wolf hing seinen Gedanken nach. Kurz nach dem Fall der Mauer waren die Aufmarschpläne des Warschauer Pakts bekannt geworden. Konrad Wolf hatte alles darüber gelesen, ein Szenario blieb ihm in Erinnerung, denn es fiel in die Zeit seines Wehrdiensts, und ziemlich genau in das Jahr, als Hans Lammer den Entschluss fasste, in die Fichte zu steigen und sich eine Kugel in den Schädel zu jagen.

Der 23. Juli 1983, ein sonniger Freitag. Um 9.59 Uhr springen die Ampeln an allen Grenzübergängen nach Berlin, in die DDR und in die ČSSR auf Rot. 60 Sekunden später explodiert der Eiserne Vorhang im Norden bei Lübeck zwischen Helmstedt und Göttingen, entlang des «Thüringer Balkons» nahe Schweinfurt und schließlich in Ostbayern zwischen Regensburg und Passau. In allen Städten und Dörfern heulen die Sirenen. Die Rundfunkstationen brechen ihre Programme ab. In den Standorten der NATO-Verbände hetzen die Soldaten zu ihren Fahrzeugen, Panzern und Abfangjägern.

Vor allem die Analyse der «Bedrohungslage Süddeutschland» hatte Wolf interessiert. Alles war genau so, wie er es sich damals vorgestellt hatte, nachts im Zweimannzelt im Verfügungsraum: Drei große Pfeile markierten die Stoßrichtung der Russen, der mittlere davon lief genau über seinen damaligen Verfügungsraum hinweg.

Der Ranger kramte eine Thermosflasche aus seinem Rucksack. Schraubte den Deckel ab, ließ den dampfenden Tee einlaufen, der Geruch von frischen Kräutern verbreitete sich im Wald. Der Ranger bot auch Wolf Tee an, der lehnte ab. Stattdessen holte er eine Flasche Orangenlimonade aus seinem Rucksack und eine Packung Schokoladenkekse.

«Natürlich beschäftigt mich das immer noch. Solche Nächte im Verfügungsraum vergisst du nicht», sagte er.

«Du wirst mir doch nicht erzählen, dass du immer noch

Angst vor dem Russen hast, dreißig Jahre danach?» Wieder dieser Spott in der Stimme des Rangers.

«Natürlich habe ich keine Angst mehr vor dem Russen», erwiderte der Kommissar. «Es geht um was anderes. Damals war alles so schön in Ordnung. Natürlich war ich Antikapitalist und Antimilitarist. Rhetorisch zumindest. Die gute Idee, der Kommunismus, war auf der anderen Seite vom Eisernen Vorhang. Aber das gute Leben war auf unserer Seite vom Vorhang. Und das war eine sehr praktische Aufteilung. Man konnte die gute Idee rühmen, ohne sie umsetzen zu müssen. Und ich wollte auf gar keinen Fall, dass die gute Idee auf Panzern über die Grenze kommt und uns überrollt. Ich frage dich: Wie kann man sich umbringen, wenn man jung war und auf der richtigen Seite der Grenze lebte?»

Wolf hatte mitten im rot leuchtenden Herbstwald Schwarzweißbilder vor Augen. Abhörschüsseln wie gewaltige graue Ohren, die in den Osten hineinhorchten. Stacheldraht und Wachtürme, Soldaten mit Ferngläsern.

Der Ranger holte aus einer Plastiktüte, die er im Rucksack verstaut hatte, ein hartgekochtes Ei. Er schälte das Ei in die Tüte hinein und betrachtete es von allen Seiten, als läge ein großes Geheimnis darin. Ein weiteres Wunder der Natur. Sorgfältig wählte er die Stelle, an der er den ersten Bissen setzte.

«Dann warst du also ein Achtundsechziger?», fragte der Ranger.

«Dafür war ich zehn Jahre zu jung», erwiderte der Kommissar.

«Und wenn du alt genug gewesen wärst, dann wärst du wahrscheinlich auch bloß einer von diesen Maulhelden gewesen. Stimmt's?» Der Ranger kaute mit großer Andacht sein hartgekochtes Ei.

Die Luft hatte sich elektrisch aufgeladen. Ein gefährliches Knistern in der Waldkathedrale. Wolf trank seine Limonadenflasche leer, fingerte einen weiteren Keks aus der Packung.

«Logisch», sagte Konrad Wolf, «mein Motto: Immer schön links daherreden, da kriegt man die besten Frauen. Schau dir den Joschka Fischer an: was der für Hasen abgeschleppt hat, im hohen Alter noch. Und reich geworden ist er auch noch mit der Masche. Der war immer mein Vorbild.»

Der Ranger hatte das Ei aufgegessen. Er verknotete die Plastiktüte, in der die Schale steckte, packte sie in den Rucksack, trank einen letzten Schluck Tee, schraubte die Thermosflasche zu und verstaute auch die, schnürte den Rucksack, verschloss ihn mit großer Feierlichkeit, als würde er einen Gottesdienst halten.

«Tja», sagte er schließlich, die prüfenden Augen hinein in den Wald gerichtet. «Ich kenn mich mit solchen Dingen nicht aus, aber soweit ich weiß, hat der Fischer zumindest einen Polizisten verhauen. Und dann ist er Minister geworden. Und was hast du geleistet für die Gemeinschaft? Ich meine, du musst ja nicht Minister werden, aber was ist deine, wie soll ich sagen, Botschaft?»

Der Kommissar sprang auf, stürmte davon, die rot-weißen Plastikbänder entlang, kreiste den Tatort ein, den Fundort der Leiche vielmehr, immer an den Absperrbändern entlang.

Was er für die Gemeinschaft geleistet hatte? Diese Frage machte ihn wütend, wütend und ratlos. Er hätte darauf verweisen können, dass er in Straubing mehrere hundert Menschenleben gerettet hatte, indem er die Explosion von einer Tonne Sprengstoff auf seine eigene Person gelenkt hatte. Aber insgeheim war er sich nicht sicher, ob die Straubinger Polizei den Irren nicht auch ohne sein Zutun abgefangen hätte.

Was hatte er für die Gemeinschaft geleistet?

Konrad Wolf wusste auf diese Frage keine Antwort.

Er war Polizist, vielmehr Ermittler. Spuren sammeln,

Menschen beobachten, Theorien entwickeln und verwerfen, Teamarbeit. Es war ein Handwerk, und dieses Handwerk übte er mit Leidenschaft aus. Er hielt sich in aller Unbescheidenheit für einen begnadeten Ermittler. Durchschaute Menschen oft schon, bevor sie ein Wort mit ihm gesprochen hatten. Ein Blick, eine Geste, die Kleidung, das genügte. Er fand bei jedem Menschen das Haar in der Suppe, den wunden Punkt, die Sollbruchstelle, auch bei Menschen, die scheinbar aus einem Guss geformt waren. Er konnte sich in Menschen hineinbohren, sich in ihrem Innersten einnisten.

Wolf sah hinauf in die Fichte, in der sich Hans Lammer erschossen hatte, sagte leise: «Ich habe keine Botschaft für die Menschheit, Theo. Ich löse Fälle.»

Ranger Theo belehrte mittlerweile eine Wandererfamilie aus Nordrhein-Westfalen – Vater, Mutter, Sohn –, dass sie hier nichts verloren hätten, im geschützten Teil des Nationalparks und jenseits der Wanderwege. Vater und Mutter schienen sich zu fügen, aber der kleine dicke Sohn beharrte darauf, er wolle unbedingt sehen, wo das Skelett im Baum gehangen hatte.

«Kleiner», sagte da der Ranger, «du weißt hoffentlich, dass es bei uns im Bayerischen Wald immer noch weizt. Ja genau, weizt. Geister und Gespenster gehen um. Und die Luzia, die Luz, kommt in der Nacht mit der Sense. Schaurig schaut die aus mit der Sense, in ihrem weißen Kapuzenkleid. Die schneidet neugierigen Kindern mit ihrer Sense den Bauch auf und wirft glühende Steine hinein. Jedes Jahr am 13. Dezember. Neugierige Kinder mag sie nicht. Und die kommt hinauf bis nach, wo wohnst du, Lüdenscheid?»

Der Junge klammerte sich am Oberschenkel des Vaters fest, die Mutter zischte «Unverschämtheit» und drängte zum Aufbruch.

«Der Ranger erzählt nichts als die Wahrheit, liebe Frau», rief ihr der Kommissar hinterher.

Theo schüttelte den Kopf. «Eigentlich müsste ich den ganzen Tag hier bleiben und die Leute verscheuchen. Aber lass uns gehen.»

Sie hatten vereinbart, gemeinsam auf den Großen Rachel zu wandern, 1453 Meter über dem Meeresspiegel, höchste Erhebung des Bayerischen Waldes nach dem Großen Arber. Also liefen sie wieder los, näherten sich dem Bergrücken, drangen ein in die Todeszone auf dem Rachel. Der Kommissar war schon oft hier gewesen, aber immer wieder faszinierte ihn dieser Anblick: Baumleichen, so weit das Auge reichte. Sie streckten ihre starren, bleichen Glieder in den tiefblauen Himmel. Der ganze Berg, ein einziger Baumfriedhof.

Sie hatten das Rachel-Haus bereits passiert, kletterten die letzten Meter zum felsigen Gipfel hinauf, da hielt der Ranger inne.

«Jetzt schau mal», sagte er, «damit du den Unterschied zwischen uns beiden verstehst. Mir war das damals nicht egal, als der Wald hier gestorben ist. Ich sage dir: Ich habe geweint. Und ich könnte immer noch weinen.»

Der Kommissar hatte die Geschichte schon mehrmals gehört. Wie die Fichten, die ansonsten nur alle fünf bis sieben Jahre blühten, immer öfter blühten, alle zwei, drei Jahre. Und wie dann, irgendwann Ende der Siebziger, plötzlich die ganze Bergkette in Flammen stand, ein rotes Inferno: Angstblüte. Die Bäume blühten in einer letzten Kraftanstrengung auf, verausgabten sich im Todeskampf, um das Leben ihrer Art zu sichern. Dann kam der Borkenkäfer und fiel über die geschwächten Fichten her.

Das große Sterben begann ungefähr zu der Zeit, als Hans in seine Fichte stieg und sich erschoss. Niemand durfte den Fichten helfen, niemand den Käfer bekämpfen, niemand das tote Holz entfernen und zu Geld machen, weil das ja der Nationalparkidee widersprach. Und niemand durfte wiederaufforsten. Das war nun die ultimative Prüfung für den Waidler, dass ausgerechnet in der geschützten Natur die Bäume starben.

Da konnte der Ranger noch so oft erzählen, dass auf den alten Baumleichen nun Vogelbeeren, Bergahorn, Buchen gediehen. Dass dort, wo die Fichten-Monokultur gestanden hatte, irgendwann ein kräftiger Mischwald gedeihen werde, dem der Käfer nichts mehr anhaben konnte, in hundert Jahren, vielleicht zweihundert Jahren, auf lange Sicht hin jedenfalls.

«Theo», sagte der Kommissar, «ich kann da nicht weinen. Ich bin ein Kriminaler. Ein Polizist. Leichen gehören zu meinem Beruf. Der Tod ist mein Geschäft. Und du sagst doch selbst immer, dass das Sterben zur Natur gehört und dass daraus Neues entsteht.»

«Natürlich», erwiderte der Ranger, «aber hart ist das trotzdem. Die Trauer gehört dazu.»

Sie erreichten den felsigen Gipfel des Rachel. Das Gipfelkreuz, mit Stahlseilen gesichert, die Aufschrift:

So sehr hat Gott
die Welt geliebt
Joh. 3

Es war ein klarer, frischer, sonniger Tag.

Bayerwald und Böhmerwald, die Zwillinge, das größte zusammenhängende Waldgebirge Mitteleuropas, breiteten sich vor Kommissar und Ranger aus. Dieses Gebirge, lagernd auf uralten Gneisen und Graniten, machte sich nicht wichtig mit hoch aufragenden, steinernen Gipfeln. Geschundene, schiefe, krumme Buckel erhoben sich in Demut und Würde, mit einem rotbraunen Pelz überzogen. Das große Waldmeer, dunkel, einsam, voller Geheimnisse.

In der einen Richtung sahen sie die Dampfwolke des tschechischen Kernkraftwerks Temelin, in der anderen Richtung war ein winziger weißer Punkt zu erkennen, der um sich selbst rotierte, das Windrad der Gemeinde Gratterszell.

«Schau mal», der Ranger zeigte mit dem Zeigefinger Richtung Westen, «und da bauen sie jetzt auch noch diesen Windpark hin. Das eine Radl schaut schon hässlich genug aus, dabei ist es bloß sechzig Meter hoch. Stell dir vor, da stehen bald sieben, und die sind hundertvierzig Meter hoch.»

«Ist doch besser als ein Kernkraftwerk», sagte Wolf.

«Unser Wald braucht keine Energie», erwiderte der Ranger kategorisch. «Bloß der Mensch braucht die Energie.»

Die Sollbruchstelle im Charakter jedes Menschen. Der innere Widerspruch. Der wunde Punkt. Er war für jeden Ermittler leicht zu finden beim Ranger Theo. Für den Umweltschutz, gegen die Windkraft.

«Du weißt ja wahrscheinlich, dass der Hotelier Rosenmüller verschwunden ist», sagte Wolf, «was sind das eigentlich für Leute, der Rosenmüller und seine Frau?»

«Ganz einfach», erwiderte der Ranger, «die haben ihr Leben lang hart gearbeitet und wollen sich ihre Existenz jetzt nicht vernichten lassen von dem Windpark. Und deswegen hat den Rosenmüller wahrscheinlich jetzt einer von den Windkraftfuzzis umgebracht.»

«Du meinst das ernst?», fragte Wolf.

Der Ranger lachte. «Was weiß ich. Und ehrlich gesagt, mir ist auch wurscht, wie viel Gewinn der Rosenmüller mit seinem Hotel macht. Mir geht es ums Prinzip. Unsere Natur darf der Mensch nicht mit Windrädern verschandeln, ob die jetzt im Nationalpark stehen oder außerhalb. Der Mensch braucht da eine gewisse Demut vor der Natur.»

Demut. Damit schien der Ranger das Gespräch beenden zu wollen. Er inspizierte den Gipfel, sammelte eine leere Chipstüte und Schokoladenpapier auf, stieg einige Meter den Osthang hinunter. Kommissar Wolf sah ihm hinterher.

Er hatte nur eine leichte Jacke übergeworfen an diesem trügerisch schönen Herbsttag und fröstelte in dem kalten Wind, der von der anderen Seite der Grenze über den Rachel blies. Über ihm zeichnete ein Düsenjet zwei aufquellende Linien in den Himmel, von Ost nach West.

«Jetzt schau einmal her», rief in jenem Augenblick der Ranger. «Dieser verfluchte Lammer Hans macht die Leute noch ganz wahnsinnig. Ich sag ja: Boandl-Watching.»

Wolf hüpfte die Felsen hinunter, sah, als er den Ranger erreichte, zunächst ein Stück Metall, das in der Sonne blitzte. Das Metallteil lief halbkugelförmig aus. Und es steckte in einem großen weißen Knochen. Konrad Wolf hatte erst tags zuvor am Computer recherchiert, deshalb zweifelte er keine Sekunde. Es handelte sich um einen Oberschenkelknochen, und darin steckte ein Teil eines künstlichen Hüftgelenks. Zwischen zwei Felsbrocken, am Osthang des Rachel, nicht weit vom Gipfel. Konrad Wolf stand mit offenem Mund davor.

«Nimm, dann hast du ein schönes Souvenir von unserer Wanderung.»

Der Ranger hob den Knochen auf und versuchte, ihn Wolf in die Hand zu drücken.

«Und du bist sicher, dass der nicht echt ist?», fragte Wolf.

«Ach woher. Glaubst du vielleicht, bei uns fallen die Boandl nicht bloß aus den Bäumen, sondern auch noch vom Himmel? Oder dass vielleicht da oben ein Flugzeugpassagier sein Hüftgelenk aus dem Flugzeug geworfen hat aus lauter Übermut? Das hier ist ein Modell, oder von mir aus ist es auch der Knochen von einem Tier. Da will uns wahrscheinlich irgendein Preiß verarschen.»

Eine fünfköpfige Gruppe von Wanderern war ihnen vorhin auf dem Weg zum Gipfel entgegengekommen. Wolf hatte geglaubt, einen Ruhrpott-Dialekt auszumachen. Vermutlich hatte der Ranger recht, dachte Wolf, vielleicht hatten die fünf

Kameraden den Waidlern mit einer Attrappe einen Streich spielen wollen: schon wieder ein herrenloses Hüftgelenk im Bayerischen Wald, bestimmt würde jemand die Polizei holen und sich blamieren.

Und er griff zu. Am metallenen Gelenkkopf fasste er den Knochen an, verstaute ihn eilig in seinem Rucksack.

«Die Leute sind verrückt», sagte Theo. Dann lotste er den Kommissar in eine Schutzhütte, am Osthang des Rachel gelegen, die den Rangern als Unterschlupf diente.

Ein schmaler Raum, ein Tisch, zwei Bänke, ein Holzofen, ein Fenster, das die Aussicht Richtung Osten freigab, über den Rachelsee hinweg. Waldwoge um Waldwoge brandete über den Horizont.

Sie stellten ihre Rucksäcke in einer Ecke ab.

Der Ranger goss aus seiner Thermoskanne den Rest des Tees in zwei Tassen, schob eine Tasse dem Kommissar vor die Nase. Dann holte er ein Blatt Papier aus der Innentasche seiner Jacke, ein Merkblatt des Nationalparks. Auf der Rückseite begann er mit einem Kugelschreiber, seltsame Formen zu zeichnen.

Und während der Ranger zeichnete, beschlich Konrad Wolf der Verdacht, er könnte gerade eben den größten Fehler seines Polizistenlebens begangen haben. Und falls es ein Fehler gewesen war, so war er nun nicht mehr zu korrigieren.

Er versuchte, sich mit dem Gedanken zu beruhigen, dass der Ranger sich einen Spaß mit ihm erlaubte hatte. Theo der Spaßvogel.

Immerhin war er für jede Gaudi zu haben, die das Dorfleben hergab, aus dem Nachbardorf den Maibaum stehlen, beim Junggesellenabschied frühmorgens den angehenden Bräutigam, hoffnungslos betrunken, mit der Schubkarre heimfahren, und wenn es sonntagnachmittags auf dem Fußballplatz darum ging, die Ehre des Heimatvereins auch mal mit Fäusten gegen die Gäste zu verteidigen – was nicht mehr so oft vorkam wie in der guten alten Zeit –, dann war Theo immer an der vordersten Front.

Wusste der Teufel, wo er dieses Hüftgelenksmodell aufgetrieben hatte. Oder stammte es doch von einem Tier?

«Jetzt schau her, ein Wolfstritt», sagte der Ranger, als er seine Zeichnung fertig hatte. «Die Abdrücke der vier Zehen liegen meist vor dem Abdruck des hinteren Ballen. Aber den Unterschied zum Hund erkennst du nicht mit einem Abdruck. Du musst eine Spur verfolgen. Der Wolf setzt die Hinterpfote in den Abdruck der Vorderpfote. Schnüren nennt man das. Und die Spur ist schnurgerade. Der Hund springt mal hierhin und mal dahin. Aber der Wolf: der weiß, wohin er will.»

Er schob das Blatt Papier über den Tisch.

«Hast du so eine Spur schon einmal gesehen?», fragte der Kommissar, obwohl es ihn in dem Augenblick nicht im Geringsten interessierte.

«Gleich da drüben», der Ranger deutete aus dem Fenster, «den Bergrücken entlang. Im Schnee. Schnurgerade Richtung Osten.»

«Und warum erzählst du mir das jetzt, Theo?»

Der Ranger nahm das Blatt in die Hand, sah darüber hinweg den Kommissar an, trank den letzten Schluck Tee.

«Einen Wolf hat er erwischt, der Hans. Er hat einen Wolf erschossen damals, ein halbes Jahr, bevor er in diese Fichte geklettert ist. Du hast mich gefragt, was die Leute sich erzählen. Und das ist eine der Geschichten über den Hans. Auf Streife hat er einen Wolf erschossen. Und danach war er nicht mehr derselbe.»

Der Kommissar schloss die Augen und dachte: Theo, lass mich mit deinem Wolf in Ruhe. Da liegt ein Menschenknochen in meinem Rucksack.

Wolf spürte, wie eine eiskalte Faust in seinen Magen fuhr.

Jedenfalls. Ein Glasbläserkind ist er gewesen, der Hans. Wanderarbeiterkind, böhmisch.

Das waren rechte Zigeuner, die Glasarbeiter, seinerzeit. Bayern, Tschechen, Slowaken, Österreicher, Ungarn, sogar Polen und Rumänen. Immer auf der Wanderschaft, immer auf Achse, von einer Glashütte zur nächsten. Wo man sie gerade gebraucht hat, immer der Ding hinterher, der Konjunktur. Das Wort hat man ja früher gar nicht gekannt, hätten unsere Alten ja gar nicht aussprechen können. Aber die Grenzen, kein Problem. Die Böhmen sind über die Grenze nach Bayern zum Saufen, weil das Bier billiger gewesen ist, zum Raufen natürlich auch. Und Dirndln haben sie auch abgestaubt. Und dann natürlich: der Zweite Weltkrieg, die Vertreibung von den Sudetendeutschen, da war die Grenze auf einmal zu. Eiserner Vorhang. Der Vater vom Hans war Böhm, die Mutter bayerisch. Sie wären natürlich auch gern über die Grenze, aber sie haben drüben bleiben müssen. Man hat den Vater gebraucht in der Glasproduktion. Glashütte Lenora. Und dann haben sie doch versucht zu fliehen, 1956. Im Wald bei Eisenstein. Zelezna Ruda, sagen die Tschechen.

Acht Jahre alt ist er gewesen, der Hans.

Er hat die Geschichte nicht jedem erzählt. Mir schon, wir sind ja Freunde gewesen. Mir hat er erzählt, wie sie durch den Wald gelaufen sind, fast schon über der Grenze waren sie, und plötzlich hat das Schießen angefangen. Wie die Kugeln gepfiffen haben. Der Vater und die Mutter am Boden. Und das Blut.

Kannst du dir vorstellen, acht Jahre alt, der Bub. Und muss das alles mit anschauen.

Renn, Bub!, hat der Vater geschrien. Ist fast schon das ganze Blut aus ihm herausgelaufen gewesen, und die Mutter hat schon keinen Muckser mehr gemacht.

Hans, renn!

Und wahrscheinlich haben da die tschechischen Grenzer

ein Herz gehabt für einen achtjährigen Buben. Keiner hat mehr auf ihn geschossen.

Da ist er gelaufen, der Hans. So weit die Füße tragen.

Hans, renn!

4. KAPITEL

Konrad Wolf quälte sich mit Selbstvorwürfen, während er seinen Opel Astra Caravan die Buckel des Bayerischen Waldes hinunter Richtung Passau jagte. An welchem Punkt hätte er den verhängnisvollen Gang der Ereignisse stoppen müssen, fragte er sich immer wieder, mit den Fingern auf das Lenkrad trommelnd, an welchem Punkt hatte er versagt als Polizist? War es die kurze Zeitspanne, als er sah, wie sein Freund Theo vor dem Knochen kauerte, den aber noch nicht angefasst hatte? Hätte er da schon rufen müssen: Lass die Finger davon, wir holen die Polizei? Oder hätte er selbst niemals zugreifen dürfen?

In dem Moment, als er den Knochen in den Rucksack geworfen hatte, zu den Kekskrümeln und zu den Papiertaschentüchern, die Juri bei der letzten Wanderung vollgerotzt hatte, war jedenfalls alles zu spät gewesen. Er konnte ja schlecht den Knochen abwischen und zurück an die Stelle legen, wo der Ranger ihn gefunden hatte, und dann vor der Polizei so tun, als wäre nichts passiert.

Genau genommen, dachte Wolf, als er mit Tempo hundertzwanzig am Ortsschild Passau vorbeiraste, hatte ihn der Ranger überrumpelt. Aber Konrad Wolf machte seinem Freund keine Vorwürfe. Theo war kein Polizist, er war ein Mann der praktischen Vernunft. Und wenn sich nun herausstellen sollte, dass sich irgendwelche Bayerwald-Burschen einen Scherz erlaubt hatten wegen der Schlagzeilen um Hans Lammers Hüfte, wenn sie also auf einem Dorffriedhof ein Skelett ausgegraben hatten, dann würde der Ranger denen eine Ohrfeige verpassen. Aber ein strafrechtliches Problem sähe er nicht.

Grabschändung, Leichenschändung. Darauf setzte Wolf nun alle Hoffnung; denn dass es sich um eine Attrappe handelte, konnte er beim besten Willen nicht mehr glauben, seitdem er den Knochen noch einmal in Augenschein genommen hatte. Der Ranger hatte Wolf nach Hause gefahren, verwundert über die plötzliche Einsilbigkeit seines Freundes. In seinem Büro hatte Wolf dann den Knochen aus dem Rucksack mit Fotos aus dem Internet verglichen. Letzte Gewissheit sollte ihm nun sein alter Freund Günther Schweiger verschaffen, Doktor Günther, wie Wolf und Ayla ihn nannten, der als Herzchirurg am Passauer Klinikum arbeitete. Wolf wollte ihn bitten, den Knochen in Augenschein zu nehmen. Da sein Fehler nicht mehr zu korrigieren war, fand Wolf es konsequent, gleich auch die Kripo offiziell zu dem Termin zu bitten.

Obwohl ansonsten ein besonnener Mensch, war er vor Sorge außer Rand und Band angesichts der Verzögerung in den Ermittlungen, die er zu verantworten hatte. Als er seinen Astra mit Tempo hundert über die Passauer Donaubrücke jagte, wäre beinahe ein weiteres Menschenleben zerstört worden. Aber der Radfahrer, der bei Grün die Straße überqueren wollte, sah rechtzeitig das Kennzeichen M und brachte sich in Sicherheit, aus Erfahrung mit Münchner Rasern klug geworden. Als Konrad Wolf den Inn entlangfuhr, gab er noch einmal Gas mit der Entschlossenheit eines Mannes, der glaubt, dass von ihm ganz allein die Weltenrettung abhängt und dass er deshalb auf das eine oder andere Einzelschicksal im Feierabendverkehr keine Rücksicht nehmen muss.

Doch es ging alles gut. Konrad Wolf stellte seinen Opel auf dem Behindertenparkplatz ab, schnallte seinen Rucksack um, stürmte hinein ins städtische Klinikum, rannte die ihm wohlbekannten Flure entlang und stürzte ins Vorzimmer von Doktor Günther Schweiger, vorbei an der Sprechstundenhilfe, die einen bemerkenswert kurzen Rock trug. Wolf riss die Tür zum Behandlungszimmer auf, schnallte im

Gehen seinen Rucksack ab, zog den Reißverschluss auf. Erst in jenem Augenblick kam er halbwegs zur Besinnung. Wolf gewahrte den blassen Herzpatienten, den Doktor Schweiger gerade über die Chancen und Risiken einer Schweineherzklappentransplantation aufklärte. Und an dessen Seite die tapfere Patientengattin, ihre linke Hand in seiner schweißnassen Rechten.

«Entschuldigung», sagte Wolf, am Rande der Hysterie, «entschuldigen Sie bitte vielmals, aber es handelt sich um eine Frage von Leben und Tod.»

«Bist du verrückt geworden», erwiderte Doktor Schweiger, «warte gefälligst draußen.»

Bei jeder anderen Gelegenheit hätte sich Konrad Wolf nun auf der Stelle über die neue Brille seines alten Schulfreundes lustig gemacht. Doktor Günther trug ein wuchtiges Designergestell in knalligem Rot, das wie eine Trophäe auf seiner Nase thronte.

Wolf trollte sich, von der Sprechstundenhilfe mit einem vernichtenden Blick bestraft, und verbrachte einige Minuten im Wartezimmer, bevor sich die Türen des Sprechzimmers öffneten. Die Gattin des Patienten umklammerte den Oberarm ihres Mannes und hielt sich schützend zwischen ihm und dem vermeintlich Irren mit dem Wanderrucksack. Heraus trat auch Doktor Günther, lang und hager, unverschämt gut aussehend mit seiner Marathonläuferbräune, dazu im perfekten Kontrast der weiße Arztkittel, die weiße Hose, die weiß glänzenden Schuhe. Mit dem verbindlichsten Lächeln verabschiedete er den Patienten, dem er bald die Brust aufschneiden würde.

«Und jetzt komm gleich mit, es ist alles vorbereitet», sagte er zu Wolf.

«Du willst den Knochen nicht erst selber anschauen?», fragte Wolf.

«Miriam», rief Doktor Günther seiner Helferin zu, «ich bin

gleich wieder zurück. Ich muss nur schnell diesen Herrn hier wegbringen. Ein Hüftleiden, er hat sich in der Tür geirrt.»

Dabei bedachte er seine Miriam mit einem Augenzwinkern, das sie mit einem frechen Lächeln beantwortete. Obwohl er wahrlich andere Sorgen hatte, versuchte Konrad Wolf, sich durch das Bloßlegen seiner ebenmäßigen Zähne zwischen Doktor Günther und die junge Frau zu schalten, scheiterte aber auf ganzer Linie. Er hätte in jenem Augenblick über Wasser laufen, zum Mond fliegen, einen Toten zum Leben erwecken können – diese Miriam hätte ihn ignoriert.

«Konrad», sagte der Doktor, während er seinen Freund auf den Flur hinausdrängte, «die Orthopädie ist informiert, sie wird das gute Stück in Augenschein nehmen. Und eine Dame und ein Herr von der Kripo sind auch schon da. Sie werden darauf achten, dass alles mit rechten Dingen zugeht.»

«Schau ihn dir doch erst mal selbst an», sagte Wolf.

«Ich will damit nichts zu tun haben», sagte Doktor Günther und hob abwehrend die Hände. Er flog über den Flur, den Aufzügen entgegen.

«Du bist mir ein schöner Freund», sagte Wolf. Er stoppte abrupt, nahm den Rucksack ab, öffnete den Reißverschluss.

«Nicht hier», zischte Doktor Günther und drängte Wolf in eine Besuchernische. Eine Krankenschwester schob ein Bett vorbei. An dem Haltegriff, der über dem Bett baumelte, hing ein Zettel mit der Aufschrift «Sterbebett».

Wolf hielt den geöffneten Rucksack gegen das Fenster, die metallene Gelenkkugel schaute oben heraus. Doktor Günther blickte nur kurz hinein, roch an dem Knochen. Dann schüttelte er angeekelt den Kopf.

«Kein Modell, oder?», fragte Wolf.

«Ich glaube nicht», sagte Doktor Günther. «Aber tatsächlich könnte man ihn für ein Modell halten. So sauber. Es ist kein Gewebe mehr dran. Er schaut irgendwie ... abgeschabt aus. Ja, als ob man ihn abgeschabt hätte. Und ausgekocht.»

«Und die Gelenkkugel?»

«Sieht total neu aus. Ich bin kein Experte, aber ich glaube, neuerdings kann man an dem Gelenk sogar ablesen, zu welcher Person das Implantat gehört.»

Wolf fand die Idee schaurig-schön. «Du meinst, da ist eine Seriennummer drauf, und anhand der Seriennummer kann man rausfinden, wem das Teil eingesetzt worden ist?»

«Der Sinn ist eigentlich ein anderer, Konrad», sagte Doktor Günther. «Es kommt ja nicht so oft vor, dass sich ein Oberschenkelknochen samt Gelenk selbstständig macht und man sucht seinen Besitzer.»

«Und was ist dann der Sinn?», fragte Wolf ungerührt.

«Dieses Einsetzen von Hüften und Knien ist zu einer Riesenindustrie geworden. Und da will man jetzt eine Qualitätskontrolle einführen. Hast du das nicht gelesen, vor ein paar Jahren in der Bildzeitung: Künstliches Hüftgelenk explodiert in Rentner? Wegen solcher Skandale führt man jetzt ein Zentralregister ein. Patient, Operateur, Hersteller. Komplikationen. Nachoperationen. Austausch. Alles wird festgehalten. Und mit der Zeit kriegt man dann eine Systematik. Schlampt ein Operateur, ein Krankenhaus, oder gibt es Probleme mit einem bestimmten Modell, einem bestimmten Hersteller? Solche Sachen findet man dadurch mit der Zeit heraus.»

«Dann kann es also sein, dass deine Kollegen jetzt gleich im Computer sehen können, wem dieser Knochen gehört?»

Doktor Günther nickte, Wolf schloss den Reißverschluss.

Sie nahmen einen Lift, fuhren ein Stockwerk höher, hasteten durch einen weiteren Flur, vorbei an Schwestern und Patienten und Besuchern. Sie erreichten die Orthopädie. Doktor Günther nahm Wolf den Rucksack ab, beriet sich mit der Vorzimmerchefin, dann führte er Wolf in ein kleines Büro.

«Du wartest hier», sagte er, «man will dich erst mal nicht dabeihaben.»

Wolf sah sich um. Ein kahler Raum, Schreibtisch und Sessel, im Regal orthopädische Lehrbücher. Das Fenster ging hinaus auf den Inn. Auf dem Fensterbrett die Miniatur eines Sensenmannes. Seltsamer Humor für einen Operateur, fand Konrad Wolf.

Er hatte sich gerade an dem Schreibtisch niedergelassen, da kam Doktor Günther zurück, in der Hand eine CD. Er schaltete neben Wolfs Knien den Computer an, schob die CD ein, startete ein Programm.

«Damit dir nicht langweilig wird», sagt er grinsend.

«Und was soll das sein?», fragte Wolf.

«Ein Video von unserem Wunderkind, Doktor Zoller. Dreißig Jahre alt, ein Freak. Unser bester Operateur. Er macht für die Patienten Videos, um ihnen zu zeigen, was auf sie zukommt. Manchmal ein wenig grenzwertig, seine Kommentare, aber das Video hier ist auch nicht für die Öffentlichkeit bestimmt. Vielleicht gefällt's dir. Du hast ja die Thematik mit der Hüfte auch.»

Wieder wandte sich Doktor Günther zum Gehen, und noch einmal kehrte er zurück.

«Sag mal, Ayla weiß nichts von dem Knochen, oder?»

«Die erfährt das noch früh genug», sagte Wolf seufzend, «und jetzt lass mich in Frieden.»

Auf dem Bildschirm erschienen zwei Männer mit grünlichen Sturmhauben und darüber weit geschwungenen Helmen mit Vollvisier. Der lustige Günther hatte ihm offenbar zum Zeitvertreib ein Star-Wars-Video in den Rechner geschoben, dachte Wolf zunächst. Dann hörte er die Stimme, die aus einem der Helme kam.

«Grüß Gott, meine Damen und Herren. Willkommen also bei unserer Übertragung aus dem OP, wir machen das nur für ganz spezielle Gäste. Ich hoffe, Sie wissen das zu schätzen.»

Krächzen, Bildstörung, dann hatte die Kamera einen neuen Fokus. Ein Stück nackte Haut, leichenblass in grellem Licht, umrahmt von grünem Tuch. Eine menschliche Hüfte, wie Wolf erkannte, sie war obszön bemalt, wie ein Stück Schlachtvieh. Ein Halbkreis, durchstoßen von einer Linie, deren Enden jeweils mit kurzen Strichen markiert waren. Ein Messer kam ins Bild, ein Skalpell.

«Meine Damen und Herren, sehen Sie die Linie», sagte der Operateur, «nur sieben Zentimeter lang. Der Schnitt, den ich gleich setzen werde, ist genauso lang wie der Durchmesser der Hüftpfanne, die wir Herrn Geiger gleich einsetzen werden. Minimalinvasiv nennt man das. Der große Gesäßmuskel wird überhaupt nicht verletzt, und der Herr Geiger kann nach der OP gleich wieder gehen lernen mit seinem neuen Hüftgelenk. Ein wenig abnehmen sollte er halt, der Herr Geiger. Das ganze Fett können wir ihm nicht auch noch wegschneiden.»

Der Operateur setzte mit dem Skalpell den Schnitt, genau entlang der Linie, sie färbte sich sofort blutrot. Dann wurden Klammern angesetzt, die Linie öffnete sich, der Spalt wurde immer tiefer. Unter Unmengen von Fett traten Muskeln, Bänder, Sehnen hervor. Rötlich, weißlich.

«Ich hoffe, Ihnen wird nicht schlecht», meldete sich der Operateur wieder. «Aber wissen Sie, für uns ist das Alltag. Und immer das Gleiche. Wir am Tisch haben den Stress, gerade mit einem Patienten wie dem Herrn Geiger. Der ist ja wirklich ein stattliches Mannsbild, und sein Bein muss ja auch aus- und wieder eingerenkt werden bei der OP. Harte Arbeit. Und was macht die Anästhesistin? Sitzt im Eck und liest im TUI-Katalog. Sie können die Frau Schneider jetzt leider nicht sehen ...» Die Operateur wandte sich zur Seite. «Wo soll's denn hingehen dieses Jahr im Urlaub, Frau Schneider? Mallorca, oder doch die Karibik?»

Wolf hörte eine ärgerliche Frauenstimme und ein Wort, das nach «Depp» klang.

«Frieren Sie wieder, Frau Schneider?», sagte Doktor Zoller ungerührt, ein rechter Spaßvogel offenbar, «ich weiß schon, dieses Airflow-System bläst wirklich saukalt in den OP herein. Aber wir wollen ja keimfrei arbeiten, gell.» Ein Sirren war nun zu hören, wie von einem Elektrorasierer. Aber der Operateur hatte eine Art Bohrmaschine in der Hand, mit einer langen Klinge daran.

«Eine oszillierende Säge, meine Damen und Herren, damit schneiden wir jetzt den Gelenkkopf am Oberschenkelhals ab. Keine Angst, die Klinge bewegt sich nur ein paar Millimeter hin und her.»

Mit beiden Händen hielt der Operateur den Griff umklammert, während er die Klinge in der Hüfte des Herrn Geiger versenkte. Wolf stellte sich vor, welchen Schaden diese Klinge anrichten konnte, wenn der Operateur einmal nicht ganz bei der Sache war.

«Meine Damen und Herren», hörte er nun Doktor Zoller sagen, «Sie dürfen jetzt gerne wegschauen, wenn Sie ein wenig zart besaitet sind. Wir kriegen den Gelenkkopf nicht in einem Stück heraus. Der ist schon ganz bröselig und zum Teil festgewachsen in der Gelenkpfanne. Jetzt wird's ein wenig hässlich, das tut mir leid.»

Es begann nun ein munteres Sägen und Hämmern und Meißeln, große Bewegung im Operationsteam, immer wieder wurden Einzelteile aus dem Loch in Herrn Geigers Hüfte zutage befördert. Ein wahrer Steinbruch, offenbar.

«Wahnsinn, wie ein Gelenk schaut das nicht mehr aus», ließ sich zwischendurch der Operateur vernehmen.

Konrad Wolf rutschte auf seinem Stuhl hin und her. Ein stechender Schmerz breitete sich vom Rumpf her in seinen beiden Pobacken aus. Glaubte er zumindest. Doch angesichts der Bilder aus dem OP hätten auch weniger hypochondrisch veranlagte Menschen in ihre Gelenkpfannen hineingehorcht, ob sich da nicht auch ein wenig Verschleiß bemerkbar machte, ob da nicht schon eine erste kleine Entzündung im Entstehen war. Man weiß ja, dass der liebe Gott in seinem großartigen Bauplan für den Menschen leider nicht vorgesehen hat, dass der schützende Knorpel in den Gelenken nachwächst. Natürlich ist das ein Riesenmarkt für die Medizinindustrie. Immer mehr alte Menschen, immer mehr schmerzende Gelenke, immer mehr Prothesen. Es war auf Wolfs Dienststelle unter den Kollegen, die kurz vor der Pensionierung standen, ein beliebtes Thema: Sollte man zuerst die Hüfte erneuern lassen oder doch erst das Knie?

Wie aber, so überlegte Konrad Wolf, musste sich erst ein junger Mann wie Hans Lammer gefühlt haben mit einer künstlichen Hüfte, vor dreißig Jahren? Er war nicht nur Grenzschützer gewesen, sondern offenbar auch ein begeisterter Sportler. Und dann ein Unfall, ein künstliches Gelenk. Wolf hatte zwar keine Ahnung vom medizinischen Fortschritt, aber er nahm an, dass damals noch niemand minimalinvasiv operiert hatte. So eine Operation war bestimmt eine große Sache gewesen, und die folgende Reha eine Plackerei ohnegleichen. Und ob Hans danach wieder vernünftig gehen konnte, geschweige denn Ski fahren oder Berge besteigen?

Je länger die Arbeiten an der Hüfte des Herrn Geiger dauerten, desto selbstverständlicher nahm Wolf das Sägen und Hämmern und Meißeln hin. Er blätterte in Werbebroschüren, die er im Regal fand. Las von den zweihunderttausend künstlichen Hüften, die in Deutschland jedes Jahr eingesetzt wurden. Es klang, als würde man an einem Auto einen Stoßdämpfer auswechseln.

«Immer mehr und auch jüngere Menschen benötigen eine künstliche Hüfte.»

War das Leben in Deutschland so aufreibend, so gefährlich geworden, eine derartige Knochenmühle, dass immer mehr Hüften kaputtgingen?

Hochleistungskeramik. Titan. Kobalt-Chrom-Molybdän-

Legierung. Ultrahochmolekulargewichtiges Polyethylen. Bestimmt waren die Stoffe für die Raumfahrt entwickelt worden und mussten nun arglosen Menschen aufs Auge, vielmehr in die Hüfte gedrückt werden, dachte Wolf und ahnte insgeheim, wie dankbar er für diese Stoffe einmal sein würde, sollte er selbst darauf angewiesen sein.

«So, meine Damen und Herren», meldete sich der Operateur, «falls Sie noch auf Sendung sind, jetzt kommen wir der Sache langsam näher. Jetzt kriegt der Herr Geiger alles, was die moderne Technik hergibt. Ohne Zement. Bioharmonisch, wie wir sagen.»

Gelenkpfanne ausgefräst, neue Pfanne eingesetzt, hinten speziell beschichtet, damit sie schnell einwächst. Darin eingelegt die Gleitschale aus ultraharter Keramik. Kurz zuckte Wolf noch einmal zusammen bei dem Kreischen, mit dem der Operateur die gebogene, spitz zulaufende Raspel in den Oberschenkelknochen fahren ließ, um Platz zu schaffen für den Prothesenschaft, aber auch dieser Schrecken verebbte schnell. Der Schaft wurde in den Knochen hineingedrückt, dann mit dem Hammer hineingeschlagen. Dann den Keramikkopf draufgesetzt, das Gelenk wieder eingerenkt. Fertig.

«Und jetzt schauen Sie her, meine Damen und Herren», sagte Doktor Zoller. Auf dem Bildschirm war in Großaufnahme eine Pinzette zu erkennen, die an einem rötlich-blutig schimmernden Wulst herumzupfte. «Der große Gesäßmuskel, überhaupt nicht verletzt. Der Herr Geiger kann schon bald das Gehen üben. Aber wie gesagt, abnehmen sollte er halt ein wenig.»

Wolf fasste sich mit beiden Händen an den Po, beugte den Rumpf nach vorn, versuchte, bei durchgestreckten Knien die Fußspitzen mit den Fingern zu berühren – er kam kaum über die Knie hinaus –, während auf dem Bildschirm die OP-Wunde des Herrn Geiger vernäht wurde.

«Und das war's schon, meine Damen und Herren», sagte

Doktor Zoller, «alles halb so wild. Vielleicht sehen wir uns ja irgendwann von Angesicht zu Angesicht. Und für den Herrn Geiger hoffe ich, dass unsere Frau Schneider ihn schnell wieder ins Leben zurückholt mit ihren eiskalten Händen. Haben Sie sich schon entschieden, Frau Schneider, Mallorca oder Karibik?»

Ende der Übertragung, der Bildschirm in tiefes Blau getaucht.

Konrad Wolf sprach ein Dankeschön vor sich hin und einen schönen Gruß an die fröstelnde Anästhesistin.

Es war drei Uhr nachmittags. Wolf saß stumm in dem kleinen Büro, hörte von draußen Schritte auf dem Flur, gedämpfte Patientengespräche, das Lachen von Schwestern. Das Quietschen, als ein Bett über den Gang geschoben wurde. Wolf wagte sich nicht hinaus. Eine weitere halbe Stunde war verstrichen, seitdem er seinem Freund Günther den Knochen gezeigt hatte, weitere dreißig Minuten, die für die Ermittlungen verloren waren.

Endlich ging die Tür auf.

«Und, wie war die Übertragung?», fragte Doktor Günther mit einem Lächeln, das Wolf Angst machte.

«Dein Kollege hat einen guten Humor», erwiderte Wolf, «ist das sein Büro hier?»

«Glaube schon», sagte Doktor Günther, «er hat diese Woche frei.»

«Und Herr Geiger», fragte Wolf, «hüpft wieder durch die Gegend wie ein Rehlein?»

«Das weiß ich nicht, Konrad, aber jetzt hör mal zu», sagte Doktor Günther. Wolf erhob sich.

«Es handelt sich tatsächlich um einen Menschenknochen. Man hat das künstliche Gelenk identifizieren können. Und du glaubst nicht, wem es eingesetzt worden ist.»

Wolf hielt den Atem an. Er ahnte, seine schlimmste Befürchtung würde nun zur bitteren Wahrheit werden.

«Kein Zweifel», sagte Doktor Günther, und Wolf nickte bereits, «es gehört Ludwig Rosenmüller, Hotelier aus Gratterszell.»

Konrad Wolf setzte sich wieder.

«Ist ihm das Gelenk hier in Passau eingesetzt worden?», fragte er.

«Nein, in einer Privatklinik am Chiemsee oder Tegernsee, was weiß ich. Anfang des Jahres erst. Der wollte sich wahrscheinlich nicht von einem niederbayerischen Metzger operieren lassen.»

«Du kennst ihn also? Oder hast ihn gekannt?»

«Wer kennt ihn nicht, Konrad, wer kennt den Herrn Rosenmüller und sein geschniegeltes Hotel nicht? Den Größenwahnsinnigen, der die Windkraft im Bayerischen Wald verhindern will.»

Ludwig Rosenmüller musste sehr viele Feinde gehabt haben, überlegte Wolf, wenn schon sein umgänglicher Freund Günther so verächtlich von ihm sprach.

«Dann lass uns gehen, Günther», sagte er, «ich könnte mir vorstellen, dass da Leute sind, die jetzt mit mir sprechen wollen.»

Ein großer Konferenzsaal im Klinikum. Apfelsaft, Orangensaft, Mineralwasser, Gläser, Tassen, eine Thermoskanne mit Kaffee. Ein kleines Buffet mit Obst und mit Butterbrezen. Als er den Raum betrat, fühlte Wolf sich, als würde er zur Hinrichtung geführt. In Filmen wurden private Schnüffler von den Polizisten, denen sie im Weg waren, erst einmal in die Mangel genommen. Blutige Lippe, gespaltener Zahn, gebrochene Nase, Konrad Wolf rechnete mit allem, und er hätte sich nicht beklagt in seiner grenzenlosen Scham. Zu seiner Erleichterung sah Wolf, dass eine Frau an dem großen Konferenztisch saß, neben ihr ein jüngerer Kollege, beide in Zivil. Die beiden verzogen keine Miene, stellten sich nicht vor, die Frau wies Wolf mit der Hand einen Stuhl ihr gegenüber zu.

Der junge Beamte nahm die Personalien auf. Name, Geburtsdatum, Geburtsort, Adresse. Und auch den Beruf. Weder er noch seine Kollegin ließen eine Regung erkennen, als Wolf sich als Münchner Kriminalkommissar zu erkennen gab.

«So, Herr, äh», der junge Beamte sah auf seinen Notizblock, als habe er Wolfs Namen schon wieder vergessen, «Herr Wolf, die Klinikleitung hat uns das Beweisstück übergeben und sämtliche Informationen, die es zu dem Gelenk gibt. Sie haben den Knochen heute Mittag auf dem Rachel gefunden?»

«Mein Freund Theo Vogler hat ihn gefunden», ergänzte Wolf, «unter dem Gipfel, am Osthang.»

«Theo Vogler, der Ranger», nickte der junge Beamte, «er ist bereits mit zwei Kollegen bei der Fundstelle auf dem Rachel, seit einer Stunde schon.»

«Hat er sich denn bei Ihnen gemeldet?», fragte Wolf.

«Das hat er nicht», erwiderte der Beamte. «Aber natürlich sind wir sofort tätig geworden, als uns bekannt wurde, dass ein Oberschenkelknochen mit künstlichem Hüftgelenk auf dem Rachel gefunden wurde. Es ist kein großes Geheimnis, dass der vermisste Herr Rosenmüller sich erst kürzlich eine künstliche Hüfte hat einsetzen lassen. Und Herr Schweiger hat uns erzählt, mit wem Sie auf dem Rachel waren.»

Konrad Wolf atmete einmal tief durch. Die Ermittlungen waren längst im Gange, der Rachel-Gipfel bestimmt schon abgesperrt, Zeugen wurden befragt.

Erst jetzt wagte Wolf, den jungen Kollegen zu mustern. Ein feines, fast kindliches Gesicht, auf der Oberlippe ein leichter Flaum. Hier ermittelt ein Kind, dachte Wolf. Der junge Mann trug den Bübchenschnitt – Seitenscheitel, die Haare aus der Stirn gegelt –, wie Wolf ihn von jungen Fußballprofis kannte.

Aber den kühlen Ermittlerblick beherrschte er wie ein alter Hase.

«Wir werden natürlich mit Ihnen auf den Rachel fahren, aber erst einmal erzählen Sie uns bitte, warum Sie diese Wanderung unternommen haben. Und warum heute.»

Konrad Wolf erzählte von Ayla und Juri, von seinem Urlaub, von seiner Freundschaft zu Theo Vogler, wahrheitsgemäß auch von seinem Interesse an dem Skelett des Hans Lammer. «Ein alter Vermisstenfall, das interessiert doch jeden», sagte er.

«Und jetzt», setzte der Bubi-Beamte nach, «erzählen Sie uns bitte, wie Sie den Knochen gefunden haben.»

Konrad Wolf schilderte es so ausführlich wie nur möglich. Der Ranger habe an einen Scherz geglaubt, sagte er, wegen der Schlagzeilen um Hans Lammer, und er selbst habe auch an einen Scherz geglaubt, möglicherweise auch an einen Scherz von Theo Vogler selbst, der allgemein als Spaßvogel bekannt sei im Ort.

«Und wie könnte es sich um einen Scherz handeln, wenn ein Menschenknochen auf dem Rachel liegt?», fragte der Bubi-Beamte. Sein Kugelschreiber schwebte über dem Notizblock.

«Die ganze Welt scheint sich lustig zu machen über die Gegend hier, über den Wald, wo die Menschenknochen aus den Bäumen fallen.»

«Dieser Knochen lag aber nicht unter einem Baum, Herr Wolf», sagte der junge Beamte.

«Wo künstliche Hüftgelenke in der Gegend herumliegen», fuhr Konrad Wolf fort. «Ich dachte erst, es handle sich um ein Modell, oder um einen Tierknochen.»

«Und wie kam es dann zu Ihrem Sinneswandel, Herr Wolf? Warum haben Sie doch die Polizei eingeschaltet?»

Der Münchner Kommissar konnte den professionellen Ermittlerblick im Bubi-Gesicht nun nicht mehr ertragen.

«Wir können jetzt ewig so weitermachen, Herr ...», sagte Wolf und legte eine längere Pause ein, aber den Namen des Kollegen erfuhr er nicht. «Also, Sie können mich jetzt noch eine Stunde lang in dieser Art befragen, aber wir können es auch abkürzen: Ich habe einen Fehler gemacht. Ich bin im Urlaub, ich war nicht im Dienst, aber natürlich ist das keine Entschuldigung. Einen Riesenfehler habe ich gemacht. Das ist mir nicht sofort klargeworden. Ich hätte Sie gleich informieren sollen, auch auf die Gefahr hin, dass es sich um eine Attrappe gehandelt hätte. Oder um den Knochen einer Sau oder einer Kuh.»

Der Bubi-Beamte machte sich ausführliche Notizen. Wolf versuchte zu lesen, was der Kollege schrieb, aber der deckte das Blatt mit dem linken Arm ab. «Und bestimmt wollen Sie auch wissen, wen wir auf dem Rachel getroffen haben», fuhr Wolf fort. «Es war eine fünfköpfige Gruppe da oben, Touristen vermutlich, keine Bayern. Aber fragen Sie mich nicht, wie die aussahen, ich habe nicht aufgepasst.»

«Hamm», sagte der junge Beamte, während er weiterschrieb. «Die fünf Herren stammen aus Hamm in Westfalen. Die Kollegen haben sie gerade im Hotel angetroffen, haben ihre Personalien aufgenommen und sie befragt. Aber diese Herren sagen, sie hätten da oben keinen Knochen gesehen.»

Konrad Wolf konnte nicht anders, er musste lachen. «So fix, wie Sie sind, haben Sie bestimmt auch schon den Täter hinter Schloss und Riegel gebracht.»

«Also, Herr Wolf, zum Lachen finden wir den Fall ehrlich gesagt nicht. Finden Sie ihn lustig?»

Langsam, jedes einzelne Wort betonend, meldete sich die Frau zu Wort. Ihre Stimme klang tief und rauchig. Respekt gebietend. Die Kollegin war etwa in Wolfs Alter. Lange, dunkelblonde Locken fielen auf ihre Schultern herab, dick wie Seemannstaue die Strähnen. Sie trug eine abgewetzte Lederjacke, die irgendwann einmal grün gewesen sein mochte. Die

Arme hatte sie immer noch vor der Brust verschränkt, wie zu Beginn des Gesprächs.

«Ich lache nicht, weil ich den Fall lustig finde, sondern weil ich erleichtert bin, dass Sie so schnell handeln», sagte Wolf. «Und dass durch meinen Fehler vielleicht doch kein Schaden entstanden ist. Entschuldigen Sie, falls da ein falscher Eindruck entstanden ist.»

Konrad Wolf begegnete einem Blick aus blauem Stahl.

«Das können wir jetzt noch nicht beurteilen, ob durch Ihren Fehler ein Schaden entstanden ist», erwiderte die Kollegin. «Jetzt sagen Sie mir erst einmal: Sind Sie in irgendeiner Form an dem Windpark-Projekt beteiligt?»

«Ich bin in keiner Form daran beteiligt», antwortete Wolf, «und meine Lebensgefährtin auch nicht.»

«Und wie stehen Sie zu dem Projekt, Herr Wolf?»

«Es ist mir egal, der Windpark ist für uns kein Thema. Meine Freundin lebt erst seit einem Jahr hier, und ich kann sie leider nur sporadisch besuchen.»

Und so wird es auch bleiben, dachte Wolf bei sich, das Versetzungsgesuch konnte er wohl vergessen.

«Und noch eine Frage», sagte die Kollegin, «stehen Sie in irgendeiner Beziehung zu Herrn Rosenmüller? Haben Sie ihn gekannt?»

«Ich kenne ihn nicht persönlich und bin ihm auch noch nie begegnet», erwiderte er.

«Ganz sicher?», fragte sie.

Konrad Wolf setzte sein Blenda-Lächeln dagegen, aber sie ließ sich davon nicht erweichen. Die stahlblauen Augen, die Tränensäcke, die dunkelblonde Mähne. Gesichtszüge wie aus Granit gehauen. Auch stärkere Männer als Konrad Wolf hätten ihr in diesem Moment nachgegeben.

«Nun gut», sagte Wolf, «ich habe weder Herrn Rosenmüller noch seine Frau jemals getroffen. Aber ich habe mit seiner Frau gestern telefoniert. Durch unsere Nachbarin hat sie erfahren, dass ich Kriminalbeamter bin. Und deshalb hat sie mich um Hilfe gebeten. Sie sagte, sie wolle mir etwas erzählen, was sie Ihnen nicht erzählen könne. Sie glaubt offenbar, die Passauer Kripo würde den Fall nicht ernst genug nehmen. Und würde ihren Mann, nun ja, bloß für einen Weiberhelden halten, der sich nachts in fremden Betten herumtreibt.»

Wolf beobachtete die beiden Kollegen. Der Bubi-Beamte blickte von seinem Notizblock auf und sah die Frau an. Die aber zeigte auch jetzt noch keine Regung.

«Und was haben Sie Frau Rosenmüller gesagt?», fragte sie.

«Ich habe ihr gesagt, dass ich mit der Sache nichts zu tun haben will. Und dass sie sich an die zuständige Kripo wenden soll.»

Jetzt endlich kam Bewegung in die Kollegin. Sie löste den Klammergriff und beugte sich über den Konferenztisch.

«Das ist aber ein seltsamer Zufall, Herr Wolf. Frau Rosenmüller bittet Sie am Donnerstag um Hilfe, und am Freitag finden Sie auf dem Rachel den Hüftknochen ihres Mannes. Ein unglaublicher Zufall, finden Sie nicht? Herr Kollege?»

Herr Kollege. Verächtlicher konnte man diese Worte kaum aussprechen.

Auch Wolf beugte sich jetzt über den Tisch. Eine schwere Mischung aus Parfüm und Zigarettenrauch drang in seine Nase.

«Ich sage Ihnen jetzt etwas, Frau Kollegin. Sie wissen ja bestimmt auch, dass ich mich um eine Versetzung nach Passau beworben habe. Wenn ich Ihnen unsympathisch bin oder zu blöd, dann sagen Sie es, und ich ziehe die Bewerbung sofort zurück. Aber werden Sie bitte schön nicht unverschämt. Ein Zufall ist ein Zufall ist ein Zufall.»

Sie starrten einander aus nächster Nähe an. Wolf wusste, gegen dieses Stahlblau der Passauer Kollegin hatte er mit seinen wässrigen Augen keine Chance, eigentlich. Aber die Wut verlieh ihm ungeahnte Kräfte.

«Hermann», sagte die Kollegin am Ende des Kräftemessens, das mit einem Unentschieden endete, «wir fahren jetzt.»

«Jawohl, Chefin, auf geht's», erwiderte Hermann, «und Herr Wolf begleitet uns.»

Und so erfuhr Konrad Wolf am Ende des Gesprächs doch noch die Namen der beiden Ermittler. Er hatte es zu tun mit Hermann und der Chefin.

Sie fuhren hinein in den Bayerwald, Konrad Wolf mit seinem roten Astra vorneweg, und obwohl er die Polizei hinter sich wusste, versuchte er, während der Fahrt Theo anzurufen. Doch der Ranger ging nicht ans Telefon.

Nach einer knappen Stunde erreichten sie den Fuß des Rachels. Wolf stieg zu den Polizisten ins Auto, dann fuhren sie gemeinsam auf einem Forstweg den Berg hinauf, durch die Todeszone hindurch bis zum Gipfelhaus, wo sie das Auto stehen ließen. Die letzte Strecke, in engen Serpentinen hinauf zum Gipfelkreuz, mussten sie zu Fuß zurücklegen. Schwer schnaufte die Chefin voran, quälte sich von Schritt zu Schritt, immer wieder tief aus ihrer Lunge heraus hustend, kein Vergleich zu dem flinken Gang des Rangers. Und dennoch glaubte Wolf zwischen ihr und seinem Freund Theo eine Seelenverwandtschaft zu erkennen: in der Schwere, in der Bestimmtheit, ja Vertrautheit, mit der sie ihre Füße auf den Berg setzten. Konrad Wolf mochte dreimal schneller als die Chefin hinaufhuschen, und vielleicht sogar schneller als der Ranger. Aber das Gefühl, dass der Berg ihn als Fremden betrachtete, ihn am liebsten abschütteln würde, das wurde er niemals los.

Schärfer noch als am Vormittag wehte jetzt der Wind vom Osten her und zerrte an den rot-weiß gestreiften Plastikbändern, mit denen der Gipfel abgesperrt war. Mit dem Wind waren Wolken aufgezogen, das Herbstleuchten des Waldes war erloschen. Am Gipfelkreuz erkannte Wolf drei Männer, zwei Kriminalbeamte und den Ranger mit zerzauster roter Mähne, offenbar war die Befragung gerade beendet. Wolf eilte Theo entgegen, reichte ihm schon die Hand, da ging der junge Hermann dazwischen, legte beiden Männern eine Hand auf die Brust.

«Wir wollen von Ihnen beiden hören, was Sie heute hier gesehen haben», sagte er, «und zwar unabhängig voneinander.»

Wolf sah das Unheil schon kommen, denn Theo konnte es nicht leiden, wenn jemand ihn anfasste, ihn in die Schranken wies, seine Freiheit einschränkte. Er schubste Hermann von sich, und Wolf griff hastig ein.

«Ruhig, Theo», sagte er, «der Kollege hat recht. Das ist ganz normale Polizeiarbeit.»

«Ist schon gut», erwiderte Theo, «aber der junge Hupfer da soll mich nicht anrühren.»

Hermann schien bis aufs Blut gereizt zu sein, und es hätte nun alles Mögliche passieren können. Gezückte Waffe, klickende Handschellen, Widerstand gegen die Staatsgewalt, das ganze Programm. Doch die Chefin hielt ihn mit einem kaum wahrnehmbaren Kopfschütteln zurück. So trennten sich die Wege von Wolf und dem Ranger wieder.

Wolf suchte mit Hermann und der Chefin die Stelle, wo der Knochen gelegen hatte, knapp unterhalb des Gipfelkreuzes, nach Osten hin. Er erwartete, nun seine Geschichte ein weiteres Mal erzählen zu müssen, wurde aber angenehm überrascht. Weder Hermann noch die Chefin sprachen ein Wort. Wie ein Fels auf Felsen, so stand die Chefin im Wind, eine Königin in ihrem Reich. Sosehr sich der böhmische Wind auch abrackerte, er konnte sie nicht aus dem Gleichgewicht bringen, selbst ihre taudicken Locken bewegten sich nur sachte, und ihr Gesicht blieb ohne jede Regung. Wolf fragte sich, ob diese Frau über so etwas wie eine Mimik überhaupt verfügte.

Der junge Hermann schien seine Chefin mit einer Mischung aus Amüsement und Bewunderung zu beobachten und versuchte selbst, ebenfalls schweigend den Elementen zu trotzen; allerdings konnte er das Bibbern und Zittern in seinem Jäckchen nicht unterdrücken.

Konrad Wolf stellte sich schräg in den Böhmwind, der ein katabatischer Fallwind ist, wie er zu Schulzeiten gelernt hatte, die Folge eines Hochdruckgebiets über dem Böhmischen Becken, das kalte Luft Richtung Bayern presst. «Der Böhmische» war jedenfalls der passende Wind zum Kalten Krieg und zum Eisernen Vorhang, fand Wolf, den Blick auf das Windrad gerichtet, das ganz aufgeregt kreiselte.

Wolf fühlte sich umso wohler, je länger sie einander anschwiegen. Zwar stammte er nicht aus dem Bayerischen Wald, war aber doch in Niederbayern aufgewachsen, und er erinnerte sich manchmal wehmütig an dieses Brüten, das man den Niederbayern typischerweise zuschrieb.

In München hatte er gelernt, dass Probleme zu lösen waren durch den fortwährenden Austausch von Fakten, Meinungen und Theorien. Einem Niederbayern lag dagegen dieses langanhaltende Nichtreden bei gleichzeitigem Stieren ins unendliche Nichts im Blut. Bier trinken, stieren, schweigen. Oberbayern halten diese Angewohnheit für den Grund, warum Niederbayern in intellektueller Hinsicht auf keinen grünen Zweig kommen. Aber mit diesem scheinbar ziellosen Brüten kommt der Niederbayer überraschend weit. Die Erkenntnis stellt sich bei ihm nicht aus der Summe der Überlegungen, sondern aus dem Zustand des Nichtdenkens heraus ein, wie ein plötzliches Licht in der Finsternis. Manchmal zumindest.

«Herr Wolf», sprach nun die Chefin nach einer kleinen Ewigkeit, und sogar der Wind schien erschrocken innezuhalten, «wir werden es schon irgendwie schaffen, Ihre Dummheit aus der Presse herauszuhalten. Aber nicht, dass Sie meinen, wir tun das Ihretwegen. Sie kommen zwar aus

München, aber wenn bekannt wird, was Sie gemacht haben, fällt das am Ende ja doch wieder auf die beschränkten niederbayerischen Polizisten zurück.»

«Es ist trotzdem nett von Ihnen», sagte Wolf. «Aber wenn die Sache herauskommt, können Sie ruhig sagen, dass ein Münchner der Trottel war, der die Hüfte von Herrn Rosenmüller im Wanderrucksack verstaut hat. Die Presse wird Sie sowieso zerreißen, wenn Sie nicht ganz schnell den Täter finden. Was meinen Sie, was das jetzt für einen Aufruhr gibt: Windkraftgegner von Windkraftbefürworter filetiert. Es geht um Windparks, die Energiewende, den Anbruch eines neuen Zeitalters in Deutschland. Und hier wird gemordet deswegen.»

«Wäre das Ihre Theorie?», fragte der junge Hermann.

«Es ist die naheliegende Theorie, und die stimmt meistens auch», sagte Wolf. «Es würde mich wundern, wenn im Dorf nicht manche Leute bis aufs Blut verfeindet wären wegen des Windparks. Und wenn Herr Rosenmüller nicht Drohbriefe in rauen Mengen erhalten hätte. Es geht bei dem Projekt gleichzeitig ums Geld und ums Prinzip. Kennen Sie ein besseres Mordmotiv?»

«‹Wer Wind sät, wird Sturm ernten.› Das stand in einem der letzten Drohbriefe an Herrn Rosenmüller», sinnierte Hermann. «Aber sagen Sie, haben Sie irgendeinen Anhaltspunkt dafür, dass Ihr Freund Theo hinter all dem stecken könnte?»

«Ich habe mir das Hirn zermartert deswegen», sagte Wolf, «aber mir fällt dazu nichts ein. Theo hält diesen Windpark für einen Frevel. Und wenn er Rosenmüller aus einem anderen Grund umgebracht hätte, warum sollte er uns dann den Knochen vor die Nase legen? Das wäre der glatte Wahnsinn.»

«Aber, Herr Wolf», erwiderte Hermann, «Wahnsinn steckt auf jeden Fall hinter diesem Mord.»

«Mord?», unterbrach ihn die Chefin. «Bist du dir sicher,

dass es ein Mord ist? Wir haben bisher bloß einen Oberschenkelknochen.»

«Chefin, also bitte.» Der junge Hermann wirkte tatsächlich angewidert. «Ich glaube nicht, dass jemand dem Herrn Rosenmüller das Bein herausgerissen und ihn am Leben gelassen hat. Hier hat einer nicht nur Rosenmüller umbringen wollen, um einen persönlichen Vorteil daraus zu haben. Der Täter wollte ein Zeichen setzen. Er hat mit seiner Tat den Fall Hans Lammer zitiert: die künstliche Hüfte, die in der Gegend herumliegt. Und er hat das Gelenk auf den Rachel gelegt, auf einen unserer berühmtesten Berge.»

«Der Täter will größtmögliche Aufmerksamkeit», sagte die Chefin, «aber was will er uns damit sagen? Dass Herr Rosenmüller Alteisen ist, ein Mann von gestern, wie Hans Lammer? Ein Mann aus den achtziger Jahren, als man noch Atomkraftwerke gebaut hat? Und deshalb muss man ihn entsorgen, weil er dem Fortschritt im Weg steht?»

«Dann suchen wir jetzt also nach einem größenwahnsinnigen Mörder, der von der Windkraft profitiert», sagte der junge Hermann.

Konrad Wolf wollte noch den Gedanken beisteuern, dass dieser Mord möglicherweise nicht das Geringste mit der Windenergie zu tun haben könnte. Aber die Chefin klatschte in die Hände. «Hermann, ich glaube, wir sollten jetzt aufhören mit dem Theoretisieren. Wir sollten ermitteln. Und vielleicht finden wir ja irgendwo in der Nähe den Rest von Herrn Rosenmüller.»

Die beiden wollten sich schon von ihm verabschieden, da fiel Konrad Wolf noch eine Frage ein.

«Fast hätte ich es vergessen», sagte er, «Frau Rosenmüller hat mich, wie gesagt, um Hilfe gebeten. Ich habe mich zwar gewehrt, aber sie ließ sich nicht davon abbringen: Ich soll zu ihr kommen, heute Abend, neunzehn Uhr. Soll ich hingehen? Ich würde Ihnen auch sofort Bericht erstatten.»

«Sie gehen da auf gar keinen Fall hin», sagte die Chefin. «Wenn Frau Rosenmüller etwas zu sagen hat, dann soll sie das uns sagen. Sie mischen sich nicht mehr ein, Herr Wolf. Sonst lernen Sie mich kennen.»

«Ich würde Sie gerne kennenlernen, Chefin», sagte Konrad Wolf, sein Blenda-Lächeln im Gesicht. Dann ging er seiner Wege.

Jedenfalls. Weißt du, was mich ärgert? Was mich wirklich ärgert? Ich sag es dir. Da haben wir jetzt bald wieder diesen 3. Oktober, Nationalfeiertag. Und alle glauben, der Eiserne Vorhang, die Grenze ist eine Sache von der BRD und den Ostdeutschen gewesen. Wir im Bayerischen Wald sind damals am Arsch der Welt gewesen mit unserer Grenze zu den Tschechen, und jetzt haben uns die Leute wieder vergessen.

Geh, gib mir doch einmal diese Blechschachtel, hinter dir auf dem Küchenkastl, die mit den Pril-Blümerln drauf. Wenn du mir die Haube abnimmst, dann kann ich sie dir zeigen.

Nimm sie mir doch ab, die Haube. Immer noch nicht? Auch recht.

Dann schau selber hinein, in meine kleine Schatztruhe, da ist die Liste drin, ich kann sie fast schon auswendig, so oft habe ich sie gelesen.

Die Grenze, die ist mein Leben.

Hundertdreiundvierzig Menschen an der tschechischen Grenze zu uns und den Österreichern erschossen. Fünfundneunzig Tote an den Sicherungsanlagen. Elf bei der Flucht ertrunken in den Grenzflüssen. Fünf Flugzeugpiloten und Drachenflieger beim Fluchtversuch umgekommen. Siebzehn Selbstmorde auf der Flucht, aus Furcht vor Verhaftung. Zwei Flüchtlinge von Minen zerrissen. Und so weiter.

Summa summarum: zweihundertsechzig Tote.

Stell dir das mal vor. Zweihundertsechzig Leute, das sind mehr, als bei unseren Fußballern am Sonntagnachmittag zuschauen, sogar wenn's gegen das Nachbardorf geht.

Apropos Fußball. Heute zahlen die Vereine bei uns im Wald einen Haufen Geld, damit sie böhmische Spieler kriegen. Da sind ganz ausgefuchste Teufel dabei, bei den Tschechen. Diese Technik, und flink sind die, die könnten ...

Ja gut, das interessiert dich jetzt nicht.

Jedenfalls. Jetzt schau mal auf die Liste.

Nummer eins, ich weiß das alles auswendig: Kmoch Viliam, 11. März 1948, gerade dreißig Jahre alt, erschossen bei St. Katharina. Oder die Nummer drei und die vier. František Zabresky und Bohumila Prihodova, er sechsundzwanzig, sie achtundzwanzig. Bayerisch Eisenstein. Selbstmord in einer ausweglosen Situation. Er hat erst sie und dann sich selber erschossen. Und schau ganz unten auf der Liste, 16. Mai 1989. Ein achtjähriger Bub tot, weil die Mutter mit dem Auto über die Grenze wollte. Unfall. Mai 1989. Hat es nicht mehr erwarten können, die gute Frau. Und da, 1956, die Mutter und der Vater vom Hans.

Lies es selber.

Und da muss auch das Schwarz-Weiß-Foto drinnen sein. Der Hans und ich, am ersten Tag in der Grenzer-Uniform, die sechz'ger Jahre. Schöne Männer, oder, was meinst du? Schön schauen, das haben wir alle zwei gekonnt, der Hans und ich.

Wobei, der Hans hat immer ein wenig schöner schauen können.

Ein Luftikus, der Hans, aber doch so, wie soll ich sagen, ernst. Die schwarzen Augen. Als wäre er was Besseres. Ein Graf oder so etwas.

Hat sich auch immer für etwas Besseres gehalten, der Hans, wenn man ehrlich ist. Und die Elfriede, die hat das natürlich auch gespürt.

5. KAPITEL

Zwei Kühe, zwei Ziegen», sagte Ayla zu Konrad Wolf.
Sie saßen nach dem Abendessen am großen Küchentisch, sprachen über die schrecklichen Ereignisse der vergangenen Tage und den schier unglaublichen Zufall, dass zwei der fünf Frauen, die sie einige Tage zuvor in der Pizzeria kennengelernt hatten, darin verwickelt waren. Zum einen Frau Lammer, die Witwe von Hans, der sich vor dreißig Jahren in der Fichte erschossen hatte. Und zum anderen Frau Rosenmüller, die wenige Tage nach dem Fund Lammers allem Anschein nach ebenfalls zur Witwe geworden war.

Frau Lammer, Frau Rosenmüller. Zwei Freundinnen offenbar, deren tote Männer im Abstand von wenigen Tagen aufgefunden worden waren, respektive deren Hüftgelenke. Gingen zusammen mit den Freundinnen Pizza essen.

Fünf Frauen an einem Tisch. Wolf erinnerte sich an die stolze Witwe Lammer und natürlich an Frau Hallmeier, die spindeldürre Nachbarin mit der blau schimmernden Dauerwelle. Von den anderen dreien hatte er nicht die geringste Vorstellung. Und so waren Wolf und Ayla am Küchentisch auf Ziegen und Kühe zu sprechen gekommen.

«Ganz bestimmt, es waren neben Frau Lammer zwei Ziegen und zwei Kühe am Tisch», wiederholte Ayla.

«Das ist aber nicht sehr charmant, was du da sagst», erwiderte Kommissar Wolf, während er vergeblich versuchte, ihr in die Augen zu schauen. Denn Wolf war ganz hingerissen von dem schweren Gehänge mit den türkisfarbenen Steinen, das von ihren Ohren baumelte.

«Ich meine das nicht böse, es geht doch nur ums Prinzip», sagte sie. «Frauen können zwei Richtungen nehmen, wenn sie alt werden. Entweder sie werden immer dürrer und faltiger: die Ziegen. Oder sie werden immer dicker, da siehst du dann zwar die Falten nicht so sehr, aber andererseits ... Die Kühe eben. Sag mal, wie kann man denn Polizist werden, wenn man von Menschen so wenig Ahnung hat wie du?»

«Ich habe Ahnung von Menschen», protestierte Wolf, immer noch das baumelnde Türkis im Blick, «aber ich habe für alte Frauen keine Ader. Ich habe als Polizist öfter mit alten Männern zu tun. Für die habe ich einfach ein besseres Auge. Den Weiberhelden, den Trunkenbold, den Intellektuellen. Ich kann sie sofort unterscheiden. Ich kann dir sagen, wer früher Sport getrieben hat und wer Fußballer war oder Leichtathlet oder Kampfsportler. Und daraus kann ich Charakterzüge ableiten. Das ist mir einfach in die Wiege gelegt.»

«Mein liebes Genie», fiel ihm Ayla ins Wort. Sie sah ihn schmachtend von unten an, ihre Wimpern flatterten heftig. «Ich musste zwölf Semester studieren, damit ich Psychiaterin werden konnte. Und dir sind solche Sachen einfach in die Wiege gelegt. Ich bewundere dich. Mein Mann.»

«Kannst du mir das bitte öfter sagen, und genau in diesem Ton?», erwiderte Wolf. «Und jetzt noch einmal. Am Nebentisch saßen außer Frau Lammer zwei eher zierliche Damen und zwei eher mollige?»

Ayla seufzte, aber sie unternahm einen weiteren Anlauf, ihm die Begleiterinnen von Elfriede Lammer zu schildern. Zwei Ziegen, eine davon Frau Hallmeier. Und zwei Kühe, von denen eine Frau Rosenmüller gewesen war. Ayla hatte auf der Homepage des Hotels Rosenmüller ein Foto des Seniorchefs und seiner Gattin entdeckt, Ludwig und Agnes Rosenmüller, ein seltsames Paar.

Es heißt, Eheleute würden sich im Laufe der Jahre einander angleichen. Bei den Rosenmüllers konnte davon keine Rede sein. Agnes Rosenmüller hatte eine mächtige Hornbrille auf ihrer Raubvogelnase, ein schweres Silberkreuz im allzu großzügigen Dekolleté, an ihren Ohren zerrten silberne Klunker. Sie trug ein schwarzes, ärmelloses Kleid, jede Menge Stoff und jede Menge nackte Haut. Alles wirkte viel zu groß an ihr, alles viel zu dick aufgetragen. Es schien, als wollte sie um jeden Preis ihrem Mann Paroli bieten, der schlank und lässig neben ihr stand, ein Lausbubenlächeln im Gesicht trotz seiner fünfundsiebzig Jahre. Die eine Hand hatte er in die Hosentasche gesteckt, mit der anderen hielt er die Anzugjacke fest, die er sich über die Schulter geworfen hatte. Er hatte keine Hand frei für die Gattin, schien ganz erfüllt zu sein von der eigenen Erscheinung und dem Stolz auf sein Lebenswerk, das Hotel, dessen Fassade den Hintergrund des Bildes ausfüllte. Agnes Rosenmüllers Arme hingen schlaff neben dem Körper, vor Anspannung hatte sie die Fäuste geballt.

«Und schau dir die hohen Absätze an», sagte Ayla, sie hatte das Foto der beiden ausgedruckt, «in dem Alter musst du darauf erst mal balancieren können.»

Allmählich stellte sich bei Wolf die Erinnerung ein. Das Doppelkinn, die große Brille, die Raubvogelnase, die tiefschwarz gefärbten Locken. Vor allem die drei Furchen, die von der Stirn zur Nasenwurzel liefen.

«Lammer, Hallmeier, Rosenmüller», fasste Wolf zusammen, «fehlen uns noch zwei, eine Mollige und eine Schlanke. Hast du eine Ahnung, wer die waren?»

«Keine Ahnung, ich bin nicht die Polizei», erwiderte Ayla. «Aber jetzt sag einmal im Ernst. Du hast deinen Passauer Kollegen nichts von der Damenrunde erzählt?»

Wolf schüttelte den Kopf.

«Aber warum denn nicht, Konrad?»

«Wozu sollte das gut sein?», sagte Wolf. «Tatsache ist: Der Mann, der das größte Bauprojekt in dieser Gemeinde verhindern wollte, ist offenbar ermordet worden. Er hat schon mehrmals Morddrohungen erhalten. Angeblich war er kurz davor, das ganze Projekt tatsächlich zu kippen. Viele Leute hier am Ort haben schon eine Menge Geld investiert. Nun ist er auf bestialische Weise umgebracht worden. Der Mörder hat sich einen makabren Scherz erlaubt, indem er ihm das rechte Bein herausgerissen hat. Eine Anspielung auf Hans Lammer. Ein Zeichen: Rosenmüller war wie Lammer ein Mann von gestern. Alteisen. Und was muss es die Polizei interessieren, dass Frau Lammer und Frau Rosenmüller zusammen Pizza essen? Gratterszell ist nicht München, das ist eine kleine Gemeinde. Man kennt sich eben.»

Ayla winkte ab.

«Konrad», sagte sie, «jetzt stell dir mal vor, ich hätte mein ganzes Vermögen in den Windpark investiert, und dieser Rosenmüller ist kurz davor, das Projekt zu kippen. Ich fürchte um mein Vermögen und will diesen Mann loswerden. Würde ich den Mann dann zerlegen, würde ich sein rechtes Bein den Rachel hinauftragen und auf dem Gipfel ablegen? Nein. Ich würde ihn erschießen, und dann nichts wie weg. Jemandem das Bein herausreißen, das hat etwas Archaisches, Konrad, da geht es um viel mehr als Geld. Da steckt eine alte Geschichte dahinter. Die hat vielleicht gar nichts mit den Windrädern zu tun.»

«In Ordnung», sagte Wolf grinsend, «dann gehe ich jetzt zu den Passauer Kollegen und sage, ich habe eine neue Theorie: Ein Hexenbund hat Ludwig Rosenmüller auf dem Gewissen. Die eigene Frau hat ihn umgebracht, zusammen mit vier Freundinnen. Die Ehe war eine Hölle, fünfzig Jahre lang, und jetzt haben sie ihn erledigt. Eine für alle, alle für eine. Wahrscheinlich haben sie schon Hans Lammer in den Tod getrieben. Und jetzt haben sie Ludwig Rosenmüller auf dem Gewissen. Haben ihm das Bein wegoperiert. Wahrscheinlich lebt er sogar noch, er stirbt gerade irgendwo im Wald einen langsamen, grausamen Tod.»

«Genau, und du fährst jetzt gleich zu Frau Rosenmüller, entlockst ihr ein Geständnis und übergibst sie der Polizei.» Ayla legte ihre Hand auf seinen Arm. «Du wirst ein Held sein, und deine Idiotie von heute Vormittag ist vergessen.» Wieder schlug sie zum Spott mit ihren Wimpern wie ein aufgeregter Schmetterling mit seinen Flügeln.

Wolf wunderte sich, wie abgebrüht Ayla die Nachricht weggesteckt hatte, dass ihr Freund einen Menschenknochen nicht nur entdeckt, sondern auch in Händen gehalten und in seinem Rucksack herumgetragen hatte. Sie hatte nur angewidert das Gesicht verzogen. Insgeheim schämte sich Wolf jetzt für den Spaß, den sie mit dem Fall trieben. Er dachte an die Chefin und die Frage des jungen Hermann: Wie könnte es sich um einen Scherz handeln, Herr Kollege, wenn auf dem Rachel ein Menschenknochen liegt?

Wolf legte seine Hand auf Aylas Hand.

«Und du bist sicher, dass ich zu Frau Rosenmüller fahren soll?», fragte er. «Wir haben beide schon erlebt, was passieren kann, wenn man auf eigene Faust in einem Mordfall herumschnüffelt.»

«Natürlich fährst du da jetzt hin», erwiderte sie, ohne eine Sekunde zu überlegen, «Frau Rosenmüller hat heute Nachmittag, als du weg warst, noch einmal angerufen. Ob du auch wirklich kommst? Und ich sagte, natürlich kommt er.»

«Dir liegen diese Frauen am Herzen, stimmt's?», fragte Wolf.

Ayla gab ihm keine Antwort. Sie nahm ihren Löffel aus dem leeren Suppenteller, der noch vor ihr stand. Sie leckte ihn ab, hielt sich die gewölbte Rückseite vor das Gesicht, betrachtete darin ihr verzerrtes Spiegelbild.

«Was glaubst du», fragte sie, «werde ich einmal Freundinnen haben, wenn ich so alt bin wie diese fünf Damen?»

«Wieso solltest du nicht?»

«Weil ich eine Einzelgängerin bin. Weil ich keine Wurzeln habe. Weißt du was? Wir müssen demnächst mal zu meiner Sippe nach Anatolien fahren. Juri, du und ich. Du musst unbedingt mitfahren, versprichst du mir das?»

Ayla trug die Frage mit einer Begeisterung vor, die jeden

anderen angesteckt hätte, aber Wolf verdrehte nur die Augen. Er hatte sie schon hundertmal gehört.

Er stellte sich ein anatolisches Bergdorf vor, in der Nähe von Sivas, wo Aylas Sippe ihren Ursprung hatte. Sie würden ins Halbdunkel eines dieser schiefen Steinhäuser eintauchen, das von Hunden und Katzen umlagert wurde, auf dem Sofa würde im Dämmerlicht ein runzliger türkischer Opa sitzen. «Dede», würde Ayla hauchen, tief verschleiert. Sie würde ihrem Opa die Hand küssen und dann ihre Stirn auf seine Hand legen. Dann würde auch Juri diese alte Hand küssen, Dede würde ihm mit der anderen Hand durch die schwarzblauen Haare fahren. Anschließend würde Dede ihn fixieren, Wolf, den Deutschen, und dann würde Ayla in einer fremden Sprache erklären, dies sei Konrad, ihr Lebensgefährte, aber nicht ihr Ehemann, er sei weder Türke, noch sei er der Vater von Juri. Der Vater von Juri sei ebenfalls Deutscher, und er heiße Jürgen. Aber sie habe keinen Kontakt zu ihm.

Dede würde sich abwenden, würde sie verstoßen, würde alles Nötige in die Wege leiten nach alter Väter Sitte. Denn diese Schande war nur durch einen Ehrenmord zu tilgen.

Je öfter sie darüber sprachen, desto drastischer malte sich Wolf die Familienzusammenführung aus, und desto energischer protestierte Ayla gegen seine Vorurteile. In Wahrheit, wusste er, wollte sie selbst auf gar keinen Fall zu ihren anatolischen Wurzeln zurückkehren. Und wenn sie noch so oft darüber sprach.

Wolf konnte nur erahnen, welche Kämpfe Ayla ausgefochten hatte, nachdem sie ein Kind von einem deutschen Jürgen geboren hatte. Und welche Überwindung es ihre Eltern gekostet hatte, sich mit dem Leben abzufinden, das ihre Tochter führte. Es war ohnehin nur die Mutter, die sich damit abfand.

Konrad Wolf hatte Aylas Eltern ein einziges Mal besucht in ihrem zeitlos biederen niederbayerischen Wohnzimmer in Plattling. Der Vater, der als Rentner ein türkisches Café betrieb, vertiefte sich an jenem Sonntagnachmittag in eine Fernsehübertragung des Formel-1-Rennens in Monaco. Er sprach mit Wolf kein Wort. Das Gespräch führte die Mutter, eine drahtige, selbstbewusste Frau. Sie war in den siebziger Jahren alleine vorausgereist, von Sivas nach Dingolfing. Hatte Arbeit gefunden, Geld gespart für eine Wohnung, den Rest der Familie nachgeholt.

Die Mutter hielt die Familie zusammen, so gut es ging.

Ayla, die Jüngste, war als einziges der drei Kinder in Deutschland zur Welt gekommen. Aylas Bruder Ali betrieb in Dingolfing ein Restaurant. Wolf und er waren Freunde, aber sie sahen sich kaum noch. Ali war mit einer Polin verheiratet, der andere Bruder mit einer Russin.

«Ein großes Durcheinander, diese Familie! Katastrophe!», hatte Aylas Mutter bei dem Treffen im Plattlinger Wohnzimmer geschimpft und dabei gelacht. Aber der Vater hatte nur in den Fernseher gestiert, als entscheide sich auf dem Stadtkurs von Monaco das Schicksal der Sippe Davutoglu.

Mit den Ehen seiner beiden Söhne hatte der Vater sich noch abfinden können. Aber er weigerte sich, am Leben seiner Tochter teilzuhaben. Sie hatte Schande über die Familie gebracht.

Dass Ayla dieses Haus in Gratterszell gekauft hatte, war auch eine Form des Protests gegen ihren Vater gewesen. Sie kam alleine klar, sie konnte sich selbst eine Heimat schaffen, sie verdiente genügend Geld, um sich die Kredite dafür zu besorgen, wiewohl Wolf vermutete, dass ihre Mutter ihr einen Zuschuss aus der Familienkasse hatte zukommen lassen.

Konrad Wolf fragte sich immer wieder, ob er es nicht sein konnte, der Brücken schlug zwischen Ayla und ihrer Familie. Aber er war nicht der Typ, der die ganze Davutoglu-Sippe im Bus durch Anatolien kutschierte, fröhliche Volksweisen sang und Familien über Generationen hinweg zusammenführte.

Er war ein Einzelgänger, genau wie Ayla im Grunde eine Einzelgängerin war, obwohl sie überall schnell Anschluss fand.

All das ging Konrad Wolf durch den Kopf, während er das Geflecht ihrer Haare bewunderte, ihren Silberblick – er war noch ein wenig ausgeprägter als sonst, so müde war sie an diesem Freitagabend nach einer harten Woche in der Klinik –, den verwegenen Schwung ihrer Nase.

Sie würde bald fünfunddreißig werden. Wie sie wohl aussehen würde in noch einmal dreißig Jahren? Hoffentlich so zeitlos schön wie Elfriede Lammer, aber hoffentlich nicht so gebrochen.

«Und was glaubst du?», fragte sie. Die Anatolien-Reise hatte sie schon wieder vergessen.

«Verstehe dich nicht», erwiderte er.

«Sag, was meinst du? Werde ich mal eine Ziege oder eine Kuh? Das überlegst du doch gerade. Gib's zu!»

«Tu ich nicht», sagte Wolf bestimmt, «da muss ich gar nicht überlegen. Du wirst immer jung sein.»

«Stimmt gar nicht. Siehst du, es geht schon los», sagte sie, während sie weiter den Löffel als Spiegel in der Rechten hielt und mit dem linken Zeigefinger die Haut an ihrer Schläfe straff zog. «Krähenfüße! Furchtbar! Wieso magst du mich eigentlich?»

«Wegen deiner großen Nase, nach wie vor», antwortete Wolf.

Sie schleuderte den Löffel über den Tisch, er wehrte das Geschoss mit dem Ellbogen ab, scheppernd landete es auf dem Parkett.

«Anne, reg dich nicht auf. Du sollst nicht mit Konrad streiten. Ich mag das nicht.» Juri, der im angrenzenden Wohnzimmer auf der Couch lümmelte, wandte den Blick nicht vom Fernseher, während er Ayla ermahnte mit der türkischen Anrede für Mama: Anne.

Juri sah nach dem Abendessen im Kinderkanal Simsalagrimm, Grimms Märchen, vorgestellt von zwei Fabelwesen, die auf einem Märchenbuch durch die Welt schwebten. Die beiden kamen gerade herangeflogen und gingen in letzter Sekunde dazwischen, als der Jäger sein Messer von hinten gegen Schneewittchen erhob.

«Verzeih mir, ich wollte das nicht tun, Schneewittchen», sagte der Jäger, ertappt.

«Wir streiten nicht», rief Wolf hinüber ins Wohnzimmer, «wir sprechen bloß über Ziegen und Kühe.»

«Du wolltest mich töten? Ich dachte, dass du mein Freund wärst», sagte Schneewittchen.

«Kannst du den Fernseher vielleicht ein wenig leiser stellen, mein Sohn?», rief Ayla.

«Das bin ich auch», sagte der Jäger, jetzt noch ein wenig lauter, «deine Stiefmutter, die Königin, steckt dahinter. Sie hat es mir befohlen. Als ich mich weigerte …»

«… drohte sie mir mit dem Galgen. O Schneewittchen!», äffte Ayla den Jäger nach. «Mann, Juri, wie oft hast du das jetzt schon gesehen? Ich kann das schon auswendig.»

Endlich drückte Juri den roten Knopf auf der Fernbedienung. Er kam zum Esstisch.

«Und warum sprecht ihr über diese Tiere», fragte Juri mit neugierigen Knopfaugen, «ich meine, über Kühe und Schafe.»

«Keine Schafe», erwiderte Wolf, «Kühe und Ziegen.»

«Ja genau», sagte Ayla, «und Konrad muss jetzt noch mal los, nach den Kühen und Ziegen sehen. Die kommen ohne den Wolf nicht klar.»

Es dämmerte bereits, als Wolf sich dem Hotel Rosenmüller am Schellenberg näherte, etwa zehn Kilometer entfernt von Aylas Haus. Das Hotel schmiegte sich, an drei Seiten vom Wald umstanden, in eine Kuhle unter dem Bergkamm. Eine cremefarbene Scheußlichkeit mit einer riesigen Glasfront, gebrochen von weißen Säulen, davor eine große Terrasse und vor der Terrasse ein Swimmingpool. Konrad Wolf fuhr noch vor der Ortseinfahrt rechts an den Fahrbahnrand, stellte den Motor ab und sah eine Weile zu, wie die Hotellichter an Kraft gewannen, während sich rundherum die Dunkelheit ausbreitete. Lichter umrahmten die Zufahrt. Erleuchteten den Parkplatz. Bestrahlten den Eingang. Schimmerten warm hinter Gästezimmerfenstern, Restaurantfenstern, Küchenfenstern. Leuchteten hinter großen Fensterflächen in einem separaten Gebäude, das den großen Wellness-Bereich barg. Sauna, Dampfbad, Ayurveda, Schwimmhalle und was es sonst noch alles geben mochte. Und auch die Räume des Arztes, der hier kleinere Schönheitsoperationen vornahm und wohl auch die eine oder andere Spritze setzte, um die Furchen zu glätten, die das Alter geschlagen hatte. Der neueste Schrei: die Schönheits-OP im «Rosenmüller». So hatte es Wolf in dem Hotelprospekt gelesen, den ihm Ayla vor einigen Monaten gezeigt hatte. Sie hatte ihn zu einem Wellness-Wochenende im «Rosenmüller» überreden wollen, aber Wolf hatte empört abgelehnt. So alt fühle er sich dann doch noch nicht, dass er ein Wochenende in Gesellschaft von Mumien verbringen wollte.

Und wehe, du lässt dir irgendwann einmal Botox spritzen, hatte er gesagt, dann sind wir geschiedene Leute.

Auf dem Bergkamm, links versetzt vom Hotel aus, mindestens fünfhundert Meter davon entfernt, kreiselten die drei Flügel des Windrads nunmehr wieder gemächlich, der Böhmische hatte sich beruhigt. Das Positionslicht trat hervor in der Dämmerung. Was Wolf vom Rachel aus als um sich selbst kreisenden Punkt wahrgenommen hatte, wirkte nun auf ihn groß, gewaltig, monumental.

Die Nabe fünfundsechzig Meter über dem Boden, genauso groß der Durchmesser der Rotoren. Der Durchmesser des

Turms am Sockel vier Meter, oben zwei Meter. Siebenhundert Tonnen wog das Fundament, hundertdreißig Tonnen der Turm, der Rotor mit Nabe und Generator hatte ein Gewicht von siebzig Tonnen.

Und das war nur das kleine Windrad.

Hier sollte schon bald mit dem Bau von sieben großen Windrädern begonnen werden. Die Nabe hundertdreißig Meter über dem Boden.

Wolf hatte sich kundig gemacht, warum nun immer größere Anlagen entstanden, höhere Türme mit größeren Rotoren: Je höher hinaus man baute, desto größer die Geschwindigkeit des Windes, der auf die Rotorblätter traf. Und die Dichte der kinetischen Energie steigt quadratisch mit der Windgeschwindigkeit. So hatte Wolf es gelesen, das war Physik. Die Sprache der Ingenieure. Wolf verstand nichts davon. Und trotzdem war er gebannt von der Vorstellung, vom Schellenberg aus könnten bald sieben dieser Monstren den Menschen mit Energie versorgen. Stahlrohr und Kunststoff. Das Blinken der Positionslichter, das Kreiseln der Rotoren. Es würde ihm gefallen, genauso, wie ihm Wolkenkratzer gefielen, Straßenschluchten mit leuchtender Reklame, die Rücklichterketten bei nächtlichen Autobahnfahrten. Das archaische Dröhnen startender und landender Maschinen an großen Flughäfen.

Ja, und er musste sich eingestehen, dass sogar die Kondenswolke, die aus dem Schlund eines Kernkraftwerks aufstieg, ihn auf rätselhafte Weise faszinierte.

Er war ein Babyboomer, der Glaube an die Technik, an den ewigen Fortschritt war tief in ihm verwurzelt. Und so empfand er auch diese gigantischen Windräder als ein Lebenszeichen.

Ja, die Menschheit war am Leben.

Der Hotelier Rosenmüller aber hatte die besten und teuersten Münchner Anwälte in Marsch gesetzt, um das Projekt zu kippen, und seine Aussichten standen offenbar günstig. Der Gemeinderat hatte mit Billigung der übergeordneten Behörden die Rechtslage möglicherweise allzu großzügig zu seinen Gunsten interpretiert.

Rosenmüller führte den Umweltschutz ins Feld gegen die umweltschonende Energie. Der Standort am Schellenberg lag in einem Vogel- und Naturschutzgebiet, zumindest an dessen Rand. Bedroht seien vor allem die Fledermäuse, schrieben Wissenschaftler in ihren Gutachten. Die rotierenden Windräder würden einen Luftdruckabfall erzeugen, dadurch würden die Luftbläschen in der Fledermauslunge sich erweitern. Die Gefahr: Blutgefäße könnten platzen, Fledermäuse sterben. Ohne Ludwig Rosenmüller jemals getroffen zu haben, ahnte Konrad Wolf, dass ihn das Leben der Fledermäuse in etwa so sehr interessierte wie das Wohlergehen von Küchenschaben. Es ging ihm um das Geschäft.

Ein Universitätsprofessor hatte zugunsten Rosenmüllers in einem Gutachten festgehalten: «Der Hotelgast im Vier-Sterne-Bereich ist tendenziell konservativ.» Der Hotelgast im Vier-Sterne-Bereich wollte also den unverstellten Blick auf die Waldwogen, respektive darauf, was der Klimawandel und in seinem Gefolge der Borkenkäfer davon übrig ließen. Wollte er wirklich?

Konrad Wolf startete das Auto wieder, fuhr den Schellenberg hinauf, hinein in das Lichtermeer, parkte sein Auto, vielmehr: versteckte es im hinteren, dunkleren Teil des Parkplatzes, denn das rote, rostkranke Gefährt passte nicht zu den metallig glänzenden Ungetümen der Hotelgäste.

Konrad Wolf wurde umfangen vom Geplätscher der Springbrunnen, die sich über den Hang vor der Terrasse verteilten. Das Geplätscher vermischte sich mit dem Geplauder von Gästen, die trotz der Abendkühle ihr Essen im Freien auf der Terrasse am Pool eingenommen hatten. Das Geschirr wurde gerade abgeräumt, man servierte Desserts und Espresso, wahlweise ein weiteres Viertel Rotwein. Wolf hörte das Klirren von Gläsern, Tellern, Tassen, das Klacken von hohen Absätzen auf den Terrassenfliesen. Zwischen den Tischen huschten Bedienungen verschiedenen Alters hin und her. Sie trugen Dirndl, Konrad Wolf fühlte sich wie auf dem Oktoberfest, ja, dieses Hotel schien eine Wiesn im Kleinformat zu sein, zumindest insofern, als Männer mittleren Alters fremden Frauen in den Ausschnitt starrten, obwohl die Gattin neben ihnen am Tisch saß. Gedankenverloren vertiefte sich auch Konrad Wolf eine Weile in die blank liegenden, milchig weißen, wogenden Brüste. Zweifellos gehörte auch der Kommissar zur Zielgruppe des Hotels.

Wie ein Ort, an dem Tod und Trauer regierten, wirkte das Hotel jedenfalls nicht.

Eine der Bedienungen näherte sich dem Kommissar, der unschlüssig und ein wenig linkisch am Terrassenrand stehen geblieben war.

Er würde gerne die alte Frau Rosenmüller sprechen, sagte er. Da erstarb das verbindliche Lächeln im Gesicht der jungen Frau. Ohne ein Wort zu verlieren, führte sie den Kommissar in die Empfangshalle. Hinter der weit ausladenden Theke aus Marmor und Edelstahl traf er die Juniorchefin, die kurzen Haare frech nach oben gegelt, auf der Nase eine rosarote Brille, auch sie im Dirndl mit beträchtlicher Freifläche. Sie stellte sich als Laura Rosenmüller vor.

Die alte Frau Rosenmüller habe ihn vor zwei Tagen um Hilfe gebeten, sagte Wolf, er sei ein Bekannter von ihr und Nachbar der sicherlich bekannten Frau Hallmeier.

Aber der Fall sei doch Sache der Passauer Kripo, entgegnete die Juniorchefin. Den ganzen Nachmittag über sei die Schwiegermutter von den Beamten mit Fragen traktiert worden; der alten Dame gehe es nicht gut.

«Außerdem», fragte sie argwöhnisch, «seit wann kennen Sie die Oma denn eigentlich?»

«Ehrlich gesagt erst seit drei Tagen», erwiderte Wolf.

«Ach, drei Tage. Dann darf ich Sie bitten, dass Sie unser Haus verlassen. Sie sind wahrscheinlich von der Presse und wollen die Oma aushorchen. Wollen wieder eine Geschichte schreiben, wie rückständig unser Hotel ist, weil wir gegen die Windkraft sind.»

«Frau Rosenmüller», sagte Wolf, «Sie können doch bestimmt von hier aus bei der Oma anrufen und fragen, ob sie mich sprechen will. Konrad Wolf ist mein Name.»

Das Wort Polizist nahm er nicht in den Mund, er wollte nicht noch größeren Wirbel verursachen.

«Das werde ich auf gar keinen Fall tun», sagte sie, «die Oma braucht ihre Ruhe. Ganz dringend.»

«Frau Rosenmüller», sagte Wolf, «Sie wissen schon, was heute Nachmittag passiert ist, auf dem Rachel?»

«Wie meinen Sie das?», fragte sie.

«Weil Sie noch immer dieses Dirndl tragen, und keine Trauerkleidung.» Wolf provozierte, sein letzter Versuch.

«Ja freilich weiß ich das, jetzt seien Sie nicht unverschämt», die Juniorchefin wurde schnippisch, «aber gerade deswegen wollen wir uns jetzt nicht belästigen lassen von Pressefritzen. Und das Geschäft muss ja irgendwie weitergehen.» Sie seufzte, das war der Übergang in den Trauermodus. «Mei, die Oma, die macht sowieso schon genug mit. Und jetzt gehen Sie bitte.»

Konrad Wolf hätte aufgegeben, wäre in dem Augenblick nicht der Juniorchef zu ihnen gestoßen. Ein kleiner, gedrungener Mann mit einem teigigen Gesicht, auch er nicht in Schwarz gewandet, sondern in Trachtenjoppe und eine Bundhose.

«Was ist denn los, Laura?», fragte er.

«Der Herr sagt, die Oma will ihn sprechen, sagt, er kennt sie seit drei Tagen. Aber ich glaub, das ist ein Pressefritz. Der will die Oma aushorchen.»

Konrad Wolf schüttelte lachend den Kopf, das schien ihm die beste Antwort zu sein.

«Wir können die Oma doch nicht wegsperren, Laura», sagte der junge Rosenmüller, «soll sie doch selber entscheiden, ob sie mit dem Herrn reden will.»

«Gerhard!», zischte seine Frau, doch der Mann führte Wolf hinaus aus dem Hotelgebäude, über den Hinterhof in ein kleines, altes, dunkles Bauernhaus. Im Wohnzimmer fanden sie reglos die alte Frau Rosenmüller im Fernsehsessel, umschwirrt von drei Enkelkindern. Auf dem Flachbildschirm, eingezwängt in eine dunkle Schrankwand, liefen tonlos die Zwanzig-Uhr-Nachrichten.

«Oma, Besuch für dich», sagte der Juniorchef, während er noch die Türklinke gedrückt hielt. «Hier ist ein Herr, der sagt, du willst ihn sprechen.»

«Wolf», rief Konrad Wolf in das Wohnzimmer hinein.

«Herein», brummte die Oma im Fernsessel.

«Und ihr kommt mit mir», sagte der Juniorchef. Die drei Kinder, keines älter als zehn Jahre, sprangen auf, huschten an Wolf vorbei, ohne ihn anzusehen, und folgten ihrem Vater.

Oma Rosenmüller hing schlaff und schwer in dem gepolsterten Fernsehsessel, beide Arme ruhten auf den Lehnen. Sie trug einen schwarzen Rock, eine schwarze Bluse, an den Füßen schwarze Sandalen. Wie schweres Drahtgeflecht kräuselten sich ihre Locken. Von ihrer Stirn aus liefen drei Furchen auf ihre Nasenwurzel zu, die mittlere senkrecht, die beiden anderen schräg. Auf der Nase die Hornbrille.

Frau Rosenmüller atmete schwer.

«Es tut mir alles furchtbar leid für Sie», sagte Wolf und streckte ihr die Rechte entgegen. Ein fester, rauer Händedruck.

«Sie wollten mich sprechen», sagte er, dann versank er in der Sofalandschaft.

Frau Rosenmüller wandte den Blick wieder ihrem Fernseher zu, in dem ein Anzugträger, tonlos, vor einer Deutschland-Karte herumsprang und mit beiden Armen fuchtelte, als drohe dem Land ein militärischer Angriff von Osten her. Dabei handelte sich nur um ein Hochdruckgebiet über Osteuropa, das den Deutschen ruhiges Herbstwetter bescheren sollte. Auch Ostbayern hatte angeblich Sonnenschein zu erwarten, bis zu dreiundzwanzig Grad, und nur stellenweise Frühnebel.

«Frau Rosenmüller, wie kann ich Ihnen helfen?»

Der tonlose Wetterbericht, das schwere Atmen von Frau Rosenmüller. Dem Kommissar wurde unbehaglich zumute. Dies war ein fremdes Haus, eine fremde Trauer, die ihn nichts anging. Er gehörte nicht hierher.

«Soll ich wieder gehen, Frau Rosenmüller?», fragte Wolf.

«Bleiben Sie doch sitzen», erwiderte die Dame, heftig atmend, «bin halt nicht besonders gesprächig.» Ein tiefer Seufzer. «Wenn Sie ein Bier wollen, gehen Sie rüber in die Küche. Und wissen Sie was, bringen Sie mir auch eins mit. Im Kühlschrank stehen ein paar Flascherl. Und im Hängeschrank drüber sind die Glaserl.»

Wolf nahm das Angebot gerne an, suchte sich in der Küche Glaserl und Flascherl, fand auch sofort den Flaschenöffner im Besteckkasten, schenkte zwei Bier ein.

Als er zurückkehrte, bemerkte Wolf zu seiner Erleichterung, dass Frau Rosenmüller den Fernseher ausgeschaltet hatte. Er hatte schon befürchtet, er müsse mit ihr zusammen Aktenzeichen XY schauen. Leichenteile, und wie sie zueinander passen.

Der Kommissar stellte die beiden Gläser auf dem gefliesten Couchtisch ab.

«Glauben Sie, dass mein Mann noch lebt?», fragte Frau Rosenmüller. Dann nahm sie das Glas und trank es zur Hälfte leer.

«Man darf die Hoffnung nicht aufgeben», hörte Konrad Wolf sich sagen.

«Hören Sie mir mit der Hoffnung auf», sagte Oma Rosenmüller. «Was soll das für eine Hoffnung sein? Dass man meinem Mann bloß den einen Fuß abgeschnitten hat?»

Das eine Bein, meinte sie, aber in Niederbayern unterscheidet man nicht zwischen Fuß und Bein.

«Fünfzig Jahre.» Ein schwerer Seufzer. «Nächsten Mai hätten wir goldene Hochzeit gefeiert. Und jetzt.» Tiefes Einatmen. Tiefes Ausatmen. Ein weiterer Seufzer. «Heutzutage laufen die jungen Leute gleich auseinander, wenn sie sich nicht mehr vertragen. Aber wir.» Noch einmal holte sie tief Luft. «Schauen Sie, das Haus, in dem wir hier sitzen. Das ist das alte Tagelöhnerhaus, es hat den Eltern vom Ludwig gehört. Das haben wir uns hergerichtet als Alterssitz. Sein Vater war Landwirt im Nebenerwerb. Wir haben alles übernommen, der Ludwig und ich. Haben nichts gehabt außer zwei Kühen und sechs Schweinen im Stall. Und dann haben wir angefangen, Bier zu verkaufen an die Wanderer, die vorbeimarschiert sind. Wer hat sich das vorstellen können, dass die Leute wieder so viel wandern nach dem Krieg. Im Bayerischen Wald. Und so haben wir angefangen. Ein Bier ausgeschenkt, eine Brotzeit verkauft. So ein Glück, dass der Wanderweg hinauf zum Schellenberg bei uns vorbei führt. Und dann haben wir ein Zimmer vermietet. Und dann unter dem Dach ausgebaut. Und jetzt schauen Sie sich um. Was daraus geworden ist. Wir haben nach dem Krieg eine eingebrannte Brotsuppe gegessen. Und jetzt kocht da drüben ein Sternekoch. Ich weiß gar nicht mehr, wie das französische Zeug heißt, was der alles kocht. Soll ich Ihnen was sagen, Herr Wolf? Schmeckt mir auch gar nicht. Aber Hauptsache, die Gäste zahlen einen Haufen Geld dafür.»

Ein heiseres, kehliges Lachen. Oma Rosenmüller leerte den Rest des Glases in einem Zug.

«Etouffee-Täubchen mit gebratenen Schwarzwurzeln», brummte sie, «würden Sie so etwas essen wollen, Herr Wolf?»

«Im Zweifelsfall lieber den Schweinsbraten, Frau Rosenmüller.»

Sie antwortete mit einem Lächeln. «Aber die Gäste wollen das Etouffee-Täubchen, was sollen wir tun?»

«Sie wollten mir etwas erzählen, über Ihren Mann, Frau Rosenmüller?»

Sie wandte Wolf ihr Gesicht zu. Die drei Falten über der Nase vertieften sich.

«Sie wissen ja, welchen Kampf mein Mann ausgefochten hat wegen diesen Windrädern. Diese Spinner mit ihrer Windenergie, die wollen uns kaputtmachen. Ein ganzes Leben lang haben wir uns abgerackert. Wir haben Arbeitsplätze geschaffen, wir haben Gewerbesteuer bezahlt. Die ganze Zeit hat die Gemeinde unser Geld gerne genommen. Und jetzt wollen sie uns kaputtmachen. Sieben Windradl direkt über unserem Hotel. Glauben Sie, da kommt noch ein Gast?»

Die große schwarze Gestalt im Fernsehsessel schnaufte. Seufzte. «Wissen Sie, was der junge Bürgermeister zu der Zeitung gesagt hat? Es gibt Weltwaldler und Waldwaldler, damit meint er: Weltbürger und Hinterwäldler. Wir sind die Hinterwäldler, weil wir gegen diese Windradl sind. Aber der Ludwig hat sich das nicht gefallen lassen. Der hätte den ganzen Wahnsinn verhindert. Und jetzt haben sie ihn zum Alteisen geworfen.»

«Und Sie haben eine Ahnung, wer es getan hat?», fragte Wolf.

«Können Sie mir vielleicht noch ein Bier holen», antwortete Oma Rosenmüller. Sie atmete tief ein, tief aus.

Kommissar Wolf holte zwei weitere Flascherl aus der Küche, schenkte ein. Frau Rosenmüller, mit dem Fernsehsessel scheinbar verwachsen, trank sofort weiter.

«Das ganze Dorf hat der junge Bürgermeister durcheinandergebracht. Für die Windkraft, gegen die Windkraft. Schauen Sie, unsere Damenrunde. Sie haben am Mittwoch doch bestimmt die Sigl Katharina gesehen, die kleine Frau, die nicht so viel sagt?»

Wolf nickte, ohne ein Bild von der Frau vor Augen zu haben.

«Vor dreißig Jahren waren unsere Männer noch die besten Freunde, dann haben sie sich bis aufs Blut gestritten wegen irgendeinem Geschäft. Todfeinde, man hat direkt Angst gekriegt. Wir Frauen haben uns zusammengetan und haben dafür gesorgt, dass nichts Schlimmeres passiert. Und jetzt diese Windkraft. Der Sigl Franz hat sein ganzes Geld in diesen Windpark gesteckt. Er war unter den ersten Investoren, er kriegt sein Geld nicht zurück, wenn es nichts wird mit dem Bau. Ist alles draufgegangen für die Anschubfinanzierung. Was meinen Sie, was in dem jetzt vorgeht?»

Ein schwerer Schnaufer, ein schwerer Seufzer.

«Und das ist es, was Sie mir sagen wollten?», fragte Wolf.

«Am Dienstagnachmittag wollte mein Mann nach München, zu seinen Anwälten. Als er losgefahren ist, hat er zu mir gesagt: Stell dir vor, der Sigl will mit mir reden. Nach so vielen Jahren. Ich treff mich jetzt mit dem Sigl Franz, wegen der Wind-Sache. Der will ein Geschäft mit mir machen.»

«Wo wollten sie sich treffen?», fragte Wolf.

«Das habe ich meinen Mann auch gefragt. Geheim, hat er gesagt.»

Frau Rosenmüller nahm einen weiteren Schluck, das Glas war wieder leer.

«Können Sie mir noch ein Flascherl bringen?», fragte sie.

Wolf holte Nachschub, schenkte ein.

«Haben Sie die Geschichte mit Herrn Sigl der Polizei erzählt?», fragte er.

Sie schüttelte den Kopf.

«Herr Wolf, seit dreißig Jahren sind wir Freundinnen, die Katharina und ich. Ich kann jetzt nicht die Polizei auf ihren Mann hetzen. Und stellen Sie sich vor, wenn der Franz mit der Sache gar nichts zu tun hat. Die Katharina spricht kein Wort mehr mit mir.»

Noch ein Schluck Bier, ein Seufzer.

«So ein Unglück, so ein Unglück.»

«Und Sie glauben, dass Franz Sigl Ihren Mann umgebracht hat?»

«Alter Hass», sagte sie nur. «Ich werde Ihnen jetzt die alten Geschichten nicht alle erzählen. Aber was zwischen den beiden passiert ist, das reicht für einen Mord. Und jetzt noch der Windpark. Wir Frauen, wir müssen alles ausbaden.»

«Und davon soll ich die Polizei informieren, ohne Sie als Zeugin zu nennen?»

«Sie sind ein Ehrenmann, Sie sagen nichts von mir, Herr Wolf?»

«Versprochen, Frau Rosenmüller.»

«Wissen Sie», sagte die Frau im Fernsehsessel, «Ihre Kollegen haben mich heute die ganze Zeit nach dem Lammer Hans gefragt. Was mein Ludwig mit dem Lammer zu tun hatte. Ob sie verfeindet waren. Ob sie miteinander Geschäfte gemacht haben.»

«Das würde ich an deren Stelle auch fragen», sagte Wolf. «Und was haben Sie geantwortet?»

«Wir haben nur einmal miteinander zu tun gehabt, die Lammers und wir. Ich meine, geschäftlich. Der Hans und die Elfriede haben uns geholfen damals. Dreißigtausend Mark haben sie uns geliehen, weil wir uns übernommen hatten mit der Hotel-Renovierung. Damals schon haben wir ein Schwimmbad bauen lassen. Und da haben wir die Zinsen nicht mehr zahlen können. Da sagten die Elfriede und der Hans: Wir leihen euch Geld. Sonst gäbe es unser schönes Hotel wahrscheinlich schon seit dreißig Jahren nicht mehr.»

Wolf überlegte. Die dreißigtausend Mark mussten gezahlt worden sein, kurz bevor Hans Lammer sich umbrachte.

«Und Sie haben alles zurückgezahlt?», fragte Wolf.

«Ja, selbstverständlich», sagte Oma Rosenmüller, «denen ist es ja selber nicht so gutgegangen. Das hat man ja erst später erfahren. Und dann ist auch noch der Hans auf und davon, und keiner hat gewusst, warum. Da hat der Ludwig der Elfriede die dreißigtausend Mark gleich wieder zurückgezahlt. Wir sind auch so über die Runden gekommen. Der Ludwig hat immer einen Weg gefunden.»

Wieder das schwere Schnaufen, Wolf hörte schweigend zu.

«Kennen Sie noch die alte Kegelbahn beim Dorfner-Wirt?», fuhr sie fort. «Aber nein, Sie sind ja nicht von hier. Dort haben wir jede Woche gekegelt seinerzeit, jeden Donnerstag. Die Elfriede und der Hans sind ja erst nach der Hochzeit aus Zwiesel hierhergezogen. Haben sich das alte Pfarrhaus gekauft. Aber was glauben Sie, der Hans hat eine Ausstrahlung gehabt. Ist sofort in den Gemeinderat gewählt worden. Dort hat er sich mit meinem Mann angefreundet. Und dann sind wir miteinander kegeln gegangen. Die Elfriede, glaube ich, ist ja früher eine ganz Schüchterne gewesen. Aber mit dem Hans: ein strahlender Mensch. Eine schöne Zeit ist das gewesen. Und dann geht auf einmal alles zugrunde. Der Hans verschwindet. Das Geschäft geht pleite.»

«Welches Geschäft?», fragte Wolf.

«Die Eltern von der Elfriede haben ein Sporthaus betrieben in Zwiesel. Ski, Skianzüge, Wandersachen. Aber Vater und Mutter waren schon alt. Die ältere Tochter ist nach München gezogen, als Krankenschwester. Die Elfriede hat sich nicht dafür interessiert, und der Hans hat dann zwar lauter neue Ideen gehabt, aber die haben alle nicht funktioniert offenbar.»

«Und Elfriede Lammer hat keine Ahnung, warum ihr Mann verschwunden ist?»

Oma Rosenmüller leerte ihr Glas ein weiteres Mal.

«Sie weiß es nicht», sagte Frau Rosenmüller.

«Kann es sein, dass sie es Ihnen bloß nicht sagt?», fragte Wolf.

«Ich bin eine ihrer besten Freundinnen», erwiderte Oma Rosenmüller. «Die Elfriede hat sonst niemanden mehr hier bei uns. Sie redet nicht mehr viel, und man versteht sie ja auch kaum. Aber wenn sie es jemandem erzählen würde, dann uns Freundinnen.»

«Die Geldsorgen? Die kaputte Hüfte? Oder hatte er sonst irgendwelche Sorgen?» Wolf unternahm einen letzten Versuch.

Schweres Schnaufen erfüllte das Wohnzimmer. Schwarze Trauer im Fernsehsessel. Ein tiefer Seufzer.

«Die Elfriede sagt, er war nach dem Unfall nicht mehr der Alte. Und natürlich hat er gewusst, dass sie Probleme mit dem Geschäft haben. Aber sie sagt, er war wie immer an dem Montagabend im Sommer 82. Er ist ins Bett gegangen und dann mitten in der Nacht aufgestanden, ohne dass sie etwas bemerkt hat. Die Uniform hatte er sich schon zurechtgelegt. Ist ins Auto gestiegen, weggefahren. Und das Auto hat dann irgendwo in einem Waldweg gestanden. Fünf Kilometer entfernt von der Stelle, wo man ihn jetzt gefunden hat. Stellen Sie sich vor, er muss noch fünf Kilometer marschiert sein. Bloß, damit man ihn auf gar keinen Fall findet.»

«Und Sie haben Elfriede dann geholfen, in der Zeit danach, haben dieses Damenkränzchen gegründet?»

«Was für ein Kränzchen?», fragte Frau Rosenmüller. Ein Blick aus Eulenaugen hinter dicken Gläsern.

«Die Damenrunde aus der Pizzeria», sagte Wolf.

«Ach so. Nein, wir haben uns beim Frauenbund zusammengetan. Basteln, häkeln, Ausflüge, was man halt so macht.

Und da haben wir fünf uns angefreundet. Ich habe die Elfriede mitgenommen. Habe gesagt, du musst wieder unter die Leute. Ihr Vater ist ja auch bald gestorben, nachdem der Hans verschwunden ist. Sie lebt allein, die Elfriede. Hat ja auch Glück, dass sich ihre Schwester so kümmert, dass sie ihr Geld schickt. Sonst könnte sie das Haus gar nicht erhalten. Sie braucht ja auch Hilfe im Haushalt. Kostet alles Geld. Und sie ist immer ganz allein in dem großen Haus.»

Oma Rosenmüller seufzte. Sie griff nach dem Bierglas.

«Holen Sie mir noch ein Flascherl, Herr Wolf?», fragte sie. «Oder wissen Sie was, im Hängeschrank ist ein Obstler. Den bringen Sie mir jetzt. Und trinken Sie ein Stamperl mit?»

Wolf lehnte ab. Er müsse noch Auto fahren, sagte er, als er in Richtung Küche verschwand. Er durchsuchte die Hängeschränke, fand den Obstler ganz hinten im Eck, und er fand nicht nur die eine angebroche Flasche, sondern entdeckte in einer Plastiktüte mehrere Flaschen Hochprozentiges mit einem Apfel und einer Birne auf dem Etikett. Wolf suchte gar nicht mehr nach einem Schnapsgläschen, sondern nahm ein Wasserglas, das er nun samt der Flasche Obstler auf den gefliesten Couchtisch stellte, neben die leeren Bierflaschen.

Oma Rosenmüller zog den Korken, schenkte sich großzügig ein, nahm einen Schluck, schnaufte tief.

«Sie haben Kinder, Herr Wolf?», fragte sie.

«Nein», sagte Wolf, «meine Freundin hat einen Sohn. Juri. Er wohnt bei uns.»

«Sie verstehen sich gut mit der jungen Türkin, stimmt's? Das hat mir gefallen am Mittwoch, wie Sie miteinander umgegangen sind. Erst streiten in aller Öffentlichkeit. Und dann schmusen. Hätte es zu unserer Zeit nicht gegeben. Und Sie sind ja auch nicht mehr der Jüngste, wenn ich das sagen darf. Die Fünfzig haben Sie schon hinter sich, wahrscheinlich. Aber das hat mir gefallen. Und so ein schönes Haus. Gefällt es

Ihnen in dem Haus? Ein wenig einsam da oben, wahrscheinlich. Direkt am Wald.»

Oma Rosenmüller schien ins Plaudern zu kommen, gar nicht mehr schweratmig, wie weggeblasen die Trauer, oder war sie weggespült?

«Was hat denn Ihr Mann gesagt, als er hörte, dass man Hans Lammer gefunden hat?», fragte Wolf, dem es widerstrebte, über Aylas Haus mit dem schwarzen Fleck zu sprechen.

«Wir haben gar nicht mehr groß darüber reden können», erwiderte Frau Rosenmüller. «Mein Mann hat so viel zu tun gehabt mit der Klage gegen den Windpark. Er wollte nach München fahren, zu den Anwälten, am Dienstag. Er wollte über Nacht bleiben. Aber er ist niemals angekommen.»

«Und wie geht's jetzt weiter?», fragte Wolf. «Wird Ihr Sohn die Klage fortführen?»

In einer schnellen Bewegung, die Wolf ihr gar nicht zugetraut hatte, zuckte Oma Rosenmüllers Arm zum Wasserglas mit dem Obstler. Sie nahm einen tiefen Schluck, knallte das Glas zurück auf den Tisch.

«Der Gerhard», rief sie, «soll ich Ihnen sagen, was der Gerhard gemacht hat? Der hat Anteile an dem Windpark gekauft. Über einen Treuhänder. Der meint, wir kriegen das nicht mit, der Ludwig und ich. Die halten uns für dumm, der Gerhard und seine saubere Laura. Die halten uns für Alteisen, den Ludwig und mich. Aber noch gehört das Hotel uns.»

Kommissar Wolf fand, es sei nun Zeit zu gehen. Er verabschiedete sich so knapp es ging, versprach Frau Rosenmüller noch einmal, ihren Namen nicht zu nennen, wenn es um den Verdacht gegen Franz Sigl ging. Dann ließ er sie zurück, die schwarze Witwe, mit ihrer Flasche Obstler und ihrer flüchtigen Trauer.

Ich will jetzt gar nicht lang politisieren mit Kommunismus und Kapitalismus und was besser ist für den Menschen. Die tschechischen Grenzer haben auch nur ihre Arbeit getan, wie jeder von uns. Ich bin ein unpolitischer Mensch, immer schon gewesen. Hab halt die Schwarzen gewählt, wie alle anderen.

Und vielleicht ist der Kommunismus auch das bessere System gewesen, da will ich mir gar kein Urteil erlauben. Aber ich persönlich habe halt nie erlebt, dass jemand von unserer Seite über die Grenze hinüberwollte. Vielleicht die Wölfe, aber keine Menschenseele. Immer bloß die andere Richtung. Von drüben zu uns herüber. Zu Fuß durch den Wald. Mit dem Auto durch die Grenzsperre. Durchs Wasser. Durch die Luft, mit einem kleinen Flugzeug, mit einem Ballon.

Jetzt haben wir eine andere Zeit. Im Nachbarlandkreis haben sie einen jungen Landrat, ich meine, der ist sogar schwul, oder hat er sonst irgendeine Krankheit, ich weiß es nicht. Und in Gratterszell, wo die Elfriede mit dem Hans hingezogen ist nach der Hochzeit, da haben sie einen jungen Bürgermeister, der baut Windradl. Wenn der Hans das noch erlebt hätte. Das hätte ihm gefallen. Der war seiner Zeit voraus.

Jedenfalls. Eines musst du dem Hans hoch anrechnen. Er hat nie einen Hass gehabt auf die tschechischen Grenzer. Obwohl sie seine Eltern erschossen haben. Der Hans hat dasselbe gesagt wie ich: Die haben auch nur ihre Arbeit getan.

Und die hatten ja auch nichts Schönes in ihrem Berufsleben, die Tschechen an der Grenze. Weißt du, was ich einmal gelesen habe? Im Kalten Krieg sind sechshundertfünfzig tschechische Grenzer umgekommen. Die meisten haben sich aus Versehen umgebracht, haben sich im Starkstromzaun verfangen, sind auf Minen getreten. Rumms.

Weißt du, wie viele Grenzer von Flüchtlingen umgebracht wurden? Elf. Mehr nicht.

Und weißt du, wie viele sich selbst umgebracht haben? Zweihundertdreißig.

Sollen ja die meisten eingefleischte Kommunisten gewesen sein, die tschechischen Grenzer. Parteitreu, mit der richtigen Gesinnung. Und dann doch zweihundertdreißig Selbstmorde. Die Kugel in den Kopf. War also auch nicht alles rosig bei den Kommunisten.

Jedenfalls. Für den Hans und mich war der Beruf als Grenzer eher eine Frage der, wie sagt man, Perspektive. Gut, der Hans hätte auch aufs Gymnasium gekonnt, studieren, schlau, wie der war. Das Einmaleins hat der aufsagen können, Einstein ein Dreck dagegen. Die Lammer-Eltern hätten ihm das auch alles bezahlt, Abitur, Studieren, Pipapo, aber irgendwie wollte er nicht weg. Will in der Natur bleiben, hat er gesagt.

Für mich war die Frage eigentlich nur: Wirst du Glasbläser, oder wirst du Glasschleifer. Schöne Berufe, künstlerisch und alles. Ich hab es ein paar Jahre lang mit der Bläserei versucht, aber als dann der Hans mit der Schule fertig war, sagt er zu mir: Gesund ist das nicht, was du da machst. Die Hitze, die Chemikalien, und immer schaust du in den Glutofen. Wirst ja blind davon, sagt er, hast du noch nie etwas vom Glasbläser-Star gehört? Und deine Lunge kannst du auch bald vergessen. Außerdem, sagt er: Was du da machst, das werden bald die Maschinen machen. Das hat keine Zukunft. Andere haben das nicht glauben wollen.

Aber die Grenze, sagt er, die hat Zukunft.

In der DDR haben sie die Mauer gebaut, und die Tschechen haben ihre Anlagen neu gebaut mit dem ganzen Schnickschnack. Den Starkstromzaun, fünftausend Volt. Dann die Wachtürme, Minengürtel, die Lichtsperren, die Stolperdrähte für die Leuchtraketen. Spurenstreifen – Todesstreifen, haben wir gesagt. Die Panzersperren. Und überall diese scharfen Hunde!

1968, als es vorbei war mit dem Prager Frühling, sind die Russen mit ihren Panzern bis an die bayerische Grenze gefahren.

Diese Grenze, sagt der Hans damals, die hat Zukunft. Gehen wir gar nicht zur Bundeswehr, sagt er, sondern gleich zum Grenzschutz. Werden wir Grenzer. Aufnahmeprüfung war kein Problem, sportlich und alles waren wir beide. Erst acht Jahre verpflichtet, danach Lebenszeitstellung. Mittlerer Dienst.

Wär er doch bloß aufs Gymnasium gegangen und hätt studiert, der Depp. Dann wär er wahrscheinlich jetzt noch am Leben. Ein alter Mann, aber am Leben.

6. KAPITEL

Die Nacht hatte sich über den Bayerischen Wald gelegt, als Konrad Wolf das Hotel Rosenmüller verließ. Er stieg in sein Auto, steckte den Schlüssel ins Schloss, dann verharrte er eine Weile reglos. Die Innenbeleuchtung erlosch, und Wolf überlegte, ob es für ihn noch einen Weg aus diesem Fall heraus geben konnte. Er war beteiligt, er war verstrickt, ohne dass er es gewollt hatte. Er wusste möglicherweise mehr als die Chefin und ihr junger Hermann, und solches Wissen konnte gefährlich werden, wenn man nicht als Polizist handelte.

Der Zwist zwischen den jungen und den alten Rosenmüllers.

Der Verdacht gegen einen Mann namens Franz Sigl.

Er steckte mittendrin in dem Fall, und er hatte keine Ahnung, welche Kraft ihn hineingezogen hatte.

Als er losfahren wollte, wummerte sein Handy. Auf dem Display entdeckte er die Nachricht.

Sie treiben ein gefährliches Spiel, Herr Wolf. Gruß Hermann G.

Wolf schickte grinsend die Frage zurück:

Wofür steht das G, Herr Kollege?

Zurück kam:

Grassinger

Wolf fragte:

Können wir kurz sprechen?

Es kam die Antwort:

Steigen Sie bei mir ein, gleich hinter Ihnen.

Wolf warf einen Blick in den Rückspiegel, erkannte einen Kleinwagen mit dem Kennzeichen FRG, Freyung. Der junge Hermann war offenbar selbst ein Waidler.

Konrad Wolf stieg um, Hermann hatte den Motor laufen

lassen und damit den Innenraum beheizt. Auf dreißig Grad, geschätzt. Immer noch trug er seinen schicken, aber dünnen Blouson mit den langen Reißverschlüssen auf den Seitentaschen. Hermann Grassinger entsprach nicht unbedingt dem Bild vom kernigen Waldbewohner, der niemals fror. Wie konnte ein junger Mann, der schon bei zehn Grad plus bibberte, in dieser Ecke Bayerns überleben, die man auch «Bayerisch Sibirien» nannte? Minus zehn Grad, meterhohe Schneewände, der eisige Böhmwind. Davon wurden die Menschen und ihre Gesichter hier geformt. Der junge Hermann aber, so schien es, saß lieber im Warmen und schien eigentlich zu der Sorte von jungen Waidlern zu gehören, die bei der erstbesten Gelegenheit die Flucht Richtung München antraten. Denen erschien beim Verlassen des Gebirges der blinkende Turm der Zuckerfabrik unten in Plattling schon wie eine Freiheitsstatue.

«Sie sollten sich wärmer anziehen, Hermann», sagte Wolf, «die Nächte werden kalt, und lang werden die Nächte bestimmt auch bei diesen Ermittlungen.»

«Das ist jetzt vielleicht ein blöder Spruch, Herr Wolf», erwiderte Hermann, «aber Sie dürfen sich auch warm anziehen, wenn die Chefin erfährt, was Sie gerade gemacht haben.»

Bestimmt erging es dem Kriminalpolizisten Grassinger ständig so, dachte Wolf: dass er seine Gesprächspartner formvollendet behandelte, er selbst aber mit dem Vornamen angesprochen wurde. Hermann schien es wie selbstverständlich hinzunehmen.

«Sie haben mich beschattet?», fragte Wolf.

«Ob Sie es glauben oder nicht, wir Niederbayern-Trampel sind tatsächlich auf die Idee gekommen, dass wir dieses Hotel hier im Auge behalten. Wer geht ein und aus? Mit wem reden die Rosenmüllers? Außerdem hab ich mich schlaugemacht über Sie, und Ihre Vorgeschichte. War ja klar, dass Sie hier herumschnüffeln.»

Hermann und die Chefin hielten ihn zweifellos für einen eingebildeten Münchner, und natürlich hatte sich in Polizeikreisen auch seine Rolle in dem Straubinger Fall herumgesprochen, obwohl er in den offiziellen Berichten nicht erwähnt worden war.

«In Ordnung, Herr Grassinger», sagte Wolf ...

«... Hermann, das passt schon», erwiderte Hermann.

«In Ordnung, Hermann, ich sag Ihnen jetzt einfach, was ich erfahren habe ...»

Wolf erzählte, dass Ludwig Rosenmüller am Tag seines Verschwindens offenbar vorhatte, einen Mann namens Franz Sigl zu treffen, einen Erzfeind angeblich. Und er berichtete davon, dass der Rosenmüller-Sohn über einen Treuhänder Anteile an dem Windpark-Projekt gekauft hatte.

Das Bubi-Gesicht des jungen Hermann, nur von einer schummerigen Parkplatzleuchte beschienen, ließ keinerlei Regung erkennen.

«Wer ist eigentlich dieser Herr Sigl?», fragte Wolf.

«Ein Rentner», erwiderte Hermann.

«Ich erzähle Ihnen also nichts Neues?»

«Das kann ich Ihnen nicht sagen», sagte Hermann, «ich kann Ihnen nur versichern, wir ermitteln in wirklich alle Richtungen.»

Wolf konnte in etwa erahnen, wie viel Arbeit die Kollegen zu leisten hatten. Man musste die letzten Tage und Stunden von Ludwig Rosenmüller rekonstruieren. Wer hatte Kontakt mit ihm gehabt, wer hatte ihn letztmals gesehen? Wie war der Stand seiner Klage vor dem Verwaltungsgericht? Jeden einzelnen Investor des Windparks mussten die Kollegen nun überprüfen. Den Windpark sollten Investoren aus der Region finanzieren, und er sollte auch von einer Firma aus der Region gebaut werden. Mit dieser Strategie war es dem parteilosen Bürgermeister Andreas Sachsenhuber gelungen, die Mehrheit des Gemeinderats vom Nutzen des Projekts zu überzeugen, obwohl sich sonst niemand im Bayerischen Wald für die Windkraft begeisterte. Die Mehrheit der Leute in Gratterszell meinte, sie seien lange genug für Hinterwäldler gehalten worden, sie wollten nun dem Zeitgeist mit fliegenden Fahnen voranmarschieren.

Aber die Kripo musste auch jenseits des Windparks nach Feinden von Ludwig Rosenmüller suchen und natürlich allen Verbindungen zu Hans Lammer nachgehen. Zwei Hüften, im Wald verstreut, binnen weniger Tage. Hatte der mutmaßliche Mörder Rosenmüllers nur anspielen wollen auf den Selbstmord Lammers, oder gab es eine direkte Verbindung zwischen den beiden Fällen? Die Kollegen rekonstruierten bestimmt auch die letzten Tage und Stunden von Hans Lammer. Lasen alte Ermittlungsakten, befragten Zeugen von damals. Und natürlich musste man sich auch Frau Lammer widmen. Konnte sie etwas mit der Sache zu tun haben? Oder ihre Schwester in München? Andere Angehörige hatte sie offenbar nicht.

Jede Menge Arbeit, und doch hatte der junge Hermann sich Zeit genommen für den Urlauber aus München.

Weiterhin lief der Motor, das Gebläse pustete warme Luft in Wolfs Gesicht. Er begann zu schwitzen.

«Hermann, ich gehe jetzt, mehr habe ich Ihnen nicht zu erzählen», sagte er.

«Eins vielleicht doch noch», erwiderte Hermann, «sagen Sie, warum wollte Frau Rosenmüller *uns* das alles nicht erzählen?»

«Ich bin mir nicht sicher, ob sie den Streit mit ihrem Sohn überhaupt erzählen wollte.» Wolf musste lachen bei dem Gedanken an die vielen Flaschen in Oma Rosenmüllers Küche. «Ich glaube, Frau Rosenmüller trinkt zu viel Bier und zu viel Schnaps. Sie war ziemlich aufgekratzt, als sie über ihren Gerhard und die Schwiegertochter hergezogen ist. Schwer angeheitert, würde ich sagen.»

«Der Sohn und die Schwiegertochter sind ja nicht blöd», sagte Hermann. «Die wissen, was für eine schlechte Werbung es ist für ihr Hotel, wenn man sich gegen den Fortschritt sperrt. Die suchen neue Kundschaft. Und die jungen Leute mögen diesen Dirndl- und Lederhosen-Mist nicht. Stellen Sie sich vor, der Windpark wird gebaut, der Ministerpräsident kommt zur Einweihung, und das erste Hotel am Ort ist dagegen.»

«Und der junge Rosenmüller bringt den alten deswegen um?», fragte Wolf.

«Gute Frage, keine Antwort», erwiderte Hermann, «aber noch mal. Warum wollte Frau Rosenmüller uns nichts erzählen von Franz Sigl und dass der ihren Mann treffen sollte? Das kann doch nicht bloß daran liegen, dass wir sie am Anfang nicht ernst genommen haben. Der alte Herr Rosenmüller ist als Weiberheld bekannt. Bekannt gewesen, muss ich jetzt wahrscheinlich sagen. Noch mit seinen siebzig Jahren hat der nichts anbrennen lassen. Der hat immer einen Grund gefunden, in München zu übernachten. Wenn wir da jedes Mal ermittelt hätten …»

«Darum geht es nicht», antwortete Wolf. «Frau Sigl und Frau Rosenmüller sind alte Freundinnen. Frau Rosenmüller will um jeden Preis den Eindruck vermeiden, dass sie den Mann ihrer besten Freundin hinhängt.»

«Das gibt's ja nicht», sagte Hermann, «Sigl hat vielleicht ihren Mann umgebracht! Da muss ihr doch so eine Freundschaft unter Frauen egal sein.»

«Das ist eine ganz besondere Freundschaft», sagte Wolf. «Die gehören zu einer Damenrunde, die sich seit Jahren regelmäßig trifft und einander hilft. Fünf insgesamt. Und was glauben Sie, wer da auch dazugehört? Die Frau Lammer.»

Der junge Hermann behielt sein Pokerface auf, aber er schien nun ein paar neue Fakten verarbeiten zu müssen.

«Und Frau Sigl ist auch eine Freundin von Frau Lammer, wie Frau Rosenmüller? Die drei hocken ständig zusammen?»

Wolf nickte.

«Ist das alles nicht ein bisschen zu viel Zufall, Herr Wolf? Eine Altweiberverschwörung?»

«Das sagt meine Chefin auch», erwiderte Wolf.

«Ihre Chefin?»

«Ayla», sagte Wolf.

«Die junge Türkin, mit der Sie zusammenleben, die Psychiaterin? Die Frau, die mit Ihnen in Straubing unterwegs war?» Der junge Hermann hatte gut recherchiert.

«Ihre Chefin ist ein harter Knochen, oder?», fragte Wolf.

Ein Leuchten trat ins Gesicht des jungen Hermann.

«Ohne die Chefin hätte ich nicht diesen Job. Da würde ich jetzt noch als Verkehrspolizist arbeiten. Die Chefin ist … die Chefin halt. So einen Menschen habe ich noch nicht getroffen. So …» Hermann suchte nach dem richtigen Wort. Schließlich fiel es ihm ein: «So stark.»

«Glauben Sie, Ihre Chefin würde irgendwann mit mir zusammenarbeiten wollen?» Wolf bereute die Frage, kaum hatte er sie gestellt.

Der junge Hermann lachte nur.

«Jetzt schauen wir erst einmal, wie wir Sie aus der Sache heraushalten können. Spätestens morgen früh müssen wir an die Presse geben, was heute auf dem Rachel passiert ist.»

Der junge Hermann hatte es plötzlich eilig. Und Konrad Wolf fuhr nach Hause mit einem Gefühl, als würde sich um seinen Hals eine Schlinge zuziehen.

Ayla erwartete ihn bereits gähnend an der Küchenzeile. Sie trug ein verwaschenes blaues Nachthemd mit einem kleinen Braunbären auf der Brust, es reichte nur knapp über ihre Hüfte. Die kurzen Ärmel geringelt, grün-weiß der linke, rot-weiß der rechte. Ein Knopf am Ausschnitt war grün, der andere rot.

«Guten Abend, mein Mädchen», sagte Konrad Wolf, «wie lange hast du denn dieses Hemdchen schon? Das hast du bestimmt schon in deinem Kinderzimmer in Plattling getragen?»

«Musst du mir halt mal was Neues kaufen. Ein Negligé vielleicht.» Sie sah ihn an, zwischen zerzausten Haarsträhnen hindurch, aus zusammengekniffenen Augen, atmete tief ein und tief aus. Wolf sah, wie sich ihre Brust hob und wieder senkte unter dem Mädchenhemdchen.

Er fasste sie an den Hüften, wollte sie an sich ziehen, doch sie schob ihn weg.

«Warst du erfolgreich mit deinen Ermittlungen?», fragte sie.

Wolf seufzte, fasste die Gespräche mit Frau Rosenmüller und dem jungen Hermann zusammen.

Ayla überlegte eine Weile.

«Ich glaube, ich weiß, wer dieser Sigl ist. Der Mann betreibt ein Tiermuseum bei uns in der Gemeinde.»

«Ein Tiermuseum?», fragte Wolf. «Das Schöne hier im Bayerischen Wald ist doch, dass man lebende Tiere sehen kann. Wie kann man da ein Tiermuseum betreiben?»

«Er soll ein wenig schräg sein, der alte Sigl», sagte Ayla, «lauter ausgestopfte Tiere hat er in seinem Museum, und einige soll er sogar selbst präpariert haben.»

Konrad Wolf verzog angewidert das Gesicht. Denn es war keine sehr lange Assoziationskette vom Ausstopfen eines Tieres zum Zerlegen eines Menschen.

Der alte Sigl sei Rentner, hatte ihm der junge Hermann erzählt. Wusste er es nicht besser, oder hatte er nur geblufft?

«Wusstest du übrigens, dass auch Frau Sigl zu der Frauenrunde gehört, eine Kleine Dünne?» Wieder vermied Wolf das Wort Ziege.

«Die Ziege, die den ganzen Abend fast nichts gesagt hat?» Ayla setzte sich an den Küchentisch. «Das kann ja gar nicht wahr sein. Konrad, was ist das bloß für eine seltsame Combo?»

«Lass uns morgen früh weiterreden», sagte Wolf. Es zog ihn ins Schlafzimmer, ins gemeinsame Bett, aus sehr niederen Motiven. Er versuchte, Ayla an beiden Händen hochzuziehen, doch sie wehrte ihn ab.

«Ich habe übrigens noch kurz mit Frau Hallmeier gesprochen, als du weg warst», sagte sie kühl.

«Hast du sie nach ihren Freundinnen gefragt?», fragte Wolf.

«Das auch», erwiderte Ayla, «sie hat mir erzählt, dass sie zu fünft zur Volkshochschule gegangen sind. Gymnastik, Italienischkurs ...»

Wolf stellte sich Frau Rosenmüller in den Achtzigern in Leggins beim Aerobic vor. Dann fiel ihm ein, dass sie selbst davon gesprochen hatte, sie und ihre Freundinnen seien beim Frauenbund aktiv gewesen. Widersprach sich das? Er wollte später darüber nachdenken.

«Und wie ist es in dem Häuschen von Frau Hallmeier?», fragte er.

«Wie soll es sein», erwiderte sie. «Kleine Räume. Schwere Möbel. Siebziger-Jahre-Charme. Da ist die Zeit stehengeblieben. Und dunkel, sage ich dir. Das Haus, das ganze Grundstück ist verschattet. Da kriegt man fast ein schlechtes Gewissen. Wir thronen hier im Licht. So wie früher dieser Glashüttenmogul, der hier in seiner Villa gewohnt hat. Für den hat ihr Mann übrigens gearbeitet.»

«Ihr Mann?»

«Ja, Herr Hallmeier war Glasbläser. Ein leidenschaftlicher Gärtner, sagt sie, aber er ist gestorben, gleich nachdem er in Rente gegangen ist. Seither versorgt sie das Haus und den Garten ganz alleine. Sie hat mir zwei Eimer voller Äpfel mitgegeben. Und sie hat mir noch etwas Interessantes gesagt. Wir hatten Besuch, am Donnerstag?»

Wolf spürte, wie sich eine Gewitterfront näherte. Er schwieg.

«Konrad», sagte sie, «kannst du dir vorstellen, wie bescheuert ich dastand, als sie mich fragte, warum ich das Haus schon wieder verkaufen will? Sie sagt mir, der Makler ist ja schon eingeschaltet, Frau Doktor, und ich habe keine Ahnung.»

Wolf schoss die Röte ins Gesicht. Er hasste sich dafür. Fast fünfzig Jahre alt, und immer noch wurde er rot, wenn er beim Schwindeln, bei einer Lüge ertappt wurde.

«Ich wollte nur wissen, was das Haus wert wäre, wenn man es wieder verkaufen würde. Theoretisch.»

«Ich glaube, du spinnst. Hast du vergessen, wem dieses Haus gehört?»

Ayla hatte sich vor ihm aufgebaut, beide Hände auf den Tisch gestützt, Glut in den Augen. Wolf erlebte das nicht zum ersten Mal. Er rechnete damit, dass gleich Gegenstände durch die Küche fliegen würden, Teller, Tassen, Töpfe. Diese junge Frau war eine Türkin, mochte sie sich noch so sehr zu Hause fühlen hier in Deutschland, in Niederbayern, im Bayerwald. Aber sie war immer noch eine Türkin. Sie hatte Temperament, sie hatte Feuer. Gott bewahre.

«Es gibt doch zwei Möglichkeiten», sagte Wolf, «entweder wir drei leben hier zusammen, oder wir drei leben in München zusammen. Und dann müsstest du dieses Haus hier wieder verkaufen. Da ist es doch normal, dass ich frage, zu welchem Preis es zu verkaufen ist.»

Wolf ging in einem weitem Bogen um Ayla herum, umarmte sie von hinten, so zärtlich wie möglich, so fest wie nötig, um sie ruhig zu stellen. Sie schien es sich gefallen zu lassen, einen Augenblick lang, dann spürte Wolf, wie sich ihr Körper spannte. Sie riss sich los.

«Mein lieber Konrad», brüllte sie, «es gibt noch eine dritte Möglichkeit. Juri und ich bleiben hier. Und du bleibst in München. Oder wo der Pfeffer wächst!»

Am Ende des Satzes, zwischen *Pfeffer* und *wächst*, schleuderte sie die Küchentür zu. Das ganze Haus schlingerte auf seinen Holzständern, gerade so, als tobe draußen ein schwerer Orkan.

Konrad Wolf hatte eine gewisse Erfahrung mit solchen Stürmen, wenn auch der Anlass noch nie so ernst gewesen war. Er setzte sich auf den Küchenstuhl und begann, bis zehn zu zählen. Er war schon bei zehn angelangt, das war die kritische Marke für ernsthafte Verwerfungen mit Ayla. Er zählte ein zweites Mal bis zehn und begann noch ein drittes Mal zu zählen, extra langsam. Bei sieben ging die Tür auf.

Ayla streckte nur ihren Kopf herein. Wolf sah die wilde Mähne, die funkelnden Augen, ihre geschwungene Nase. «Du schläfst heute Nacht in deinem Büro, auf der Matratze.» Kurze Pause. «Ich habe dir das Bettzeug rübergelegt.»

Zwischen den Wörtern *Bettzeug* und *rübergelegt* glaubte Wolf, ein leichtes Zucken ihrer Mundwinkel ausgemacht zu haben, den Ansatz eines Lächelns, er war sich ziemlich sicher.

Wieder flog die Tür zu, wieder schwankte das Haus auf seinen Holzständern, aber als Konrad Wolf den Schwingungen hinterherfühlte, spürte er eine leichte Entspannung. Der Orkan schien abzuklingen.

Mit einem Lächeln legte sich Konrad Wolf gegen Mitternacht schlafen, auf der Matratze in seinem Büro. Keine Stunde später stand das Haus in Flammen. Die Zellulose, das Altpapier in den Wandzwischenräumen, hatte sich entzündet. Wolf wäre in einem Flammenmeer von alten Zeitungen verbrannt, wenn er nicht gerade noch rechtzeitig aufgewacht wäre aus seinem Albtraum.

Er war so wach, wie ein Mann nur sein kann, nachdem er knapp dem Tod entronnen ist. Barfuß schlich er die Treppen hoch, in Aylas Zimmer, fand in einem Regal die Ordner, in denen sie die Unterlagen zum Hauskauf abgelegt hatte. Die breitete er auf seinem Schreibtisch aus. Zugleich suchte er – das Bettzeug über die Schultern geworfen – im Internet nach Informationen, um zu verstehen, welche Art Haus Ayla eigentlich gekauft hatte. Zu seiner Beruhigung fand er bestätigt, dass die Zellulose mit Borsalzen versetzt und deshalb nicht entflammbar war. Er fand in dem Ordner auch die Bescheinigung über eine Luftwechselzahl n50 von 1,3 – Ergebnis eines Blower-Door-Tests, dessen Verfahren er selbst nach mehrmaligem Lesen nicht verstand, der aber offensichtlich bedeutete, dass das Haus tadellos abgedichtet war. Konnte ihn dieses Zertifikat noch einigermaßen beruhigen, so trieb ihn in schiere Panik, was er über das Phänomen der Dampfbremse las. Es handelte sich bei der Dampfbremse offenbar um Plastikplanen, die verhindern sollten, dass zu viel Feuchtigkeit aus der Raumluft in die Außenwände des Hauses eindrang, denn dieser Dampf würde in den Wänden abkühlen und zu Wasser werden, mit verheerenden Folgen. Moder, Pilzbefall, hässliche Flecken an den Wänden. Am Ende die totale Zerstörung. Den Berichten im Internet zufolge waren menschliche Existenzen vernichtet, Familien in den Wahnsinn getrieben worden, bloß weil ein Arbeiter beim Innenausbau vergessen hatte, die Dampfbremse auf einer Länge von einem Meter zu verkleben. Wieder andere argwöhnten, schon durch die nachträgliche Installation der Steckdosen werde die Dampfbremse zerstört. Ja, es genüge bereits eine Dübelbohrung oder das Einschlagen eines Nagels, und die Dampfbremse sei schicksalhaft durchlöchert, das ganze Gebäude dem Untergang geweiht. Allein im Wohnzimmer hatte Ayla drei Bilder aufgehängt – abstrakte, sehr farbenfrohe Werke von Malern, deren Namen Konrad Wolf noch nie gehört hatte –, mit hässlichen Hammerschlägen hatte sie drei Nägel in die Wand und damit in die Dampfbremse getrieben.

Wolf vertiefte sich in Internetforen, las von verrottenden

Hölzern, schimmelnden Dämmstoffen, todbringenden Pilzkulturen: Traktate des Niedergangs.

Konrad Wolf schaltete irgendwann den Computer aus in der Gewissheit, dass nicht das Holzständerhaus das eigentliche Problem war, sondern der Hausbesitz als solcher. Es gab Menschen, die sollten keine Häuser besitzen, weil sie nicht die Nerven dafür hatten. Und er gehörte zu diesen Menschen. In Aylas Haus jedenfalls wollte er nicht leben. Bestimmt würde sich jemand finden, der Gefallen daran fand. Ob er aber auch dreihunderttausend Euro dafür bezahlen würde?

Wolf legte sich wieder auf seine Matratze, löschte das Licht, döste gerade weg, da riss ihn das Wummern seines Handys zurück.

Wollten Sie nicht schon immer mal ein Tiermuseum besuchen? Samstag wäre ein guter Tag. Gruß Hermann G.

Gesendet um 2.07 Uhr.

Konrad Wolf fand das sehr seltsam. Wollte ihn der junge Hermann um Hilfe bitten, um Ermittlungen undercover sozusagen? Oder wollte er ihn hereinlegen, ihn endgültig unmöglich machen vor der Chefin?

Ein drittes Mal versuchte Konrad Wolf nun zu schlafen. Er schloss die Augen. Da stellte er sich vor, wie fünf Frauen nachts im Wald den dampfenden Leichnam von Ludwig Rosenmüller zerlegten. Elfriede Lammer, Agnes Rosenmüller, Katharina Sigl, Therese Hallmeier und eine unbekannte fünfte Frau.

Ein neuerlicher Stromstoß.

Ob die schlafende Ayla, ihr gleichmäßiger Atem an seiner Seite, ihn beruhigt hätte?

Manchmal gelang das, aber manchmal versetzte ihr Schlaf den Kommissar erst recht in Aufregung, denn Konrad Wolf wollte nicht verstehen, warum der liebe Gott seine Gaben so ungleichmäßig über die Menschen verteilte. Warum konnte sich diese Frau jede Nacht problemlos für sieben, acht Stunden aus der Welt verabschieden, in eine Art Bewusstlosigkeit verfallen wie auf Knopfdruck, und er selbst fuhr jedes Mal hoch, wenn ein Rohr im Heizungsraum knackte.

Wolf schlich sich aus dem Zimmer, huschte die Treppe hoch, holte aus der Vorratskammer eine Flasche Himbeerschnaps, ging zurück in sein Büro, machte Licht, nahm einen tiefen Schluck aus der Flasche, fuhr den Computer hoch und klinkte sich über den Router wieder ein in die virtuelle Welt.

Er rief youTube auf, Livemusik. Verwackelte Aufnahmen, mit Handys aus einem Menschenmeer heraus gemacht. Verwischt die Konturen, die Farben zu großen Flecken geronnen. Immer wieder war der Blick zur Bühne verdeckt von Menschen, die zum Takt der Musik hüpften, von Fäusten, die gepeitscht wurden im Rhythmus von Bass und Schlagzeug. Die elektrischen Gitarren verzerrt bis zur Unkenntlichkeit. Riesige Arenen, Höllenlärm, Zehntausende von dampfenden, schwitzenden, keuchenden Menschenleibern. Und Konrad Wolf, nachts in seinem Haus am Wald: er gehörte dazu, ohne dabei zu sein. Das gefiel ihm.

Wolf kannte alle Konzerte von Bruce Springsteen aus den letzten fünf Jahren anhand solcher Handy-Bilder. Und er hätte die Soli von Springsteens Gitarrist Nils Lofgren aus den letzten fünf Jahren mit verbundenen Augen erkannt. Er konnte sie in seinem Kopf spielen, jeden einzelnen Ton.

Nils Lofgren hatte zwei künstliche Hüftgelenke, das fiel Konrad Wolf nun wieder ein. Er lachte still vor sich hin am frühen Samstagmorgen, nahm einen weiteren Schluck aus der Flasche, in stillem Gedenken an die Gelenke der Herren Lammer und Rosenmüller. Bei seinem letzten Konzert vor der Operation hatte Lofgren während des Solos auf der Bühne einen Purzelbaum geschlagen. Mit solchen Einlagen hatte er über Jahre hinweg seine Gelenke ruiniert. Ein allerletzter Purzelbaum vor der OP.

Die fünfzigtausend Zuhörer in New York tobten. Wolf sah sich das Solo von drei verschiedenen Winkeln aus an, nahm einen dritten Schluck aus der Flasche und dachte bei sich: Dies war seine Rolle. Er selbst war Nils Lofgren. Ein Teamspieler, der unauffällig den Rhythmus vorgab und der einmal während des dreistündigen Konzerts vortrat und zwei Minuten lang ein Solo spielte, dass den Leuten Hören und Sehen verging, scheiß auf die kaputten Hüften.

Wolf nahm einen weiteren Schluck aus der Flasche, vollständig mit sich im Reinen und betrunken genug, um sich nicht selbst dabei beobachten zu können, wie er einzuschlafen versuchte.

Doch jetzt glaubte er, ein Geräusch zu hören. War es ein knackendes Rohr im Heizraum? War es das Knarzen eines Holzträgers? Oder hatte eine Tür gequietscht? Die Kellertür?

Konrad Wolf zog sich an. Er machte kein Licht, öffnete lautlos die Bürotür, horchte in den Flur hinein. Nichts. Er öffnete die Tür zu Juris Zimmer, hörte ihn gleichmäßig atmen. Das Gleiche in Aylas Zimmer. Mutter und Sohn im Reich der Träume. Wolf prüfte die Kellertür, prüfte die Haustür, beide verschlossen. Er huschte die Treppe hoch, holte aus dem Besteckkasten die Taschenlampe, verließ das Haus, drehte eine Runde um das Gebäude. Nichts Verdächtiges. An der Rückseite, vor dem Badfenster, leuchtete er hinauf unter das Dach. Der Lichtkegel lag auf dem schwarzen feuchten Fleck, auf dem sich Schimmel abzeichnete. Handtellergroß nur, vielleicht ein wenig größer. Der schwarze Fleck, der sein Leben zu zerstören drohte.

In jenem Augenblick hörte Konrad Wolf ein weiteres Geräusch, das ihn erschreckte.

Der Wald hatte auch nachts tausend Geräusche, daran hatte sich Wolf beinahe gewöhnt, an das Knarzen der Bäume, das Geräusch auffliegender Eulen, das Fiepen der Igel.

Aber dieses Geräusch gehörte nicht in diese Kategorie. Es

hörte sich an wie der Tritt eines Menschenfußes auf einen Zweig.

Konrad Wolf fuhr herum, leuchtete mit der Lampe hinein in den Wald. Da glaubte er, zwei Lichtpunkte im Dunkeln zu erkennen, zwei grüne Punkte, ein Augenpaar, im Gebüsch ganz nah an dem Drahtzaun, der Aylas Grundstück vom Wald trennte. Und als der Lichtkegel auf das Augenpaar traf, hörte er ein Fauchen.

Ein viehisches Fauchen.

Konrad Wolf antwortete mit einem Urschrei, wie ihn der Bayerische Wald noch nicht gehört hatte. Getrieben von einer archaischen Wut, schleuderte er die Taschenlampe dem grünäugigen Monster entgegen, kletterte über den Zaun, stolperte hinein in den Wald, fand aber nur noch seine Taschenlampe. Sie warf einen weißen, gespenstischen Kegel auf den Waldboden.

Wolf ging zurück ins Haus, verriegelte die Tür. Dann trug er den schlafenden Juri in Aylas Bett und legte sich selbst daneben. So eng es ging, schmiegte er sich an Juri und Ayla, es war vier Uhr morgens. Bald fand auch er Schlaf, zumindest für einige Stunden.

Jedenfalls. Der Hans und seine Natur. Für die Natur ist der Eiserne Vorhang ja ein Segen gewesen, eigentlich. Die Grenzanlagen sind weit hinter der Staatsgrenze gewesen. Und zwischen Staatsgrenze und Grenzanlagen: Niemandsland. Was dort gewachsen ist und was für Viecher dort gelebt haben, das glaubst du nicht. Der Luchs, der Elch, und was weiß ich nicht alles.

Ich sage dir, der Hans wäre am liebsten hinübergelaufen. Wenn du mit dem Hans damals Streife gegangen bist im Wald, dann hat der nur Augen gehabt für die Pflanzen und die Vie-

cher. Und wenn die Russen mit den Panzern gekommen wären, die hätte er wahrscheinlich übersehen. Aber er hat dir jeden Schwammerl benennen können. Jeden Pilz, verstehst du mich? Ob das der Mehltrichterling war, der Amiantkörnchenschirmling oder der Wurzelschnitzling – so rostbraun, der Schwammerl, pass auf, dass du den nicht in die Pfanne haust …

Jedenfalls. Wenn der Hans Streifenführer gewesen ist und hat auf der anderen Seite von der Grenze drei Rotkappen gesehen, hat es schon passieren können, dass er gesagt hat: Männer, sichern! Und er ist über die Grenze hinüber und hat die Schwammerl geholt.

Interessiert dich nicht, sagst du? Doch … doch … nein, sei still, das musst du jetzt noch anhören. Der Hans und die Natur, weil, sonst verstehst du die ganze Geschichte nicht. Mit dieser Natur ist man früher ja nicht so gewesen, wie soll ich sagen, nicht so empfindlich. Dass man sagt, die Natur ist ein Wert an sich. Als es 1970 geheißen hat, wir kriegen im Bayerischen Wald einen Nationalpark, da habe ich den Hans gefragt: Kriegen wir jetzt auch Elefanten und Löwen und Nashörner wie drunten in Südafrika, Krüger-Nationalpark?

Depp, sagt er da zu mir. Die Natur, die wir haben, ist unser Kapital. Darauf müssen wir aufpassen.

Damals hat es ja geheißen, auch der Bayerische Wald braucht den Aufschwung. Straßen, Firmen, Arbeitsplätze. Wir haben dann auch die Zonenrandförderung vom Staat gekriegt. Wie das schon klingt. Zonenrand: Arsch der Welt. Aber der Aufschwung ist hängen geblieben unten bei Plattling, ist nicht hereingekommen zu uns in den Wald. Am Ende haben wir doch nur das Schwefeldioxid gekriegt, das sie im Ruhrgebiet in die Luft geblasen haben. Saurer Regen. Und unsere Bäume sind davon verreckt.

Ich sage dir, der Hans hat das Waldsterben vorausgesehen. Hat gesagt, da stimmt was nicht mit den Fichten. Der hat das gespürt. Ist ja immer draußen gewesen, auch wenn wir nicht

Streife gegangen sind. Wandertouren, Bergsteigen, Skifahren, Kanufahren.

Und schau, wenn einer so viel Sport macht, dann muss er ab und zu auch einmal in ein Sportgeschäft. Und wenn es der Zufall will, dann gehst du in das Sporthaus Rabl in Zwiesel, und da steht im Geschäft die Tochter vom Chef.

Und macht dir schöne Augen. Die Elfriede.

Ich hab sie ja schon vorher gekannt, die Elfriede, und da ist bei mir gleich so ein, wie soll ich sagen, Gefühl gewesen, dass du sagst: Frau fürs Leben.

Aber dann natürlich, der Hans.

7. KAPITEL

Ludwig Rosenmüller seit Dienstag vermisst, offenbar tot. Der über die Grenzen des Landkreises hinaus bekannte Hotelier und Windkraftgegner vermutlich Opfer eines Kapitalverbrechens. Hintergründe unklar. Sonderermittlungskommission eingesetzt. Gerüchte über grausigen Fund von Leichenteilen von der Polizei nicht kommentiert. Pressekonferenz der Polizei morgen, Sonntag, in Passau.

Kommissar Wolf hatte das Autoradio leise gedreht, sodass Juri nichts hören könnte von der Nachricht, die an diesem Samstagmittag die Runde machte. Die Kollegen wollten Zeit gewinnen, aber lange würde dieser Damm nicht mehr halten, dachte Wolf. Alle an dem Fall Beteiligten waren zum Stillschweigen angehalten worden, auch die Ärzte und Mitarbeiter im Krankenhaus, die den Oberschenkelknochen von Ludwig Rosenmüller untersucht hatten. Doch natürlich würde irgendjemand plaudern. Am Tag zuvor war der Rachel-Gipfel für einige Stunden gesperrt gewesen, die Leute stellten sich Fragen.

«Du weißt ganz sicher, dass dieses Museum heute offen hat?», fragte Juri. Wolf sah im Rückspiegel die braunen Knopfaugen.

«Wenn wir beide kommen, stehen uns alle Türen offen», sagte Wolf, «und wenn die Türen nicht offen sind, machen wir sie eben auf.»

«Du bist ja auch Polizist», erwiderte der Junge.

«Eben. Aber das darf heute niemand wissen. Großes Geheimnis.»

«Aber warum denn, wir gehen doch bloß ins Museum?»

«Geheime Kommandosache. Kein Wort davon, dass ich Polizist bin. Ehrenwort?» Wolf sah als Antwort im Rückspiegel zwei gespreizte Finger.

Vater und Sohn beim ersten gemeinsamen Einsatz, Wolf war ganz pathetisch gestimmt. Je näher sie dem Ziel kamen, desto unsicherer wurde er aber auch. Was würde Juri zu sehen bekommen in diesem Museum? Zwischen ausgestopften Hirschen und Rehen den ausgestopften Herrn Rosenmüller?

Wollten Sie nicht schon immer mal ein Tiermuseum besuchen? Samstag ist ein guter Tag.

Der junge Hermann sollte seinen Willen bekommen.

Ayla hatte sich mit Doktor Günther zu einer Mountainbike-Tour verabredet. Juri sollte gemeinsam mit Wolf hinterherwandern, in einem Waldgasthof würde man sich treffen. Das war Aylas Plan gewesen. Doch Wolf beharrte darauf, dass er sich bei den Sigls umsehen wollte. Und als Juri das Wort Tiermuseum gehört hatte, wollte er mitkommen.

Ayla hatte eingewilligt. Nur aus einem Grund, vermutete Wolf: Sie wusste, er würde keine Dummheiten anstellen, wenn er Juri an seiner Seite hatte. Er würde auf den Kleinen aufpassen. Die Stimmung zwischen Ayla und ihm an jenem Morgen: gespannte Ruhe.

Was das denn nun bedeuten solle, hatte sie gefragt, als sie ihn am Morgen in ihrem Bett entdeckt hatte, zusammen mit Juri. Ihre Variante drei sei für ihn keine Option, hatte Wolf erwidert. Sie hatte nur gelächelt.

Der Sturm hatte sich gelegt, erst einmal, tröstete sich Wolf auf dem Weg nach Birkenau, Ortsteil der Gemeinde Gratterszell. Sie brauchten keine Viertelstunde, eine gemütliche Fahrt durch den Wald. Aber sie brauchten lange, bis sie das Tiermuseum fanden. Es lag nicht an der Hauptstraße. Kein Verkehrsschild, keine Werbetafel wies den Weg. Eher durch Zufall stießen sie auf die Lagerhalle mit dem kleinen Blechschild «Tiermuseum»; sie stand am Ende einer Stichstraße, die noch steiler war als jene, die zu Aylas Haus führte. Daneben kauerte ein neueres Häuschen und dahinter ein altes

Wohnhaus, mit grauen Kunststoffplatten verkleidet. Direkt daran anschließend ein Flachbau, eine Werkstatt offenbar.

Touristenmassen würden nicht hierherfinden, dachte Wolf. Und wenn sie tatsächlich das Museum besuchen wollten, dann kämen sie kaum diese Straße hoch; für Busse war der Weg zu schmal. Der Parkplatz oben hingegen war so groß, dass er für die Besucher eines Fußball-Bundesligaspiels gereicht hätte.

Konrad Wolf blickte sich um, nachdem er das Auto verschämt am Rande des Riesenareals vor der großen Halle geparkt hatte. Die Sicht war frei Richtung Osten, über die Waldbuckel hinweg, und Wolf kam das Hotel am Schellenberg in den Sinn.

Die gleiche Lage, der gleiche Blick, die gleichen Träume, doch über diesen Ort schien eine bleierne Glocke des Scheiterns und der Bitternis gestülpt zu sein.

«Konrad, schau mal, was hier steht», rief ihm Juri zu. «Nur auf Anfrage geöffnet.»

«Tja, dann lassen wir uns eben aufmachen», sagte Wolf.

Er wollte keinesfalls das Haus der alten Sigls betreten, deshalb entschied er sich für das neue Häuschen. Er drückte den Klingelknopf.

Von drinnen ertönte ein kirchenglockenähnliches Bimbam. Der Ton konnte Tote zum Leben erwecken, dachte Wolf. Weil nicht sofort jemand öffnete und weil ihm das Bimbam so gut gefiel, drückte er ein zweites und ein drittes Mal. Gleich würde das Häuschen in sich zusammenfallen.

Endlich wurde die Haustür geöffnet. Ein Mann um die vierzig stand ihnen gegenüber, mit einem Seehundbart und schütterem Haar, das nach allen Seiten vom Kopf strebte. Er trug ein rotes FC-Bayern-Trikot, das fünfundzwanzig Jahre alt sein mochte, dazu eine blaue Jogginghose und Adiletten.

«Ganz sauber sind Sie nicht, oder?» Sehr bedrohlich sein Brummen.

«Entschuldigung», sagte Wolf, «aber wir wollten Ihr Museum besichtigen.»

«Geht nicht», erwiderte der Mann im Bayern-Trikot, «meine Frau ist beim Einkaufen mit den Kindern, und die Alten halten Mittagsschlaf. Und ich muss auch schlafen. Habe die ganze Woche Nachtschicht gearbeitet, draußen bei BMW.»

«Ich hab extra den Kleinen mitgenommen, der freut sich schon seit Tagen darauf.» Wolf spielte die Kinder-Karte.

«Mir wurscht», erwiderte der Mann.

«Bitte!», sagte Juri.

«Nix da, ihr könnt ja bei meinem Vater anrufen und einen Termin ausmachen. Aber nicht ausgerechnet am Samstag.»

«Wenn du nicht aufmachst, dann holen wir die Polizei!» Juri hatte seinen ganzen Mut zusammengenommen und sah den Mann aus seinen Knopfaugen von unten an, die Hände neben dem Körper zu Fäusten geballt. Wolf war ebenso erschrocken wie der Mann in der Tür.

Der schien zu überlegen, ob er dem Kleinen eine Ohrfeige verpassen sollte, dann begann er zu lachen.

«Ja, du Rotzlöffel! Die Polizei kann ich nicht gebrauchen, dann komm halt mit.»

Er holte einen Schlüsselbund, gemeinsam gingen die drei quer über den Parkplatz zu der Halle.

«So ein Hundskrüppel, ein frecher, hat er das von Ihnen?», fragte der junge Sigl, während er das Tor aufsperrte.

«Nein», erwiderte Wolf, «ganz die Mama, der Bub.»

Sigl junior rückte im Foyer schnell einige weiße Plastiktische und Plastikstühle zurecht, die sich vor einer verstaubten Theke verteilten. Sie gingen vorüber an einer leeren Tiefkühltruhe, darauf ein Plakat, das Eiscremes aus den achtziger Jahren anpries, gelangten zu einer Art Kassenhäuschen, an dem längst schon niemand mehr kassierte. Der Mann im Bayern-Trikot öffnete die Tür zur Halle, suchte einen Schalter an der Wand. Neonröhren zuckten und flackerten.

Wolf und Juri blieben in der Tür stehen, umfangen von einem eiskalten Hauch, erschrocken angesichts der Leichen, die ihnen aus gläsernen Augen entgegenblickten. Ein Heer von Leichen. Dies war kein Museum, dies war eine Aussegnungshalle aus Fertigbeton, eiskalt und grau.

«Nur Mut, die Viecher beißen nicht mehr», sagte der Mann im Bayern-Trikot.

Juri griff nach Wolfs Hand; das hatte er noch nie getan.

Zögerlich tauchten die beiden in das Totenreich ein. Grizzlies, Löwen, Weißhaie, Igel, Katzen, Delfine, Hunde, Bisons, Wildschweine, Schafböcke, Ponys, vor eine Kutsche gespannt. Nach einiger Zeit verstand Wolf das System. Die Tiere waren angeordnet nach Kontinenten. Juri zerrte Wolf immer schneller die Gänge entlang, darauf bedacht, keinen Blickkontakt mit diesen Untoten aufzunehmen. Nur das Schicksal der fünf Murmeltierchen berührte ihn; sie waren umgestürzt, vor langer Zeit vermutlich schon. Juri kletterte unter dem Seil hindurch, das die Besucher von den toten Tieren trennte, und half den Murmeltierchen wieder auf die Beine. Dann klammerte er sich wieder an Wolf, tiefgefroren.

«Schau mal, da ist Sid!» Wolf versuchte beim Anblick des Dreifingerfaultiers einen Scherz. Doch Juri konnte keine Ähnlichkeit zum Faultier Sid aus dem Film *Ice Age* erkennen, den sie zusammen mehrmals auf DVD gesehen hatten. Vermutlich gruselte es den Kleinen bei der Vorstellung, dieser putzige Sid würde einmal sein kaltes Ende in so einer Aussegnungshalle finden.

Juri drängte voran, vorbei am Mobiliar einer indischen Teestube, das zwischen eine Schar von Schafen geraten war, wollte auch nicht mehr erklärt bekommen, was es mit den «abnormen Hirschen» und den «unbestimmbaren Hunden» kurz vor dem Ausgang auf sich hatte. Er wollte nichts wie raus.

Der junge Sigl hatte einen Plastiktisch und mehrere Stühle vor die Halle geräumt. Sonnenbeschienen saß er dort, trank ein Bier aus der Flasche und rauchte eine Zigarette.

«Das ist aber schnell gegangen», sagte er. «Hat es euch nicht gefallen?»

«Wunderschön», log Wolf, «es ist bloß ein wenig kalt da drinnen.»

Da lachte Sigl.

«Ihr müsst nicht lügen. Das ist das reinste Mausoleum. Mit diesen Viechern kann man höchstens Kinder erschrecken. Ich würde ja den ganzen Krempel am liebsten verbrennen und die Halle abreißen. Aber das kann ich nicht tun, solange der Vater noch lebt.»

Wolf fragte, was der Eintritt koste, da erwiderte Sigl, Geld zu verlangen für den Besuch dieses Leichenhauses sei eine Unverschämtheit. Es würde ihn freuen, wenn Wolf mit ihm ein Bier trinken würde.

«Und du, Kleiner, kriegst eine Cola von mir. Darfst schon Cola trinken, oder? Du gefällst mir, so ein frecher Hund. Und diese Augen. Deine Mama würde ich gerne einmal kennenlernen.»

Der junge Sigl holte aus dem Wohnhaus ein Bier und eine Cola. Dann saßen sie zu dritt in der Sonne, zwei Männer vor ihrem Bier und ein Kind vor der braunen Brühe, schweigend eine Zeitlang.

«Warum machst du es deinen Tieren eigentlich nicht schöner da drinnen?», fragte Juri.

«Wie meinst du das, Kleiner?» Der junge Sigl schaute den Jungen über seine Bierflasche hinweg an.

«Ich meine, gemütlicher. Die haben es so kalt und so dunkel. Und die stehen alle in einer Reihe. Wie die Soldaten.»

Wolf hätte ihn umarmen können, Aylas Sohn.

«O mei, Kleiner, eine lange Geschichte.» Der Mann drückte seine Zigarette im Plastikaschenbecher aus. «Schau, mein Papa war nicht nur ein Tierpräparator, der war auch ein großer Weltreisender. Der war seiner Zeit weit voraus. Heutzutage kann ja jeder Depp auf eine Fernreise gehen, der Flug nach Mauritius kostet ja weniger als eine Autofahrt nach München. Aber damals, als mein Vater jung war, da sind alle anderen Leute hier im Wald hocken geblieben, und der Vater ist herumgereist in der Weltgeschichte. Hat sich die Welt angeschaut. Afrika, Asien, Amerika, sogar Australien. Und von überall her hat er ausgestopfte Tiere mitgenommen. Manche Tiere hat er sich schenken lassen von Museen, andere hat er gekauft. Das war sein Hobby, du weißt, was ein Hobby ist, oder? Was man zum Spaß macht. Hast du auch ein Hobby, Kleiner?»

«Fußball», antwortete Juri, «aber leider kann Konrad das nicht.» Er deutete mit dem Zeigefinger auf Wolf.

«Ja mei, dann bring's ihm halt bei», sagte der junge Sigl lachend. «Jedenfalls, wo jetzt die Halle steht, da ist früher ein Schuppen gestanden. Da hatten es die Tiere warm und gemütlich, wie du sagst. Und dann ist der Vater auf die Idee gekommen, dass er mit dieser Sammlung etwas Größeres machen will. Eine große Schau. Er hat den Schuppen abgerissen und diese Halle bauen lassen. Die wollte er natürlich schöner machen. Ein Tor zur Welt im Bayerwald. Das hat er sich vorgenommen. Mit den Tieren und dem ganzen anderen Krempel, den er von den Reisen mitgebracht hat, wollte er den Menschen die Welt erklären. Dazu ein Hotel, ein Reiterhof, ein Erlebnispark. Was weiß ich nicht alles. Aber dann ist alles den Bach hinuntergegangen. Vor dreißig Jahren. Er hat die Genehmigung auf einmal nicht mehr bekommen, obwohl ihm alles zugesagt worden war. Und er hatte nicht genügend Geld, um unseren Gemeinderat zu bestechen. Geld regiert die Welt, das musst du dir merken, Kleiner.»

Juri nickte, und Wolf glaubte nun zu wissen, worüber Ludwig Rosenmüller und Franz Sigl zu Todfeinden geworden waren. Rosenmüller hatte sich einen Konkurrenten vom Leib gehalten.

«Und warum wollte dein Papa so viel reisen?», fragte Juri, den Kopf in beide Hände gestützt.

«Ja Bub, du fragst mir ja ein Loch in den Bauch, bist ein ganz ein Neugieriger, oder?» Der junge Sigl griff lachend in Juris Locken und zerrte an Juris Kopf mit einer Heftigkeit, die gerade noch als Spaß durchgehen konnte. Juri schaute erschrocken. «Es ist halt so, Kleiner, meinen Vater hat es einfach interessiert, wie es anderswo ausschaut. Der hat Karl May gelesen und gesagt: Amerika, da mag ich auch hinfahren. Die anderen im Dorf haben natürlich gesagt: Der Sigl Franz hat einen Vogel, der bringt sein ganzes Geld auf Reisen durch. Und was interessiert uns Amerika, was interessieren uns Indianer? Ein Feuerwasser gibt es auch bei uns im Wald. Hast du schon mal einen Bärwurz probiert, Kleiner, den Kräuterschnaps, fünfzig Prozent?»

Juri schüttelte andächtig den Kopf.

«Musst du ihn mal probieren lassen, Konrad», sagte der Mann im Bayern-Trikot zu Wolf, «man kann gar nicht früh genug anfangen. Aber mein Vater ist gereist und gereist und hat gesammelt und gesammelt. Aber geheiratet hat er eine aus dem Nachbardorf. Und dann hat er gesagt: Katharina, jetzt machen wir etwas Großes. Das Tor zur Welt im Bayerwald. Und was ist draus geworden? Diese kalte Halle und ein Haufen Schulden. Er hat den Betrieb von seinem Vater übernommen. Der war auch schon Tierpräparator. Und ich hab auch Tierpräparator lernen müssen.»

Der junge Sigl trank sein Bier leer, knallte die Flasche auf den Tisch, rülpste leise. Juri blies in seinen Strohhalm und wirbelte seine braune Brühe auf. Wolf hatte sein Bier noch nicht angerührt, goldgelb schimmerte es im Sonnenschein.

«Und jetzt investiert Ihr Vater in die Windkraft?», fragte Wolf so beiläufig es ihm möglich war, aber natürlich war das nicht beiläufig genug. Das Gespräch nahm eine ganz andere Wendung.

Der junge Sigl fuhr sich mit der Hand durch die spärlichen Haare, ordnete so etwas wie einen Scheitel, zog dann an den Enden seines Seehundbartes.

«Bist du aus unserem Dorf?», fragte er.

«Aus München», erwiderte Wolf, «meine Freundin wohnt mit dem Kleinen hier.»

Da lachte der junge Sigl höhnisch. «Jetzt weiß ich, woher ich euch kenne. Der Kleine da ist der Sohn von der Türkin, die das Haus vom jungen Überreuter gekauft hat. Und du bist der Polizist, oder? Die Mutter hat mir von euch erzählt.»

«Aber ich bin im Urlaub», erwiderte Wolf.

«Und das soll ich glauben? Gestern waren deine Kollegen erst bei uns und haben den Vater ausgefragt, und heute Vormittag schon wieder. Und jetzt sollst du wahrscheinlich spionieren bei uns. Du kannst deinen Kollegen sagen: Mein Vater bringt niemanden um. Der ist ein empfindlicher Mensch. Eher bringt der sich selber um.»

«Aber er hat sich doch getroffen mit Herrn Rosenmüller, am Dienstag», hielt Wolf dagegen, als säße er tatsächlich in offizieller Mission vor seinem Bier.

Sigl sprang von seinem Klappstuhl auf, fuchtelte mit dem Zeigefinger vor Wolfs Gesicht herum.

«Das sagt die Polizei, aber das stimmt nicht. Niemals hätte sich mein Vater mit dem Rosenmüller getroffen wegen dem Windpark. Niemals. Der hat sich geschworen, dass er niemals mehr ein Wort mit dem Verbrecher redet. Letzte Woche erst hat der schmierige Sohn vom Rosenmüller bei mir angerufen. Hat mich gefragt, ob wir unsere Väter nicht an einen Tisch bringen sollen. Zur Versöhnung. Aber mein Vater hat gesagt: kein Drandenken.»

«Sie verstehen sich mit dem jungen Rosenmüller?», fragte Wolf.

Da winkte Sigl ab.

«Geschäftsmann ist er halt. Hat auch in den Windpark investiert, heißt es. Und will seinen Alten wahrscheinlich von der Klage abbringen. Deshalb das Gerede von Versöhnung.»

«Herr Sigl», sagte Wolf, «ich lüge Sie nicht an, ich bin nicht dienstlich hier. Sie müssen wirklich alles, was Sie wissen, den Kollegen erzählen. Und sagen Sie das auch Ihrer Mutter.»

Der junge Sigl, eben noch aufbrausend, sackte in sich zusammen.

«Diese alten Feindschaften, furchtbar», sagte er, «daran gehen wir noch alle zugrunde. Ich sag es dem Vater immer wieder. Sei nicht so stur. Aber der will nicht hören. Übrigens, hat man eigentlich den Rosenmüller schon gefunden? Die Leiche? Die Leute erzählen sich die wildesten Geschichten, dass man einen Haxen von ihm im Wald gefunden hat? Oder auf dem Rachel?»

Leiche. Haxen im Wald. Juri hatte die Knopfaugen weit aufgerissen.

«Ich weiß davon nichts», sagte Wolf kategorisch, «und ich glaube, jetzt müssen wir gehen.»

Sie standen auf, trennten sich grußlos. Der Mann im Bayern-Trikot ging gebeugt zurück zu seinem Haus, er brauchte augenscheinlich noch jede Menge Schlaf. Wolf hatte das Auto schon aufgesperrt, da fiel Juri doch noch eine Frage ein.

«Bist du eigentlich noch ein Preperator?», rief er dem jungen Sigl hinterher.

Der wandte sich um.

«Tierpräparator?», fragte er. «Damit kann man nix mehr verdienen, Bub. Die Museen haben kein Geld mehr. Und von den Haustierbesitzern kannst du nicht leben. Schau, hast du ein Haustier? Eine Katze oder einen Hamster?»

Juri schüttelte den Kopf. Da trat Sigl ganz nahe an ihn heran, beugte sich zu ihm hinunter.

«Da ist deine Mutter wahrscheinlich streng, sie hat ja recht. Stinken ja auch, die Viecher. Aber stell dir einmal vor, du hättest einen Hund, einen Fiffi. Und der verreckt, ich meine, der stirbt. Möchtest du den dann, wenn er tot ist, in deinem Kinderzimmer stehen haben, ich meine: ausgestopft?»

Juri schüttelte wieder den Kopf, Auge in Auge mit dem Sigl-Sohn.

«Bist ein vernünftiger Mensch. Aber zum Präparator kommen ganz viele Haustierbesitzer und sagen, sie wollen ihr totes Vieh ausgestopft haben. Ich sag den Leuten dann immer: Lassen Sie mir Ihren Pudel da, ich leg den ins Kühlfach, und dann überlegen Sie sich die Sache noch einmal. Die meisten melden sich dann nicht mehr. Wenn der erste Schmerz weg ist, dann ist der Pudel ganz schnell vergessen. Nach zwei Wochen geht das Vieh dann in die Tierkörperbeseitigung. Was noch schlimmer ist: Die Leute geben dir den Auftrag, aber dann gefällt ihnen das Ergebnis nicht. Mei, sagen sie dann, das Vieh schaut ja gar nicht aus wie mein Fiffi. Da erkennt man ja gar nicht mehr das Wesen von meinem Pudel. Die Seele. Ich sag dir, die Leute wollen immer die Seele von ihrem Tier haben. Aber wie soll ein Tier mit Glasaugen genau die Seele haben, die es lebendig gehabt hat? Ich kann als Präparator die Toten ja nicht zum Leben erwecken. Das kann bloß der Jesus. Und der macht das auch bloß, wenn er Lust dazu hat. Oder, was sagst du?»

Juri und der Sigl-Sohn, Auge in Auge.

«Mit dem Jesus kenne ich mich nicht aus», sagte Juri.

«Hast in Religion nicht aufgepasst, Bub?», erwiderte Sigl. «Versteh ich, das war mir früher auch wurscht, Jesus und Lazarus und der ganze Schmarrn. Hat mich nicht interessiert. Außerdem hat der Vater gesagt, du wirst Tierpräparator, da brauchst du keine Religion. Da hinten in der Werkstatt habe ich gelernt beim Vater. Ist ja eigentlich ein schöner Beruf, wenn man den Tieren ein neues Leben geben kann. Wenn man selber entscheiden kann, wie die Tiere auf den Mensch wirken sollen. Was für eine Seele sie haben. Das alte Werkzeug ist noch da. Und unser Kadaverzimmer. Du musst die Tiere ja auch entkernen, und wo tust du das ganze Fleisch und die Knochen und alles hin? Wir sagen: Kammer des Schreckens. Das interessiert die Kinder immer am meisten, wenn sie uns besuchen. Magst du hineinschauen, Bub?»

«Ich glaube, wir müssen jetzt los, Herr Sigl», sagte Wolf, ehe Juri mit einem Ja antworten konnte.

Als sie vom Hof fuhren, sah Wolf im Rückspiegel, wie eine alte Frau ihm über den Gartenzaun hinweg hinterherwinkte. Die kleine, schmale Oma Sigl mit Schürze und Kopftuch. Und neben sie trat ihr Ehemann, einen Kopf größer, eine blaue Schirmmütze auf dem Kopf. Er legte seinen Arm um die Schulter seiner Frau. Fürsorglich sah das aus im flüchtigen, verwackelten Bild des Rückspiegels, aber vielleicht brauchte der alte Herr Sigl auch nur eine Stütze in jenem Augenblick.

Wolf tat so, als hätte er die beiden nicht bemerkt.

Konrad Wolf war jedes Mal pathetisch gestimmt, wenn er Sonnenuntergänge verfolgte. Er liebte die Flammenwände ebenso wie die dezenten Töne von Rot, die nun über den Waldwogen verblassten. Es hatte geregnet an jenem Samstagnachmittag, mittlerweile aber hatte der Ostwind die Wolken in Stücke gerissen, und Konrad Wolf fragte sich, wo der stabile Spätsommer geblieben war, den Oma Rosenmüllers Wettermann am Abend zuvor so gestenreich angekündigt hatte. Jeder einzelne Wolkenfetzen leuchtete in einem anderen Rot auf. Dann senkte sich die Dunkelheit über den Wald.

Konrad Wolf war, sechs Stunden nach seinem Besuch bei den Sigls, wieder zurückgekehrt nach Birkenau. Er war auf der gegenüberliegenden Seite des Tals in einen Waldweg gefahren, hatte seinen Opel den Berg hinaufgequält. Von hier hatte er nun freie Sicht hinunter auf das Dorf, auf das Lichtermeer des Hotels Rosenmüller, darüber die Positionslichter des Windrads. Und wenn er den Blick nach rechts wandte, erkannte er die Lichtflecken hinter den Fenstern der Familie Sigl.

Weltwaldler und Waldwaldler, Rosenmüllers und Sigls. Sie lebten höchstens einen Kilometer entfernt voneinander, bis aufs Blut verfeindet, und über ihnen drehte sich das Windrad.

«Wie lang bleiben wir noch?», fragte Juri. Wolf konnte die Knopfaugen im Rückspiegel schon nicht mehr erkennen.

«Ich habe dich gewarnt, das wird langweilig, aber du wolltest ja unbedingt mitkommen.»

Juri hatte auf der Kanzel im Freigehege Wölfe ohne Ende gesehen, Tausende Wölfe mussten hier leben, wenn es nach Juri ging. Konrad Wolf hatte sich derweil ausgemalt, wie er in der folgenden Nacht auf eigene Faust ermitteln würde. Er stellte sich vor, wie er zur Geisterstunde in die Werkstatt der Sigls eindringen würde, wie er dort die Hammer und Messer und Sägen, mit denen Ludwig Rosenmüller mutmaßlich umgebracht und zerteilt worden war, auf Blutspuren untersuchen und dann die Tür zur Kammer des Schreckens aufbrechen würde. Wo er natürlich Ludwig Rosenmüller finden würde, schrecklich zugerichtet, ohne rechtes Bein, an einem Haken hängend oder in eine Tiefkühltruhe gequetscht.

Und dann würde in der Kammer des Schreckens plötzlich das Licht angehen, und der junge Hermann würde fragen:

Suchen Sie etwas, Herr Kollege? Kann man Ihnen helfen?

Und die Chefin würde ihm dann die Handschellen anlegen.

In Wirklichkeit hatte er von der Wolfskanzel aus den jungen Hermann angerufen und ihm brav Bericht erstattet. Wie in der Nacht zuvor hatte Hermann nicht zu erkennen gegeben, ob Wolf ihm etwas Neues erzählte. Der Anruf des jungen Rosenmüller beim jungen Sigl. Die Überzeugung des jungen Sigl, sein Vater hätte sich niemals wegen des Windparks mit seinem Todfeind unterhalten. Und immer wieder das Gejammer über die alten Geschichten.

Der junge Hermann hatte sich bedankt, ohne weiteren Kommentar. Am späten Nachmittag aber – Wolf war mit Juri noch durch das Freigehege gewandert, um Braunbären und Wildschweine und Bisons zu bestaunen – hatte ihm Hermann wieder eine SMS geschickt.

Zugriff in zwei Stunden

Wolf fragte sich, ob der junge Kollege wirklich so großes Vertrauen zu ihm gefasst hatte oder ob er ihn in Schach halten wollte. Und ob er mit Billigung oder gar auf Anregung der Chefin hin Kontakt zu ihm hielt. Wolf ahnte, unter welchem Druck die Ermittler in diesem Fall standen. Und er wusste aus eigener Erfahrung, wie groß die Angst davor war, in einem solch spektakulären Fall zu schnell zu handeln und einen Fehler zu begehen. Sie schöpften eben alle Möglichkeiten aus.

«Kalt!», sagte Juri. Wolf schaltete den Motor ein, drehte die Heizung hoch. In dem Augenblick näherte sich unten im Tal eine kleine Kolonne von Lichtern in hohem Tempo dem Ort Birkenau, bog rechts ab, passierte Wirtshaus und Kirche, bog nach links ab, preschte die Stichstraße hinauf zum Anwesen der Familie Sigl.

«Schau hinüber, jetzt geht's los», sagte Wolf.

«Und was machen die da?», fragte Juri zwischen den beiden Vordersitzen hindurch.

«Eine Übung. Die Kollegen nehmen jetzt jemanden fest und untersuchen das ganze Grundstück nach Spuren eines Verbrechens.»

Wolf glaubte zu erkennen, wie die Autotüren aufgingen, wie die Kollegen sich herauswuchteten, wie sie aufs Haus zustürmten, bewaffnet und auf alles vorbereitet, obwohl bei den beiden alten Leuten wohl keine Gefahr zu befürchten war, aber man wusste ja nie, schließlich vermutete man hier einen Mörder.

«Und woher hast du gewusst, dass das passieren wird?», fragte Juri.

«Die Kollegen haben es mir erzählt. Und ich wollte ein wenig zuschauen, wie die Passauer Kollegen so arbeiten.»

«Und kann uns das auch passieren, dass mal die Polizei zum Üben zu uns kommt und uns festnimmt?»

Schlaues Kerlchen, gute Frage, Wolf kam in Verlegenheit.

«Natürlich nicht, da muss man sich freiwillig bei der Polizei als Verbrecher zur Verfügung stellen», fiel ihm ein. «Aber man weiß dann nie, wann es so weit ist. Man wird immer überrascht, wenn es passiert.»

In den beiden Häusern der Familie Sigl gingen nun immer mehr Lichter an, auch hinter den kleinen Fenstern der Totenhalle für Tiere flackerten die Neonröhren auf.

«Und was macht die Polizei jetzt da drüben?», fragte Juri.

«Die stellen alles auf den Kopf. Suchen überall nach Beweismitteln.»

«Was?»

«Gewehre, Pistolen, Messer. Oder Spuren von Blut. Das hat man alles für die Übung vorher versteckt.»

Wolf fand, nun sei es genug. Er wollte weg von hier, bevor ihm keine Antworten mehr einfielen auf Kinderfragen.

Und so fuhren sie los, einem gemeinsamen Samstagabend auf der Wohnzimmercouch entgegen, gemeinsam mit Ayla, die vermutlich schon eingedöst war, ermattet von ihrer Radtour mit Doktor Günther.

Doch kaum waren sie unterwegs, wummerte Wolfs Telefon. Am anderen Ende war der junge Hermann, außer Atem offenbar. Er fragte, ob sie sich jetzt gleich treffen könnten, es sei wichtig. Er nannte ihm zwei Weiler in etwa fünfzehn

Kilometern Entfernung von Birkenau. Und zwischen den beiden Orten, im Wald, würde Wolf auf die Chefin treffen. Es sei kein Problem, er solle sich an den Beamten halten, der an der Straße Wache stehe. Und er, Hermann, werde gleich dazustoßen.

Ende des Gesprächs, Hermann schien schwer beschäftigt zu sein, vielleicht gehörte er zum Trupp, der gerade die Sigls heimsuchte.

Zwanzig Minuten dauerte die Fahrt, steil bergauf und steil bergab in engen Kurven. Juris Kopf baumelte von links nach rechts nach links, er döste gerade weg in seinem Kindersitz.

Konrad Wolf wäre fast vorbeigefahren an dem Polizeiauto, das in einem Waldweg neben der Straße parkte. Er bremste ab, machte kurz die Innenbeleuchtung seines Autos an, sah, dass Juri mit halboffenen Augen dämmerte, machte das Licht wieder aus, fuhr einige Kilometer weiter, bis er sicher war, dass der Kleine auch wirklich tief und fest schlief. Dann kehrte er um und bog ein in den zugewucherten Waldweg.

Ein uniformierter Beamter stellte sich in den Weg. Durchfahrt verboten, er solle sich schleunigst aus dem Staub machen. Polizeiliche Ermittlungen.

Die Chefin wolle ihn sprechen, und der Kollege Grassinger wisse Bescheid, erwiderte Konrad Wolf und nannte seinen Namen. Nach kurzem Zögern ließ ihn der Beamte durch.

Wolf fuhr eine ganze Weile in den Wald hinein, ehe er den Tatort sah. Gleißende Strahler, die den Wald ausleuchteten wie eine Bühne. Polizeiautos, Beamte mit Sprechfunkgeräten, Absperrbänder. Wolf stellte den Wagen ab, verfolgte an die Fahrertür gelehnt das Treiben, das ihm vertraut und in jenem Augenblick doch fremd erschien. Er kannte diese Routine im Umgang mit dem Tod. Die Beamten der Spurensicherung in ihren weißen Einweganzügen und ihren Überschuhen, die mit Metallkoffern, Schachteln, Kisten anrückten, den Tatort mit Täfelchen versahen, vermaßen.

Fotografierten und Videoaufnahmen machten. Die Motten, Maden, Würmer einsammelten, mit Metallsuchgeräten den Waldboden erforschten. Wolf konnte erkennen, dass über der Leiche ein Zelt aufgebaut wurde, offenbar war Regen angesagt für die Nacht. Er hörte das Surren des Generators, der die Scheinwerfer versorgte, hörte die routinierten Stimmen von Beamten, die ihre Erkenntnisse auf ein Diktaphon sprachen, dazwischen immer wieder kurzes Lachen.

Hey, Kollegin, was macht deine Hand in der Hosentasche von dem toten Mann?

Ohne Scherze ließ sich das alles nicht ertragen, die Vermessung des Grauens.

Endlich löste sich aus der Choreographie rund um die Leiche eine Gestalt, die Chefin. Sie trug dieselbe abgewetzte Lederjacke wie tags zuvor, und das gleiche ausdruckslose Gesicht.

«Dahinten liegt die Leiche von Ludwig Rosenmüller, richtig?», fragte Wolf.

Die Chefin nickte.

«Sie haben ja einen schönen Samstag, Chefin. Zwei Großeinsätze zur gleichen Zeit.»

«Und Sie schon wieder mittendrin», erwiderte sie.

«Aber der Kollege Grassinger hat mich hierhergebeten», wehrte sich Wolf.

«Jetzt passen Sie einmal ganz genau auf», legte die Chefin los. «Ich will jetzt gar nicht mehr davon reden, was Sie mit dem Knochen von Herrn Rosenmüller angestellt haben, bevor Sie uns informiert haben. Das ist für einen Polizisten schon eine ziemliche Blamage. Dass Sie aber erst bei den Rosenmüllers und dann heute auch noch bei den Sigls aufkreuzen, die zum Kreis der Tatverdächtigen gehören, und dort Fragen stellen, da fehlen mir fast die Worte. Eigentlich müsste man Sie einsperren wegen Behinderung polizeilicher Ermittlungen.»

Einige der Beamten hielten inne in ihrer Arbeit. Offenbar war das der Sinn der kurzen Ansprache gewesen. Die Chefin sprach nicht zu Wolf, sondern zu ihren Leuten. Sie betonte jedes Wort, als wolle sie auch noch die Tiere des Waldes erreichen.

«Jetzt passen Sie einmal auf, Chefin», erwiderte Wolf in der gleichen Lautstärke, «mir wäre es auch lieber, ich hätte mit dem ganzen Mist hier nichts zu tun. Ich bin im Urlaub, und Sie haben mich hierhergeholt.»

Das war nun seine Erwiderung für die Kollegen.

Die Chefin dirigierte Wolf einige Schritte in den Wald hinein, dann trug sie ihm ohne weitere Einleitung den Stand der Ermittlungen vor.

Ludwig Rosenmüller und Franz Sigl waren seit Anfang der achtziger Jahre bis aufs Blut verfeindet. Rosenmüller hatte offenbar im Gemeinderat verhindert, dass Sigl seinen Traum vom «Tor zur Welt» verwirklichen konnte. Man hatte ihm zunächst die Genehmigung für den Betrieb eines Hotels auf seinem Grundstück in Aussicht gestellt und auch versprochen, man werde die Straße dort hinauf ausbauen. Doch dann intrigierte Rosenmüller so lange, bis der Gemeinderat mit fadenscheinigen Gründen ablehnte. Nachbarn, die sich zuvor einverstanden erklärt hatten, verweigerten sich plötzlich. Doch die Fertigbetonhalle hatte Sigl bereits gebaut; darin lagerte nun, tiefgekühlt, sein Lebenstraum. Die Demütigung hatte er niemals verwunden. Am Stammtisch hatte er immer wieder angekündigt, eines Tages werde Rosenmüller büßen. Es schien, als habe er dreißig Jahre lang auf die Gelegenheit gewartet, Rosenmüller zu vernichten, und habe sie nun durch das Windparkprojekt kommen sehen. Genau wie sein Erzfeind Rosenmüller schien Sigl davon überzeugt zu sein, dass ein Windpark in unmittelbarer Nähe das Hotel Rosenmüller ruinieren werde. Nur deshalb hatte er sein ganzes Vermögen in den Windpark gesteckt. Dann aber hatte sich abgezeichnet, dass Rosenmüller das Projekt tatsächlich noch kippen könnte. Wie viel Geld Sigl in dem Fall verlieren würde, stand nicht fest. Aber der alte Mann drohte seine größte Niederlage nun ein zweites Mal zu erleben. Gegen diesen Rosenmüller kam er nicht an.

Am Dienstagmorgen dieser Woche hatte Sigl bei Rosenmüller angerufen, das ließ sich aus den Telefonlisten des Hotels nachvollziehen. Offenbar hatten sie sich zu einem geheimen Treffen verabredet. An diesem Samstagmorgen fanden Waldarbeiter das Auto Rosenmüllers hier in der Nähe. Es hatte nur notdürftig mit Ästen und Zweigen getarnt im Unterholz gestanden. Die Waldarbeiter gaben der Polizei das Kennzeichen durch, sofort begann die Suchaktion. Am Nachmittag wurde die Leiche gefunden.

«Und wieso haben Sie Sigl schon am Freitag befragt?», hakte Wolf an der Stelle ein.

«Wie gesagt», erwiderte die Chefin, «wir haben Sigls Nummer in Rosenmüllers Anrufprotokoll gefunden. Rosenmüller senior. Und es war ja kein Geheimnis, dass die beiden bis aufs Blut verfeindet waren und dass sie nun bei dem Thema Windpark erneut aneinandergeraten waren. Alle im Dorf wussten das.»

«Aber das reicht doch nicht für einen Haftbefehl, Chefin. Ein Anruf und eine alte Feindschaft. Haben Sie denn einen Beweis dafür, dass Sigl wirklich hier war?» Wolf konnte es nicht glauben, dass dieser scheinbar so komplizierte Fall so einfach zu lösen war.

«Herr Wolf», erwiderte die Chefin, «wir sind ja nicht blöd. Wir haben hier heute morgen verschiedene Reifenspuren gefunden. Und wir sind von der fixen Truppe. Eine Spur passt haargenau zu dem Profil des alten Benz, den Herr Sigl fährt. Wir haben heute Vormittag einen Abdruck genommen. Deswegen der Haftbefehl. Alles passt zusammen. Die beiden verabreden sich, treffen sich hier. Sigl erschlägt Rosenmüller mit irgendeinem stumpfen Gegenstand. Entweder hat er von Anfang an geplant, Rosenmüller zu ermorden, oder sie sind wieder in Streit geraten.»

«Und warum treffen sie sich hier, warum gehen sie nicht zusammen ins Wirtshaus?», fragte Wolf.

«Rosenmüller hatte Unterstützer im Ort, er hat diese Klage nicht allein finanziert. Der wollte nicht den Anschein erwecken, dass er mit Sigl einen Deal aushandelt. Umgekehrt galt wahrscheinlich das Gleiche. Da haben sie sich hier verabredet. Da hinten, am Ende der Straße, steht eine alte Waldwirtschaft. Total verfallen. Hier hat man sich vor dreißig Jahren getroffen.»

«Hat Sigl den Mord gestanden?», fragte Wolf.

«Der wird nichts mehr gestehen, Herr Wolf», sagte die Chefin. Für einen Augenblick schien ihr die Stimme zu versagen. «Herr Sigl hat sich erschossen, als unsere Leute vorhin auf den Hof gefahren sind. Mit so einem amerikanischen Jagdgewehr. Fragen Sie mich nicht, wie das heißt. Er war ja ein Globetrotter früher, der Herr Sigl. Die Waffe hat er von seinen Reisen mitgebracht. Es war kein schöner Anblick für unsere Leute. Und Sie können sich vorstellen, was dort oben jetzt los ist. Die Frau. Der Sohn. Die Enkelkinder.»

Konrad Wolf wich zurück, ging einige Schritte in den Wald hinein, setzte sich auf einen umgestürzten Fichtenstamm, vergrub sein Gesicht in den Händen, dachte an den Sonnenuntergang und das Lichtermeer, das er zusammen mit Juri betrachtet hatte. Was hätte er Juri für eine Erklärung gegeben, wenn sie im Auto den Schuss aus dem Jagdgewehr gehört hätten? Nur eine Übung?

«Alles in Ordnung, Herr Kollege?», fragte die Chefin.

«Wenn ich im Dienst wäre, würde mir das nichts ausmachen», erwiderte Wolf, «aber als Privatmann ... Ich treffe in einem Restaurant zufällig Frau Lammer: Ihr Mann ist gerade tot aufgefunden worden nach dreißig Jahren. Frau

Rosenmüller bittet mich um Rat, und ihr Mann: tot. Ich unterhalte mich mit dem jungen Sigl, und jetzt: sein Vater tot. Können Sie mir sagen, was da passiert?»

Er sah die Chefin von unten an, konnte aber ihr Gesicht nicht erkennen, geblendet von den Strahlern, die hinter ihr den Wald erleuchteten. Erwartete er Mitgefühl von ihr?

«Ehrlich gesagt, Herr Wolf, erhoffen wir uns Antworten von Ihnen. Denn natürlich stellt sich in dem Fall jetzt eine große Frage, und bei der sind wir ratlos.» Sie machte eine Pause, wollte Wolf auf die Probe stellen, wollte ihm Gelegenheit geben, selbst auf die Ungereimtheit in diesem Fall zu kommen. Aber er schüttelte den Kopf.

«Herr Wolf», fuhr sie fort, «Sie haben ja mit dem jungen Herrn Sigl gesprochen. Und er hat Ihnen dasselbe erzählt wie uns gestern: dass sein Vater sich noch letzte Woche geweigert hat, mit Rosenmüller zu sprechen. Er hat sich geweigert, obwohl die Söhne versucht haben zu vermitteln. Und ein paar Tage später ruft er selbst bei Rosenmüller an. Welches Ereignis lag dazwischen, Herr Wolf?»

Wolf hieb sich mit der flachen Hand gegen die Stirn.

«Der Sonntag», sagte er. «Die künstliche Hüfte im Wald. Hans Lammer.»

Noch vergangene Woche die kategorische Weigerung, mit Rosenmüller zu reden, am Dienstag dann Sigls Anruf.

«Es ist zwar kein Beweis», sagte die Chefin, «aber ein ziemlich starkes Indiz: Der herausoperierte Oberschenkel von Rosenmüller, das ist nicht bloß eine grausame Anspielung auf Hans Lammer. Der Mord an Rosenmüller hat wohl ganz direkt etwas mit Lammer zu tun. Irgendetwas ist in Sigl vorgegangen seit Sonntag.»

«Chefin», sagte Wolf, «bestimmt haben Sie auch schon recherchiert, ob Hans Lammer damals im Gemeinderat war, als es um das große Projekt von Franz Sigl ging. Und falls ja, wie er damals abgestimmt hat.»

«Herr Kommissar», erwiderte die Chefin, erstmals nannte sie ihn so, «natürlich haben wir schon nachgeschaut. Herr Lammer war Gemeinderat, aber als es um das Projekt von Herrn Sigl ging, war er schon verschwunden.»

Konrad Wolf erhob sich von dem umgestürzten Fichtenstamm.

«Chefin, ich glaube, ich fahre jetzt nach Hause.»

«Warten Sie noch einen Augenblick», sagte die Chefin, «ich glaube, Hermann ist jetzt eingetroffen. Dem haben Sie es zu verdanken, dass Sie hierher eingeladen wurden. Wenn es nach mir ginge ...»

Wolf erblickte den jungen Hermann in der Nähe des Zelts, das über den toten Ludwig Rosenmüller gespannt war. Er trug dieselbe Art Blouson wie tags zuvor, nur diesmal grün statt blau. Einer der Ermittler drückte ihm eine Kamera in die Hand. Mit dem Gerät kam Hermann herüber zu Wolf und der Chefin, im Gehen klickte er sich durch die Bilder auf dem Display.

«Grüß Gott, Herr Wolf», sagt er, «jetzt schauen Sie sich das einmal an.»

«Wie geht's Ihnen denn, Hermann?», fragte Wolf. Er fand die Frage angemessen, nachdem Hermann gerade einen Mann gesehen hatte, der sich das Hirn mit einem Jagdgewehr aus dem Kopf geschossen hatte.

«Darüber würde ich jetzt lieber nicht reden», erwiderte Hermann, ohne die Miene zu verziehen. «Schauen Sie schon.»

Konrad Wolf sah auf das Display, und wieder wich er einen Schritt zurück, diesmal geschockt vom gepixelten Tod.

Das Gesicht Rosenmüllers im Todesschrei erstarrt. Der Tote trug noch den Anzug, den er für seinen Termin mit dem Anwalt angezogen hatte. So lag er auf dem Waldboden, wie zufällig hingeworfen, nur notdürftig zugedeckt mit ein paar Zweigen. Und das rechte Bein fehlte, es war mit brutaler Gewalt herausgefetzt worden am Hüftansatz.

Wolf wandte sich ab, zählte bis zehn, während er tief durchatmete.

«Sie sind das nicht gewohnt, oder?», fragte Hermann.

«Nein, bin ich nicht», sagte Wolf, schwer atmend.

«Aber schauen Sie noch mal hin», beharrte Hermann, «ich lass jetzt mal meiner Phantasie freien Lauf. Sehen Sie, wie die Leiche da liegt und wo sie liegt. Ich sage: achtlos am Wegesrand. Nicht vergraben, auch nicht richtig zugedeckt. Der Mörder wollte die Leiche irgendwie loswerden, er hat sie nicht versteckt, es war ihm offenbar egal, ob sie gefunden wird. Für mich sieht das so aus, als ob der Mord einzig und allein begangen worden wäre, um an das Hüftgelenk von Ludwig Rosenmüller zu kommen. Um diese Hüfte auf den Rachel zu legen.»

Der Rachel, die Grenze, der Eiserne Vorhang von früher, der Blick auf Windrad und Atomkraftwerk. Wolf überlegte: Was war die Symbolik?

Die Chefin holte eine Zigarettenschachtel aus ihrer Lederjacke, steckte sich eine Kippe in den Mund, klopfte ihre Taschen ab, zunehmend ärgerlich. Da gab ihr der junge Hermann Feuer. Stets zu Diensten.

«Entschuldigen Sie die profane Frage», sagte Wolf, «aber gibt es denn irgendeinen Hinweis, dass Herr Sigl in den letzten Tagen auf dem Rachel war?»

Da lachten beide still in die Dunkelheit hinein, Hermann und die Chefin.

«Herr Wolf», sagte die Chefin, «das war die Lieblingstour von Herrn Sigl, auf den Rachel hinauf. Sein Lieblingsberg. Im Dorf weiß das jeder. Jede Woche ist er mehrmals da hinaufgewandert, seitdem er Rentner ist. Er war am Mittwoch oben und auch am Donnerstag, recht spät sogar. Der Wirt vom Gipfelhaus kann sich ganz genau erinnern.»

Sigl am Donnerstagabend auf dem Rachel. Freitag in der Früh findet der Ranger den Knochen. Alles passte.

«Dann haben Sie Ihren Fall ja gelöst», sagte Wolf.

«Schaut so aus», erwiderte Hermann. «In der Werkstatt der Sigls haben wir gerade eine Decke gefunden, voller Blut. Und darin eingewickelt war das Werkzeug von Herrn Sigl. Hammer, Meißel, Säge, alles, was man braucht. Auch voller Blut. Wir müssen das erst untersuchen lassen, aber haben Sie einen Zweifel, von wem das Blut stammt? Herr Sigl hat sich keine große Mühe gegeben, den Mord zu tarnen.»

Wolf verstand. Die Kollegen hatten den Mörder, und jetzt wollten sie das Motiv verstehen. Wollten begreifen, warum Sigl diesen Mord an Rosenmüller geradezu inszeniert hatte nach dem Fund der Lammer-Leiche.

«Und was genau soll ich jetzt für Sie tun?»

Die Chefin blies eine Rauchwolke in die Dunkelheit. Die Antwort gab Hermann.

«Wir bitten Sie, sich noch einmal umzuhören. Eigentlich müssten die Herren Rosenmüller und Sigl doch getobt haben, dass ihre Frauen ständig zusammenhocken. Aber Frau Rosenmüller sagt, das sei ganz normal. Wir haben uns eben gut verstanden, sagt sie. Mehr ist aus ihr nicht herauszukriegen. Und Frau Sigl spricht kein Wort. Sagt nichts. Was Ihre Nachbarin betrifft, Frau Hallmeier, die können wir offiziell nicht befragen. Die hat mit der Sache nicht das Geringste zu tun, offenbar. Und wer ist eigentlich die fünfte Frau?»

«Weiß ich nicht», erwiderte Wolf.

«Dann finden wir das heraus, wir und Sie. Und denken Sie noch einmal nach über alles, was Sie über die Damen wissen. Was sie Ihnen erzählt haben. Und was sie gesprochen haben, als sie neben Ihnen gesessen sind an dem Abend im Wirtshaus.»

«In der Pizzeria», korrigierte Wolf.

«Dann eben beim Italiener. Denken Sie nach! Bitte!»

Wolf griff sich mit beiden Händen in das strohblonde Stoppelfeld auf seinem Schädel.

«Was glauben Sie denn, ich mache seit Tagen nichts anderes, als darüber nachzudenken.»

In einem Anflug von Verzweiflung erzählte Wolf noch einmal alles, was er wusste über die Frauen und den Fall, über deren Gespräch in der Pizzeria, in dem es um Aldi ging und die gefährliche Autobahn Richtung Regensburg und irgendeinen Xaverl, der wie der Teufel Ski fahren konnte. Dann sprach er über Frau Hallmeier, die Nachbarin, die ein unscheinbares Leben an der Seite eines Glasbläsers geführt hatte.

Zuletzt fiel ihm ein, es gäbe widersprüchliche Angaben darüber, wo sie ihre gemeinsamen Abende verbracht hatten, beim Frauenbund oder in der VHS.

«Alte Frauen können sich schon mal irren», sagte die Chefin.

«Ayla ist da anderer Ansicht. Sie sagt, alte Leute irren sich nicht, wenn es um alte Geschichten geht.»

«Dann sollten wird das auch überprüfen, Hermann», sagte die Chefin, «VHS oder Frauenbund.»

Hermann war die Freude darüber anzusehen, nun auch noch Bastelabenden und Gymnastikkursen hinterherrecherchieren zu dürfen.

«Wissen Sie was, Chefin», sagte Konrad Wolf, den Kopf schüttelnd. «Ich kann jetzt nicht mehr. Ich muss nach Hause. Und der Kleine muss ins Bett.»

«Sie haben ein Kind da drinnen?» Die Chefin nahm ihre halb gerauchte Zigarette aus dem Mund, klopfte sie auf der Motorhaube eines Polizeifahrzeugs aus, steckte den Rest zurück in die Schachtel. Dann öffnete sie die hintere Tür von Wolfs Opel. Das Licht der Innenbeleuchtung fiel auf den kleinen Juri. Er schlief mit offenem Mund in seinem Kindersitz.

«Ja, so ein schönes Kinderl», sagte die Chefin. Im Widerschein der polizeilichen Totenlichter sah Konrad Wolf zum ersten Mal eine Regung im Gesicht der Chefin. «Ist das der Bub Ihrer Freundin?»

Wolf nickte. Mein Sohn, hätte Wolf in jenem Augenblick gerne gesagt. Die Chefin nahm ihren Blick nicht mehr von dem schlafenden Kind.

«Passen Sie gut auf Ihre kleine Familie auf», sagte sie.

«Und was soll das heißen?», fragte Wolf.

«Nichts Besonderes», erwiderte die Chefin, «wie man das halt so sagt.»

Sie warf die Autotür zu und wurde wieder zu der Kommissarin aus Granit.

«Ich muss jetzt wieder an die Arbeit», sagte sie und fügte im Gehen hinzu: «Hermann hat noch etwas für Sie, glaube ich.»

Hermann drückte ihm ein braunes Kuvert in die Hand, verklebt, ohne Absender, ohne Adresse. Dann folgte er seiner Chefin.

Es hatte wieder zu regnen begonnen, der Wind frischte auf. Konrad Wolf war froh, dass er sich nicht mit Hermann und der Chefin die Nacht um die Ohren schlagen musste, bei Kälte und Nässe und in Gesellschaft einer Leiche. Andererseits hätte er die Ermittlungen gerne zu Ende geführt mit den beiden.

Er startete den Motor und drehte die Heizung an. Auf seinem Mobiltelefon hatte Wolf schon drei entgangene Anrufe, eine Nachricht auf der Mailbox und eine SMS von Ayla. Wo sie denn blieben? Ob mit Juri alles in Ordnung sei?

Es war nach elf mittlerweile. Wolf rief zurück, aber Ayla ging nicht ans Telefon. Nach wenigen Kilometern fuhr Konrad Wolf rechts auf einen Parkplatz, den man für Wanderer angelegt hatte, öffnete Hermanns Kuvert und entfaltete fünf Ausdrucke im DIN-A4-Format.

Hermann hatte die Ergebnisse der Untersuchungen zum Verschwinden von Hans Lammer zusammengefasst. Formlos, ohne Unterschrift, auf neutralem Briefpapier.

Die Beziehungen zwischen dem Ehepaar Lammer und den Familien Rosenmüller und Sigl seien damals nicht überprüft worden, hatte Hermann geschrieben. Deshalb gebe es auch keine Belege für irgendwelche Geldflüsse, weder in die eine noch in die andere Richtung. Ganz allgemein kamen die Ermittler damals zu dem Schluss, Hans Lammer sei nervlich zerrüttet gewesen wegen der Finanzprobleme des Sporthauses, das er neben seinem Dienst beim Grenzschutz zusammen mit seiner Frau betrieb. Auch die Schmerzen, die ihm seine kaputte Hüfte – Ergebnis eines Skiunfalls im Urlaub gemeinsam mit seiner Frau – bereitete, hätten ihm schwer zugesetzt. Und nicht zuletzt habe es offensichtlich auch Eheprobleme gegeben; Frau Lammer habe dies gegenüber den Ermittlern ausdrücklich bestätigt: Die Beziehung, nach außen hin eine Traumehe, habe sich im Alltag nicht bewährt.

Als Beleg für Hans Lammers nervliche Zerrüttung wurde genannt, er habe auf einem Streifengang in Panik einen Schuss auf ein Tier abgegeben, das er für gefährlich hielt. Die Ärzte des Grenzschutzes hätten ihm danach geraten, dienstlich ein wenig kürzer zu treten, Lammer habe dies jedoch abgelehnt. Er sei immer schweigsamer und unzugänglicher geworden – bis zu seinem Verschwinden. Offenbar hatte seine Frau nicht bemerkt, wie er sich davongestohlen hatte. Im Kleiderschrank fehlte die Uniform. Sein Auto, ein roter VW Golf, wurde anderntags an einer Straße gefunden, die in Richtung des Grenzübergangs Waidhaus führte. Weder zu Hause noch in der Kaserne fand sich seine Dienstwaffe.

Frau Lammer hatte nach der Pleite des Sportgeschäfts als Musiklehrerin gearbeitet, bis zu ihrem Schlaganfall vor fünf Jahren.

Die Ermittler gingen drei Theorien nach, um Lammers Verschwinden zu erklären.

Variante eins, Hans Lammer war übergelaufen. Dafür gab

es keinerlei Beleg. Er sei auf der anderen Seite des Eisernen Vorhangs geboren worden, Kind eines böhmischen Vaters und einer bayerischen Mutter, und habe seine Eltern auf der Flucht an der Grenze verloren. Beide wurden erschossen. Politisch sei er unauffällig gewesen, habe sich zuletzt zwar für die Friedensbewegung interessiert, aber für eine Nähe zum real existierenden Sozialismus habe es keinerlei Indizien gegeben.

Variante zwei. Hans Lammer habe irgendwo ein neues Leben unter neuer Identität begonnen. Grund für diese Vermutung war die Tatsache, dass das bis dahin scheinbar profitable Sporthaus binnen kurzer Zeit in große Finanzprobleme geraten war, die letztlich sogar zu dessen Schließung führten. Aber es gab keinerlei Indiz dafür, dass Lammer Geld beiseitegeschafft hatte. Alle Auszahlungen seien korrekt gewesen, bestätigten sowohl Elfriede Lammer als auch ihr Vater. Hans Lammer, in bescheidenen Verhältnissen aufgewachsen, sei nach seiner Heirat allerdings ein «sehr großzügiger Mensch» gewesen und habe viel Geld in den Sand gesetzt «bei dem Versuch, dem Sporthaus neue Geschäftsfelder zu eröffnen». Um welche Geschäftsfelder es sich handelte, stand in dem Bericht nicht. So gab es also keinerlei Indizien dafür, dass Hans Lammer ein Doppelleben geführt oder ein neues Leben vorbereitet hatte.

Variante drei galt demnach als die wahrscheinlichste, auch wenn weder die Leiche gefunden worden war noch jemand einen Schuss gehört hatte in jener Nacht: Hans Lammer hatte sich das Leben genommen.

Konrad Wolf faltete die Blätter zusammen und machte die Innenbeleuchtung aus. Während er losfuhr, übersetzte er Hermanns Bericht in verständliches Deutsch: Gesundheit ruiniert, Geschäft pleite, Ehe im Eimer. Das reichte für einen Selbstmord.

Alle Gerüchte, die nun über den Fall Lammer kursierten,

waren schon damals in dem Bericht aufgetaucht. Eine Sache passte allerdings nicht: Elfriede Lammers Behauptung, die Ehe mit ihrem Hans sei zerrüttet gewesen.

Frau Lammer, eine früher wohl überaus gut aussehende, selbst im Alter von mehr als sechzig Jahren und trotz ihrer Krankheit noch stolze, beeindruckende Frau, hatte angeblich nie mehr einen anderen Mann gehabt, und das konnte nicht allein an den bösen Gerüchten gelegen haben, die über sie kursierten. Lebenslange Trauer. Das passte nicht zur angeblichen Ehekrise.

Die Vermutung lag also nahe: Elfriede Lammer hatte die Ehekrise erfunden, um das Verschwinden ihres Mannes plausibel zu machen, um die Ermittler von etwas anderem abzulenken.

Aber wovon?

Konrad Wolf war zu müde, um sich weitere Gedanken zu machen.

Als er das Auto die Auffahrt zum Grundstück am Waldrand hochjagte, empfing ihn wie üblich ein einziges Lichtermeer. Alle Lampen an, alle Vorhänge offen. Im Wohnzimmer ein Flimmern, Ayla schlief wohl auf der Couch vor dem Fernseher.

Konrad Wolf befiel eine unbestimmte Angst. Fortan, so beschloss Wolf, würden alle Vorhänge zugezogen, alle Jalousien geschlossen werden. Und er würde Ayla ermahnen, auch wirklich alle Türen nachts nicht nur abzusperren, sondern auch die Sicherheitsriegel zu verwenden, die ihr der vormalige Eigentümer hinterlassen hatte.

Der Carport war durch Aylas Auto belegt. Wolf stellte den Opel dahinter ab, gurtete Juri los, trug ihn durch den Regen zum Haus.

«Hat die Polizei den Verbrecher gefunden?», fragte der Junge, wach geworden durch die Regentropfen, die ihm ins Gesicht klatschten.

«Klar», erwiderte Konrad Wolf. «Aber vergiss nicht, Juri, das ist alles nur eine Übung gewesen. Alles nur ein Spiel, mein Kleiner.»

Jedenfalls, die Elfriede. Ich sag immer: Romy Schneider. Ist ja auch so ein Zufall, dass in dem Jahr, in dem sich der Hans umgebracht hat, die Romy Schneider gestorben ist, 1982. Und wenn ich sag, Romy Schneider, dann meine ich nicht die Sissi mit dem Kaiser Franz, diesen Schmarrn. Nicht das Rehlein. Sondern die Romy Schneider in den späteren Filmen. Wo sie mit dem Franzosen gespielt hat, wie heißt der gleich wieder? Wie dieser kleine Sekt. Piccolo. Nein, Piccoli. Das Mädchen und der Kommissar. Wo du sagst: Die Frau ist stolz, ist verrucht, aber doch irgendwie ... Braucht die starke Schulter, nicht wahr. Das hat der Mann ja eigentlich am liebsten. Eine stolze, eine verruchte Frau, und doch: Das Anlehnungsbedürfnis soll schon auch sein.

Der Hans und ich, wir sind auch nicht die Einzigen gewesen, die es probiert haben bei ihr. So eine schöne Frau in einem Sportgeschäft im Bayerischen Wald. Und Erbin, weil, die ältere Schwester ist ja schon längst in München gewesen.

Ich erzähle dir jetzt einmal etwas, was nicht viele Leute wissen. Ich hab der Elfriede sogar einen Brief geschrieben. Das habe ich nur einmal gemacht in meinem Leben, einer Frau einen Brief geschrieben. Ansonsten die Frauen bei mir: wie Motten ums Licht. Aber bei der Elfriede habe ich aufs Ganze gehen müssen.

Was ich geschrieben habe?

Ja, was man halt so schreibt in so einem Fall. Liebe Elfriede, mein ganzes Herz, Liebe und alles, und bin ein aufrechter Bursche, obwohl aus kleinen Verhältnissen, Dein Xaver. So ein Zeug halt.

Kannst du dir vorstellen, welchen Schneid du für so einen Brief brauchst? Und ich bin ja kein Schriftsteller. Als ich den Brief ins Briefkastl geworfen hab, und der Schlitz ist wieder zu gewesen, da wäre ich am liebsten auf und davon, so hab ich mich geschämt. Aber weißt du was? Die Elfriede hat zurückgeschrieben. Schau hinein in die Blechschachtel mit den Pril-Blümerln. Ich kann dir den Brief aber auch auswendig vorsagen.

Lieber Xaver,
ich habe noch nie einen so schönen Brief bekommen.

Es gehört bestimmt eine Menge Mut dazu, jemandem seine Gefühle so zu offenbaren, wie Du es tust. Und nur die wenigsten finden solche wunderbaren Worte. Ich bewundere Dich von ganzem Herzen für so einen Brief, denn ich selbst könnte das nie. Manche sagen ja, dass ich mich für etwas Besseres halte. Dass ich stolz bin und unnahbar. Bin ich das? Ich weiß es nicht. Manchmal spüre ich eben so eine große Traurigkeit, ich weiß nicht, woher sie kommt. Als würde ich das falsche Leben leben.

Die Musik ist meine Welt, das Klavier. Aber was soll ich damit als Juniorchefin eines Sporthauses im Wald? Ich weiß nicht, was hier mein Leben sein soll. Ski verkaufen, Skischuhe verkaufen, Skibrillen verkaufen, Skianzüge verkaufen, Schlitten verkaufen, Schlittschuhe verkaufen. Und im Frühjahr dann die Wandersachen. Ist das alles?, frage ich mich.

Bestimmt geht es Dir auch manchmal so, dass Du glaubst, Du lebst im falschen Film. Du lässt es Dir bloß nicht so anmerken. Bist ein lustiger Mensch, ein starker Mann. Aber, lieber Xaver, so gern ich Dich mag: Ich fühle, dass Du nicht der Mann bist, mit dem ich mein Leben verbringen will. Ich hoffe, Du verzeihst mir, und wir können für immer gute Freunde bleiben.

Deine Elfriede

Schau, den Brief kann ich sogar mit deiner Pistole am Kopf auswendig aufsagen. Und siehst du, so eine Frau war die Elfriede. Format, sage ich. Und zwei Jahre später hat sie dann den Richtigen gefunden. Es war, als hätte sie auf ihn gewartet. Und ich war dann der Trauzeuge. Konnte ja nicht anders. Die zwei haben mich drum gebeten.

Jedenfalls. Ich habe mich immer wieder gefragt, Xaver, was hat eigentlich der Hans, was du nicht hast? Ich habe alles gekonnt, was der Hans gekonnt hat. Fesch, schneidig, nicht schlecht gebaut, sportlich, guter Fußballer. Und auch mit der Natur vertraut, Schwammerl und Kräuter und alles, und kochen kann ich auch, wenn's sein muss. Aber der Hans hat alles noch ein wenig besser gekonnt.

Wenn es dich interessiert: Meine Frau ist schon gestorben, drei Jahre ist das her. Die Lotte. Nach langer schwerer Krankheit, steht auf dem Sterbezettel. Ist auch da drin in der Schachtel. Die Dürer-Hände vorne drauf.

Eine Schönheit ist sie nicht gewesen, die Lotte. Mitgift auch nicht großartig. Aber es kommt ja sowieso auf die inneren Werte an. Da bin ich immer ganz eigen gewesen. Mehr die inneren Werte.

Nein, Kinder haben wir keine gehabt. Ich hab ja nie Kinder gewollt.

Diese Verantwortung, nichts für mich.

8. KAPITEL

Die Sonne legte sich ins Zeug, als wollte sie den gesamten Wald in Brand setzen, von der Donau bis hinein nach Tschechien. Sonntagsläuten ging über die Städte und Dörfer hinweg und verlor sich in den rot schimmernden Wäldern. In den Gotteshäusern mahnende, ermunternde, tröstende Predigten. Sogar kehlige Laute aus Afrika waren zu hören, ansonsten vor allem polnische, tschechische Gebete.

Kommissar Wolf horchte, von der hohen Warte seiner Terrasse aus, dem Glockengebimmel hinterher und versuchte, sich hineinzufühlen in die katholische Herde und ihre Hirten, während er Wäsche vom Wäscheständer nahm. Die Angst, selbst mitten hinein in diesen Mordfall zu geraten, die ihn am Abend zuvor erfasst hatte, das Grauen vor dem gepixelten Tod – alles war nur noch eine unbestimmte Ahnung an jenem Morgen.

Wolf überlegte. Ob man in Gottes Häusern auch schon Gottes Segen und Beistand erbat für Hans Lammer, Ludwig Rosenmüller, Franz Sigl, für ihre Verwandten und Freunde? Die Pressekonferenz der Passauer Kollegen war zwar erst für diesen Sonntagmittag angesetzt. Aber bestimmt hatte die Nachricht von den schrecklichen Ereignissen der vergangenen Nacht schon die Runde gemacht. Es mussten nun Beerdigungen angesetzt, Nachrufe verfasst, Predigten geschrieben, Särge gekauft, Gräber ausgehoben, Wirtsstuben für den Leichenschmaus reserviert werden.

Kurzum, es musste Sinn gestiftet werden.

Wenn der Tod noch so grausam und scheinbar willkürlich wütet, muss der Mensch ja am Ende des Tunnels das Lichtlein der Vorsehung entdecken. Sonst würde er verrückt werden.

Lammer, Sigl, Rosenmüller. Zerfallene, zerlegte, zerfetzte Körper. Wo war hier der Sinn? Vermutlich hatte sich der größere Teil der Gemeinden, die nun eigentlich gemeinsam Trauerarbeit leisten mussten, ohnehin vor dem Altar ihres Vierzig-Zoll-Flachbildschirms versammelt, wo man die Samstagsspiele der Fußball-Bundesliga erwartete.

Konrad Wolf wollte sich nicht erheben über seine Mitbrüder und Mitschwestern. Seit Jahren hatte er keine Kirche mehr von innen gesehen, und was Ayla betraf, so lebte sie letztlich genau wie er, ohne Religion. Juri wiederum fühlte sich als etwas Besonderes, weil er in der Schule als Einziger keinen Religionsunterricht besuchen musste. Aber irgendwann würde er Fragen stellen.

Lammer, Sigl, Rosenmüller. Würden sie nun gemeinsam beerdigt, schließlich gehörten sie alle drei zur gleichen Pfarrei? War die Existenz der drei Herren ausgelöscht, oder trafen sie sich in irgendeinem Jenseits am Stammtisch, sprachen sie ihre gemeinsame Geschichte durch, worin auch immer sie bestehen mochte, versöhnten sich vielleicht sogar? Oder schlugen sie einander sogar im Jenseits die Schädel ein?

Wolf faltete Juris T-Shirts und Hosen auf dem Terrassentisch, steckte Socken paarweise zusammen.

In Gedanken versunken, warf Wolf ein Sockenpaar in die Luft und versuchte, das Knäuel auf den Füßen zu balancieren wie einen Ball. Rechter Fuß, linker Fuß, dann fiel das Sockenknäuel zu Boden.

Wolf versuchte es noch einmal. Rechts, links, rechts. Ein weiteres Mal. Er fand Gefallen an dem Spiel und an der Kindheitserinnerung, die sich damit verband.

«Bah», hörte er hinter sich Juri, «warum kannst du das?»

Wolf wandte sich um. «Ich war früher mal ziemlich gut.»

«Und warum spielst du dann nie mit mir Fußball?»

Juri stand barfuß auf der Terrasse, trug noch seinen blauen Schlafanzug mit den zwei großmäuligen Haien darauf. Die Haare verstrubbelt. In den Augenwinkeln war noch das Werk des Sandmännchens zu erkennen.

«Weiß nicht», sagte Wolf, «habe irgendwann die Lust daran verloren. Außerdem finden es Frauen doof, wenn Männer Fußball spielen. Irgendwie prollig.»

«Was ist das, rollig?», fragte Juri.

Konrad Wolf lachte. Er liebte diese Gespräche mit Juri.

«Prollig, nicht rollig», erwiderte Wolf, während er dem Jungen mit der Hand durch das Drahtbürstenhaar fuhr. «Prollig, das bedeutet, dass Männer rülpsen und spucken und was man sonst noch macht, wenn man sich danebenbenimmt. Dass sie Cowboystiefel tragen, dass sie schlechte Musik hören und dass sie nicht kochen können. Prollige Männer haben einfach schlechtes Benehmen und einen schlechten Geschmack. Frauen mögen das nicht.»

Juri fixierte ihn aus seinen braunen Knopfaugen von unten herauf.

«Und warum mag dich dann Anne, ich meine, Mama?»

«Was meinst du damit?», erwiderte Wolf.

«Aber du hörst doch auch immer schlechte Musik. Alte Männer mit langen Haaren, die Gitarre spielen. Classic Rock, oder wie das heißt. Und kochen kannst du auch nicht.»

Die braunen Knopfaugen verrieten keine Spur von Spott. Ironie, das hatte Wolf in der kurzen Zeit seines Familienlebens mit Ayla und Juri gelernt, war Kindern ohnehin fremd. Der kleine Mann sah hier ein ernstes Problem für den Lebensgefährten seiner Mutter.

«Juri», sagte Wolf mit gespielter Empörung, «das ist kein Classic Rock, was ich höre. Ich habe dir das schon so oft erklärt.» Immer wieder hatte Wolf dem Kleinen YouTube-Schnipsel von Neil Young, Bruce Springsteen und U2 vorgespielt: zeitlose Musik, wie er fand, und im Unterschied dazu Deep Purple oder Boston: Geschrammel für Achtziger-Jahre-Prolls. Aber Juri hatte immer nur das Gleiche gesehen: alte, peinliche, unfassbar schlecht angezogene Männer mit schütterem Langhaar, die mit geschlossenen Augen ihre

Gitarren misshandelten und dabei mit ihren Oberkörpern wippten.

«Was du hörst, ist Classic Rock», beharrte Juri, «das sagt Mama auch. Und außerdem.» Der Junge hob seine Stimme, riss seine Knopfaugen nun ganz weit auf. «Außerdem. Günther kann kochen *und* Fußball spielen, er kann beides. Er hat mir auch schon Tricks gezeigt. Immer, wenn er zu Besuch ist, spielt er mit mir Fußball.»

Günther. Allein der Name nervte Konrad Wolf plötzlich. Günther Schweiger, der Herzchirurg, der alte Schulfreund, seit fünf Jahren geschieden, der sich mit Ayla so prächtig verstand. Nicht genug, dass Günther zusammen mit Ayla tags zuvor durch die Wälder geradelt war, während er, Wolf, zusammen mit Juri ermittelt hatte. Ayla hatte den Arzt für diesen Sonntagmittag auch noch zum Essen eingeladen. Die beiden hackten und schnipselten und schäkerten gerade in der Küche und hörten irgendwelche Orgelmusik, deshalb hatte Wolf sich auf die Terrasse verzogen. Er stand beim Kochen nur im Weg.

«Günther ist kein Fußballspieler. Er ist ein gottverdammter Geradeausläufer.» Woher kam dieser Anflug von Zorn? Dieses flaue Gefühl im Magen?

«Was ist das, ein Geradeausläufer?», fragte Juri.

«Ein Leichtathlet. Läuft stundenlang sinnlos geradeaus und kann nicht mit der Kugel umgehen.»

«Das stimmt nicht, Günther kann Fußball spielen, und Golf spielen kann er auch.»

Juri ließ nicht locker. Kinder können gnadenlos sein, wenn sie bei Erwachsenen einen wunden Punkt entdeckt haben. «Günther sagt, er nimmt mich auch mal mit zum Spielen.»

«Auf den Golfplatz? Dich?» Konrad Wolf warf das Sockenknäuel ein weiteres Mal in die Luft. Balancierte es, Badeschlappen an den Füßen, in der Luft. Linker Fuß, rechter Fuß, zehnmal, fünfzehnmal, zwanzigmal, dann schoss er das

Knäuel mit dem rechten Spann hoch und fing es mit der linken Hand auf. Drückte es Juri in die Hand.

«Jetzt versuch du mal!»

«Wahnsinn. Hast du mal in der Bundesliga gespielt?», fragte Juri, während er das Knäuel kreuz und quer über die Terrasse schoss.

«Natürlich nicht», erwiderte Wolf, «hab schon als Jugendlicher aufgehört zu kicken.»

«Und warum?»

«Erkläre ich dir später.» Wolf grübelte, ob er das wirklich erzählen sollte: dass man seiner Meinung nach etwas, was man nicht sehr gut, also nicht wirklich außergewöhnlich gut –Weltklasse fast – konnte, dass man so ein Hobby am besten gleich ganz bleiben ließ. War das wirklich eine Lehre, die man einem Kind mit auf den Weg geben sollte?

An dem Punkt stellte sich Wolf immer wieder die Frage: War er als Polizist wirklich außergewöhnlich gut, Weltklasse fast?

Und er beantwortete sie aus vollem Herzen mit Ja. Daran glaubte Konrad Wolf felsenfest.

Er begann, die Wäsche in den diversen Schränken und Kommoden zu verstauen, die sich übers ganze Haus verteilten. Juri kickte das Sockenknäuel über die Terrasse und schließlich über die Brüstung hinunter in den Garten. Er hatte die Lust verloren und verschwand.

Als Konrad Wolf den Wäscheständer von der Terrasse räumte, sah er, wie eine kleine, dürre, gebeugte Gestalt, ganz in Schwarz gekleidet, die Stichstraße heraufhastete: Frau Hallmeier auf dem Heimweg vom Gottesdienst. Die alte Frau winkte kurz, ehe sie ihr Gartentürchen aufdrückte. Mit kleinen Schritten eilte sie über die Waschbetonplatten zum Hauseingang, kramte den Schlüssel aus dem Handtäschchen, schloss die Tür auf und verschwand. Wolf winkte zurück, schüchtern, zaghaft, fast verschämt.

Konrad Wolf sah, dass Frau Hallmeier das Gartentürchen hatte offen stehen lassen. Das hatte sie noch nie getan, sonst schloss sie das Türchen immer mit Weile und Bedacht hinter sich. Wolf folgte einer plötzlichen Eingebung, vielmehr dem Auftrag des jungen Hermann und der Chefin, hastete die Außentreppe hinunter, die Auffahrt hinab, zum Gartentürchen hinein, drückte die Klingel. Einmal, ein zweites, ein drittes Mal. Dann ging er um die Ecke, zum Küchenfenster, die Vorhänge waren zugezogen. Er klopfte energisch, rief Frau Hallmeiers Namen, ging weiter zum nächsten Fenster. Überall zugezogene Vorhänge, geschlossene Jalousien.

Wolf befürchtete das Schlimmste, ohne zu ahnen, was das sein könnte, doch als er einmal ums Haus herum war, sah er die alte Frau in der geöffneten Eingangstür stehen, immer noch ganz in Schwarz.

«Was wollen Sie denn von mir?», fragte sie mit brüchiger Stimme.

Wolf sah in rot geweinte Äuglein.

«Ich wollte nur reden mit Ihnen, über Ihre Freundinnen, und die Männer von Ihren Freundinnen. Sie haben es sicher schon gehört», er räusperte sich, «ich meine, was Herrn Sigl zugestoßen ist. Und Herrn Rosenmüller natürlich.»

«Haben Sie es auch in den Nachrichten gehört? Furchtbar, furchtbar.» Sie schlug die Hände vors Gesicht, schluchzte. «Alles geht zugrunde, alles.»

«Und das alles wegen diesem Windrad, schrecklich», heuchelte Wolf.

Frau Hallmeier nickte eifrig. «Ja, dieses Windradl, das hat uns der Teufel geschickt.»

«Und diese alten Feindschaften», sagte Wolf, «die Männer bekriegen sich, und die Frauen müssen es ausbaden.»

«Wie meinen Sie das jetzt?» Ein misstrauischer Blick traf ihn.

«Drei Tote in so kurzer Zeit. Und die Frauen trauern. Frau

Lammer, Frau Rosenmüller, Frau Sigl. Ihre Freundinnen, Frau Hallmeier.»

«Furchtbar, furchtbar, alles so kurz nacheinander», nahm Frau Hallmeier die Vorlage auf. «Erst findet man den Hans, und dann die zwei alten Deppen, die keine Ruhe geben konnten mit ihrem Streit. Und jetzt sind sie tot. Wie manchmal alles zusammentrifft im Leben. Der Herrgott wird schon wissen, warum das alles so sein muss.» Sie schüttelte den Kopf. «Mei, mei.»

«Frau Hallmeier, glauben Sie wirklich, dass das Zufall ist? Erst die Hüfte von Hans Lammer, dann ein paar Tage später der Mord und der Selbstmord. Da könnte man glatt auf die Idee kommen: Das eine hängt mit dem anderen zusammen. Da könnte man fast meinen, Herr Rosenmüller und Herr Sigl sind tot, weil man Hans Lammer gefunden hat.»

«Und wie soll das zusammenhängen?», fragte sie. «Entschuldigen Sie die Frage, Herr Wolf, aber ich bin eine alte Frau und komme manchmal nicht mehr mit.» Die rot geweinten Äuglein sahen höchst wachsam aus jetzt.

«Ich hatte gehofft, Sie könnten mir das vielleicht erklären», sagte Wolf, lächelnd, so harmlos wie es nur ging.

«Jetzt müssen Sie mir aber schon erklären, warum Sie wirklich zu mir gekommen sind, Herr Wolf. Arbeiten Sie jetzt wieder als Polizist?» Von Trauer und Bestürzung war nun nichts mehr zu spüren.

«Überhaupt nicht», wehrte sich Wolf. «Das Ganze geht mich nichts an. Ich dachte nur, dass Sie vielleicht Zuspruch gebrauchen könnten. Außerdem habe ich, ehrlich gesagt, Angst, dass das alles noch nicht zu Ende ist. Dass es noch mehr Tote gibt in diesem Fall.» Der reinste Bluff, es war ein Versuch.

«Jesus und Maria, noch mehr Tote, wie kommen Sie denn darauf?» Frau Hallmeier schlug wieder die Hände vors Gesicht.

«Nur so eine Ahnung, Frau Hallmeier. Ich hoffe, ich täusche mich. Aber wenn Sie etwas wissen, dann sagen Sie es bitte der Polizei.»

«Was soll denn noch sein? Jetzt sind wir alle Witwen, alle fünf von unserer Damenrunde.»

«Wer ist denn eigentlich die fünfte Frau in Ihrem Kreis, Frau Hallmeier?» Wolf hätte die Frage beinahe vergessen.

«Ja, haben Sie die nicht erkannt? Die Klara. Die Bergmann Klara.» Frau Hallmeier klang empört, gerade so, als habe Konrad Wolf die Bundeskanzlerin nicht erkannt. Dabei hatte er nicht die geringste Erinnerung an die Frau..

«Und wieso sollte ich Frau Bergmann kennen?», fragte er.

«Ja, jetzt glaub ich's aber, die alte Chefin von unserem Sägewerk, die kennt man doch.» Frau Hallmeier schien die Verblüffung aus Konrad Wolfs Gesicht zu lesen. «Genau, von dem Sägewerk, das in der Mittwochnacht gebrannt hat. Ist es nicht verrückt, was alles zusammenkommt momentan, lieber Herrgott. So viel Unglück. Wissen Sie was, mir ist das alles zu viel. Ich muss mich jetzt hinlegen.»

Konrad Wolf holte tief Luft.

«Aber Sie halten weiter zusammen, Sie fünf Frauen, trotz Mord und Totschlag?»

«Wie Pech und Schwefel, Herr Kommissar, da können Sie Gift drauf nehmen. Und jetzt entschuldigen Sie mich bitte.» Frau Hallmeier zog die Tür zu.

Konrad Wolf wählte, noch während er zurück zu seinem Haus ging, die Mobilnummer des jungen Hermann. Eine überaus müde Stimme meldete sich, und Wolf erstattete sofort Bericht. Die fünfte Frau sei Klara Bergmann, die Oma vom Sägewerk, das am Mittwoch in Flammen aufgegangen war. Stille in der Leitung, dann ein heiseres Lachen.

«Sie wollen mich verarschen, Herr Wolf, oder?»

«Kein Witz.»

«Das gibt's ja gar nicht. So viel Unglück in einem Damenkränzchen», sagte Hermann. «Sind das fünf Hexen, oder was?»

«Fünf nette, ältere Damen, Herr Kollege.»

«In welcher Beziehung die alte Bergmann zu den anderen vier Frauen steht, was ihr Mann mit den anderen Männern zu tun hatte, wie er gestorben ist ...» Hermann seufzte.

«Das müssen Sie jetzt leider selbst herausfinden. Und was war die Brandursache am Mittwoch?»

«Kurzschluss, soweit ich weiß, keine Anzeichen für Fremdverschulden. Aber natürlich müssen wir uns das noch mal anschauen.»

«Müssen Sie wirklich?», fragte Wolf. «Sie haben doch einen klaren Fall.»

«Glasklar eigentlich. Wir haben die ganze Nacht gearbeitet. Alles passt zusammen. Ein Mörder, der sich selbst die Kugel gibt. Alte Feindschaft und ein Windrad. Wir haben Sigl auf der Telefonliste von Rosenmüller, wie haben seine Reifenspur. Er war auf dem Rachel am Donnerstag. Und was Sie noch gar nicht wissen: die Decke, die Werkzeuge, die wir in der Sigl-Werkstatt gefunden haben – eindeutig mit dem Blut von Ludwig Rosenmüller. Gleich geben wir alles an die Presse. Aber diese fünf Frauen gehen mir nicht aus dem Kopf.»

«Haben Sie denn mit Frau Sigl gesprochen über den toten Hans Lammer und ob es da eine Verbindung gibt?»

«Ja, natürlich haben wir das.» Der junge Hermann schien ärgerlich zu werden. «Aber sie sagt, sie weiß nichts, sie kann sich nichts erklären, und ihr Mann ist unschuldig, natürlich. Vielleicht sollten wir sie gleich alle fünf festnehmen. Wegen Hexerei.»

Noch einmal ein heiseres Lachen in der Leitung, im Hintergrund das Geklirr von Kaffeetassen, ein Gewirr von Stimmen. Wolf glaubte, die Chefin herauszuhören. Später Sonntagvormittag, Ermittlungen auf Hochtouren, an Schlaf nicht zu denken, das Wochenende dahin. Und Wolf wünschte sich, er wäre Teil dieses Betriebs.

«Wollen Sie kurz zum Essen bei uns vorbeischauen?», fragte er. «Bei uns wird gerade gekocht.»

«Keine Zeit, tut mir leid.»

«Ein andermal vielleicht», erwiderte Wolf, doch Hermann hatte schon aufgelegt.

Sonntagsmuße, Sonntagsdüfte, Sonntagsessen. Konrad Wolf atmete tief durch, ehe er zurück ins Haus ging, wo ihn ein Bouquet von feinen Gerüchen umfing. Sonntagsschwermut erfasste ihn. Familienleben, Wolf fühlte sich fehl am Platze. Unzulänglich.

Er hätte nicht sagen können, was Ayla und Günther auf den Tisch gebracht hatten. Nur die Rote Bete blieb ihm in Erinnerung. Er hielt das Gemüse, das er seit seiner Kindheit nur als «Rahner» kannte, immer noch für ein Arme-Leute-Essen. Nun durfte er erfahren, dass es, fein geschnitten, als Carpaccio der letzte Schrei war.

Dernier cri, wie Günther es ausdrückte.

Konrad Wolf hatte Mühe, seinen Zorn auf den alten Schulkameraden im Zaum zu halten. Der kahl rasierte, braun gebrannte Schädel, das Asketengesicht mit den tiefen Lachfalten. Die rote Designerbrille, das grüne Polohemd mit dem Krokodil, die rote Cordhose, die schwarz-weißen Schuhe, wie sie Golfer tragen. Wolf ließ zwischen Vorspeise und Hauptgang die Gabel fallen, um sich unter den Tisch bücken und nachsehen zu können, ob Günther wirkliche Golfschuhe trug, mit Spikes. Aber es war nur der Golfschuhstyle, mit dem Günther sein Image pflegte. Das reinste Klischee vom Snob, vom Parvenü.

Wie konnte Ayla bloß darauf hereinfallen? Offenes Haar, weiße Bluse, Bluejeans, barfuß. Wie der frische Frühlingsmorgen strahlte sie, plauderte, verteilte Essen, schenkte nach, speiste ein weiteres Orgelkonzert in den CD-Player ein.

Juri schien sich glänzend zu amüsieren in dem Kreis, aß artig und ohne zu motzen selbst Salat und Gemüse, unterhielt die Runde mit seinen Geschichten von dicken Lehrerinnen, doofen Klassenkameradinnen – und kam natürlich auch auf den Classic Rock zu sprechen, der nur etwas für alte Männer sei. Also für Konrad.

Man war bei der Nachspeise angelangt, irgendwas Cremiges mit Schokolade, und Juri sagte feierlich:

«Ich glaube, Konrad ist ein Proll.»

Drei Augenpaare richteten sich auf Kommissar Wolf, in jedem der zugehörigen Gesichter glaubte Wolf den Spott zu erkennen. Dazu spielte die Orgel, möglicherweise Bach, jedenfalls *nicht* Toccata und Fuge in d-Moll, das einzige Orgelwerk, das Konrad Wolf kannte.

Der alte Minderwertigkeitskomplex, kurz vor der Explosion. Wolf kämpfte gegen den Drang, den Tisch umzukippen, ins Schlafzimmer zu stürmen, den Kleiderschrank auszuräumen, seine Tasche zu packen und das Weite zu suchen, wortlos, voller Verachtung, auf Nimmerwiedersehen. Er atmete tief durch, drei Mal, und bekam sich wieder in den Griff.

«Juri», sagte er ganz ruhig, «du bist mir ein echter Freund.» Der Junge schaute erschrocken; selbst mit seinen acht Jahren spürte er die schlechten Schwingungen, die sich rund um den Tisch ausbreiteten.

«Das ist ja auch nicht schlimm», schaltete sich Doktor Günther ein. «Jeder Mann sehnt sich in jungen Jahren danach, Rockmusiker zu werden. Laute Musik, Frauen, wildes Leben, viel Geld, viel Alkohol. Das legt sich, früher oder später.» Doktor Günther schaute Wolf grinsend an und fügte hinzu: «Meistens.»

Wieder wallte Konrad Wolfs Minderwertigkeitskomplex auf, noch heftiger also zuvor, verbunden mit Selbstmitleid, mit dem Drang, dem Rivalen, also Günther, gleich Frau und Kind und Tisch und Bett anzubieten. Offenbar war der Herr

Doktor öfter hier zu Gast, als Wolf wusste. Sollte doch er dem Jungen Fußball beibringen, und Golf gleich dazu. Wolf holte ganz tief Luft diesmal, aber es half nichts.

Er legte den Dessertlöffel weg, schob unter großem Getöse den Stuhl zurück. Ein Moment, in dem ein Leben eine abrupte Wendung nehmen kann. Sonntagsschwermut in Verbindung mit Eifersucht hat schon so manche Liebe ruiniert.

In jenem Augenblick schaltete sich Ayla ein. «Johann Sebastian Bach war auch ein rechter Säufer, ohne Bier hätte der keine h-Moll-Messe zustande gebracht. Und geldgeil war er auch», sagte sie mit glockenheller Stimme. «Und Juri, erzähl doch mal, was du gestern mit Konrad unternommen hast.» Ayla hatte sich dem Kleinen zugewandt, schielte aber zu Wolf hinüber und zwinkerte ihm zu.

Während Juri ausführlich von den Ermittlungen erzählte, von dem geheimen Gespräch mit dem Tierpräparator, von dem nächtlichen Zugriff, und dass natürlich alles nur eine Übung gewesen sei – während Juri also erzählte, dachte Wolf, dass dem Leben in diesem Haus doch etwas Verlässliches zugrunde liegen könnte.

Dass er dieser Frau, dieser kleinen Familie, diesem Leben vertrauen sollte.

Ayla sah Wolf an, während Juri erzählte und Doktor Günther die Erzählung mit Ahs und Ohs kommentierte. Sie lächelte ihn an, und als er zurücklachte, schmachtete sie ihn an, und als er zurückschmachtete, begann sie zu schielen, ihre Augen auf die Spitze ihrer verwegen geschwungenen Nase gerichtet, und er begann zu kichern.

«Ihr seid doof», empörte sich Juri, «ihr hört mir überhaupt nicht zu.»

«Entschuldige», sagte Ayla, «aber Konrad ist ein alter Griesgram, den muss man manchmal aufheitern.»

«Du machst dich lustig über mich», erwiderte Juri.

«Tu ich nicht», sagte Ayla.

«Tust du doch», sagte Juri, «du hast über mich gelacht.»

«Nein, Juri, jetzt …»

«Doch. Du lügst.» Juri warf seinen Dessertlöffel auf den Tisch, rückte unter großem Getöse den Stuhl zurück und stürmte davon.

«Du bleibst gefälligst hier!», rief Ayla, und als er sich nicht bremsen ließ, stürmte sie hinterdrein, ohne sich um die beiden Männer am Tisch zu kümmern.

«Ayla hat es auch nicht leicht mit euch beiden, mal ist der eine beleidigt, mal der andere. Zwei Kindsköpfe», sagte Doktor Günther. Und nach einer kurzen Pause: «Du weißt, dass du diese Frau nicht im Geringsten verdient hast?» Bachs Orgel im Hintergrund schwoll an.

«Das ist mir sonnenklar», sagte Wolf leichthin, «aber was will man dagegen machen? Sie liebt *mich*.» Dazu setzte er sein Blenda-Lächeln auf.

Doktor Günther schwieg. Wolf glaubte zu erkennen, wie die blasierte Fröhlichkeit aus dem Asketengesicht seines Schulfreunds verschwand, vielleicht war aber auch nur der Wunsch der Vater des Gedankens.

Doktor Günther hatte alles. Sein Haus. Sein Auto. Sein Boot. Sein glänzendes Aussehen bis hin zu den mit absurdem Aufwand manikürten Chirurgenfingerchen. Er hatte die Manieren, das Prestige, das Auftreten. Er hatte eine Exfrau und bestimmt tausend Frauen, die ihn anhimmelten und einziehen wollten in die Doktor-Günther-Villa.

Aber Konrad Wolf war überzeugt davon, dass Doktor Günther eine ganz bestimmte Frau ins Auge gefasst hatte für seine Villa.

Und der Gedanke allein machte Konrad Wolf rasend.

Was hatte er aufzubieten, abgesehen von seinem Blenda-Lächeln, für das Filmstars ein Vermögen ausgeben mussten? Was hatte er diesem Doktor Schweiger entgegenzusetzen, der Herzen operieren und Haute Cuisine kochen und Golfbälle schlagen und auf Berge biken und Marathon laufen, ja offenbar jetzt sogar Fußball spielen konnte?

«Du bist ein seltsamer Kauz», sagte Doktor Günther, «auf den ersten Blick der langweiligste Kerl von der ganzen Welt. Aber dann läuft dir die attraktivste Frau zu, die ich kenne.»

«Und du hättest sie auch gerne?», fragte Wolf, aber Doktor Günther tat so, als habe er die Frage nicht gehört.

«Und dann tauchst du mit dem Hüftknochen von Herrn Rosenmüller in deinem Rucksack bei uns im Krankenhaus auf.» Eine kurze Pause, und die Lachfalten in seinem Gesicht gruben sich nun wieder so tief wie der Grand Canyon. «Sag, was steckt denn wirklich hinter der Geschichte mit Ludwig Rosenmüller?»

Konrad Wolf sah auf seine Uhr. Es ging auf halb eins zu. Die Pressekonferenz in Passau lief bereits, und die Nachricht von den seltsamen Ereignissen im Bayerischen Wald würde bald die Runde im ganzen Land machen.

Er wagte sich ausnahmsweise an die Espresso-Maschine, füllte zwei Tassen mit schwarzer Brühe, bat seinen Doktor-Freund Günther hinaus auf die Terrasse. Dort erzählte er die Geschichte bis ins kleinste Detail, während er immer wieder hinunter in den Garten schaute, wo Ayla mit Juri Fußball spielte. Sie stand im Tor, das von zwei ins Gras gerammten Ästen markiert wurde. Ihre weiße Bluse war an der Hüfte schon grün verfärbt.

«Ihr habt bestimmt schon den Tisch abgeräumt, ihr großen Jungs da oben», rief Ayla.

«Klar», log Doktor Günther. «Was denkst du denn», ergänzte Wolf. Er sparte in seiner Erzählung den Selbstmord des alten Präparators Sigl nicht aus, ebenso wenig die Tatsache, dass selbst die ermittelnden Beamten sich wunderten, wie leicht Franz Sigl als Mörder zu überführen gewesen war. Gerade so, als hätte er sämtliche Spuren, die zu ihm führten, mit Absicht gelegt.

«Aber gerade das ergibt doch einen Sinn», sagte Doktor Günther. «Der Mann hat den Mord an seinem Erzfeind inszeniert und auch den Selbstmord. Ein großer Abgang für ein großes Publikum.»

Wolf fand, das sei ein kluger Gedanke, ein sehr kluger sogar. Aber das wollte er in seiner Sonntagsschwermut keinesfalls eingestehen. Vielmehr beschwor er die Gefahr, hier könne, ausgelöst durch den Fund des Skeletts von Hans Lammer, eine alte Geschichte von tödlichem Hass wieder in Gang gesetzt worden sein. Und möglicherweise, sagte Wolf, sei der letzte Blutstropfen noch gar nicht verspritzt, und alles komme noch viel schlimmer.

«Du bist der Fachmann», sagte Doktor Günther, «aber eigentlich dachte ich, bei der Polizei gibt es diesen Spruch: *Cui bono?*»

«Du meinst, wem der Mord nutzt? Natürlich denke ich schon die ganze Zeit darüber nach.» Das war eine glatte Lüge, denn Wolf war, warum auch immer, versessen auf das Motiv einer archaischen Gewalttat, die keinen Nutzen kannte.

Cui bono?

Da fielen Konrad Wolf spontan zwei Männer ein. Rosenmüller junior und Sigl junior. Der eine erbte nun wohl das Hotel, konnte es zusammen mit seiner Frau nach seinen eigenen Vorstellungen führen und sich verabschieden von der Klage gegen den Windpark. Die schweratmige Oma Rosenmüller würde nicht die Kraft haben, die Causa fortzuführen. Und der andere, Sigl junior, war befreit vom Schatten des Vaters, und dessen Investition in den Windpark würde sich nun wohl bald auszahlen. Die beiden Söhne konnten die alte Feindschaft buchstäblich zu Grabe tragen.

Konrad Wolf kam nun aber nicht mehr dazu, von der Rosenmüller-Familie zu erzählen. Von dem teigigen Sohn, von der Schwiegertochter im Dirndl mit dem beachtlichen Dekolleté, von den drei wieselgleichen Kindern, von der wuchtigen Oma, festgewachsen in ihrem Fernsehsessel, deren langes, hartes, arbeitsreiches Leben gegen Ende hin in einem Meer von Blut absoff.

Was nun über den Bayerischen Wald hereinbrach, war ein gutes Beispiel für den alten Spruch, dass Taten tausendmal lauter sprechen als alle Worte.

Es war ein Tosen und Beben, als sei die Erde aus ihrer Umlaufbahn geraten, als habe sie der liebe Gott angestupst mit seinem Zeigefinger, aus Zorn über das blutige Treiben der Menschen. Ein Tosen und Beben, ein Rütteln und Schütteln, ein Donnern und Grollen, das über den rot leuchtenden Wald hinwegging und die Wipfel der Bäume ebenso schüttelte wie die Holzständer, auf denen Aylas Holzhaus lagerte.

Das Haus geriet beinahe so heftig in Bewegung wie am Freitagabend, als Ayla zum ersten Mal vor Wolfs Nase die Tür zugeschlagen hatte, aber wirklich nur beinahe so heftig.

Auf der Terrasse sprang Doktor Günther Schweiger auf. Konrad Wolf blieb sitzen, wie unbeteiligt, fast amüsiert. Er merkte nun, er hatte kein Trauma erlitten bei dem großen Rumms, der Explosion, deren Druckwelle ihn ziemlich genau zwei Jahre zuvor beinahe das Leben gekostet hatte. Im Vergleich dazu empfand er das Grollen als laues Lüftchen. Keine Druckwelle, bloß ein Rütteln, als habe ein Kampfjet die Schallmauer durchbrochen, aber dafür war der Lärm nun doch wieder zu gewaltig. Im Garten klammerte sich Juri an Ayla, die zwar ein wenig erschrocken, aber doch auch fasziniert von dem großen Tosen zu Kommissar Wolf hochsah.

Sie lächelten einander an.

Konrad Wolf meinte, auch noch ein Quietschen, ein Ächzen, ein Kreischen zu hören, als würden gewaltige Mengen an Stahl oder Eisen bersten. Das erschien eigentlich unmöglich angesichts der Entfernung zum Ort der Explosion. Aber Konrad Wolf konnte sich in jenem Augenblick sogar vorstellen, wie gerade ein Wunderwerk der Technik kreischend zu Boden stürzte.

Zwei Stunden zuvor noch das Sonntagsgeläut, nun das Sonntagsinferno. Und danach die Sonntagsgrabesruhe.

Es dauerte eine Weile, ehe die Vögel des Waldes wieder ihren Gesang aufnahmen. Frau Hallmeier zog die Jalousie vor ihrem Küchenfenster hoch und stieß das Fenster auf. Wolf sah, wie ihr lila Lockenköpfchen wackelnd in der Fensteröffnung erschien, sah ihr Gesicht aus Runzeln und Falten, sah, wie sie kurz Witterung aufnahm, dann wieder verschwand, die Vorhänge zuzog, die Jalousie herunterrattern ließ.

Doktor Günther stand immer noch in Schockstarre, Juri verharrte an die Hüfte seiner Mutter geklammert. Ayla rief zu Kommissar Wolf herauf: «Hast du eine Ahnung, was der Krach zu bedeuten hat?»

«O ja, mein Liebling, das habe ich», erwiderte Wolf. «Jetzt geht hier der Krieg so richtig los. Kommst du mit?»

Zwanzig Minuten später machten sie sich auf den Weg. Ayla hatte zunächst gezögert, weil Juri von dem Knall zu Tode erschrocken war. Aber Doktor Günther hatte angeboten, bei dem Kleinen zu bleiben, mit ihm Fußball zu spielen, Gespräche unter Männern zu führen.

«Juri und Günther verstehen sich offenbar blendend», sagte Wolf, während er Aylas kleines blaues Auto Richtung Schellenberg lenkte.

«Das tun sie», erwiderte Ayla, «und du bist dir sicher, der Lärm kam vom Windrad?» Wolf nickte.

Sie hatten geplant, vom Auto aus einen Blick auf den Schellenberg zu werfen, doch sie kamen gar nicht mehr so weit, mussten im Waldstück davor anhalten. Auf der engen Straße hatte sich ein Stau gebildet. Verlassene Fahrzeuge waren auf dem Grünstreifen geparkt. Auch Wolf ließ das Auto stehen, hastete mit Ayla den Berg hinauf, während er hinter sich anschwellendes Sirenengeheul hörte. Polizeiautos kamen näher, Ayla und der Kommissar ließen sie passieren, liefen weiter, gelangten aus dem Wald hinaus, erreichten die erste Gruppe von Gaffern.

Den Kopf in den Nacken gelegt, den Blick nach oben gewandt, standen die Leute neben der Straße, murmelten das Wort Wahnsinn, sahen hinauf auf den Berg, der in einen leichten Schleier aus Dunst gehüllt war.

Einige hatten Ferngläser dabei, Konrad Wolf lieh sich eines von einem älteren Touristen-Pärchen.

«Kinder, Kinder, hier is' aber watt los bei euch im Wald», sagte der Mann, als er Wolf das Fernglas reichte, er trug einen beigefarbenen Knautschhut auf seinem feisten Schädel.

«Menschenknochen auf den Bergen, gesprengte Windräder», sagte die Frau, während sie ihre Teleskop-Wanderstücke schwenkte, «ihr seid aber ein lustiges Völkchen.»

Durch das Objektiv sah Wolf den Bergrücken, wie ihn Gottes Hand geschaffen hatte. Wo zuvor der Turm des Windrads sechzig Meter aufgeragt war und Rotoren in einem Durchmesser von sechzig Metern gekreiselt hatten, war der Blick nun wieder frei. Als habe sich der Berg einmal kräftig geschüttelt und von einer Last befreit. Nicht einmal mehr ein Stumpf des Windradturms ragte aus dem Boden, lediglich das Fundament war noch an seinem Platz, 700 Tonnen Beton. Der Turm hatte sich eine Schneise in den Wald geschlagen, Fichten geknickt wie Streichhölzer. Nun lag er, immer noch in einem Stück, in einer Kuhle, die er sich selbst geschaffen hatte.

«Darf ich auch mal?», fragte Ayla.

Wolf reichte ihr das Fernglas.

«Saubere Arbeit», war ihr erster Eindruck, «und der Turm zeigt genau auf das Hotel Rosenmüller.»

Die Trümmer des Generators und der Rotoren waren wohl wie Geschosse in den Wald hineingeflogen, dort aber gebremst worden von den Bäumen. Andernfalls hätten sie vermutlich noch die Rückseite des Hotels Rosenmüller getroffen und auch das alte Wohnhaus, in dem Oma Rosenmüller wohl kräftig durchgeschüttelt worden war in ihrem Fernsehsessel.

Bloßen Auges erkannte Wolf ameisengroß Feuerwehrleute mit ihren Helmen und Polizisten in Uniform. Sie eilten mal hierhin, mal dahin, als sei größte Eile geboten, als sei noch irgendetwas zu retten. Ein Polizeihubschrauber knatterte heran, schwenkte und kreiselte über dem gefallenen Windrad wie eine nervöse Wespe.

Neuerlich bahnte sich eine Kolonne von Polizeiautos mit Blaulicht den Weg zum Schellenberg, Wolf glaubte in einem der Autos Hermann am Steuer zu erkennen und daneben das Lockendickicht der Chefin.

Das Windrad war während der Pressekonferenz zum Fall Rosenmüller gesprengt worden, es wirkte wie eine Provokation.

«Was meinst du, was hier los sein wird in den nächsten Tagen», sagte Wolf zu Ayla.

Hier ging es um Ideologie. Um Glaubensfragen. Ums große Ganze. Und um einen archaischen Mord. Das war Stoff für Sondersendungen im Fernsehen und Titelgeschichten in politischen Magazinen.

«Blutiger Krieg um Windenergie», dichtete Ayla.

«Windkraftbefürworter massakriert Windkraftgegner», hielt Wolf dagegen.

«Windkraftgegner sprengt Windrad in die Luft», konterte Ayla.

«Alter Leichenfund löst Welle der Gewalt im Bayerwald aus», lautete Wolfs letzter Vorschlag.

In einem Mannschaftswagen waren mittlerweile Bereitschaftspolizisten zum Schellenberg gekarrt worden. Sie begannen, den Tatort weiträumig abzusperren, Schaulustige zu vertreiben. In einer Gruppe von Menschen, die den Berg heruntertrottete, erkannte Wolf schon von weitem die rote

Mähne, den wilden roten Bart, den Ranger in seinem Poncho, in der Rechten den Wanderstock.

Mit großer Geste winkte er Wolf und Ayla zu, und Wolf rief ihm entgegen:

«Und, bist du jetzt zufrieden?»

Da erstarb sofort das Lächeln in Theos Gesicht.

«Wieso sollte ich zufrieden sein? Eine Katastrophe ist das. Mord und Totschlag und jetzt auch noch das. Die ganze Welt denkt, die Leute im Wald sind total übergeschnappt.»

Wolf fragte sich, warum Theo dann so überaus strahlend den Berg heruntergefedert war.

«Bist du im Dienst?», fragte ihn Ayla.

«Bin doch immer im Dienst, schöne Frau», erwiderte Theo. «Hatte eine kleine Führung, drüben auf dem Schafsberg.» Er deutete auf den Buckel gleich neben dem Schellenberg.

«Und hast du gesehen, wie es passiert ist, schöner Mann?», fragte Ayla.

«Das war ein Krach, sage ich dir. Was meinst du, wie ich erschrocken bin, ich und die ganze Wandergruppe. Aber andererseits. Majestätisch irgendwie. Der Krach. Dann die Wolke, die rund um das Fundament aufsteigt. Und dann kippt dieses Riesending ganz langsam um. Wie in Zeitlupe. Und dann noch einmal der Rumms, wie der Turm im Wald einschlägt.»

Majestätisch also. Fast beneidete er Theo um das Erlebnis. Und er fragte sich, ob irgendein Tourist genau in jenem Augenblick seine Handykamera auf das Windrad am Schellenberg gehalten hatte, als der Sprengstoff gezündet wurde, und ob es im Internet und im Fernsehen bald Bilder vom Fall des Windrads geben würde, genau wie es damals Bilder vom Einschlag der Flugzeuge in New York und vom Einsturz des World Trade Center gegeben hatte. Es waren ja mittlerweile noch viel mehr Handys mit Kamera im Umlauf als im Jahr 2001. Andererseits wurde vielleicht in Birkenau, Gemeinde Gratterszell, doch weniger gefilmt als in Manhattan, New York City.

«Theo, du bist ein Phänomen», sagte Ayla. «Du bist ein Phänomen. Führst deine Wandergruppe genau zur richtigen Zeit an den richtigen Ort, um zu sehen, wie das Windrad umfällt.» Sie sagte das leichthin, im neutralen Ton einer Ärztin, die eine Diagnose stellt.

«Ich bin halt ein echter Waidler», erwiderte Theo, «mir entgeht nichts, was bei uns passiert.»

«Dann weißt du ja bestimmt auch, was dahintersteckt», erwiderte Wolf. «Ist das die Rache für den Mord am Rosenmüller? Oder eine Warnung an die Windkraft-Leute?»

«Mit so einem Schmarrn beschäftige ich mich nicht», sagte der Ranger barsch, «damit sollen sich die Polizisten und die Zeitungsschreiber befassen.» Er zögerte, bebte vor Zorn. «Wenn du mich schon fragst. Natürlich hoffe ich, dass das unserem Bürgermeister eine Warnung ist. Andererseits, für den Windpark hätte ja die kleine Anlage sowieso abgerissen werden müssen. Das ist jetzt erledigt. Wahrscheinlich bauen sie die große Anlage jetzt extra schnell.» Theo winkte ab mit der Geste eines Mannes, der alles schon erlebt hat und von der Welt nichts mehr zu erhoffen wagt. «Weißt du was, ich gehe jetzt heim zu meiner Frau und meinen Kindern. Und euch noch einen schönen Sonntag!»

Und weg war der Ranger, die massige Gestalt im wehenden Poncho, ein wenig schief und auf den Wanderstock gestützt.

«Theo macht mir manchmal Angst», sagte Ayla.

«Ein Waidler halt», erwiderte Wolf, «aber Theo ist harmlos. Und jetzt schau mal in diese Richtung.» Wolf deutete den Hang rechts hinauf, wo das Gehöft der Familie Sigl in trügerischer Ruhe lag. «Dort oben wohnen die Sigls.»

Ayla schüttelte den Kopf. «Verrückt, so nah zusammen

alles. Der Mörder, der Ermordete, das Windrad. Und zumindest der Mord ist jetzt geklärt?»

«So sieht es eigentlich aus», erwiderte Wolf.

«Eigentlich?», fragte sie.

«Es ist alles fast zu klar, alle Spuren sind fast zu eindeutig.» Er atmete tief durch. «Du wirst es nicht glauben, die Kollegen haben mich um Hilfe gebeten.»

«Dich?» Ayla sah ihn verdutzt an. «Ich dachte, die mögen dich nicht.»

«Das mag schon sein», sagte Wolf. «Aber sie haben den Verdacht, dass hinter der Sache mehr steckt als nur die alte Feindschaft zwischen Rosenmüller und Sigl, und mehr als nur der Streit um die Windkraft. Sie glauben, dass das Motiv noch weiter zurückreicht, und fürchten wohl, dass noch mehr passiert. Deshalb soll ich mich bei unseren alten Damen umhören.»

«Ja dann nichts wie hin», erwiderte Ayla. «Komm mit, wir sprechen jetzt mit Frau Sigl.»

Sie zupfte ihn am Ärmel, zog ihn mit sich.

Sie ließen das Trümmerfeld der Windenergie und die staunenden Zuschauer hinter sich, stürmten zurück in den Wald, vorbei am kleinen blauen Auto. Ayla fand ein Schild, das Wanderern den Weg zum «Tiermuseum Sigl» wies.

«Was willst du Frau Sigl denn fragen, und mit welchem Recht?» Wolf hatte Mühe, Schritt zu halten.

«Hab dich nicht so», erwiderte sie. «Wir sind Bekannte. Wir sprechen unser Beileid aus. Wir fragen, ob wir helfen können. Das macht man so bei uns auf dem Land.»

«Aber die Frau trauert, sie hat gerade ihren Mann verloren», protestierte Wolf.

Ayla blieb stehen. «Gerade deswegen gehen wir jetzt zu den Sigls. Du hast selbst gesagt, es könnte noch mehr Unglück geschehen. Es wird Zeit, dass jemand ernsthaft mit den Damen redet.»

Nach zwanzig Minuten Fußmarsch erreichten sie das Anwesen der Familie Sigl von der Rückseite her. Um das alte Wohnhaus und die Werkstatt verlief rot-weißes Absperrband. Auf dem riesigen Parkplatz verlor sich ein Streifenwagen, darin ein Beamter, der die Stellung gehalten hatte, obwohl in unmittelbarer Nähe gerade das Inferno losgebrochen war.

Er wuchtete seinen Körper aus dem Auto, als sich Ayla und Wolf näherten, fragte nach ihrem Anliegen und winkte sie durch wie ein Verkehrspolizist. Er würdigte sie keines Wortes, als sie am Tiermuseum vorbei zum Wohnhaus der jungen Familie Sigl gingen.

Wie tags zuvor drückte Wolf den Klingelknopf, wieder ertönte ein Bimbam, das so manchen Toten zum Leben erweckt hätte, bestimmt aber nicht mehr Herrn Sigl senior.

Wieder öffnete der Mann mit dem schütteren Haar und dem Seehundbart die Tür. Er trug wie tags zuvor sein rotes Bayern-Trikot und die Jogginghose, seine Kleidung der Wahl für gute wie für schlechte Zeiten.

«Sie schon wieder», sagte er, «was wollen Sie denn?»

«Mit Ihrer Mutter reden», erwiderte Wolf.

«Schauen Sie, dass Sie verschwinden. Wir haben genug von der Polizei.»

Bevor er die Tür zuwerfen konnte, schaltete Ayla sich ein.

«Herr Sigl, bitte, fragen Sie Ihre Mutter, ob sie nicht doch mit uns reden mag. Es ist wirklich wichtig. Vielleicht können wir Ihnen helfen.»

Dieser Ton in ihrer Stimme, dieser Blick in ihren Augen, alles völlig fremd für Konrad Wolf. Sehr fürsorglich und doch äußerst bestimmend. Es sprach die Ärztin zum Patienten.

Der junge Sigl machte wortlos Platz.

Der Geruch von alten Schuhen und nasser Kleidung schlug ihnen entgegen, als sie in den Flur traten. Der junge Sigl wies ihnen die Tür zur Wohnküche. Hell und großzügig, der Blick durch die Fensterfront ging durch den Obstgarten hinauf zum Schellenberg. Man konnte erahnen, wo das Windrad im Wald begraben lag. Drei Hubschrauber kreisten mittlerweile über der Stelle.

«Wahrscheinlich wird man uns das auch noch anhängen», sagte der Sigl-Sohn, nach draußen deutend.

«Haben Sie etwas gesehen?», fragte Wolf.

«Gesehen nicht, aber gehört, was glauben Sie? Ich dachte, das ganze Haus fällt um. Aber die Oma hat nichts gehört, schauen Sie. Der Arzt hat ihr Tabletten gegeben.»

Erst jetzt entdeckte Wolf die alte Frau Sigl. Eine kleine, dünne Frau, versunken in der ockerfarbenen Sofalandschaft, eingehüllt in eine rote Wolldecke, die bis an ihr Kinn heranreichte. Unter dem Kinn gebunden ein schwarzes Kopftuch. Sie schlief mit halb geöffnetem Mund, scharf zeichneten sich die Wangenknochen unter ihrer papiernen Haut ab. Ein Hauch von Mensch nur noch, und Konrad Wolf konnte nicht anders, als an eine Leiche zu denken.

«Welche Medikamente hat sie genommen?», fragte Ayla.

Der junge Sigl zeigte auf eine blaue Tablettenschachtel, die auf dem Wohnzimmertisch lag.

«Und wie viel hat sie davon genommen?» Ayla wendete die Schachtel.

«Eine», sagte der junge Sigl. «Sie hat die ganze Nacht nicht geschlafen. Deshalb haben wir heute den Arzt gerufen. Der hat ihr das Zeug verschrieben.» Er zupfte seiner Mutter die Decke zurecht.

«Da wird sie so schnell nicht aufwachen», sagte Ayla.

«Wahrscheinlich will sie auch gar nicht mehr aufwachen», erwiderte Sigl. Er setzte sich neben seine Mutter, rieb sich mit den Händen das Gesicht. Aus geröteten, wässrigen Augen schaute er Wolf und Ayla an.

«Brauchen Sie Hilfe?», fragte Ayla.

«Meine Frau hat die Kinder zu den Schwiegerleuten gebracht. Und sie will gleich die Beerdigung für den Vater organisieren. Zum Pfarrer gehen, zum Bestattungsinstitut, wir müssen ja einen Sarg aussuchen.»

Bestimmt wurde die Leiche von Franz Sigl noch in der Gerichtsmedizin gebraucht, dachte Wolf, so schnell würde das nichts werden mit der Beerdigung.

«Passen Sie auf, dass Ihre Mutter nicht zu viel von dem Zeug da nimmt», sagte Ayla. «Wenn Sie wollen, komme ich gerne noch einmal vorbei. Hat Ihre Mutter denn jemanden, mit dem sie reden kann?»

Der junge Sigl schluchzte, fing sich aber wieder.

«Reden», sagte er, «da hätten Sie früher kommen müssen. Vielleicht wäre es dann nicht so weit gekommen mit diesen Hexen.»

«Hexen?», fragte Ayla.

«Das hat der Vater immer gesagt: Treffen sie sich wieder, die alten Hexen, wird nichts Gutes dabei herauskommen. Frau Rosenmüller, Frau Lammer, und was weiß ich, wer noch dabei ist.»

«Und was hat er damit gemeint?» Wolf spürte, dass er der Wahrheit in diesem Fall noch niemals so nahe gewesen war.

«Was weiß denn ich», sagte Sigl. «Aber finden Sie das nicht komisch, dass sich meine Mutter jahrelang mit Frau Rosenmüller trifft, obwohl die Männer Todfeinde sind?»

«Und Sie sind immer noch sicher, dass Ihr Vater unschuldig ist?», fragte Wolf.

«Ja natürlich. Hundertprozentig.»

«Aber er hat Herrn Rosenmüller angerufen, das kann die Polizei beweisen», erwiderte Wolf.

«Das kann ich mir nicht erklären», erwiderte der junge Sigl, «aber mein Vater hätte niemals jemanden umbringen können. Mein Vater war ein sanfter Mensch.» Er schluchzte.

«Und was meint Ihre Mutter?», fragte Ayla.

«Sagt natürlich das Gleiche. Er war das nicht. Er hat den

Rosenmüller nicht umgebracht. Und wenn es noch so viele Beweise gibt. Walter, sagt sie zu mir, er hat das nicht getan. Da steckt wahrscheinlich eine alte Geschichte dahinter. Eine uralte Geschichte. Ich sag zu ihr: Dann erzähl sie halt. Und sie: Das kann ich nicht.»

Der junge Sigl verlor nun endgültig die Fassung, hemmungslos schluchzte er neben seiner schlafenden Mutter.

Konrad Wolf wandte sich ab, er ertrug das Drama nicht mehr. Doch Ayla ging zu dem weinenden Mann, kniete sich vor ihn hin, legte ihm die Hand auf die Schulter.

«Lassen Sie sich Zeit, Herr Sigl, aber wir müssen weiterreden. Es ist wichtig.»

Während Sigl schluchzte und Ayla tröstete, sah Konrad Wolf sich um. Im Wohnzimmer, über der schlafenden Mutter und dem verzweifelten Sohn, prangte großflächig eine Bayerwald-Landschaft in Öl; der junge Sigl hatte offenbar nichts abbekommen von der Globetrotter-Seele seines Vaters. Wolf wandte sich zur Küchenzeile, fand dort eine Wand vollgepflastert mit Hochzeitsfotos, Babyfotos, Kommunionfotos.

Die alten Sigls am Hochzeitstag, er in Schwarz und sie in Weiß. Der Bräutigam eine lange, sehnige Erscheinung, volles schwarzes Haar, Seitenscheitel, ein fein ziselierter Schnauzbart, ein spöttischer Zug um den Mund. Er hatte den Arm lässig um die Schulter seiner Frau gelegt. Sie war einen Kopf kleiner, zierlich, im Gesicht das süßeste Mädchenlächeln. Dann das Ehepaar Sigl, einige Jahre älter, mit ihren drei Kindern, zwei Mädchen, ein Junge. Daneben die junge Familie Sigl, ebenfalls drei Kinder, Gruppenbild mit Oma und Opa. Ganz unten, ohne Rahmen hinter Glas und sehr klein, ein Damenausflug mit Kindern, an einem Gipfelkreuz aufgenommen, an einem herrlichen Sommertag. Wolf versuchte, die Gesichter zuzuordnen. Er erkannte die drei Kinder des jungen Sigl, dessen Frau und – er konnte es kaum glauben – das Damenkränzchen. Die alte Frau Sigl, Frau Rosenmüller,

Frau Hallmeier, Frau Lammer, Frau Bergmann – er erinnerte sich sofort an das fünfte Gesicht aus der Pizzeria – und noch eine sechste Frau. Ebenso stattlich wie Frau Rosenmüller, in einem großflächig geblümten Kleid mit mächtiger Kette um den Hals, der Wind zerrte an ihren Locken.

Konrad Wolf nahm das Bild vom Haken, ging damit zum jungen Sigl, der sich gerade zu beruhigen schien. Ayla hatte immer noch ihre Hand auf seiner Schulter.

«Herr Sigl», sagte Wolf, «das Foto hier, können Sie mir sagen, wann das aufgenommen wurde?»

Sigl sah das Foto an. «Vor vier Jahren vielleicht», erwiderte er, «auf dem Dreisessel waren sie, die Damen. Meine Frau musste die Oma zu dem Ausflug fahren, und da hat sie die Kinder gleich mitgenommen. Sie sind alle zusammen mit hinauf auf den Dreisessel.»

«Und Frau Lammer», sagte Ayla, «die ist mit auf den Berg hinaufgestiegen?»

«Die alte Hexe», Sigl hatte seine Fassung wiedergewonnen, «vielleicht hat sie sich hinaufschleppen lassen von den anderen, was weiß ich, vielleicht sind sie mit dem Lift hinaufgefahren. Vielleicht fehlt ihr aber gar nichts, und die tut nur so, als wäre sie gelähmt. Der trau ich alles zu, der alten Hexe.»

«Und noch eine Frage», sagte Wolf, «die Frau ganz rechts, die fülligere mit der Kette um den Hals, wer ist das?»

«Die lebt nicht mehr», erwiderte Sigl. «Lotte hat sie geheißen, glaube ich. Dem Xaverl seine Frau. Xaver Wurzer. Ein Grenzer ist er gewesen, wie Hans Lammer. Er wohnt jetzt allein in seinem Häusl drüben in Kirchheim, im Nachbarort. Ein Gärtner vor dem Herrn, sage ich Ihnen, den ganzen Tag arbeitet der im Garten. Und jetzt natürlich die Apfelernte, das ist seine Welt. Erst letztens habe ich ihn im Wirtshaus getroffen. Er hat jetzt so ein neues Telefon, mit dem man fotografieren kann. Auf dem hat er mir ein Foto von seinem größten Apfel gezeigt, so groß wie eine Melone. Und ich soll ihn einmal besuchen und seinen Apfelsaft probieren, ganz frisch gekeltert.»

«Und wie kommt dem Xaverl seine Frau zu dieser Damenrunde?» Ayla verwendete den bayerischen Genitiv.

«Keine Ahnung», sagte der Sigl-Sohn.

Xaverl, der Skifahrer. Xaverl mit dem kaputten Knie. Xaver, ein Grenzer wie Hans Lammer. Wolf erinnerte sich. Die Frauen hatten in der Pizzeria über einen Xaverl gesprochen. Seine Frau hatte also auch zu der Damenrunde gehört. Wieder ein neuer Ansatz, den es zu verfolgen galt.

In jenem Augenblick richtete sich Frau Sigl in der Sofalandschaft auf. Schwarzes Kopftuch, schwarze Schürze, ein Hauch von Leben in dem uralten Mädchengesicht.

«Die Nachbarn von Frau Hallmeier sind da, Mutter», sagte ihr Sohn, «die junge Türkin ist Ärztin, die wollte nach dir schauen.»

«Walter», sagte sie mit dünner Stimme, «du musst den Herrschaften etwas zu trinken anbieten. Mögen Sie einen Kaffee vielleicht? Ich mach Ihnen Kaffee.» Sie wollte aufstehen. Vielleicht hielt sie sich noch im Reich der Träume auf, war noch nicht ganz zurückgekehrt ins Grauen ihres Lebens. Die Polizei, die auf den Hof fährt. Der Schuss im Keller. Der Anblick ihres Mannes, der zerfetzte Schädel, das Blut und die Hirnmasse im Keller. Vielleicht blieb das Grauen für einige wohltuende Augenblicke verbannt aus ihrem Gedächtnis.

Und ich, dachte Wolf, war auf der anderen Seite des kleinen Tals und habe ein Lichtermeer gesehen.

«Bleiben Sie sitzen, Frau Sigl, ruhen Sie sich aus», sagte Ayla. Sie drückte die alte Frau mit sanfter Gewalt zurück in das Sofa.

«Ja, und wie soll das jetzt alles weitergehen, ohne den Franz? Ich weiß gar nicht, wie das weitergehen soll», sagte die alte Frau nach einer kurzen Stille. «Wir müssen den

Franz jetzt beerdigen, und alle werden sagen, mein Franz ist ein Mörder. Aber der war das nicht. Er hat zu mir gesagt: Katharina, das war ich nicht. Da hängt mir jemand einen Mord an. Gestern Nachmittag hat er das noch gesagt.»

«Frau Sigl», sagte Ayla, «wenn Sie Ihren Mann entlasten wollen, dann müssen Sie alles erzählen. Was hat der Mord an Ludwig Rosenmüller mit Hans Lammer zu tun? Gibt es da eine Verbindung?»

Die alte Frau zog, wie zum Schutz, die rote Wolldecke bis zum Kinn hoch.

«Frau Sigl!», setzte Ayla mit sanfter Gewalt nach. «Sie müssen reden. Sonst geschieht vielleicht noch ein Unglück.»

«Frau Doktor», hauchte die alte Frau in einer letzten Anstrengung, «ich weiß nicht, ob das ganze Unglück mit Hans Lammer zu tun hat. Aber wenn, dann kann ich Ihnen das nicht sagen. Das kann nur die Elfriede tun. Sie müssen die Elfriede fragen. Ich kann nichts sagen.»

«Das werden wir tun, Frau Sigl, vielen Dank», sagte Ayla.

«Und Sie wollen wirklich keinen Kaffee, oder ein Bier vielleicht?» Ayla schüttelte nur den Kopf, nahm Frau Sigls Hand, sagte: «Wir gehen jetzt.»

Walter Sigl brachte die Gäste zur Tür, zu Ayla sagte er: «Es wäre schön, wenn Sie morgen noch einmal vorbeischauen würden bei meiner Mutter.» Den Kommissar würdigte er keines Blickes.

Ayla und Wolf machten sich auf den Weg zurück zum Auto, vorbei an dem eiskalten Tiermuseum, vorbei am Polizeiauto, in dem der Beamte döste. Sie ließen das alte Wohnhaus und die Werkstatt hinter sich, Schauplatz des Grauens, den, so hoffte Wolf, niemals mehr eine Menschenseele betreten würde.

Ayla schwieg, während sie neben Wolf herging, wirkte wie versteinert.

«Warum tust du das?», fragte er.

«Menschen», erwiderte sie, «als wir uns kennengelernt haben, habe ich es dir erklärt: Mich interessieren Menschen.»

«Und jetzt?», fragte Wolf.

Ayla sagte: «Machen wir weiter.»

Konrad Wolf sah sie von der Seite an. Sie hatte Tränen in den Augen.

Wie das Leben so spielt. Wo das größte Glück ist, ist das größte Unglück nicht weit. Ich weiß, das hört sich jetzt irgendwie philosophisch an, aber da schau her. Die Hochzeit, 1978, natürlich eine Traumhochzeit. Und vier Jahre später … aber eins nach dem anderen.

Die Eltern von der Elfriede sind natürlich nicht gleich begeistert gewesen von dem Schwiegersohn, weil der Hans nicht ganz standesgemäß war. Einfache Verhältnisse. Aber andererseits hast du dir natürlich keinen besseren Juniorchef für ein Sporthaus vorstellen können als den Hans. Bei so einem hast du das Gefühl, dass er jeden Ski, den er dir verkauft, schon einmal selber ausprobiert hat. Und große Pläne hat er sofort gehabt. Nicht bloß Sportsachen wollte er verkaufen, sondern auch gleich das Naturerlebnis. Wanderungen, Expeditionen, Lehrpfad, das ganze Programm. Ist heute ganz normal, aber damals: Revolution.

Auf einmal ist auch die Elfriede wie ausgewechselt gewesen. Schon noch stolz, aber nicht mehr so grüblerisch. Als hätte sie irgendwas entdeckt. Ich sage einmal: Sinn des Lebens. Das war ein Paar, das glaubst du nicht, wie füreinander gemalt.

Der Hans, das musst du ihm hoch anrechnen, hat aber nicht gleich beim Grenzschutz aufhören wollen. Immer mit der Ruhe, hat er gesagt. Und es war nicht so, dass er seine alten Spezln plötzlich nicht mehr gekannt hat. Ein Dutzend von uns Grenzern hat er eingeladen zu der Hochzeit, und ich: der Trauzeuge.

Schau, in der Schachtel ist das Foto. 27. Mai 1978, ein Sonntag, Prachtwetter, sage ich dir. Der Hans und die Elfriede haben sich mit mir fotografieren lassen. Du musst jetzt nicht lachen. Wir haben damals alle so ausgeschaut, wir Männer, wie die Terroristen von der Baader-Meinhof-Bande auf dem Fahndungsplakat. Wilde Mähne, und die Koteletten. Wie ein Oachkatzlschwoaf. Verstehst du mich? Ich weiß ja noch nicht einmal, ob du am End ein Preiß bist. Wie der Schweif von einem Eichkätzchen, diese Koteletten. Oder? Der Hans und die Elfriede natürlich: klassisch. Man hat ja damals die seltsamsten Moden gehabt. Wenn du dir anschaust die Hochzeit von der Lady Diana mit ihrem komischen Prinzen damals, ist ja bloß ein paar Jahre später gewesen. Alle mordsmäßig geföhnt, und diese Puffärmel von der Lady. So was hätte die Elfriede nie angezogen. Schlicht und klassisch, die beiden. Schau sie dir an. Wie die Romy Schneider und der Ding, wie heißt der Schauspieler? Nicht der Piccoli, auch ein schöner Mann, aber so wenig Haare. Nix gegen Glatzen, ich sag ja immer, ein schönes Gesicht braucht Platz. Aber der Hans hat eher ausgesehen wie der Amerikaner, der Rennfahrer: Steve McQueen. Bloß kohlrabenschwarz.

Schau uns drei an. Das ganze Leben noch vor uns. Haben wir uns gedacht.

Ein Tag war das damals. Natürlich alles mit Stil, große Pfarrkirche, Orgel, großer Chor und großer Festsaal, das Essen à la carte. Aber weil wir Grenzer dabei waren, auch lustig. Kennst du das Brautstehlen, und diese Trinkspiele?

Und wer im Januar geboren ist, steh auf, steh auf, steh auf …

Der nehm sein volles Glas zur Hand
Und sauf es aus bis an den Rand
Sauf aus, sauf auf, sauf aus.

Ich sage dir. Ich habe bei jedem Monat mitgetrunken. Der Rausch meines Lebens.

Weil, natürlich. Für mich war das nicht direkt der ganz große Freudentag. Stell dir das mal vor: Dein bester Freund heiratet deine große Liebe.

Schau, da gibt es beim Brautstehlen im Wirtshaus immer diese schönen Spiele. Der Bräutigam muss auf einem Holzscheit knien, eine Schürze umgebunden, irgendwelches Zeug versprechen. Sich zum Narren machen halt. Und da gibt es auch dieses andere Spiel. Der Braut werden die Augen verbunden. Und dann müssen ein paar Männer auf die Bühne und ein Hosenbein hochrollen. Sagen wir, sechs von den Gästen, und der siebte ist der Bräutigam. Und die Braut, die ja nix sieht, muss dann sieben nackte Männerwadln abtasten und anhand von den Wadln ihren Mann erkennen. Ich hätte nie gedacht, dass die Elfriede sich für so einen Schmarrn hergibt. Aber sie hat es getan. Und weißt du, wen sie als ihren Mann erkannt hat. Du glaubst es nicht, sie hat mein Wadl mit dem Wadl vom Hans verwechselt. Oder vielleicht hat sie das auch absichtlich getan. Und als man ihr das Tuch dann abgenommen hat, da hat sie mich angeschaut und gelächelt. Irgendwie … als hätte es auch andersherum sein können.

Dass ich der Bräutigam bin und der Hans der Zeuge.

Kannst du dir das vorstellen, wie mich das getroffen hat, ich meine, innerlich?

Ich habe dann gleich noch mehr getrunken. Von dem Tanz im großen Festsaal weiß ich dann eigentlich nichts mehr. Wie ich nach Hause gekommen bin, frag ich mich noch heute.

Jedenfalls. In der Zeit nach der Hochzeit habe ich die beiden nicht mehr so oft gesehen. Es gibt ja Leute, die behaupten, dass die beiden es ein wenig übertrieben haben mit ihrem jungen Glück. Was die Leute halt so reden. Zerreißen sich das Maul, weil der Hans und die Elfriede in die Flitterwochen geflogen sind, Amerika, glaube ich. Ist der Hans ein wenig grö-

ßenwahnsinnig geworden? Ich kann das nicht bestätigen. Wir sind ja immer noch miteinander Streife gegangen, alles wie früher. Aber wie die Leute halt so reden. Müssen sie zum Skifahren wirklich nach Italien? Ist ihnen der Arber nicht mehr gut genug? Ja, Südtirol. Und dann ist es halt passiert. Winter 1980, 1981. Die Dolomiten.

Man hat ja damals noch nicht diese Carver gehabt, wo jeder Depp Ski fahren kann. Sondern richtig lange Bretter, zwei Meter zwanzig der Hans. Und der Hans ist immer schon ein Wilder gewesen. Und da hat es ihn zerlegt, auf einer Felsplatte in den Dolomiten. So richtig zerlegt, sage ich dir.

Das war natürlich die Katastrophe für den Hans.

Die Hüfte kaputt. Der Anfang vom Ende.

Aber jetzt lass uns rausgehen aus der Hütte, heim zu mir. Ich zeige dir meinen Obstgarten. Was glaubst du, wie viele Äpfel ich geerntet hab dieses Jahr. War gerade beim Keltern. Du kannst den Apfelsaft probieren.

Nein? Aber jetzt sag zumindest, wer du bist.

Bist es am End du, Elfriede?

9. KAPITEL

Gratterszell schien aus den Fugen geraten zu sein. Polizeifahrzeuge und Feuerwehrautos kreuzten durch die Nacht mit Blaulicht und Sirenen. Journalisten rückten an. In den Pensionen wurden die letzten freien Zimmer vergeben, das einzige Hotel am Ort: längst ausgebucht. Das Windrad-Grab am Schellenberg war weiträumig abgesperrt und von Scheinwerfern taghell erleuchtet, darüber knatterten immer noch Hubschrauber. Luftaufnahmen vom Schellenberg würden nun in ganz Deutschland zu sehen sein, dachte Konrad Wolf: die Bresche, die das umstürzende Windrad in den Waldpelz geschlagen hatte, als Lichtschneise in der Nacht.

Stumm und unbelebt stand Elfriede Lammers Haus vor Wolf und Ayla, nirgendwo ein Licht hinter den Fenstern. Nicht einmal der Mond wagte es, dieses Haus der Trauer zu erleuchten. Der großzügige, gekieste Zugang lag im Dämmerlicht dreier Laternen.

Es war elf Uhr abends an jenem Sonntag. Erst eine Woche zuvor hatte der schüchterne Martin, ein Junge aus dem Nachbardorf, die dreißig Jahre verschollene Leiche von Hans Lammer im Wald gefunden. Und was war seither passiert: ein Mord, ein Selbstmord, der spektakuläre Fall eines Windrads. Aber wie es Frau Lammer ergangen war in dieser Woche, vermochte niemand zu sagen.

Die Überreste ihres Mannes wurden von einem Bestattungsinstitut in Zwiesel verwahrt. Wo das Skelett seine letzte Ruhe finden sollte, sei noch immer nicht geklärt, hatte der Geschäftsführer des Instituts Wolf am Telefon erklärt. Im Grab von Elfriedes Familie in Zwiesel? Oder doch in einem Grab, das die Gemeinde Gratterszell der Witwe angeboten hatte, die vor etwas mehr als dreißig Jahren hierhergezogen war mit ihrem Mann? Frau Lammer konnte sich offenbar nicht entscheiden. Sie sei seit Donnerstag verreist, wahrscheinlich zu ihrer Schwester nach München, hatte eine Nachbarin erzählt. Ein Handy besaß Frau Lammer nicht, die Telefonnummer ihrer Schwester, die in einem Münchner Altenheim wohnte, kannte niemand. Aber an diesem Sonntagabend wolle sie wohl zurückkehren nach Zwiesel, hieß es. Für die Strecke nach Gratterszell nehme sie jedes Mal ein Taxi. Im Übrigen brenne manchmal noch bis tief in der Nacht Licht in ihrem Schlafzimmer im Obergeschoss. Daran sei am besten zu erkennen, ob Frau Lammer zu Hause sei.

Mehr hatten Ayla und der Kommissar nicht herausbekommen bei ihren Befragungen. Sie waren in der Nachbarschaft Elfriede Lammers von Tür zu Tür gegangen und hatten auch beim Bestattungsinstitut angerufen, als wären sie in offizieller Mission tätig. Und sie hatten sich sogar mit Martin, seinem Bruder Max und seiner Freundin Tina getroffen. Wolf hatte darauf gedrängt mit der Begründung, er wolle die Ereignisse von Anfang an verstehen. Ayla hatte erwidert, das gehe nun wirklich zu weit, war aber dann doch mitgekommen.

Nun saßen die beiden seit einer halben Stunde wieder im Auto vor dem Trauerhaus, in Erwartung der Witwe. Einmal hatten sie schon geläutet und auch den Türklopfer betätigt, aber keine Antwort erhalten. Offenbar hatte Elfriede Lammer den letzten Zug aus München genommen.

Konrad Wolf wollte das Gespräch mit ihr noch an diesem Abend hinter sich bringen. Er wollte Frau Lammer Grüße von ihrer unglücklichen Freundin Katharina Sigl bestellen – und deren Bitte übermitteln, sie solle jene alte Geschichte erzählen, die diese fünf Frauen verband und möglicherweise ein völlig neues Licht auf den Mordfall Lammer werfen könnte, obwohl es noch immer keinerlei Indiz dafür gab, dass die Polizei ihre Ermittlungsergebnisse korrigieren musste.

Alles deutete weiterhin darauf hin, dass Ludwig Rosenmüller von Franz Sigl ermordet worden war.

Ayla und Wolf hatten unter einer Eiche geparkt, umfangen von absoluter Dunkelheit. Nur ein rotes Pünktchen leuchtete immer wieder auf. Ayla rauchte. Wolf wusste, das tat sie nur, wenn es ihr schlecht ging, wenn sie sich große Sorgen machte oder wenn Gefahr im Verzug war.

«Bist du abergläubisch?», fragte Wolf.

«Was meinst du damit?», erwiderte sie.

«Ich meine, glaubst du an Zeichen und Wunder?»

Sie blies den Rauch aus den Lungen.

«Als Türkin sollte ich das wohl», sagte sie. «Schau mal meine Eltern an. Schuhe bloß nicht falsch herum aufstellen, weil das Unglück bringt. In der Küche niemals das Messer aus den Händen eines anderen nehmen, weil man sonst die Freundschaft zerschneidet. Schau niemals nach Mitternacht in einen Spiegel, zeige niemals mit dem Finger auf einen Friedhof, schlafe niemals unter einem Feigenbaum, denn das bringt sieben Jahre Unglück. Meinst du solche Sachen?»

«Ich meine eher Mythen, Legenden, Sagen. Geschichten vom Wolf zum Beispiel», sagte Konrad Wolf.

Ayla lachte.

«Ach, du sprichst von Martin und seiner Tina. Und dem Wolf, der sie an dem Sonntag durch den Wald geführt hat. Du nimmst das ernst?»

Martin hatte den beiden zu Hause am Küchentisch erzählt, was er auch schon der Polizei erzählt hatte: Er sei einem Wolf gefolgt, als er in den Wald rannte. Und Tina hatte es bestätigt, ein Wolf sei um die Fichte gestreift, unter der das Skelett hing. Martins Eltern hatten dazu nur den Kopf geschüttelt und gesagt, die Kinder hätten eine allzu lebhafte Phantasie. Und die Polizei habe die Geschichte nicht in ihren Bericht aufgenommen, weil man sie für Flunkerei hielt, und vor allem weil Max, der Älteste von den dreien, von einem Wolf nichts bemerkt haben wollte.

«Sagen dir solche Geschichten etwas?», fragte Wolf.

«Sehr viel sogar, mein Schatz», sagte sie in einem plötzlichen Anfall von Überschwang. «Was glaubst du, warum ich deinen Namen so faszinierend finde. Wolf. Das ist das heilige Tier der Türken. Gehört zu unserem Gründungsmythos. Eigentlich eine Wölfin, Asena, unsere Urmutter. Weißt du übrigens, was Wolf auf Türkisch heißt?»

«Hast du mir nie gesagt.»

«Kurt», erwiderte sie lachend. «Stell dir mal vor, deine Eltern hätten dich Kurt statt Konrad genannt. Dann würdest du auf Türkisch Kurt Kurt heißen.»

«Du kannst mich gerne auslachen», sagte Wolf. «Aber es ist so: Die Leute erzählen sich, Hans Lammer habe einen Wolf erschossen in seinen letzten Tagen oder jedenfalls auf einen Wolf geschossen, vor Schreck. Und das hat ihn offenbar total aus der Bahn geworfen. Jetzt heißt es, ein Wolf habe die Kinder zu seiner Leiche geführt.»

«Und jetzt kommt es dir als Wolf zu, das große Rätsel um Hans Lammer zu lösen?»

Wieder ein Lachen in der Dunkelheit, das glockenhelle Lachen, das Wolf so gefiel. Er hoffte inständig, Ayla würde nicht anfangen, regelmäßig zu rauchen und damit ihre Stimme ruinieren.

«Es ist völlig verrückt, oder?», sagte Wolf. «Die Passauer Kollegen suchen gerade jemanden, der ein Windrad weggesprengt hat. Und ich recherchiere einem Wolf hinterher.»

Er setzte an, das Auto zu starten, da legte Ayla ihre Hand auf seinen Arm und sagte: «Warte doch mal.»

Sie öffnete die Autotür, die Zigarette im Mund, drückte das eiserne Gartentor auf, ging zum Haus von Elfriede Lammer, der Kies knirschte unter ihren Füßen. Sie läutete, klopfte, aber weiterhin blieb das Trauerhaus starr und stumm. Während sie zurückkehrte, wählte Konrad Wolf ein weiteres Mal die Telefonnummer von Elfriede Lammer. Der Anruf ging ins Leere.

«Sag mal», fragte Ayla, zurück im Auto, «wofür steht der Wolf eigentlich hier in Deutschland?»

«Kennst du nicht Geri und Freki, die unserem Göttervater Odin bei der Jagd geholfen haben? Nordische Mythologie? Nein, kennst du natürlich nicht, Banausin. Aber du kennst Rotkäppchen, das vom bösen Wolf gefressen wird.»

«Was heißt gefressen», erwiderte Ayla. «Du weißt, wofür das Fressen steht. Schau, diese Tina zum Beispiel, die sieht so aus, als sei sie ständig auf der Suche nach einem bösen Wolf, der sie auffrisst, mit Haut und Haar.»

«Und dann landet sie beim Streber mit den dicken Brillengläsern. Obwohl, du bist ja auch bei mir gelandet. Vorläufig jedenfalls.»

Es entstand an der Stelle eine etwas längere Pause. Ayla füllte sie mit einem tiefen Zug an ihrer Zigarette, die glimmte heftig auf.

«Kannst du mir sagen, was das nun bedeuten soll?»

«Na ja, es gibt bestimmt Männer, die, wie soll ich sagen, alltagstauglicher sind. Mountainbike. Kochen. Golfen. Ich sage nur: Günther.»

Noch ein Zug aus der Zigarette, sie war nun fast abgebrannt.

«Du weißt, dass dein Freund Günther ein feiner Kerl ist?»

«Natürlich weiß ich das», erwiderte Wolf. «Wenn er kein feiner Kerl wäre, dann wäre Günther nicht über Nacht geblieben, um auf Juri aufzupassen, während Juris Mama zur Mitternachtsstunde auf Verbrecherjagd geht.»

«Sagen wir so», erwiderte Ayla, «ich hätte schon gerne manchmal so etwas wie einen Alltag. Aber andererseits.»

Er schwieg.

«Aber andererseits», sagte sie.

Wolf schwieg weiter.

«Andererseits. Dass du mein Haus ohne mein Wissen verkaufen willst, hat schon wieder was.»

Sie lachte.

«Beantworte mir eine Frage», sagte Ayla, «glaubst du wirklich an die Geschichte mit diesen Kindern und dem Wolf? Glaubst du, dass Tiere uns Zeichen geben können? Dass der Wolf dir ein Zeichen geben kann?»

«Natürlich glaube ich dran, das müsstest du doch wissen», erwiderte Wolf, ohne eine Sekunde zu zögern.

«Genau das wollte ich hören. Scheiß drauf. Wir gehen da jetzt rein. Wir gehen da rein und schauen, wer diese Frau Lammer wirklich ist.»

Sie drückte die Zigarette am Armaturenbrett aus, kurbelte das Seitenfenster herunter, warf den Stummel nach draußen.

Genau in dieser Zeitspanne, vom Zigarette-Ausdrücken bis zum Zigarette-Wegwerfen, hatte Konrad Wolf seine Entscheidung zu treffen. Er konnte nein sagen, er konnte argumentieren, er wolle seinen Job nicht riskieren, und Ayla solle doch an Juri denken, der bestimmt keine Einbrecherin zur Mutter haben wolle. Zumindest hätte er noch einmal versuchen können, den jungen Hermann zu erreichen und ihn zu fragen, ob irgendwelche neuen Ermittlungsergebnisse nahelegten, dass Gefahr im Verzug war, was das Eindringen in Elfriede Lammers Haus hätte rechtfertigen können.

Ayla setzte gerade an, das Seitenfenster wieder hochzukurbeln, da sagte Konrad Wolf: «Genau, wir gehen jetzt da rein, scheiß drauf.»

Er startete das Auto, möglichst geräuschvoll, um von den Nachbarn gehört zu werden und ihnen zu signalisieren, dass es nun nichts mehr zu gaffen gebe. Er fuhr Richtung Ortsmitte zur Kirche, stellte das Auto im Dunkeln am Rand des Friedhofsparkplatzes ab. Ayla holte die Taschenlampe aus dem Handschuhfach. Dann kehrten sie zurück, zu Fuß, lautlos, Schattengestalten. Sie näherten sich Elfriede Lammers Haus von der Seite, die von den Nachbarn abgewandt war. Und während er über den Lattenzaun in den Garten kletterte, während er Ayla die Hand reichte, um ihr über den Zaun zu helfen – natürlich brauchte sie diese Hand nicht, sie war schneller drüber, als er seine Hand ausstrecken konnte –, hatte Konrad Wolf das Gefühl, die beste Entscheidung seines Lebens getroffen zu haben. Und sollte sich die Entscheidung rächen, so würde er sie zumindest sein Leben lang nicht vergessen.

Sie folgten dem Lichtkegel ihrer Taschenlampe zur gemauerten Treppe, die an der Rückseite des Hauses nach unten zu einer überdachten Kellertür führte.

Konrad Wolf hatte keinen Dietrich in der Tasche, um die Türen dieses Hauses zu öffnen, kein Werkzeug, um Schlösser aufzubohren oder Fensterglas geräuschlos aufzuschneiden. Er hatte nicht einmal einen Plan, wie er hineingelangen könnte in das Haus. Immerhin hatte er gesehen, dass die Kellerfenster nicht vergittert waren, aber bevor er eines dieser Fenster einschlagen würde – in der Hoffnung, dass es kein Hochsicherheitsglas war –, würde er versuchen, diese hoffentlich morsche, in alten Angeln hängende Kellertür aufzubekommen. Die meisten Einbrecher, wusste Wolf, nutzten nicht moderne Technik, sondern rohe Gewalt.

Doch Wolfs Hoffnung starb schnell. Im Licht der Taschenlampe sahen sie eine sehr neue Tür aus massivem Holz, gesichert von einem Schloss, das dem Einbrecher signalisierte: Versuch es erst gar nicht.

«Trittst du die Tür ein, oder wirfst du dich mit der Schulter dagegen?», flüsterte Ayla. Ihr Gesicht lag im Dunkeln, aber an ihrer Stimme war zu erkennen, wie sie sich amüsierte.

«Das halten meine Bandscheiben nicht aus», flüsterte er, «wir schlagen ein Kellerfenster ein.»

«Drüben am Zaun ist ein Holzstapel, wir nehmen ein Scheit», sagte Ayla. Sie huschte die Treppe hoch, ihr weißes T-Shirt blitzte in der Dunkelheit auf. Da begann das Polizistenhirn des Kommissars Wolf endlich zu arbeiten.

Dies war ein großes, gepflegtes Haus. Ein altes Pfarrhaus mit Fensterläden und Erkern und mehreren Giebeln, dazu gehörte ein Garten mit Hecken, Obstbäumen, Gemüsebeeten und einem kleinen Teich. Verwunschen und doch gepflegt. Zeitlos schön. Wie die Frau, die darin wohnte. Aber diese Frau war jenseits der sechzig, offenbar nur eingeschränkt bewegungsfähig, und wenn sie vielleicht auch nicht so krank war, wie es auf den ersten Blick erschien, so brauchte sie doch Menschen, die ihr halfen und die auch ins Haus gelangen konnten, wenn die Hausherrin einmal verreist war, zum Beispiel zu ihrer Schwester in München. Und solchen Menschen – naheliegend die Vermutung, dass es sich dabei um die Freundinnen aus dem Damenkränzchen handelte – konnte Frau Lammer einen Schlüssel ausgehändigt haben. Sie konnte aber auch einen Schlüssel hinterlegt haben, auch für den Fall, dass sie die eigenen Schlüssel irgendwo verlieren würde. Und so ein hinterlegter Schlüssel fand sich nur sehr selten am Haupteingang.

«Komm noch mal zurück!», zischte Konrad Wolf. Er nahm ihr die Taschenlampe ab, leuchtete das kleine Karree vor der Kellertür ab. Hob die Fußmatte aus Gummi an, nichts, das wäre auch zu einfach gewesen. Mehrere Blumentöpfe aus Ton waren aufeinandergestapelt, doch weder darin noch darunter war ein Schlüssel zu finden. Rechen, Besen, ein Wasserhahn, davor der eingerollte Gartenschlauch, auch darunter nichts. Wolf leuchtete die Wände ab, fand eine Wandlampe, von einem Gitter geschützt. Der zugehörige Drehschalter aus Porzellan war in einer Nische an der Wand versenkt. In der Nische, neben dem Schalter, lagen Arbeitshandschuhe.

Seltsames Versteck, dachte Wolf schon in dem Augenblick, als er die Handschuhe hochhob, aber alte Leute hatten manchmal komische Angewohnheiten. Genauso groß wie die Angst, ein Fremder könne das Versteck finden, war oft ihre Angst, sie selbst könnten das Versteck vergessen.

Es war ein einzelner, frisch glänzender Schlüssel, offenbar genauso neu wie die Kellertür.

Konrad Wolf steckte den Schlüssel ins Schloss, drehte ihn zweimal um, drückte die Klinke, schob die Tür mit der Schulter auf. Es war durchaus ein kleiner Triumph, als er Ayla die Tür aufhielt, um, ganz Gentleman, der Dame den Vortritt zu lassen.

Sie betraten einen sauberen, trockenen, gut gelüfteten Keller, erfüllt vom Duft von Obst und Gemüse. Wolf sah sich nicht weiter um, schlich die Kellertreppe hoch, drückte die Klinke der Tür zum Erdgeschoss – die letzte Hürde, und Konrad Wolf atmete tief durch, als er merkte, dass sie nicht von oben verschlossen war –, da hielt ihn Ayla am Hemd fest.

«Was suchen wir?», flüsterte Ayla.

Eine kluge Frage, sie half, die Sinne zu schärfen.

«Eine alte Geschichte, die den Mord an Ludwig Rosenmüller und den Selbstmord von Franz Sigl erklärt. Frau Lammer hat den Schlüssel dazu. Wir suchen nach Spuren, die uns Hinweise auf diese Geschichte liefern.»

«Wie lange?», fragte sie.

«Halbe Stunde, wir bleiben zusammen. Wir machen kein Licht. Und wir gehen nicht ins Obergeschoss. Verstanden? Dort oben schläft Frau Lammer, falls sie doch zu Hause sein sollte.»

Ayla nickte, sah auf die kleine goldene Uhr an ihrem Handgelenk, ein Erbstück ihrer anatolischen Oma. Es war Viertel vor zwölf, sie sagte «los».

Der Lichtkegel ihrer Taschenlampe ertastete eine, wie Wolf fand, überaus geschmackvoll eingerichtete Wohnung, mit hohen, weiß gekalkten Räumen, altem Parkett, das Wolf und Ayla zu bedächtigem Gehen zwang, weil ansonsten jeder Schritt ein allzu lautes Knarzen verursacht hätte und weil jedes Geräusch zurückhallte von den kahlen Wänden. Die Räume waren sparsam möbliert, im Musikzimmer ein Klavier mit offenem Deckel, die Regale voller Notenblätter und Biographien alter Meister. Hier hatte Frau Lammer offenbar ihre Schüler unterrichtet, bis vor fünf Jahren, bis zu ihrem Schlaganfall.

Das Wohnzimmer. Eine Couch, ein alter Plattenspieler auf einer Kommode, ein Bücherregal, bis obenhin voll, vorwiegend mit zeitgenössischer deutscher Literatur, dazu Kunstbände. Kein Krimi, keine Heimatbücher. Auf dem Couchtisch mehrere Plattenhüllen, Bach und Händel, aber keine Zeitungen oder Zeitschriften. Einen Fernseher gab es nicht in diesem Raum.

Die Wände: weiß und leer.

Die kleine Küche mit dem Esstisch war so aufgeräumt, als handle es sich um einen Ausstellungsraum. Auf dem Fensterbrett ein wuchtiges altes Radiogerät mit riesigen Drehknöpfen. Wolf hätte wetten mögen, dass das Gerät nur zur Zierde dort stand.

Er ging mit der Taschenlampe voran, hielt immer wieder inne, aber das Haus lag in vollkommener Stille. Ayla folgte ihm schweigend. Hier und dort öffneten sie eine Schranktür, eine Kommodentür, eine Schublade, fanden aber nichts, was ein Geheimnis hätte offenbaren können. Keine Briefe, keine Fotos, keine Zeitungsausschnitte. Nicht einmal Kontoauszüge, Versicherungspolicen, Rechnungen.

Zuletzt inspizierten sie den Flur, sahen ordentlich aufgeräumte Schuhe im Schuhregal, akkurat aufgehängte Jacken und Mäntel in der Garderobe. Im Schirmständer fand sich ein Krückstock. Das war das erste und einzige Indiz dafür, wer hier lebte. Elfriede Lammer, gehbehindert.

«Und, was sagst du?», flüsterte Wolf, während er Elfriede Lammers Krückstock beleuchtete.

Sie schüttelte den Kopf.

«Unglaublich. Das wirkt alles nett und geschmackvoll. Aber es ist doch so unpersönlich.»

«Aseptisch», sagte Wolf, «die Vergangenheit ist irgendwo weggesperrt.»

«Zehn Minuten haben wir noch», sagte Ayla mit einem Lächeln, «wir gehen jetzt da rauf.»

Wolf wusste, Widerspruch war zwecklos.

Sie nahm ihm die Taschenlampe aus der Hand, schlich voran, die Holztreppe in den ersten Stock hinauf, lautlos wie eine Katze. Wolf folgte ihr, das eine oder andere Knarzen konnte er nicht vermeiden. Es war nur ganz leise, kaum zu hören, aber es knarzte, und wer hier seit mehr als dreißig Jahren lebte, musste jedes Geräusch erkennen, das auf einen Fremden hindeutete. Aber Frau Lammer war ohnehin nicht zu Hause, redete Konrad Wolf sich ein. Sie war eine weitere Nacht in München geblieben, bei ihrer Schwester, fern von dem Albtraum zu Hause, ganz bestimmt.

Ayla ließ, oben angekommen, den Lichtkegel über die Wände streifen. Vier Türen waren zu erkennen, und Wolf überließ es nun ganz Aylas Intuition, jene zu erkennen, die sie auf gar keinen Fall öffnen sollten, die Tür zum Schlafzimmer. Die eine, schmalere, ließ sich als Badezimmer- oder Toilettentür ausschließen. Aber die anderen drei? Schlafzimmer, Büro, Gästezimmer?

Ayla machte die Taschenlampe aus, drückte die Klinke der linken Tür. Ein ganz leichtes Quietschen, Ayla zog die Tür langsam auf, horchte ins Zimmer hinein, lugte in die Dunkelheit, machte die Taschenlampe an, ließ den Strahl von ihren Füßen aus ins Zimmer gleiten. Dann zog sie Tür wieder zu. An der mittleren Tür das gleiche Spiel, ein Quietschen, die Lampe. Dann winkte sie Wolf heran. Sie schlichen hinein, schlossen die Tür hinter sich, Ayla ließ das Taschenlampenlicht durch das Zimmer wandern.

Die linke Wand war mit einem Regal zugestellt, die rechte Wand voll mit Fotos, davor ein Schlafsofa. Quer vor dem Fenster stand ein Schreibtisch. Die Fensterläden waren geschlossen, deshalb wagte es Konrad Wolf, die Schreibtischlampe anzuknipsen. Das Zimmer lag nun im Schummerlicht. Ayla öffnete die beiden Schreibtischtüren. Bündel von alten Briefen kamen zum Vorschein. Schachteln mit bunten Schleifen, Schmuckkästchen mit Spieluhren, bunte Döschen, Mädchenkram aus einer längst vergangenen Zeit. Wolf sah im Regal drei Ordner, die offenbar neuere Dokumente enthielten, Versicherungspolicen, Kontoauszüge. Ansonsten aber war das Regal gefüllt mit alten Dokumenten. Familiengeschichte, Stammbäume, Hochzeitsdokumente, Fotoalben. In durchsichtigen Plastikschachteln geborgen lagen zwei Kommunionskerzen, darauf die Namen. Elfriede. Hans. Auch die komplette Buchhaltung des Sporthauses schien hier eingelagert zu sein. Die Akten waren nach Jahren geordnet, endend mit dem Jahr 1983.

Wo sollten sie anfangen zu suchen?

Ayla kniete wie gelähmt vor dem Schreibtisch, Wolf wandte sich beklommen der Wand mit den Fotos zu. Babyfotos, Tauffotos, Kommunionsfotos, dann die Hochzeitsfotos. Hans und Elfriede zu zweit, mit Schwiegereltern, mit einer Gruppe von Freundinnen, dann mit Grenzschützern, angetreten in Uniform. So viele Leute auch auf den Bildern zu sehen sein mochten, es waren doch immer nur zwei im Mittelpunkt. Hans und Elfriede.

Was für ein Paar. Romy Schneider, kam es Wolf in den Sinn, sie sah aus wie Romy Schneider, so selbstbewusst und so verletzlich. Und neben ihr Hans. Diese Kraft, diese Lebensfreude, dieser Schalk. Nur ein Bild passte nicht in diese Reihe. Hans und Elfriede Arm in Arm, im Hintergrund eine große Menschenmasse. Unsicher sein Lächeln, schmal geworden sein Gesicht; Elfriede schien ihn eher zu stützen, als ihn zu umarmen. Konrad Wolf nahm das Bild vom Haken, drehte es um. Mit einem Bleistift stand darauf geschrieben: Hofgarten 1981. Hans, der Grenzschützer, und seine Frau hatten tatsächlich an der großen Friedensdemo teilgenommen. Wolf hängte das Bild zurück.

1981 Hofgarten. Ein Jahr später verließ der Grenzschützer sein Haus, ohne sich von seiner geliebten Frau zu verabschieden, ging in den Wald, stieg in eine Fichte und schoss sich in den Kopf.

Was war bloß passiert? Was für ein gottverdammtes Unglück, was für eine Katastrophe? Wenn es nur ein einziges Paar auf der Welt gab, das dieses Schicksal nicht verdient hatte, dann dieses eine. Wolf spürte Ayla neben sich. Sie schmiegte sich an ihn, zog ihn an sich, umarmte ihn, drückte ihren Kopf an seinen Hals.

«Ich kann das nicht», flüsterte sie. «Wir haben hier nichts verloren. Lass uns gehen.»

Er drückte sie noch ein wenig fester an sich.

Auch Wolf fühlte sich fehl am Platze als Eindringling in Elfriede Lammers Allerheiligstem. Aber er war als Polizist daran gewöhnt, im fremden Leid zu schnüffeln. Und deshalb sagte er: «Gib mir eine Minute.»

Er löste sich aus der Umarmung, ließ seinen Blick noch einmal über die Fotos schweifen, durch das Regal, trat vor den Schreibtisch, drückt dessen Türen sanft zu. Auf der Schreibtischplatte Stifte in einem Becher, ein Locher, Ablagefächer mit frischen Rechnungen, Schreiben von Versicherungen, Behörden. Leergeräumt die grüne Schreibunterlage aus Filz. Wolf hob sie an, fand darunter ein Bild.

Ein Bild und ein Briefkuvert.

Es war ein weiteres Hochzeitsbild, Elfriede ganz in Weiß, Hans in Schwarz, zwischen den beiden ein Mann in der Uniform der Grenzschützer. Hans und Elfriede: das Glück in den strahlenden Fuji-Farben der siebziger Jahre. Aber was war das für ein Ausdruck im Gesicht des Mannes zwischen Hans und Elfriede?

Konrad Wolf hielt das Foto vor die Schreibtischlampe. Der

Mann lächelte, aber er wirkte bleich und seltsam abwesend. Er mochte betrunken gewesen sein, auf jeden Fall fühlte er sich unwohl in jenem Augenblick, als wünschte er sich ganz weit weg.

Wolf drehte das Foto um. Elfriedes geschwungene Frauenschrift, Bleistift, wie auf dem Hofgarten-Bild:

Hans Xaver ich.

Unser schönster Tag.

Er legte das Foto zurück.

Das Briefkuvert trug keinen Absender, keinen Poststempel, nur die Aufschrift:

Elfriede Lammer

Wolf zog den Brief aus dem Kuvert, faltete ihn auf, Ayla sah ihm über die Schulter.

Eine unstete Handschrift, nach rechts abfallend, die Buchstaben immer wieder nachgezogen, rechts oben der Ortsname Gratterszell und das Datum, der Brief war geschrieben worden am Montag dieser Woche.

Liebe Mutter,

lautete die Anrede. Wolf sah Ayla fragend an. Mutter?

Sie schüttelte den Kopf.

Liebe Mutter,
durch Zufall habe ich heute erfahren, dass Dein Mann im Wald gefunden worden ist. Deshalb wage ich es noch einmal, mich an Dich zu wenden.
Es tut mir leid, dass ich Dich bei unserem ersten Treffen so bedrängt habe. Aber meinen Zorn musst Du verstehen.
Meine Stiefeltern haben zu mir bei einem großen Streit über meine Zukunft einmal gesagt: Halt Dich bloß nicht für was Besseres. Du bist gar nicht unser Kind. Du bist ein Unehelicher. Ein Abschaum. Ein Kind, für das sich die Mutter geschämt hat. Weißt Du, wie lange ich gebraucht habe, um herauszufinden, wer meine wirkliche Mutter ist? Wie lange es gedauert hat, bis

ich in dem Krankenhaus, in dem ich angeblich geboren wurde, alle Krankenschwestern aufgestöbert hatte, die damals Dienst hatten? Wie lange es gedauert hat, bis die alte Kinderschwester Margarete – Deine Schwester! – aus lauter schlechtem Gewissen endlich zugegeben hat, dass ich von Dir bin? Dein Sohn!
Du hast mich damals einfach weggegeben nach der Geburt, nicht einmal eine Adoption war es. Ihr habt mich der nächstbesten Frau untergeschoben, die damals eine Totgeburt hatte. Und wahrscheinlich habt ihr auch noch Geld genommen, Du und Deine Schwester und der Arzt, der unterschrieben hat, habe ich recht?
Und dann hast Du mich bei unserem ersten Treffen zunächst verleugnet, weil Dein Hans ja schon verschwunden war, bevor ich gezeugt wurde.
Du hast mir dann erzählt, warum sich Dein Mann damals umgebracht hat. Aber die ganze Geschichte kenne ich immer noch nicht.
Manche Leute halten mich für einen schrägen Vogel, einen Kauz. Und wahrscheinlich haben sie sogar recht. Die Sache beschäftigt mich viel zu sehr, als dass ich ein normales Leben führen könnte. Ich weiß, dass meine Geburt eine große Schande für Dich war. Aber hat nicht jeder ein Recht zu wissen, woher er kommt, auch wenn er sein Leben einer Schande verdankt?
Ich würde alles dafür tun, dass Du wieder mit mir sprichst. Sag mir, was muss ich tun? Ich bin zu allem bereit. Du weißt, wo Du mich findest.

Viele Grüße
Dein Sohn Benedikt

Konrad Wolf steckte den Brief samt Kuvert und auch das Foto in die Brusttasche seines Hemdes. Dann knipste er die Schreibtischlampe aus. Im selben Moment glaubte er ein Geräusch zu hören. Es klang wie ein Knarzen, ein Stöhnen, nur ganz kurz. Ayla hatte die Tür schon aufgezogen, leuchtete voraus in den Gang, zur Treppe, da hielt auch sie inne.

Es kam aus dem rechten Zimmer, ein Knarzen und Stöhnen, als würde sich jemand in einem Bett wälzen.

Ayla huschte die Treppe hinunter, Wolf hastete hinter ihr her, die Treppe knarzte, das Ächzen und Stöhnen aus dem Schlafzimmer schien immer lauter zu werden. Am Fuß der Treppe wären Ayla und Wolf beinahe zusammengestoßen. Denn sie war stehen geblieben, richtete den Strahl der Taschenlampe zurück nach oben.

Konrad Wolf spürte einen Anflug von Panik. Würde dort gleich Elfriede Lammer auftauchen, im Nachthemd, mit der Dienstwaffe ihres Mannes, und sie in Stücke schießen? Und wäre es nicht eine gerechte Strafe dafür, dass Wolf und Ayla ihr Allerheiligstes entweiht hatten?

Ein spitzer stiller Schrei drang aus dem Obergeschoss, Wolf fasste Ayla am Handgelenk, zog sie Richtung Kellertreppe, doch sie hielt ihm stand.

«Wir gehen zurück», sagte sie, gar nicht mehr im Flüsterton.

«Bist du verrückt?», zischte Wolf, zerrte noch einmal an ihr.

«Dann gehe ich eben alleine hoch. Da braucht jemand Hilfe.»

Sie ließ sich nicht vom Fleck bewegen.

Noch einmal ertönte oben ein spitzer Schrei, wie aus einem Albtraum heraus.

«Wir können von mir aus Krankenwagen und Polizei rufen, aber von draußen.» Wolfs letzter Versuch.

«Ich bin zwar keine Polizistin, aber ich bin Ärztin», sagte

Ayla. Sie drückte den Lichtschalter, gab Wolf die Taschenlampe und ging in allergrößter Selbstverständlichkeit wieder die Treppe hinauf.

Sie fanden Elfriede Lammer auf dem Bett liegend, noch in dem engen Kostüm, das sie bei ihrem Ausflug nach München getragen hatte. Nur die Schuhe hatte sie abgestreift, sie lagen auf einer Reisetasche, die neben dem Bett abgestellt war, ungeöffnet. Die Frau hatte sich samt Tasche offenbar in einer letzten Kraftanstrengung die Treppe hochgeschleppt, war aufs Bett gesunken, hatte die Schuhe ausgezogen und war dann in einen unruhigen Schlaf gefallen.

«Frau Lammer, erkennen Sie mich? Ich bin Ärztin. Ayla. Wir wollen Ihnen helfen.»

Ayla setzte sich auf das Bett, drückte Elfriede Lammers Hand, prüfte ihren Puls, streichelte die schweißnasse, bleiche Stirn der Frau.

Doch Elfriede Lammer antwortete nicht. Sie wälzte sich hin und her, stöhnend, schreiend.

«Ruf einen Krankenwagen, sie hat hohes Fieber», sagte Ayla, ohne den Blick von ihr zu wenden. «Ich bleibe bei ihr.»

Konrad Wolf musterte diese geheimnisvolle, schöne, dezent geschminkte Frau, die vom Schicksal niedergestreckt worden war.

«Frau Lammer», sagte Wolf, «Frau Lammer, hören Sie mich? Sie müssen uns helfen. Wer hat Ludwig Rosenmüller umgebracht? Wer steckt dahinter?»

«Lass sie», sagte Ayla, «sie kann nicht mehr.»

«Bitte Frau Lammer», sagte Wolf noch einmal, er trat nun näher heran, sprach von Angesicht zu Angesicht mit ihr. «Frau Lammer, Sie müssen uns helfen, sonst passiert noch mehr Unglück. Ludwig Rosenmüller, warum hat er sterben müssen? Warum hat sich Franz Sigl umgebracht? Und ist noch jemand in Gefahr?»

Da richtete sich Elfriede Lammer in ihrem Bett auf. Wolf sah in angstgeweitete Augen.

«Xaver», bellte sie, Konrad Wolf wich vor Schreck zurück, sie brüllte: «Xaver.»

Dann sackte sie zurück in ihr Bett und verlor das Bewusstsein.

Eine Stunde später, es war ein Uhr in der Nacht zum Montag und Elfriede Lammer war bereits mit dem Krankenwagen ins Kreiskrankenhaus Zwiesel gebracht worden, hievte sich Konrad Wolf rücklings auf die Kühlerhaube des Dienstwagens, den die Chefin vor dem Lammer-Haus abgestellt hatte. Wolf fühlte sich am Ende seiner Kräfte. Er hatte es satt, sich in Leiden anderer Menschen zu vertiefen, in menschliche Abgründe hinabzusteigen, die ihn nicht das mindeste angingen. Wo war plötzlich sein Jagdfieber geblieben? Wie weggeblasen.

Er schlug die Hände vors Gesicht. Wollte jetzt einfach mal gelobt werden, gelobt und geliebt, aber darauf bestand nicht die geringste Aussicht.

Die Chefin war mit einem ihrer Beamten zum Lammer-Haus gekommen und hatte Ayla und Wolf mit einer Anzeige wegen Einbruchs und Behinderung polizeilicher Ermittlungen gedroht. Sie hatte getobt, und zwar anders als am Abend zuvor, am Fundort der Leiche von Ludwig Rosenmüller. Diesmal hatte sie ihre Wutrede nicht gehalten, um ihren Kollegen zu zeigen, wer das Sagen hatte in diesem Fall, nein, diesmal hatte sie Konrad Wolf ganz persönlich gemeint. Wie unverantwortlich es sei für einen Polizisten, außer Dienst, ohne Absprache mit den zuständigen Kollegen in ein Haus einzudringen und eine alte Frau heimzusuchen, die Gegenstand polizeilicher Ermittlungen sei. Wie unverantwortlich, eine unbeteiligte Frau – Ayla – der Gefahr auszusetzen, noch dazu die Mutter eines Kindes. Und im Übrigen müsse er, Wolf, auch die Verantwortung für den Nervenzusammenbruch von Elfriede Lammer übernehmen; die alte Frau habe wohl Geräusche im Haus gehört und sei darüber buchstäblich fast zu Tode erschrocken.

Ayla hatte erwidert, das sei Unsinn, Frau Lammer sei ganz offensichtlich nach der Heimkehr aus München schon zusammengebrochen. Sie habe mehrere Anrufe nicht angenommen, offenbar wegen des schweren Fiebers.

«Und das war der einzige Grund, warum wir in das Haus eingedrungen sind», hatte Ayla zur Chefin gesagt. «Wir wussten, Frau Lammer ist im Haus, und wir haben uns Sorgen gemacht. Als Ärztin habe ich Herrn Wolf dazu gedrängt, ich übernehme die volle Verantwortung.»

Die Chefin hatte nur abgewunken, hatte sich gar nicht anhören wollen, was Ayla und Wolf in dem Haus erfahren hatten. Immerhin hatte sie Ayla nach Hause fahren lassen, aber mit dem Kommissar Wolf müsse sie noch einmal reden, darauf hatte sie bestanden.

Und da saß er nun auf der Kühlerhaube des Chefinnen-Wagens, während sich die Chefin mit ihrem Kollegen im Haus umsah, mit der offiziellen Begründung, möglicherweise Spuren eines Einbruchs dokumentieren zu müssen. Konrad Wolf hatte niemals in seinem Leben eine Zigarette angerührt, aber wenn es einen guten Zeitpunkt gegeben hätte, sich eine anzustecken, dann gerade jetzt, dachte er.

Ein Kriminalbeamter auf einer Kühlerhaube, einsam in der Nacht, vor den Scherben seiner beruflichen Laufbahn, sollte der nicht eine Zigarette rauchen?

Konrad Wolf konnte plötzlich nicht anders, als laut zu lachen. Menschen, die von großer Müdigkeit befallen sind, werden ja oft von unerklärlichen Anfällen von Heiterkeit heimgesucht. Er hatte die beiden Nächte zuvor schlecht geschlafen und war nun wieder den ganzen Tag auf den Beinen gewesen, für eine gute Sache, so hatte er sich eingeredet.

Nun beendete er den Tag als polizeilich festgehaltener Einbrecher.

«Schön, dass Sie schon wieder so gute Laune haben, Herr Wolf.» Er hörte hinter sich die Stimme aus Granit.

«Chefin, es ist doch wirklich lustig», erwiderte Wolf, «ich war Ihr nützlicher Idiot. Sie und Ihr Hermann haben mich um Hilfe gebeten. Ich sollte mich umhören. Jetzt können Sie das Haus von Frau Lammer ganz offiziell auf den Kopf stellen, und mich kostet das Kopf und Kragen.»

«Ich hoffe, Sie sitzen gut auf meinem Auto», sagte sie ungerührt.

«Sehr gut sogar. Macht so schön warm am Hintern.» Wolf bewegte sich nicht vom Fleck.

«Und was soll ich jetzt mit Ihnen machen?» Keine Regung in ihrem Gesicht, aber ein wenig schien sie die Situation doch auskosten zu wollen.

Wolf zuckte nur mit den Schultern.

«Herr Wolf, wir haben Sie, so weit es ging, herausgehalten, was die Sache auf dem Rachel betrifft. Kein Wort über Sie ist heute an die Öffentlichkeit gekommen. Wir haben Sie gebeten, uns zu helfen, aber es gibt doch Grenzen. Wir haben Sie nicht aufgefordert, in ein Haus einzubrechen. Was glauben Sie, warum wir so schnell da waren? Wir sind von einer Nachbarin alarmiert worden. Ihre Freundin kann Ihnen den Allerwertesten retten, wenn sie zu Protokoll gibt, was sie vorhin gesagt hat: dass Sie aus medizinisch begründeter Sorge um Frau Lammer gehandelt haben. Wobei Sie dann noch erklären müssten, warum Sie Ihr Auto am Friedhof versteckt haben.»

Wieder entschied sich Konrad Wolf für Schweigen.

Die Chefin schien dankbar zu sein für diesen Moment der Ruhe an einem Tag, der turbulenter nicht hätte sein können. Sie steckte sich eine Zigarette an, entfernte sich einige Schritte von Wolf, blies den Rauch in die Dunkelheit, kehrte wieder zurück.

«Ein großer Auftritt von Ihrer Freundin übrigens. Ich übernehme die volle Verantwortung. Großer Auftritt.» Es klang, als würde sie sich lustig machen darüber, dass Konrad Wolf weiblichen Beistand brauchte.

«Das wird natürlich niemals in Ihrem Protokoll stehen», widersprach Konrad Wolf. «Wenn Sie eine Aussage von uns fürs Protokoll brauchen, dann wird da drinstehen: Konrad Wolf hat sich angefreundet mit Elfriede Lammer und ihren Freundinnen Agnes Rosenmüller und Katharina Sigl. Er ist von Frau Sigl gebeten worden, umgehend mit Frau Lammer zu sprechen; es gehe um eine sehr wichtige Aussage im Mordfall Rosenmüller. Und deshalb hat Konrad Wolf entschieden, sich Zugang zu dem Haus von Elfriede Lammer zu verschaffen. Er glaubte, Gefahr sei im Verzug. Er allein übernimmt die Verantwortung.»

«Und, hat es sich gelohnt, Herr Wolf?», fragte die rauchende Chefin.

Im Haus waren die Lichter erloschen. Wolf hörte, wie der Mitarbeiter der Chefin die Haustür absperrte. Seine Schritte knirschten schon auf dem Kiesweg.

«Es hat sich absolut gelohnt, Chefin», erwiderte Wolf. Natürlich wusste er, dass die Chefin und ihr Helfer im Haus Unterlagen gefunden haben konnten, die dreimal wichtiger waren als seine eigenen bescheidenen Erkenntnisse. Aber er fand, dies sei nun die Stunde für seinen eigenen großen Auftritt.

«Zwei Dinge, Frau Chefin. Erstens. Elfriede Lammer glaubt, dass der alte Grenzer Xaver Wurzer in Gefahr ist. Xaver, hat sie uns zugerufen, bevor sie endgültig zusammenbrach. Sie hat Angst, dass ihm etwas zustößt. Er war offenbar ein alter Freund ihres Mannes. Und seine Frau Lotte gehörte bis zu ihrem Tod vor einigen Jahren zu dem Kreis von Frau Lammers Freundinnen. Und jetzt schauen Sie sich mal das hier an.»

Konrad Wolf zog den Brief von Elfriede Lammers Sohn wie beiläufig aus der Hemdtasche und legte ihn auf die Kühlerhaube. Wolf wusste, dies konnte auch ein völlig belangloser Brief sein, ohne jegliche Bedeutung für den allem Anschein nach bereits aufgeklärten Mord an Ludwig Rosenmüller. Aber er fand seinen Auftritt selbst ohne Zigarette doch sehr gelungen.

1981, erinnerst du dich noch? Das ganze Volk hat Angst gehabt. Der amerikanische Schauspieler als Präsident, der Reagan, die Nachrüstung. Atombomben, Neutronenbomben. Alle haben Angst gehabt, gleich geht der dritte Weltkrieg los, und ganz Europa ein einziges Hiroshima. Deshalb die Friedenbewegung. Und was das mit dem Hans zu tun hat?

Überleg einmal. So eine Operation an der Hüfte ist damals noch etwas ganz anderes gewesen. Heutzutage gehst du am einen Tag ins Krankenhaus, am zweiten in die Reha, und am dritten fährst du in Kitzbühel auf der Streif wieder ein Abfahrtsrennen im Weltcup. Damals war das noch eine Mordsmetzgerei, wenn sie dich aufgeschnitten und das neue Gelenk eingesetzt haben. Ich weiß gar nicht mehr, wie lange der Hans im Krankenhaus gewesen ist. Und wie lange in der Reha. Er hat sich geschunden wie ein Viech, wollte ganz schnell wieder zurück zur Elfriede, zurück in den Dienst. Er wollte sich nichts anmerken lassen. Draußen in der Natur rumspringen, das war ja seine Welt. Aber er hat halt doch nicht mehr so gekonnt wie vorher. Und er war nicht mehr so lustig, so lebhaft. Hat Tabletten nehmen müssen gegen die Schmerzen. Und es gibt Leute, die haben geglaubt, es liegt an den Tabletten, dass der Hans so komisch geworden ist. Politisch, meine ich. Und dass er damals wirklich nach Bonn hinaufgefahren ist, zu der großen Friedensdemonstration.

Ein Grenzer aus dem Wald auf einer Friedensdemo, stell dir das einmal vor.

Weiße Taube auf blauem Grund, erinnerst du dich. Die Elfriede ist sogar mitgefahren. Und was für Gestalten da aufgetreten sind. Dieser seltsame Heilige mit dem Hut, der eine Badewanne aufgestellt hat und gesagt hat, das ist Kunst. Beuys, genau, der hat damals ein Lied gesungen.

Wir wollen Sonne, statt Reagan.

Verstehst du das? Nicht der Regen, der vom Himmel fällt, sondern der Reagan, der Präsident. Lustig eigentlich, oder? Sonne und Reagan.

Aber der Hans bei so einer Veranstaltung. Ein Grenzer.

Er hat gesagt, Xaverl, ich schau mir das einfach einmal an. Ich hör mir das an. Und ich glaube nicht, dass das die Tabletten waren. Ich glaube, der hat einfach so Angst gehabt, der Hans. Todesangst. Im Nachhinein könnte man sagen: Vielleicht hat er eine Ahnung gehabt, dass es bald mit ihm zu Ende geht. Vielleicht ist ihm aber auch diese Angst gerade zum Verhängnis geworden.

Die Angst ist irgendwie auch, wie soll ich sagen, ansteckend gewesen. Erinnerst du dich noch an die Nicole? Ein bisschen Frieden, das hat man damals gerne gehört, die Zeit war damals so.

Ein bisschen Frieden, ein bisschen Sonne
Für diese Erde, auf der wir wohnen.
Ein bisschen Frieden, ein bisschen Freude
Ein bisschen Wärme, das wünsch ich mir.

Singen kann ich gar nicht so schlecht, oder? Und so ein schönes Mädchen, die Nicole. Und ihre Föhnfrisur. Und dann erst die Stimme. Magst du nicht mitsingen? Ich bitt dich recht schön, sing doch mit!

10. KAPITEL

Andreas Sachsenhuber trug wie immer ein weißes, offenes Hemd über der Jeans. An der Knopfleiste war das Hemd mit bunten Stickereien versehen, wodurch es an eine bayerische Tracht erinnerte, ohne jedoch irgendeiner bayerischen Tradition zuzuordnen zu sein – außer dem Münchner Oktoberfest vielleicht, wo solche Geschmacklosigkeiten stets als letzter Schrei gefeiert werden.

Das glatte braune Haar hatte der junge Mann jesusgleich in der Mitte gescheitelt und hinter den Ohren fixiert, von dort floss es ihm gefällig bis auf die Schultern. Umrahmt von der Haarpracht wurde ein stets leuchtendes, stets unschuldiges, stets das Gute im Menschen in die Welt hinauslächelndes Kindergesicht. Und dann erst die Stimme. Dröhnend bayerisch mit dem rollenden R und doch, ganz landesuntypisch, jede einzelne Silbe artikulierend, engelsgleich die frohe Botschaft verkündend, dass Politik auch *für* den einfachen Menschen gemacht werden konnte und nicht nur auf dessen Kosten.

Es war Montagvormittag, und das öffentlich-rechtliche Fernsehen hatte angesichts der dramatischen Ereignisse live in den Bayerischen Wald geschaltet, für den Abend war sogar eine Sondersendung angekündigt. Sachsenhuber, Bürgermeister der Gemeinde Gratterszell, hatte nun vor seinem Rathaus Stellung bezogen und ließ sein R rollen, während der Ostwind an seiner Mähne zerrte.

«Auch von meiner Seite ein herzliches Grüßgott», hob er an. Es folgte eine Predigt, wie sie Konrad Wolf schon einmal gehört hatte. Er war anlässlich einer Fahnenweihe ins Bierzelt gegangen, um das politische Wunderkind zu bestaunen. Schwere Stunde für unsere Gemeinde. Gemeinsame Gebete. Einander die Hand reichen. Nicht abbringen lassen von unserem Weg. Zusammenhalt in der größten Not. Am Ende: «das gemeinsame Miteinander».

«Hast du ihn gehört?», sagte Konrad Wolf. Er sprang von seinem Küchenstuhl auf. «Gemeinsames Miteinander. Das sagt er jedes Mal. Was für ein Dummschwätzer.»

«Jetzt reg dich nicht auf und setz dich wieder», erwiderte sein Doktor-Freund Günther, «ich weiß gar nicht, was du gegen den Mann hast.»

Sie tranken Kaffee, beide noch im Schlafanzug, Günther in einem geliehenen von Konrad Wolf, und verfolgten den Auftritt Sachsenhubers am Fernseher. Ayla war schon losgefahren zur Arbeit, Juri längst in der Schule. Doch Günther machte keine Anstalten aufzubrechen, nachdem er am Abend zuvor Juri gehütet und zu Bett gebracht hatte. Er hatte sich einen Tag frei genommen.

Konrad Wolf konnte sich nicht beruhigen.

«Die Leute bringen sich gegenseitig um, und er redet von seinem gemeinsamen Miteinander. Außerdem, was soll das sein? Gemeinsames Miteinander. Hast du schon von einem getrennten Miteinander gehört? Ein Dummschwätzer ist das.»

Doktor Günther stöhnte, während er Kaffee trank, in seine Tasse hinein.

«Jetzt sei nicht so pingelig», sagte er, «die Politiker von früher haben größeren Unsinn geredet als dieser Sachsenhuber. Außerdem hat er es geschafft, dass die Gemeinde auf Windenergie setzt. Von der Sorte gibt es nicht viele hier in der Gegend. Und was kann er dafür, dass sich die alten Deppen umbringen? Ich find den Mann gut.»

Es war kein Wunder, dass sich alle Parteien in der Gegend um diesen jungen Mann bemühten, dachte Wolf, wenn schon ein intelligenter Mensch wie Doktor Günther Schweiger auf ihn hereinfiel. Vor allem die Christlichen wollten Sachsenhuber für sich gewinnen. Jahrzehntelang hatten sie das Bürgermeisteramt sozusagen aus Gewohnheitsrecht besetzt, in der Gemeinde Gratterszell wie in ganz Niederbayern, und dann hatten sie es völlig überraschend an den parteilosen Kandidaten Sachsenhuber verloren. Die Kandidatur war zunächst als reine Provokation erschienen in einem Landstrich, von dem es hieß, die Christlichen könnten einen Schafbock aufstellen, und auch der würde gewählt, für welches Amt auch immer. Und dann war Sachsenhuber angetreten, ein junger Mann von Anfang dreißig, ohne Partei im Rücken, und die Gemeinde wählte ihn mit 54,4 Prozent der Stimmen zum Bürgermeister. Selbst die, die ihn nicht gewählt hatten, schienen stolz zu sein, dass so etwas möglich war im Bayerischen Wald.

Andreas Sachsenhuber, Sohn eines Lehrerehepaars, hatte sich im Ort einen Namen gemacht als Ministrant und Laienschauspieler, nannte sich einen «gläubigen Katholiken mit Hang zum Spirituellen». Bevor er zur Bürgermeisterwahl angetreten war, hatte er sich sieben Tage lang im Turmzimmer des Passauer Doms eingesperrt, um tief in seinem Inneren zu wühlen und herauszufinden, ob er nicht doch seinen anderen Neigungen nachgehen sollte: als Almbauer in Afrika oder als Entwicklungshelfer in den Alpen. Oder war es doch andersherum gewesen? Konrad Wolf konnte sich nicht mehr genau entsinnen.

Früher, so dachte Wolf, hätte man in dieser Gegend den Hang zum Spirituellen für schwul oder vegetarisch, in jedem Fall gotteslästerlich gehalten. So einen Fenchelteetrinker und Antiatom-Nichtraucher hätte man im Bierzelt verprügelt. Und heutzutage jubelten sie ihm zu, wenn er, Hände in den Hosentaschen, von seiner Wut auf «die da oben» sprach und das gemeinsame Miteinander beschwor. Und das machte Konrad Wolf aus einem schwer bestimmbaren Grund wütend.

Niederbayerische Machthaber mussten seinem Verständnis nach schon in jungen Jahren auf über zwei Zentner Kampfgewicht gemästet werden, mussten ihr Wahlvolk von den Plakaten herab aus Schweinsäuglein anglotzen. In ihrem Schnauzbart musste das Fett der Schweinsbratensoße glänzen, und unter feisten Lippen mussten drei Schichten Kinn übereinander lagern wie ein Stapel Altreifen. Solche Politiker waren im Grundsatz reaktionär und im Detail pragmatisch. In Konrad Wolfs früherer Heimat hatte der Landtagsabgeordnete Fellner bei Sachfragen stets geantwortet: «I wui net song a so und a so, sonst song die Leit danoch no, i hätt a so und a so gsagt.»

Der Abgeordnete Fellner hatte dieses politische Programm formulieren können, ohne Ober- und Unterkiefer zu bewegen.

Ich will nicht sagen so und so, sonst sagen die Leute am Ende noch, ich hätte so und so gesagt.

Denn am Ende entschied ja ohnehin die Parteizentrale in München.

Nun schienen die Wähler im Wald der Welt zeigen zu wollen, dass sie nicht mehr hinter dem Mond lebten. Allerdings mussten sie damit zurechtkommen, dass der Bürgermeister nicht nur schön reden konnte, sondern seinen Worten auch Taten folgen ließ. Das Windprojekt. Erst hatte Sachsenhuber sich im Gemeinderat die Mehrheit für die kleine Anlage auf dem Schellenberg verschafft, die ausschließlich zur kommunalen Nutzung gedacht war. Und weil das alles so gut funktionierte, weil das Projekt der Gemeinde Schlagzeilen verschaffte, weil sich die Menschen an der Spitze des Fortschritts wähnten, weil sich Investoren fanden, drehte Sachsenhuber am großen Rad. Raumordnungsverfahren, Flächennutzungsplan, Genehmigungsverfahren nach dem Bundesimmissionsschutzgesetz. Alles ging zunächst unverhofft reibungslos. Sachsenhuber konnte seine Bürger überzeugen, dass Touristen sich von Windrädern nicht abschrecken ließen, sie im Gegenteil fortschrittlich und auch ästhetisch reizvoll fänden, wenn man die Anlagen nicht in den Nationalpark hineinbaute, was ohnehin verboten war. Der Versuch, ein Bürgerbegehren gegen das Projekt zu starten, scheiterte schon in den Anfängen, zumal die Gemeindebürger sich vorrangig an dem Projekt beteiligen konnten und die meisten sich davon irrwitzige Renditen versprachen. Erst der Hotelier Rosenmüller schien das Projekt stoppen zu können.

Und hier war er nun, der Bürgermeister Sachsenhuber, in der Live-Schaltung des öffentlich-rechtlichen Fernsehens. Er musste über Mord und Totschlag und ein gesprengtes Windrad reden. Der Ostwind schien sich mittlerweile verliebt zu haben in die kastanienbraune Mähne des Bürgermeisters, so anmutig spielte er damit, während der junge Mann das gemeinsame Miteinander über die Gräber hinweg beschwor als Antwort auf die Frage, ob er denn angesichts der Katastrophe in seiner Gemeinde das Windparkprojekt auf Eis legen wolle.

«Der große Windmacher aus dem Bayerischen Wald», sagte Konrad Wolf, «bestimmt laden die diesen Dummschwätzer am Abend auch noch zur Sondersendung ins Studio ein.»

Mit einem Knall stellte Doktor Günther seine Kaffeetasse auf dem Kirschholztisch ab.

«Jetzt mal im Ernst, Konrad», sagte er, «was regt dich an dem Mann denn so auf?»

Wieder sprang Konrad Wolf von seinem Stuhl auf.

«Ich mag halt diese Befindlichkeitspolitik nicht», sagte er, während er in die Nebelwand starrte, die sich draußen vor dem Holzhaus aufgebaut hatte.

Im Fernsehen erklärte der junge Sachsenhuber, die repräsentative Demokratie stoße an ihre Grenzen, die Bürger müssten noch mehr an Großprojekten beteiligt werden, das zeige sich nun auf tragische Art und Weise in seiner Heimatgemeinde. Er sei ja immer dafür gewesen, die Bürger vorher über das Projekt abstimmen zu lassen, aber ihm fehlten die rechtlichen Mittel dafür.

«Räbresentative Temokratie. Kroßbrojekte», äffte Wolf Sachsenhuber nach.

«Aber er hat doch recht», erwiderte Doktor Günther. «Warum sollen die Leute nicht darüber abstimmen, ob man ihnen einen Windpark vor die Nase stellt. Dann ist hinterher Ruhe.»

Wolf lachte bitter auf. «Das glaubst du wirklich? Jetzt stell dir mal vor, die Bürger in Gratterszell hätten abgestimmt, und die Mehrheit hätte für das Projekt gestimmt, 50,1 zu 49,9 Prozent. Und du glaubst, die Leute hätten gesagt: Die Demokratie hat entschieden, wir stehen jetzt alle gemeinsam hinter der Sache? Und du glaubst, Rosenmüller und Sigl hätten gesagt: Direkte Demokratie, schöne Sache, wir begraben jetzt unsere lebenslange Feindschaft, schade, dass es diese Volksabstimmungen nicht schon früher gegeben hat, dann wären wir die besten Freunde geblieben? Meine Meinung ist: Politiker sollen Entscheidungen treffen. Danach werden sie wiedergewählt oder abgewählt.»

«Konrad», sagte Doktor Günther mit mildem Spott, «du bist aber nicht mehr auf der Höhe der Zeit.»

Im Fernsehen wurde Andreas Sachsenhuber gefragt, ob denn die schrecklichen Ereignisse in dieser Gegend im Zusammenhang stünden. Der grausige Fund des Skeletts in der Fichte. Der Mord am Hotelier Rosenmüller und der Selbstmord des mutmaßlichen Mörders Sigl. Die Sprengung des Windrads am Schellenberg. Der Bürgermeister erwiderte, er wolle der Polizei nicht vorgreifen, die ja in einigen Stunden auf einer neuerlichen Pressekonferenz Stellung nehmen werde. Aber seine persönliche Theorie sei, dass keine Krankheit und kein Unglück aus dem Nichts komme, sondern alles mit allem zusammenhänge. Jede Erkältung zum Beispiel werte er ganz persönlich als Symptom, dass in seinem Leben etwas schieflaufe, dass der Körper jedenfalls Ruhe fordere. Und so seien seiner Meinung auch die Katastrophen dieser Tage ein Symptom dafür, dass mit unserer Gesellschaft etwas im Argen liege. Und daraus gelte es nun die Konsequenzen zu ziehen, wie auch immer die einzelnen Vorgänge miteinander in Verbindung stünden.

Und welche Konsequenz sei zu ziehen?, fragte der Reporter des öffentlich-rechtlichen Fernsehens.

«Das gemeinsame Miteinander!», rief Konrad Wolf ins Wohnzimmer hinein, die Antwort des Bürgermeisters übertönend und doch im Einklang mit ihr.

Auch Doktor Günther musste lachen, dann sah er seinen alten Freund eine Weile an.

«Konrad, Konrad», sagte er schließlich. «Ich sag dir mal die grausame Wahrheit. Du bist bloß beleidigt, weil die Leute hier nicht mehr so rückständig sind, wie du sie gerne hättest. Und weil du deshalb nicht mehr so fortschrittlich bist wie damals vor fünfundzwanzig Jahren, als du weggezogen bist. Deshalb magst du diesen Bürgermeister nicht. Sei mal ehrlich. Er hat etwas geleistet, dieser Mann. Da kannst du ihm den spirituellen Mist doch eigentlich nachsehen.»

«Blödsinn», erwiderte Wolf halbherzig, «wenn ich ein Münchner Snob wäre, würde ich ja nicht hierherziehen wollen.»

«Willst du das denn?», fragte Doktor Günther. «Man hört ja Sachen von dir ... das klingt nicht so, als ob du hier heimisch werden wolltest.»

Konrad Wolf setzte sich wieder.

«Soso. Man hört also Sachen von mir», sagte er. Offenbar hatte Ayla dem Herrn Doktor erzählt, dass der Makler schon beauftragt war.

Konrad Wolf musterte das Geflecht bleicher Falten in dem unverschämt gebräunten Gesicht seines Freundes Günther und suchte dort nach Spuren von Traurigkeit. Aber all diese Falten schienen vom Lachen herzurühren, vom Zwinkern, vom Flirten, oder vom Zusammenkneifen der Augen gegen die Sonne. Dieser Mann schien keinen Zweifel zu kennen.

«Und dein Leben?», fragte Wolf. «In deiner Villa ist doch bestimmt noch ein Kinderzimmer frei, mindestens eins. Und die Hälfte von einem Ehebett. Deshalb treibst du dich hier herum. Und nicht, weil wir alte Freunde sind.»

Konrad Wolf war noch nie eingeladen gewesen in Günthers Villa. Sie hatten sich immer nur zu Kneipenabenden in Passau getroffen. Er stellte sich Günthers Haus mit Sauna und Pool als das Gegenteil von Aylas Haus vor: als Burg aus Beton und dunklem Holz, die Doppelgarage so groß wie ein Flugzeughangar.

Und er stellte sich vor, wie Aylas kleines blaues Auto in dem Hangar verschwand.

«Wenn man bedenkt, dass ich mich um Juri gekümmert habe, während ihr beide euch nachts herumgetrieben habt – dann bist du ziemlich unverschämt zu mir. Merkst du das?»

Doktor Günther lächelte ohne auch nur einen Anflug von Zorn. Er beugte sich vor, legte die verschränkten Arme auf dem Tisch ab.

«Konrad», sagte er, «wenn du deiner Frau nicht traust oder wenn du dir selber nicht traust, dann ist das deine Sache. Mach nicht mich dafür verantwortlich. Ich kann mich gern sofort aus dem Staub machen, aber glaubst du, damit wäre dein Problem gelöst?»

Konrad Wolf wich dem Blick des Doktor Günther aus. Er sah im Fernsehen den Trailer für die Sondersendung am Abend. «Tödlicher Streit um die Windkraft», ein Panoramablick über die Waldwogen im Spätsommer-Rot, gefolgt von einer Luftaufnahme des Windrad-Grabs bei Nacht. Dann Nahaufnahmen von Trümmern der Rotoren. Es folgte Werbung.

«Sag mal», sagte Wolf, «stimmt das eigentlich, dass dieser Bürgermeister beim Weltrekordversuch im Dauerdebattieren mitgemacht hat? Vierundvierzig Stunden zum Thema: Deutschland muss sich neu erfinden? Heiner Geißler war auch dabei.»

«Keine Ahnung», sagte Doktor Günther in unverändertem Tonfall, immer noch lächelnd. «Aber ich schwöre dir, unser Sachsenhuber würde den Geißler definitiv unter den Tisch debattieren.»

«Und entschuldige bitte, wenn ich dich gekränkt habe. Aber ich hatte eine schlechte Nacht.» Wolf verzichtete auf sein Blenda-Lächeln, dazu war er zu müde. Dennoch hoffte er, Doktor Günther würde ihm nun etwas Tröstendes sagen, dass alles gut werde mit Ayla, irgendetwas in der Art.

«Ayla hat mir gestern Nacht erzählt von eurem Einbruch», sagte Doktor Günther, den Kopf schüttelnd. «Ihr beide seid verrückt. Und du bekommst Ärger.»

«Da hat sie die Sache ziemlich genau auf den Punkt gebracht», erwiderte Wolf. «Wir sind verrückt. Und den Ärger krieg ich.»

«Und was habt ihr herausgefunden?» Wieder das verbindlichste Lächeln in Günthers Gesicht.

Konrad Wolf hatte an diesem Morgen noch nicht einen Gedanken an den Fall verwendet. Er war nun im Fernsehen angekommen und damit ganz weit weg.

«Sensationeller Stoff eigentlich», sagte Wolf. «Frau Lammer hat einen Sohn namens Benedikt, und Hans Lammer ist nicht der Vater. Sie hat das Kind gleich nach der Geburt weggegeben. Wir haben einen Brief von dem jungen Mann gefunden. Er weiß offenbar, warum sich Hans Lammer damals umgebracht hat. Und er schreibt: Ich verdanke mein Leben einer Schande.»

«Einem Seitensprung?», fragte Doktor Günther.

«Ich weiß es nicht. Jedenfalls klingt das alles recht aggressiv, was er schreibt. Und dann gibt es da einen alten Grenzer, Xaver Wurzer, offenbar ein Freund von Hans Lammer. Frau Lammer hat offenbar Angst um ihn. Das ist das Einzige, was sie noch sagen konnte gestern Abend: Xaver. Seine Frau ist vor einigen Jahren gestorben, aber bis dahin zählte sie zu der Damenrunde von Frau Lammer.»

«Kann der junge Mann etwas mit dem Mord an Rosenmüller zu tun haben?», fragte Doktor Günther.

«Günther», erwiderte Konrad Wolf genervt, «das weiß ich doch nicht. Das sollen jetzt die Kollegen herausfinden. Vielleicht plaudert Frau Lammer ja heute schon mit der Kripo. Und vielleicht hat auch der alte Grenzschützer schon alles erzählt. Ich weiß es nicht, und es geht mich auch nichts an.»

«Eine Sache musst du mir aber noch erklären, von der hat mir Ayla heute Nacht auch noch erzählt», fuhr Günther fort, als wolle er neuerlich in Konrad Wolfs Wunden bohren.

«Frag, wenn es dich glücklich macht», sagte Wolf.

«Frau Lammer ist angeblich gar nicht gelähmt, stimmt das?»

«Das kann man so nicht sagen», erwiderte Wolf. «Aber vermutlich ist die Lähmung nicht so schlimm. Im Restaurant sah es aus, als könne sie keine Treppe allein bewältigen und kaum reden. Aber offenbar kann sie einfache Wandertouren gehen. Und in ihrem Haus sieht es auch nicht aus, als wohne da eine Schwerbehinderte.»

«Habt ihr das der Polizei erzählt?», fragte Doktor Günther.

«Haben wir nicht», sagte Wolf, «weil Ayla meint, die Frau habe genug Schlimmes durchgemacht. Da sollte man sie nicht leichtfertig dem Vorwurf aussetzen, sie simuliere eine Krankheit.»

«Weißt du denn, wo sie wegen des angeblichen Schlaganfalls damals behandelt worden ist?» Doktor Günther fuhr sich mit der rechten Hand über den kahlen Schädel, als habe sich in seinem Hirn ein wichtiger Gedanke eingenistet und er müsse ihm nun durch leichtes Massieren auf die Sprünge helfen.

Konrad Wolf ahnte, was die Stunde geschlagen hatte. Seinen Freund hatte nun ebenfalls das Jagdfieber gepackt.

«Mein Freund, denk gar nicht erst daran», sagte Wolf. «Ich werde jetzt auf keinen Fall hinter der Krankenakte von Frau Lammer hertelefonieren. Und du tust das auch nicht, denn wenn es herauskommt, fällt das doch wieder auf mich zurück.»

«Nur ein Versuch», sagte Doktor Schweiger. Ohne eine Antwort abzuwarten, verschwand er aus der Küche, barfuß, in Wolfs Schlafanzug. Jacke und Hose waren viel zu kurz und doch viel zu weit geschnitten für Günthers Athletenkörper.

Konrad Wolf wurde von einer großen Schläfrigkeit befallen. Er nahm sich vor, den Tag im Bett zu verbringen. Schließlich hatte er Urlaub. Zuvor wählte er Aylas Handynummer, um ihr die üblichen Fragen zu stellen, wie es ihr ergehe mit ihren Patienten und wann sie Feierabend habe. Das Gespräch nahm allerdings eine gänzlich andere Wendung als vermutet, und nachdem er das Telefonat fünf Minuten später mit den Ausrufen «Du verrücktes Huhn!» und «Du mich auch!» beendet hatte, saß er eine ganze Weile in seinem Stuhl, ein fassungsloser Mann im Schlafanzug, kopfschüttelnd, immer wieder in lautes Lachen ausbrechend.

Als nach einer weiteren kleinen Weile sein Freund Günther zurückkehrte und fragte, woher denn die gute Laune rühre, antwortete Wolf: «Weißt du, wo unsere gemeinsame Freundin gerade steckt? In einem Polizeiauto Richtung München. Sie ermittelt gemeinsam mit dem jungen Hermann. Die beiden wollen mit der Schwester von Frau Lammer sprechen. Wollen sie nach dem Sohn ihrer Schwester fragen, diesem Benedikt.»

Der junge Hermann hatte Ayla am Morgen um Hilfe gebeten, als Bekannte, als Nachbarin der an dem Fall beteiligten

Frauen. Mehr hatte ihm Ayla nicht berichten können, denn sie war gerade gemeinsam mit Hermann auf der Autobahn unterwegs gewesen.

Doktor Günther allerdings schien die Nachricht mit der größten Selbstverständlichkeit hinzunehmen, jedenfalls stellte er keine Fragen, sondern baute sich stolz vor Konrad Wolf auf, der auf seinem Stuhl wippte wie ein nervöses Kind.

«Ich habe alles geklärt, es war gar nicht schwierig», sagte Günther. «Frau Lammer wurde vor fünf Jahren im Kreiskrankenhaus Zwiesel behandelt. Auf der Station, auf der sie jetzt auch wieder liegt. Und weißt du, was die Diagnose damals war? Definitiv kein Schlaganfall. Unklare Lähmungserscheinungen. Die Vermutung ist: dissoziative Bewegungsstörungen als Folge eines traumatischen Erlebnisses.»

«Und was soll das bedeuten?», fragte Wolf.

«Dissoziative Bewegungsstörungen bedeuten: Der Körper hält seelische Belastungen nicht mehr aus. Zum Beispiel die Traumatisierung durch Gewalt oder sexuellen Missbrauch, jedenfalls irgendein Erlebnis, das die Seele überfordert. Solche Lähmungen können sich mit der Zeit von allein wieder bessern. Und manche Patienten ziehen es dann vor, den anderen Leuten etwas vorzuspielen, weil das Leben als Kranker auch seine Vorteile hat.»

«Ich dachte, du bist bloß ein Herz-Kasperl», sagte Wolf verblüfft.

«Stimmt», erwiderte Doktor Günther, «aber das heißt noch lange nicht, dass ich blöd bin. Außerdem hat mir Ayla mal von dem Phänomen erzählt. Wir fachsimpeln öfter ein bisschen, wenn wir gemeinsam unterwegs sind.»

Konrad Wolf spürte einen weiteren kleinen Stich in seinem Herzen, aber solche Schmerzen können manchmal auch die Sinne schärfen.

Elfriede Lammer. Diese Frau hatte das Schlimmste durchgemacht, was sich ein Mensch vorstellen kann. Ihr Mann, ihre große Liebe, war über Nacht verschwunden, ohne Gruß, ohne Abschiedsbrief. Das war ein wirklich traumatisches Erlebnis gewesen. Aber war sie zusammengeklappt? Nein. Sie ließ sich nichts anmerken, nahm hin, dass die Leute sich das Maul über sie und ihren Hans zerrissen. War er fremdgegangen, war sie fremdgegangen, hatten sie das gemeinsame Geschäft ruiniert? Sie hielt das alles aus, eine stolze und starke Frau.

Und dann war fünfundzwanzig Jahre nach dem Verschwinden ihres geliebten Hans etwas passiert, das noch schlimmer war? Was konnte das für ein traumatisches Erlebnis gewesen sein, das ihren Körper streiken ließ? Es musste mit dem Auftauchen des Sohnes zu tun haben.

Es tue ihm leid, dass er sie beim ersten Treffen so bedrängt habe, hatte er in dem Brief geschrieben.

«Und so eine dissoziative Störung kann nicht mit Verzögerung auftreten?», fragte Wolf.

«Kann schon, aber nicht fünfundzwanzig Jahre später.» Doktor Günther breitete beide Arme aus und fügte hinzu: «Würde ich jedenfalls behaupten, auch wenn ich von Beruf nur ein Herz-Kasperl bin.»

Wolf formulierte seine Schlussfolgerung laut, mehr für sich selbst als für seinen Freund: «Frau Lammer hatte also vor fünf Jahren offenbar ein traumatisches Erlebnis, das noch schlimmer war als das Verschwinden des Ehemanns.»

«Dem sollte man nachgehen, oder?», fragte Doktor Günther.

Konrad Wolf überlegte. Sollte er schon wieder einer Ahnung hinterherjagen, einem Phantom?

Er begann, eine SMS in sein Handy zu tippen, adressiert an Ayla.

Ist die Polizei immer noch sicher, dass Sigl den Mord an Rosenmüller begangen hat?

Sie saß in Hermanns Auto, sie konnte Telefonate mithören, sie musste etwas mitbekommen haben.

Es dauerte keine Minute, bis die Antwort kam:

Nein

Ein Wort, das alles änderte.

Nein

Konrad Wolf sprang aus seinem Stuhl, boxte seinen Freund Günther gegen die Brust.

Nein

Jetzt war der Fall in Bewegung geraten. Wie konnte es auch anders sein, warum sonst wäre der junge Hermann mit Ayla unterwegs zu Frau Lammers Schwester.

«Was ist los mit dir?», fragte Doktor Günther.

Wolf gab keine Antwort, setzte sich wieder, schickte eine zweite SMS los.

Hat die Polizei mit Xaverl gesprochen?

Wieder dauerte es nur eine kurze Weile, bis die Antwort kam.

Seit Tagen verschwunden. Heute Morgen auch nicht zu einem Arzttermin erschienen. Nachbarn sagen: Da stimmt was nicht.

Konrad Wolf spürte ein Kribbeln auf seinen Oberarmen. Die Haare stellten sich auf.

Da wummerte Wolfs Telefon noch einmal, eine weitere SMS von Ayla.

Frau Lammer immer noch nicht ansprechbar. Aber bitte: Alles streng geheim!!!

Konrad Wolf schickte ein *Ok* zurück, dann sagte er zu seinem Freund:

«Günther, ich mach dich jetzt zu einem Geheimnisträger. Halt dich fest. Die Polizei zweifelt mittlerweile daran, dass Sigl der Mörder von Rosenmüller war.»

«Und das bedeutet?», fragte Doktor Günther.

«Das wäre der Hammer», sagte Wolf. «Angenommen, Sigl war es wirklich nicht. Dann wollte der Mörder mit seiner Tat nicht nur Rosenmüller aus dem Weg räumen, sondern er wollte auch Sigl den Mord in die Schuhe schieben. Die Reifenspuren, der Knochen auf dem Rachel, das Blut von Rosenmüller in Sigls Werkstatt. Alles arrangiert. Der Täter wollte Sigl ins Gefängnis bringen, vielleicht sogar in den Selbstmord treiben. Er wollte mit dem Mord beide treffen, Rosenmüller und Sigl.»

Wolf stürmte am verdutzten Doktor Günther vorbei aus der Küche, ins Schlafzimmer, zog sich Hose und Jacke über, eilte in Badeschlappen aus dem Haus, hinein in die Nebelwand, hinüber zum Nachbargrundstück. Wie tags zuvor waren alle Vorhänge zugezogen, alle Jalousien heruntergelassen. Wolf klingelte, einmal, zweimal, dreimal, endlich hörte er Schritte, dann eine krächzende Stimme durch die geschlossene Haustür.

«Was wollen Sie denn schon wieder, Herr Polizist?»

«Bloß eine Sache wollte ich Ihnen erzählen, wollen Sie mir nicht kurz aufmachen, Frau Hallmeier?»

«Mir geht's nicht so gut heute», krächzte die Stimme, «ganz schwindlig ist mir, verstehen Sie? Das Wetter macht einen ganz krank. Ich brauch meine Ruhe.»

«Bloß eine Sache», beharrte Wolf. «Frau Lammer ist im Krankenhaus seit heute Nacht.»

«Das weiß ich schon», sagte Frau Hallmeier, «die Nachbarin hat es mir erzählt am Telefon. Da ist irgendjemand eingebrochen, und das hat die Elfriede so aufgeregt. Immer schlimmer wird's bei uns mit der Kriminalität, ich sag's Ihnen. Nicht einmal eine arme, alte Witwe hat ihre Ruhe. Arme Elfriede. Bleibt ihr auch gar nichts erspart.»

«Furchtbar», sprach Wolf zu der geschlossenen Haustür, die Betonung auf der zweiten Silbe. Furcht*bar*. «Aber eine Sache noch, Frau Hallmeier. Wussten Sie, dass Frau Lammer einen Sohn hat?»

«Sie fragen schon wieder komische Sachen», kam es durch die Tür. Und nach einer kurzen Pause: «Und wer erzählt solche Geschichten?»

«Frau Lammer selbst erzählt das», erwiderte Wolf. «Können Sie mir sagen, wer der Sohn ist?»

«Das glaube ich nicht, dass die Frau Lammer so etwas erzählt. Und wenn, dann müssen Sie sie selbst fragen, Herr Polizist.»

«Frau Hallmeier», sagte Wolf, «Ihre Freundin ist schwer krank. Sie kann nicht reden. Bitte, Sie müssen der Polizei helfen. Es geht um Leben und Tod.»

«Ach was», kam es zurück, «einem alten Menschen wie mir ist das gleich, das Leben wie der Tod. Gehen Sie heim, Herr Polizist. Und belästigen Sie mich bitte nicht mehr.»

Die Schritte entfernten sich wieder, schlurfend und doch federleicht.

«Warten Sie», brüllte Wolf in die geschlossene Tür, «eine Sache noch. Der Grenzer Xaverl ist verschwunden. Haben Sie eine Ahnung, wo er steckt? Sie kennen ihn doch, und seine Frau war doch eine Freundin von Ihnen.»

Da kehrten die schlurfenden Schritte zurück.

Für einen Moment war Stille.

«Sie sagen, der Xaverl ist verschwunden?», krächzte Frau Hallmeier.

«Die Polizei sagt, er ist vermisst», sagte Wolf.

«Sie sind doch ein Freund von diesem Theo. Fragen Sie den, der kennt den Xaverl gut. Ich weiß nichts, ich bin ein alter Mensch. Und mir ist schwindlig.»

«Gute Besserung», sagte Wolf noch, dann eilte er zurück ins Haus, die Treppe hinauf, in die Küche.

«Gemeinsam miteinander?», fragte er, während er Doktor Günther die Hand entgegenstreckte. Ein Friedensangebot, zumindest Waffenstillstand.

«Gemeinsam miteinander», erwiderte Doktor Günther, ohne zu wissen, worauf er sich einließ.

Zwanzig Minuten später fuhren Konrad Wolf und Doktor Günther Schweiger los Richtung Zwiesel, und schon auf den ersten Metern bekamen sie einen Eindruck davon, welch zweifelhaften Ruhm die Gemeinde Gratterszell sich erworben hatte. Ein weißer Lkw hatte vor dem Rathaus Stellung bezogen, an den Satellitenohren auf dem Dach war er als Übertragungswagen zu erkennen. Am Fuße des Schellenbergs reihte sich Auto an Auto, Stoßstange an Stoßstange standen sie auf dem Bankett geparkt, in den Windschutzscheiben lagen die Presseausweise. Ein gnädiger Nebel hatte sich über den Gipfel gelegt und verhüllte das Spektakel, das die Berichterstatter rund um das Windrad-Grab veranstalteten.

«Wie die Hyänen», sagte Wolf.

«Sei nicht so gemein zu den Journalisten», erwiderte Doktor Günther. «Wenn wir zwei jetzt gleich den Mordfall Rosenmüller lösen, dann lässt du dich bestimmt gerne von ihnen feiern.»

Doktor Günther träumte offenbar von Ruhm und Ehre. Er hatte die Kollegen in Zwiesel überredet, ihm Einblick in die Krankenakte Lammer zu geben, aber dazu musste er sich persönlich einfinden. Und Wolf hatte sich mit dem Ranger Theo verabredet, ebenfalls in Zwiesel. Es traf sich gut, dass dort die Windkraftgegner zu einer Demonstration aufgerufen hatten. Der Ranger hatte am Telefon erklärt, er lasse sich von niemandem vor den Karren spannen, auch nicht von organisierten Windkraftgegnern, doch würde ihn «der Zirkus», wie er sagte, interessieren.

Erstmals in seinem Leben fuhr Konrad Wolf nun S-Klasse, wenn auch nur auf dem Beifahrersitz. Was dieses Schlachtschiff denn koste, fragte er. Doktor Günther erwiderte nur, wer einmal dieses Auto gefahren habe, sei sein Leben lang für andere Autos verdorben.

«Man gönnt sich ja sonst nichts», sagte Wolf, flüsterte es

vielmehr. Man flüsterte in diesem Auto, denn es gab keinen Motorlärm wie in den Autos von Wolf und Ayla, gegen den man anzubrüllen hatte. Diese Stille, dieses lautlose Schweben durch die nebelverhangene Landschaft war ihm fast unheimlich, deshalb schaltete er das Radio an.

Doktor Günther hatte einen Klassiksender eingestellt, Wolf drückte den Sendesuchlauf, und es dauerte nicht lange, da war Wolf wieder mitten im Mordfall gelandet.

Die Pressekonferenz der Kripo in Passau war gerade zu Ende gegangen, der Reporter des Lokalsenders fasste die Ergebnisse zusammen, nachdem er erregt den unglaublichen Andrang von Journalisten geschildert hatte. Aus ganz Deutschland strömten sie herbei, um vom «blutigen Krieg um die Windenergie» im Bayerischen Wald zu berichten.

Den Journalisten war noch einmal der genaue zeitliche Ablauf der Ereignisse geschildert worden. Der Fund der Leiche von Hans Lammer. Das Verschwinden von Ludwig Rosenmüller. Der Fund der Leiche von Ludwig Rosenmüller (Konrad Wolf hielt den Atem an, aber von seiner Rolle dabei war nicht die Rede). Dann der Selbstmord von Franz Sigl. Die Sprengung der Windenergieanlage am Schellenberg.

Noch einmal hatten Wolfs Kollegen den Journalisten erklärt, alle Indizien würden darauf hindeuten, dass es Sigl gewesen war, der Rosenmüller ermordet hatte. Eine alte Fehde, die beim Thema Windpark eskaliert sei. Reine Spekulation sei es, dass der grausige Fund des Skeletts von Hans Lammer etwas mit den anderen Ereignissen zu tun habe, außer vielleicht, dass der Mörder Rosenmüllers sich habe inspirieren lassen, dem alten Mann den Oberschenkelknochen herauszuschneiden. Naheliegend sei die Vermutung, dass die Sprengung des Windrads den Windkraftgegnern zuzuschreiben sei, als Vergeltung für den Mord an dem Windkraftgegner Rosenmüller. Es seien schon mehrere Bekennerschreiben eingegangen. Die Art des verwendeten Sprengstoffs lasse

Rückschlüsse auf den Hintergrund des Täters zu, hieß es. Aber Genaueres wollte die Polizei aus ermittlungstaktischen Gründen nicht bekannt geben.

«Hoffen wir, dass unsere Polizei den Fall schnell löst», schloss der Reporter seinen Beitrag, «ganz Deutschland schaut jetzt auf uns.»

Nur eine Spekulation, die Verbindung zwischen dem Fall Lammer und dem Fall Rosenmüller? Wolf drehte das Radio aus und wusste: Die Kollegen wollten sich nicht in die Karten schauen lassen, aber sie brauchten bald ein Ergebnis, sonst würde ihnen der Bluff um die Ohren fliegen.

Wolf und Doktor Günther erreichten nach einer halben Stunde Fahrt das Kreiskrankenhaus Zwiesel. Ein achtzig Jahre alter Bau, hoch über der Stadt gelegen. Als Wolf seinen Freund vor der wuchtigen Glasfront verabschiedete, schärfte er ihm zum wiederholten Mal ein, seinen Kollegen so viele Fragen wie möglich zu stellen. Wurde Frau Lammer damals von einem Krankenwagen eingeliefert, oder hatte sie jemand hierhergebracht? Hatte sich damals jemand um Frau Lammer gekümmert, hatte sie Besuch? Vor allem: Hatte sie Besuch von einem jungen Mann? Und natürlich könne sich Günther auch auf der Station umsehen und fragen, ob Frau Lammer wieder bei Bewusstsein sei und von wem sie Besuch bekomme. Wenn Frau Lammers Sohn in der Gegend lebte, so dachte Wolf, dann hatte er vielleicht auch mitbekommen, dass seine Mutter im Krankenhaus lag. Würde er sie besuchen kommen?

Doktor Günther versuchte, Wolf den Schlüssel für die S-Klasse in die Hand zu drücken, doch der wehrte ab.

«Danke für das Vertrauen», sagte er, «aber ich geh lieber zu Fuß. Will ja nicht unsere Freundschaft aufs Spiel setzen.»

Konrad Wolf wartete ab, bis er Doktor Günther in einem der Aufzüge des Krankenhauses verschwinden sah. Dann konnte er der Versuchung nicht widerstehen. Er folgte ihm in das Gebäude, fragte an der Rezeption nach der Zimmernummer von Frau Elfriede Lammer.

Der Mann hinter der Plexiglasscheibe fing gar nicht erst an, den Namen in seinen Computer zu tippen.

«Frau Lammer aus Gratterszell meinen Sie?», fragte er.

Wolf nickte.

«Sind Sie ein Verwandter?»

Wolf schüttelte den Kopf.

«Und wer sind Sie dann? Wenn Sie mir Ihren Namen sagen, dann melde ich Sie oben an.»

«Wissen Sie was», erwiderte Wolf, «ich glaub, ich komme später wieder.»

Sofort machte er kehrt und stürmte aus dem Gebäude. Konrad Wolf hatte einige Erfahrungen mit Krankenhäusern gesammelt, und dass ein Besucher auf der Station angemeldet werden musste, hatte er noch nie gehört. Das konnte nur bedeuten, dass dort oben vor dem Zimmer der Witwe Lammer ein Polizeibeamter saß. Und auf diese Bekanntschaft wollte er verzichten angesichts des Ärgers in der Nacht zuvor.

Wolf machte sich davon, blickte sich um, sah, dass der Pförtner vor die Tür gekommen war, ein untersetzter Mann in einem senfgelben Pullunder. Er suchte den Parkplatz des Krankenhauses nach dem flüchtigen Fremden ab. Wolf duckte sich hinter ein parkendes Auto, bis der Pförtner wieder im Gebäude verschwunden war. Dann machte er sich auf den Weg zur Demo, wo er den Ranger treffen wollte, irgendwo auf dem Stadtplatz, hatten sie vereinbart, die rote Mähne des Theo Vogler würde nicht zu übersehen sein.

Als Wolf die Straße hinunter Richtung Zwiesel marschierte, hörte er schon weitem eine Mikrophonstimme, hörte Klatschen und Pfeifen und den Lärm von Tröten. Eine Familie mit drei Kindern ging neben ihm her, die Kleinen trugen ein Transparent mit der Aufschrift: «Wir wollen auch eine schöne Heimat haben und nicht im Windpark leben.» Wolf folgte ihnen Richtung Zentrum, wo vor der Pfarrkirche St. Nikolaus ein kleines Podest aufgebaut war. Der Redner einer Bürgerinitiative namens «Gegenwind» nannte den Gratterszeller Bürgermeister Sachsenhuber ein «Windei». Er verkaufe seine Heimat an die Energiekonzerne und gebe damit ein Beispiel, das den ganzen Bayerischen Wald in den Abgrund führe. «Wehret den Anfängen», sprach der Mann auf dem Podium und schloss seinen Vortrag mit dem Satz: «Ludwig Rosenmüller hat mit dem Leben bezahlt für die irrwitzigen Pläne des windigen Herrn Sachsenhuber.»

Um die fünfzig Windkraftgegner hatten sich vor dem Podium versammelt, sie applaudierten und schrien ihre Zustimmung hinaus in die Welt. «Sachsenhuber verkauft unsere Heimat. Und der kleine Mann zahlt den Preis dafür.»

Ludwig Rosenmüller war kein kleiner Mann gewesen, und Bürgermeister Sachsenhuber hatte es darauf angelegt, dass so viele Bürger Gratterszells wie möglich sich an dem Projekt beteiligen konnten. Aber die Öffentlichkeit liebte natürlich das Motiv vom kleinen Mann, der kleinen Frau, die zu kurz kamen.

Raubrittergleich hatten die Journalisten die Stadt in Beschlag genommen. Ü-Wagen parkten auf Gehsteigen, professionell betroffene Fragesteller mit bunten Mikrophonen suchten auf Straßen und Plätzen nach Opfern, im Gefolge der Fernsehjournalisten bewegten sich ächzend die Kameraleute. In tausend Variationen durften die Windkraftgegner ihre Argumente vortragen. Schattenschlag, Windlärm, blinkende Lichter, die Schlafsuchende verrückt machten. Windkraft führe zum gesundheitlichen Ruin der Anwohner, zerstöre Landschaften, vertreibe Touristen, lasse Grundstückspreise ins Bodenlose fallen. Wobei niemand gegen die Windenergie als solche argumentierte, sondern alle nur gegen die Windenergie vor der eigenen Haustür.

Konrad Wolf stellte sich vor, wie die Sondersendung im öffentlich-rechtlichen Fernsehen am Abend intoniert sein würde. Der Moderator mit schräg gelegtem Kopf, mit Bedenkenträgermitgefühlsgesicht und doch dem Hauch von Sarkasmus, der half, um sich auf Kosten von Hinterwäldlern zu profilieren. Blutige Notizen aus der Provinz. Tödlicher Streit um Windkraft. Die Frage aller Fragen: Entscheidet sich im finsteren Bayerischen Wald unser aller Zukunft?

Bilder aus Zwiesel, der bekanntesten Stadt der Region, wegen der Glasindustrie, wegen der Skirennen am Arber. Ein wenig Stadtkunde. Großer Regen, Kleiner Regen, der Schwarze Regen, der aus dem Zusammenfluss der beiden entstand. Jäger, Fallensteller, Goldwäscher, die als Erste hier siedelten, ein Geflecht unterirdischer Tunnel hinterließen. Das Stadtmotto: «Fein Glas, gut Holz sind Zwiesels Stolz». Der Niedergang der Glasindustrie, das Sterben des Waldes im Nationalpark. Baumskelette. Die perfekte Überleitung zum Skelett von Hans Lammer, mit dessen Fund die Kette der tragischen Ereignisse begonnen hatte.

Der Mord, der Selbstmord, das gesprengte Windrad. Trümmer auf dem Schellenberg exemplarisch für die Hoffnungen und Ängste, die das Land mit der Windenergie verband.

Idyllische Bilder aus der Gemeinde Gratterszell, Landkreis Freyung-Grafenau, vielleicht würde sogar das Holzhaus von Ayla Davutoglu bei einem Schwenk zu sehen sein, unterlegt mit Arbeitslosenstatistiken, mit Zahlen, die die Abwanderung junger Menschen dokumentierten. Eine strukturschwache Region, die auch nach dem Fall des Eisernen Vorhangs einfach nicht auf die Beine kommt. Die Frage: Warum ist es nicht möglich, den Menschen, die hier leben, die Windenergie als Chance begreiflich zu machen?

Die Politik habe versagt, das wird als Fazit am Ende der Sendung stehen, formuliert von einem Ökologen und von einem Energiekonzernsprecher gleichermaßen. Die Politik habe es nicht verstanden, die Bürger «mitzunehmen», eindeutig ein Versagen der Bundesregierung, der Landesregierung, der Bezirksregierung, des Stadtrats, des Bürgermeisters. Versagen der Parteien, der Verbände, der Konzerne. Versagen, Versagen, Versagen.

Eine große Müdigkeit befiel Konrad Wolf, als er die Sondersendung in seinem Kopf abspielte. Erst das Geheul eines Krankenwagens schreckte ihn auf. Wolf folgte dem Lärm, bemerkte unter den Arkaden – dort, wo er einige Tage zuvor Ballett getanzt hatte mit Ayla und den Mädchen – eine Gruppe aufgeregter Passanten. Sie umringten einen Mann, der auf dem Pflaster hockte; zwei Sanitäter in orangefarbenen Jacken hatten ihm eine Jacke untergeschoben, versorgten eine Wunde am Kopf. Das Blut mäanderte über das Gesicht des Mannes. Neben ihm lag ein Mikrophon mit einem gelben Schaumstoffschutz, darauf in Blau der Name eines Rundfunksenders.

In der Menschengruppe entdeckte Konrad Wolf die vertraute rote Mähne. Er stupste den Ranger von hinten an die Schulter und fragte: «Hast du zugeschlagen?»

Theo wandte sich um.

«Keine Sorge, ich war's nicht. Leider. So ein Depp. Das hat er nun davon.»

«Und was hat er nun wovon?», fragte Wolf.

«Stell dir vor», sagte der Ranger, im Gesicht rotfleckig vor Aufregung, «fragt der doch tatsächlich einen älteren Herrn, ob das nicht eine schöne Beschäftigung wäre für uns im Wald: den Windrädern zuzuschauen, wie sie sich drehen. Wo doch sonst nichts los ist bei uns. Da hat ihm der alte Herr den Krückstock übergezogen.»

«Wieso ist die Frage so schlimm?», versuchte Wolf einen Scherz auf Kosten des Rangers.

«Du hältst uns also auch für Trottel, die bald den ganzen

Tag mit offenem Mund im Tal stehen und staunen werden, wie sich am Berg oben das Radl dreht?» Im Gesicht des Rangers zeichneten sich ein paar neue rote Flecken ab. «Genau deswegen marschier ich nicht mit bei der Demonstration gegen die Windkraft. Für arrogante Münchner sind wir doch alle die gleichen Trottel: die Windkraftgegner genauso wie der Bürgermeister.»

Der Reporter, über dem rechten Auge sorgfältig verklebt, wurde von den Sanitätern zum Krankenwagen geführt. Die Passanten bildeten ein Spalier und bedachten den Reporter mit ortsüblichen Grüßen. *Sandler, Grattler, Gschwerl.* Zurück blieb das Mikrophon mit der gelben Haube und dem blauen Schriftzug. Ein kleines Mädchen hob es auf und versuchte sich bei ihrer Mutter als Reporterin.

«Drehen sich die Windräder eigentlich linksherum oder rechtsherum?», fragte sie mit großen Augen. Die Umstehenden lachten, eine Antwort wusste niemand. Die Gruppe löste sich auf.

Zurück blieben Wolf und der Ranger.

«Weißt du das eigentlich, in welche Richtung sich die Räder drehen?», fragte Wolf.

«Rechtsherum, im Uhrzeigersinn», erwiderte der Ranger.

«Und das hat bestimmt mit der Erddrehung zu tun», sagte Wolf, froh, ein anderes Thema gefunden zu haben.

«Ach, du Banause. Im Prinzip schaut der Flügel von so einem Windrad genauso aus wie ein Flugzeugflügel. Luvseite und Leeseite. Mit der Art, wie du sie montierst, kannst du beeinflussen, in welche Richtung sich das Rad dreht. Und es hat sich bei uns einfach durchgesetzt, dass sich alle nach rechts drehen. Sind eh schon so hässlich, die Dinger, stell dir vor, sie würden sich auch noch in unterschiedliche Richtungen drehen. Außerdem: Da würde uns Waidlern ja ganz schwindlig werden, wenn wir den ganzen Tag zuschauen, und die einen drehen sich linksherum, die anderen rechtsherum.»

Ein Fernsehteam näherte sich ihnen, Reporter samt Kameramann. Der Ranger zerrte Wolf am Ärmel in die entgegengesetzte Richtung, in eine kleine Gasse hinein.

«Die wollen bestimmt wissen, ob wir den Prügel-Rentner gesehen haben», sagte der Ranger.

«Kennst du ihn denn?», fragte Wolf.

«Hab alles gesehen», sagte der Ranger, «es war der alte Mann, der sich hier immer rumtreibt, keiner weiß, woher er kommt. Er ist meistens angetrunken. Schüttet sich mit diesem grässlichen Mühlhiasl-Blutwurz zu, sechsundfünfzig Prozent Alkohol. Pfui Teufel.»

«Der Loisl», rief Wolf, «ich werd verrückt. Der Seher, der Wahrsager.»

«Ein Bekannter von dir?» Der Ranger sah ihn erstaunt an.

«Flüchtig», erwiderte Wolf.

«Ja, gell, in der Stadt kennst du dich einfach besser aus», sagte der Ranger ohne jegliche Spur von Ironie. «Und sag einmal, finden wir wieder heraus aus den Gassen? Ich weiß überhaupt nicht mehr, wo wir sind. Und zu viele Leute sind mir auch unterwegs.»

«Keine Bange», sagte Wolf grinsend, «ich führ dich wieder heraus aus diesem Großstadtdschungel.»

«Ich weiß, das ist jetzt nicht Tokio, sondern Zwiesel», sagte der Ranger, «aber die Stadt ist einfach nicht meine Welt.»

«Dann zeige ich dir jetzt den Weg zurück zum Stadtplatz, und du kannst mir dabei ein paar Fragen beantworten.» Wolf schlug die entgegengesetzte Richtung ein, weg vom Stadtplatz, denn den Umstand, dass der Ranger sich verloren fühlte in dieser Bayerwald-Metropolis mit ihren zehntausend Einwohnern, wollte er sich zunutze machen.

Sein Freund Theo war ein Mann, der gerne Geheimnisse hütete, ein Mann der Mythen und Legenden. Wolf wusste, es war völlig sinnlos, ihn um eine Information aus Gefälligkeit zu bitten. Man musste ihm den Eindruck vermitteln, man sei auf Augenhöhe mit ihm, man wisse vielleicht sogar mehr als er.

«Ranger», sagte Wolf also, er hatte sich seine Fragen sehr genau überlegt, «Ranger, du hast mir vor ein paar Tagen erzählt, dass Hans Lammer damals auf einen Wolf geschossen hat.»

«Ja und?», erwiderte der Ranger.

«Außer dir und der Polizei hat das kein Mensch gewusst. Wie kommt das?» Wolf sah schon die Stadtgrenze vor sich und machte, während er die Frage stellte, neuerlich einen Schwenk.

«Ich hör zu, wenn sich die Leute etwas erzählen, und ich merk mir die Sachen.»

«Und du kennst auch den Grenzer Xaver Wurzer aus Kirchheim sehr gut, wie man so hört», sagte Wolf.

«Woher willst du das denn wissen?», fragte der Ranger, augenscheinlich verblüfft.

«Ich habe meine Quellen, Theo. Und du weißt bestimmt auch, dass der Xaverl ein guter Freund von Hans Lammer war und ...» Konrad Wolf, nun ganz in der Rolle des Kriminalkommissars, machte hier eine Kunstpause. Und tatsächlich vollendete der Ranger den Satz.

«... dass er mit ihm damals auf Streife war, als der Hans auf den Wolf geschossen hat.»

Wolf wunderte sich, wie leicht es war, seinen Freund Theo zu bluffen. Xaverl mit Hans Lammer auf Streife, Wolfs Polizistenhirn versuchte, Zusammenhänge herzustellen.

«Genau, Theo, und jetzt ist Xaverl spurlos verschwunden. Und ich weiß, dass du eine Ahnung hast, wo er steckt.»

«Warum ist das wichtig?» Der Ranger schien völlig arglos zu sein.

«Er ist vielleicht in Lebensgefahr. Theo!» Wolf betonte das letzte Wort. Theo!

«Wer sollte denn dem Xaverl etwas tun?», fragte Theo.

Wolf erwiderte: «Rosenmüller, Sigl, Wurzer. Zwei sind schon tot. Der Dritte vielleicht auch bald.»

Das war der maximale Bluff, Wolf hatte keine Ahnung, wovon er sprach. Der Ranger blieb stehen, sah den Kommissar aus seinen prüfenden Augen an.

«Aber Sigl hat doch Rosenmüller umgebracht, wegen dem Windpark. Oder?», fragte Theo.

Wolf zuckte nur mit den Schultern.

«Sigl ist nicht der Mörder gewesen?», fragte Theo. Er fasste sich an der Nase, überlegte, dann ging er voran, der Stadtplatz war wieder in Sicht.

«Und Frau Lammer hat übrigens einen Sohn», rief ihm Wolf hinterher, «das erzählen sich zumindest die Leute.»

«Ach, die Leute erzählen sich viel, wenn der Tag lang ist», erwiderte der Ranger.

«Theo, du weißt, wo Xaver Wurzer steckt. Du musst es sagen. Er ist in Gefahr. Denn da ist jemand gerade auf einem Rachefeldzug.»

«Und das ist alles, was du mir zu sagen hast, Herr Kommissar?»

«Alles, Theo», sagte Wolf. Sie waren stehen geblieben.

«Ja, dann danke ich dir, dass du mich gerettet hast.» Der Ranger gab ihm die Hand. Wolf schlug ein, sah ihm tief in die Augen und sagte:

«Theo, hier geht es um Mord, und dein Freund Xaverl ist vermutlich auch in Lebensgefahr. Wenn du weißt, wo er steckt, musst du reden.»

Doch der Ranger winkte nur ab, drehte sich um, ging seiner Wege.

Wolf sah seinem Freund hinterher, fragte sich, warum er nicht redete. Hatte er selbst etwas zu verbergen?

«Wie du meinst, Theo», rief Wolf dem Ranger hinterher, sein letzter Versuch, «aber schau dich um, was hier los ist. Bürgerkrieg im Bayerwald, Theo. Und wenn nicht bald jemand den Mund aufmacht, wird alles noch schlimmer. Aber bitte, es ist deine Heimat, nicht meine.»

Und tatsächlich, der Ranger kehrte um, stürmte auf Wolf zu. Er holte Luft, tippte dem Kommissar mit dem Zeigefinger gegen die Brust, holte noch einmal Luft.

«Konrad», sagte er, «ich sage dir jetzt etwas. Aber wir haben uns nie gesprochen. Niemals, verstehst du?»

«Niemals, Theo.»

«Rosenmüller, Sigl, Wurzer», sagte Theo. «Es gibt da eine alte Geschichte mit den dreien und Hans Lammer.»

«Was für eine Geschichte?», fragte Wolf.

«Die drei sind angeblich schuld daran, dass der Hans sich umgebracht hat.»

Wieder atmete der Ranger tief durch.

«Erpressung», sagte er. «Die drei haben ihn erpresst.»

Wolf mochte das nicht glauben. «Rosenmüller und Sigl haben gemeinsame Sache gemacht? Das waren doch Todfeinde.»

«Damals noch nicht», erwiderte der Ranger. «Damals haben sie gemeinsame Sache gemacht. Und Xaverl war der Dritte im Bunde. Worum es ging, kann ich dir nicht sagen, beim besten Willen nicht. Aber ich kenne jemanden, der kann dir vielleicht helfen. Einen Tschechen, der kann dir vielleicht sagen, wo der Wurzer steckt.»

Noch einmal tippte der Ranger dem Kommissar gegen die Brust, wiederholte: «Und du weißt das nicht von mir.»

«Ehrenwort, Theo.»

«Also, dann schau in zwei Stunden bei mir vorbei. Dann sag ich dir, wann und wo du den Tschechen treffen kannst.»

Ohne ein weiteres Wort machte sich der Ranger auf den Weg. Wolf sah der mächtigen, schiefen Gestalt hinterher. Er spürte das Adrenalin in seinen Adern, während er zurück zum Krankenhaus marschierte. Er war der Lösung des Falls nahegekommen, ganz nahe. Während er auf dem Parkplatz auf Doktor Günther wartete, zog er sein Handy aus der Tasche, überlegte, wen er als Ersten informieren sollte. Den jungen Hermann? Die Chefin? Ayla? Er steckte das Handy wieder weg. Er brauchte Zeit, brauchte mehr Informationen, er wollte die Kollegen keinesfalls auf eine falsche Fährte setzen.

Doktor Günther kam im Eilschritt herangestürmt, mit einer Miene, als habe er den Fall schon gelöst, den Täter hinter Schloss und Riegel gebracht und auch schon das Urteil gesprochen.

«Kein Schlaganfall», rief er von weitem, «die Lähmungserscheinungen waren damals eindeutig psychisch bedingt.»

«Sie ist gar nicht mehr gelähmt?», fragte Wolf.

«Du meinst, ob sie jemanden umbringen und zerstückeln kann?» Doktor Günther lachte, während er das Auto aufsperrte. «Das weiß ich nicht, sie hat sich seit dem Vorfall vor fünf Jahren nicht mehr hier vorgestellt. Aber was feststeht: Sie hatte vor fünf Jahren ein traumatisches Erlebnis zu verarbeiten.»

«Ihr Sohn ist aufgetaucht?», fragte Wolf, während er sich anschnallte.

«Also», sagte Doktor Günther, während er die S-Klasse aus dem Parkplatz schnurren ließ, «Frau Lammer wurde damals von zu Hause aus ins Krankenhaus eingeliefert. Sie war allein. Aber sie hatte in den Tagen danach mehrmals Besuch von einem jungen Mann. Ich habe eine ältere Krankenschwester getroffen, die konnte sich recht gut an ihn erinnern. Er war sehr nett und zuvorkommend, aber Frau Lammer hat sich geweigert, mit ihm zu sprechen. Sie wollte ihn nicht bei sich im Zimmer haben.»

«Und jetzt sag schon, wer war es? Wie hat er ausgesehen?»

Doktor Schweiger bremste, fuhr rechts an den Straßenrand, sah seinen Freund eindringlich an. «Das glaubst du nicht, aber die alte Krankenschwester hat ihn Bürgermeister genannt. Bürgermeister.»

«Wie, Bürgermeister?» Wolf verstand kein Wort.

«Sie sagt, der Mann hat genauso ausgesehen wie dieser Bürgermeister, der jetzt immer im Fernsehen zu sehen ist. Ich sag: Wie der Bürgermeister Sachsenhuber? Und sie sagt: ja.»

Konrad Wolf schlug beide Hände vors Gesicht, und wenn die Sache nicht so ernst gewesen wäre, hätte er laut losgelacht.

«Günther», sagte er, «das kann nicht sein.»

«Warum denn nicht, Konrad?»

«Der ist doch ein Lehrer-Sohn», erwiderte Wolf.

«Aber das muss man doch zumindest überprüfen», protestierte Doktor Günther. «Außerdem gibt es eine junge Krankenschwester, die hat sich damals ausführlich mit dem jungen Mann unterhalten. Ich habe ihre Adresse. Vielleicht weiß die mehr.»

«Frau Lammer selbst kann man nicht befragen?», fragte Wolf, überwältigt von der plötzlichen Flut an Enthüllungen in dem Fall.

«Schläft», erwiderte Doktor Günther, während er wieder Gas gab. «Nicht ansprechbar. Totaler Zusammenbruch, sagen die Kollegen.»

Jedenfalls. Der Hans, Gott hab ihn selig, und seine Natur. Am Ende ist es ihm aber wahrscheinlich auch kein Trost gewesen, dass er sein Leben an einem besonders schönen Tag in der freien Natur ruiniert hat.

Das kannst du dir gar nicht vorstellen, wie das ausschaut in so einem Winter bei uns im Wald. Wenn der Schnee meterhoch liegt, wenn die Bäume eingeschneit sind, wenn der Schnee dann festfriert bei minus 15 Grad, und wenn der Wind drüberpfeift und den Schnee ausfräst. Das schaut dann aus wie eine Kunst. Skulptur, so sagt man doch, oder? Ich selber hab es ja nicht so mit der Kunst, in ein Museum bringen mich keine zehn Pferde hinein, da wird mir bloß schwindlig. Diese schlechte Luft, und diese Intellektuellen erst, das vertrag ich nicht. Aber draußen, in der Natur, das ist eine andere Geschichte. Da ist der Herrgott selber der Künstler.

Also, an so einem Tag sind wir los, gleich nach Weihnachten 1981. Wir hätten ja gar nicht mehr Streife gehen müssen, als Hauptmeister. Aber wir haben uns eingetragen in die Liste, für einen Männerausflug, wenn du so willst. Weihnachtsspaziergang. Er Streifenführer, ich Begleiter, der Kraftfahrer hat uns abgesetzt. Dann sind wir los.

Sechzig Jahre lang haben wir nicht mehr so viel Schnee gehabt an Weihnachten, hat die Zeitung geschrieben damals. In Mauth und Finsterau ist der Schnee bis zu den Balkonen gestanden. Ein strahlender Tag. Ein Traum, sage ich dir, blauer Himmel. Aber das Wetter schlägt ja schnell um, und auf einmal sind wir im Nebel, und da fängt es wieder zu schneien an. Und dann hören wir auf einmal diesen Schuss. Und wie das gepfiffen hat.

Wie in einem Film eigentlich, aber doch: der Ernstfall.

Schau, so viele Jahre sind wir Streife gegangen, der Hans und ich, und haben immer auf den Ernstfall gewartet.

Ende der Sechziger zum Beispiel. Habe ich mit einer Streife drei Tschechen aufgegabelt. Drei Studenten, keine Ahnung, wie sie das damals über die Grenze geschafft haben. Die armen Teufel haben sich überhaupt nicht mehr ausgekannt: Sind wir auf der tschechischen Seite oder auf der deutschen? Haben sich unter einem Reisighaufen verkrochen. Aber wir haben unsere Gewehre nicht einmal durchgeladen. Stell dir vor, einer von denen hätte eine Waffe dabeigehabt und wäre durchgedreht, weil er denkt, wir sind Tschechen oder Russen. Aber wir haben nicht einmal durchgeladen. Mit der Hand über dem Kopf sind sie herausgekommen, und einer hat gesagt:

Cigareta?

Ich habe ihm meine Schachtel hingehalten. HB. Da hat er gesehen: Deutsch. Was glaubst du, wie der gelacht hat. Hätte uns am liebsten umarmt. Wir haben denen auch gleich unsere Essensration gegeben.

Oder einmal, in den Siebzigern. Plötzlich Alarm in der Kaserne. Russische Panzer an der Grenze. Oder schon über der Grenze? Wir rücken aus, überall Touristen, die irgendwo einen Panzer gesehen haben wollen. Deppen, denken wir, aber in der Nacht beziehen wir dann doch Stellung, mit Blick auf eine von den tschechischen Kasernen an der Grenze, so ein windiger Plattenbau. Und da ist auf einmal Mordsbetrieb. Tausend Lichter, tausend Hubschrauber über der Kaserne. Da sag ich zu meinen Männern: Männer, sag ich, wenn da jetzt die Kasernentore aufgehen und es kommen in Zehnerreihen Panzer auf die Grenze zugerollt. Dann setzen wir den Funkspruch ab: Angriff auf Deutschland! Aber wehe, einer von euch schießt. Wir hauen sofort ab. Weil, wenn die unser Mündungsfeuer sehen, dann sind wir erledigt. Oder, sag ich, wollt ihr die Ersten sein, die in dem Scheißkrieg sterben? Ich jedenfalls nicht. Und meinem Kraftfahrer hab ich befohlen: laufender Motor, die ganze Nacht. Nicht dass der Russe kommt, und unser Fluchtauto springt nicht an.

Und wenn du mich jetzt für einen Feigling hältst, sage ich dir: Eigentlich war das ein Spiel. Wir haben uns für unverwundbar gehalten, so jung, wie wir waren.

Und jetzt war es auf einmal doch ernst, Winter 1981. Der Hans und ich auf Streife. Da fällt der Schuss. Und dann diese Scheißangst, kannst du dir das vorstellen?

11. KAPITEL

Ein grauer Schleier hatte sich über den Wald gelegt, als Konrad Wolf losmarschierte. Es war schon später Nachmittag, und er war allein.

Bei Bucina, Buchwald, überquerte Wolf die Grenze, der Bayerwald wurde zum Böhmerwald. Bald zeichnete sich im Nebel ein Wachturm aus Stahl ab, auf Spinnenbeinen erhob er sich aus der Landschaft. Neben dem Turm verliefen zwei Stacheldrahtzäune parallel im Abstand von zwei Metern, dazwischen verlief der sorgfältig geharkte Todesstreifen. Wolf sah in den Zäunen die T-Pfosten, an denen die Starkstromleitungen befestigt waren. Er setzte sich auf eine der Panzersperren, die man vor den Zaun gelegt hatte. Tschechen-Igel, so nannte man das Ungetüm, wie Konrad Wolf seit seiner Zeit bei der Bundeswehr wusste.

Die Igel bestanden aus drei Stahlträgern, je zwei Meter lang, die über Kreuz miteinander verschweißt waren. Sie waren erstmals verwendet worden in den dreißiger Jahren beim Bau des großen Tschechoslowakischen Walls, mit dem sich das Land gegen das Deutsche Reich schützen wollte. Zwanzig Jahre später lagerten sie vor den Grenzzäunen, mit denen sich die ČSSR gegen den Westen zu schützen vorgab. Nun waren die Sperren, der Zaun, der Wachturm, der Todesstreifen, war die ganze Grenzanlage keine fünfzig Meter lang, nur noch ein Gruß aus der Vergangenheit, eine aus allen Epochen der Grenzsicherung zusammengeschusterte Touristenattraktion. Aber Konrad Wolf spürte, wie sich seine Nackenhaare sträubten. Er glaubte, das Sirren der fünftausend Volt in der Leitung am Zaun zu hören. Das Kläffen der Wachhunde. Befehle, die in einer fremden Sprache über den Zaun gebellt wurden.

«Du musst allein gehen, mein Freund», hatte ihm der

Ranger gesagt, als er Wolf zwei Stunden zuvor den Ort und die Zeit für sein Treffen mit dem Tschechen genannt hatte. Achtzehn Uhr, irgendwo am alten Grenzstreifen. Um siebzehn Uhr solle er in Bucina losmarschieren, ein ehemaliger tschechischer Grenzbeamter werde auf ihn warten. Der Ranger hatte ihm den Weg genau aufgezeichnet. Und er hatte ihm noch einmal das Versprechen abgenommen: «Kein Wort zu irgendjemandem über dieses Treffen. Kein Wort zu irgendjemandem, dass ich dir diesen Tipp gegeben habe. Vor allem: kein Wort zur Polizei.»

Wolf hatte dem Ranger sein Ehrenwort gegeben.

Sollte er nicht doch die Polizei informieren?, fragte sich Wolf jetzt, frierend auf dem Tschechen-Igel.

Sollte er für ein Ehrenwort unter Freunden wirklich riskieren, selbst dem irren Rächer in die Hände zu laufen? Und würde am Ende sein eigenes Hüftgelenk auf dem Rachel zu liegen kommen?

Wolf zog sein Handy aus der Hosentasche, wählte Aylas Nummer. Sie nahm das Gespräch sofort an.

«Wo steckst du?», fragte Wolf.

«Nicht, wo du denkst», sagte sie, «ich bin im Krankenhaus in Zwiesel, vor dem Zimmer von Frau Lammer. Ich will mit ihr reden, sobald sie wach wird. Sie rechnen jede Minute damit.»

«Hat dich Hermann darum gebeten?», fragte Wolf.

«Ich habe ihn gebeten», antwortete Ayla. Sie seufzte. «Ich sage dir, Konrad, es ist alles eine Tragödie. Diese Frau hat schon so viel durchgemacht ... es darf nicht noch mehr passieren. Sie muss reden. Muss einfach ...» Kurz versagte ihr die Stimme. «Hör zu. Die Schwester von Frau Lammer ist schon ziemlich durch den Wind. Aber sie hat bestätigt, dass Elfriede einen Sohn hatte. Als er geboren wurde, war Hans Lammer schon länger als ein Jahr tot. Die Schwester hat Elfriede geholfen damals. Hat sie in München einige Monate bei sich aufgenommen. Alles, was in dem Brief des Sohnes steht, stimmt. Frau Lammers Schwester hat als Krankenschwester gearbeitet, auf einer Geburtsstation. Sie sagt, sie haben Frau Lammers neugeborenes Kind einer Frau gegeben, die einige Tage zuvor eine Totgeburt hatte. Ein Stationsarzt hat mitgespielt damals, hat die entsprechenden Dokumente unterschrieben.»

«Habt ihr den Namen der Eltern?», fragte Wolf.

«Die Schwester sagt, sie erinnert sich nicht mehr. Und den Namen des leiblichen Vaters kennt sie angeblich auch nicht. Aber sie würde wahrscheinlich alles tun, um ihre Schwester zu schützen.» Wieder schien Ayla mit den Tränen zu kämpfen. «Die Schwester sagt: Elfriede ist gezwungen worden damals. Sie wollte sich nicht mit dem Mann einlassen. Deswegen hat sie das Kind weggegeben.»

«Erpressung?», fragte Wolf.

«Oder Vergewaltigung», erwiderte Ayla.

«Und die Polizei glaubt jetzt, dass der Sohn hinter dem Mord an Rosenmüller steckt?», fragte Wolf.

«Offenbar», sagte Ayla, «jedenfalls sind deine Kollegen ziemlich sicher, dass Sigl nicht der Mörder ist. Ein Zeuge hat sich gemeldet, ein Wanderer. Er hat von der anderen Seite der Straße aus gesehen, wie Franz Sigl in den Waldweg gefahren ist, wo man Rosenmüller später gefunden hat. Und er hat gesehen, wie Franz Sigl sehr bald danach wieder herausgefahren ist. Mit einem Affenzahn heraus, hat er gesagt. Sein Eindruck war: rein und sofort wieder raus, als sei er vor etwas geflüchtet. Keine Zeit, jemanden umzubringen. Er hat Sigls Auto zweifelsfrei erkannt.»

Konrad Wolf atmete langsam aus. Hans Lammer war vor dreißig Jahren erpresst worden von seinem angeblichen Freund Xaver Wurzer, von Ludwig Rosenmüller und Franz Sigl. In der Folge hatte er sich umgebracht. Frau Lammer war nach seinem Tod ebenfalls erpresst, vielleicht sogar vergewaltigt worden. Steckten Rosenmüller, Sigl, Wurzer auch hinter dieser Tat? Und wusste Elfriede Lammers Sohn davon?

«Pass auf», sagte Wolf, «ruf bitte Doktor Günther an, der kann der Polizei vielleicht etwas erzählen über diesen Sohn von Frau Lammer.»

«Günther?», sagte Ayla entgeistert.

«Ja, ruf ihn an, er ist zu Hause bei Juri.»

«Und du?», fragte sie. «Wo steckst du, was hast du vor? Konrad!»

«Erzähl ich dir später. Ist streng geheim.»

Wolf drückte die rote Taste auf seinem Telefon. Gleich darauf summte sein Handy, auf dem Display erschien der Name Ayla, doch er ließ es summen.

Ein Ehrenwort war ein Ehrenwort.

Konrad Wolf schloss den Reißverschluss seiner grünen Regenjacke bis unters Kinn, erhob sich von dem Tschechen-Igel und marschierte weiter.

Zwei belegte Brote und eine Flasche Wasser trug er im Rucksack, dazu eine Taschenlampe, die ihm der Ranger mitgegeben hatte. Man wisse ja nie, hatte er gesagt. Auf einer Wanderkarte hatte der Ranger dem Kommissar den Weg aufgezeichnet, dazu auf einem Notizzettel die Entfernungen zwischen den einzelnen Abzweigungen notiert.

Ein normaler Wanderer brauche solche Notizen nicht, hatte der Ranger gesagt, aber, nun ja, der Kommissar sei nun mal kein normaler Wanderer.

In dem Nebel, der sich nun immer dichter zusammenzog, war Konrad Wolf froh um den Zettel. Streng hielt er sich an den Marschplan, zählte jeden seiner Schritte als Meter, auch um sich abzulenken von dem Gefühl der Einsamkeit, das in ihm hochkroch. Seit einer halben Stunde war er keinem Menschen begegnet. Keine lange Zeitspanne für einen gewöhnlichen Wanderer, eine Ewigkeit für Konrad Wolf. Er hörte bald wieder auf, seine Schritte zu zählen, versuchte stattdessen, die Frauen, die sich um Elfriede Lammer geschart hatten, zueinander in Beziehung zu setzen. Frau Lammer, Frau Rosenmüller, Frau Wurzer und Frau Sigl hatten sich vermutlich verschworen, das schreckliche Geheimnis um den Tod von Hans Lammer zu hüten. Frau Bergmann, die Gattin des Sägewerksbesitzers, war erst später zu dem Kreis gestoßen, nach Frau Wurzers Tod, und wusste offenbar nichts von der alten Geschichte. Der Brand des Sägewerks: augenscheinlich reiner Zufall in dieser turbulenten Woche.

Aber was hatte Frau Hallmeier mit Hans Lammer zu tun? Es war nur ein kurzer Gedanke, der Konrad Wolf durch den Kopf schoss wie ein einzelner, verirrter Sonnenstrahl an einem Nebeltag.

Konrad Wolf sah am Waldrand ein Schild mit der Aufschrift «Pozor». Achtung! Die alten Gespenster tauchten im Nebel auf. Stacheldraht, Hochspannungszäune, Minen. *Pohranicni straz*, Grenzwächter mit ihren Maschinenpistolen. Vorüber war dieser Spätsommer aus dem Bilderbuch, dieser kinderliebe Schönwetterwald, der zu gemächlichen Wanderungen einlud. Wenn der Nebel den Wald in seinen Klammergriff nahm, war dies hier der einsamste Ort der Welt.

In der Ferne kreischte eine Motorsäge. Im deutschen Nationalpark durfte der Mensch die Natur nicht anrühren; im tschechischen Nationalpark aber, Sumava genannt, räumte man die Baumleichen beiseite. Die Motorsäge heulte ein zweites Mal auf, ein drittes Mal, dann hörte Wolf wieder nichts mehr außer dem eigenen Atem und dem eigenen Schritt. Einmal glaubte er, er würde verfolgt, hielt inne, eine steingraue Figur im Nebel, horchte hinein in den Schleier, der jedes Geräusch zu verschlucken schien. Die Stille begann zu dröhnen in seinen Ohren.

Wolf griff wieder nach seinem Handy. Er sah, dass eine SMS von Ayla eingetroffen war.

Sag mir bitte, wo du steckst!

Er antwortete:

Geht nicht

Sogleich kam es zurück:

Der Wolf jagt im Rudel!

Wolf blieb stehen, las den Text ein zweites und ein drittes Mal.

Sie hatte recht, fand Wolf, kein Wolf blieb aus freien Stücken einsam. Der einsame Wolf war ein Ausgestoßener. Aber dann dachte er an den Ranger, einen Freund, dachte an das Ehrenwort, das er ihm gegeben hatte. Und er schaltete das Handy aus. Niemand konnte ihn nun erreichen, und niemand außer dem Ranger wusste, wo er steckte. Er hatte auch seinem Freund Günther nicht verraten, was er vorhatte. War er noch ganz bei Trost?

«Du wirst mich finden», sagte er leise vor sich hin, «du wirst den Wolf auch so finden, Ayla.»

Bald teilte sich der Weg. Konrad Wolf hielt sich links, dem Marschplan des Rangers folgend. Der Karte zufolge überquerte er die Grenze gerade ein weiteres Mal, zurück auf die deutsche Seite. Es dauerte keine zehn Minuten mehr, da erkannte er vor sich eine gebeugte Gestalt im Nebel, sie sah aus wie ein großer trauriger Vogel am Wegesrand.

Wolf hielt inne.

«Treten Sie näher, bitte.» Der alte Mann trug einen Armee-Parka, hatte die Kapuze über den Kopf gezogen, die Hände in die Taschen gesteckt.

Wolf ging auf ihn zu, streckte ihm die Rechte entgegen. Ein schlaffer Händedruck.

«Herr Wolf, Sie sind sehr pünktlich», sagte der Tscheche.

Pinktlich.

Wolf sah in ein fein geschnittenes Gesicht, wässrige Altmänneraugen.

«Danke, dass Sie Zeit hatten, Herr František», erwiderte Wolf.

«Gerne», sagte der Tscheche. «Mein Freund, der Ranger, sagt, Sie wollen reden über alte Zeit. Über Xaverl. Aber bitte, wir wollen uns setzen hier auf die Bank.»

Herr František ließ sich ächzend nieder, Wolf setzte sich neben ihn, sah an der Lehne ein kleines Metallschild mit der Aufschrift:

Freut euch am Leben,
an der Natur.
Gott hat's gegeben,
er leiht sie euch nur.

«Entschuldigung für die Umstände», sagte Wolf, «ich hätte Sie auch zu Hause besuchen können.»

Der Tscheche sah Wolf von der Seite an. «Hat der Ranger nicht erzählt, warum hier?»

Wolf schüttelte den Kopf.

«Guter Mann, der Ranger, kann hüten Geheimnisse», sagte Herr František. «Und muss ein guter Freund sein von Ihnen. Ist das erste Mal, dass er mich bittet, zu erzählen alte Geschichte. Und Sie versprechen, Herr Wolf, dass Sie mich nicht erwähnen gegenüber Polizei? Kein Wort über Herrn František, versprochen?»

«Versprochen», erwiderte Wolf, «Sie haben mein Wort. Aber wenn Sie zunächst eine Frage gestatten: Wieso sprechen Sie so gut Deutsch?»

Wolf wusste, nur linientreue Soldaten wurden damals zum Dienst an der Grenze eingeteilt. Und Soldaten mit Deutsch-Kenntnissen, vielleicht sogar Beziehungen nach Deutschland, hielt man damals von der Grenze fern.

«Na, hab ich gelernt in Schule in Prag, und dann bei Grenztruppe man hat auch gebraucht Leute, die können verstehen den Feind. Außerdem habe ich gelernt Deutsch von guten Freunden hier, *sudetští Němci.* Sudetendeutsche, manche mussten bleiben nach dem Krieg, wurden nicht vertrieben, weil man hat gebraucht gute Leute in Lenora.»

Wolf nickte. Er hatte von der berühmten Glashütte Lenora gehört, mittlerweile war auch sie stillgelegt.

«Sie kennen meinen Freund Heinrich vielleicht, alter Glasbläser?», fragte František.

«Nein», sagte Wolf, «den kenne ich nicht. Aber sagen Sie, woher kennen Sie Xaverl, den deutschen Grenzer?»

«Na, nach Ende von dem Eisernen Vorhang, alle wollten miteinander sprechen. Versöhnung. Nachbarn. Gemeinsames Europa. Wir haben uns getroffen, deutsche Grenzer, tschechische Grenzer. Haben wir Bier getrunken zusammen. Und haben wir gesprochen über alte Zeit, so weit möglich. Ein wenig Tschechisch, ein wenig Slowakisch, ein wenig Deutsch, ein wenig Hände und Füße.»

Händä und Fißä.

«Und dabei haben Sie sich mit Xaverl angefreundet?», fragte Wolf.

«Ist zu viel gesagt, angefreundet», erwiderte Herr František. «Er wollte immer wissen über, wie sagt man, Zwischenfälle? Flucht von unsere Leute. Da wir haben viel gesprochen über Milan Čepek. Sie haben gehört von Milan Čepek?»

Wieder nickte Wolf.

Er hatte davon gehört. 1968, der Prager Frühling war vorüber, beendet vom Einmarsch der Russen und ihrer Verbündeten. Der kleine Soldat Milan Čepek, ein Tscheche, Jahrgang 1949, weigerte sich danach, in einem zusätzlichen Eid auch den sowjetischen Truppen die Treue zu schwören. Er verließ die Kaserne für einige Tage, wurde als Deserteur ins Gefängnis gesperrt, wieder freigelassen, zu den Grenztruppen versetzt. Am 18. November 1968, seinem dritten Tag im Dienst, um halb neun Uhr morgens nahm er seinem Begleiter, dem Unteroffizier Vaclav Smejkal, die Maschinenpistole ab und flüchtete Richtung Bayern. Smejkal bat den Kameraden, ihm wenigstens die MP wiederzugeben: er wisse doch, dass Soldaten, die ihre Waffe verlieren, ins Gefängnis müssten.

Čepek warf die MP zurück und rannte weiter, Smejkal griff die Waffe, nahm sofort die Verfolgung auf, beide umfangen von dichtem Nebel. Smejkal schoss mehrmals auf den Kameraden, Čepek feuerte zurück, Smejkal gab auf.

Um 11.45 Uhr wurde Milan Čepek von einer deutschen Zollstreife gefunden, verblutet mit Durchschüssen an beiden Oberschenkeln. Die deutschen Ermittler kamen zu dem Ergebnis, Čepek sei auf tschechischer Seite getroffen worden und noch dreihundertfünfzig Meter weitergelaufen; so ersparte man sich komplizierte Ermittlungen wegen eines Tötungsdelikts auf deutschem Boden und damit einen diplomatischen Skandal.

«Schnellenzipf», sagte der alte Tscheche, seine blauen Augen schienen noch ein wenig wässriger geworden zu sein. «Sie wissen, Herr Konrad, ich habe mich oft gefragt, wie ist das? Du läufst weg, schon über Grenze, aber verwundet. Das Blut läuft aus dir heraus, du kannst nicht mehr. Du liegst in Gras, schaust in Nebel, schaust in Himmel, und du bist kalt. Du zitterst, du schreist um Hilfe, aber keiner hört. Das Blut läuft, und dann du spürst, wie Leben dich verlässt. Du bist schon über Grenze, und dann du stirbst auf Wiese bei Schnellenzipf.»

Herr František schaute eine Weile schweigend in den Wald hinein. Die Kälte schien ihm nichts auszumachen, Wolf rutschte auf der Bank hin und her.

«Unteroffizier Smejkal ist geworden ein Held, weil er hat geschossen auf Milan Čepek», fuhr Herr František fort. «Ist befördert worden, hat bekommen Sonderurlaub und russische Uhr. Und als der Eiserne Vorhang nicht mehr war, man hat ihn gesteckt in Gefängnis. Achtzehn Monate.»

Wolf rechnete. 1968 mochte Herr František zwanzig Jahre alt gewesen sein, genauso alt wie Čepek.

«Sie haben Milan Čepek gekannt?», fragte er.

Der alte Tscheche seufzte.

«Aber nein, Herr Wolf», erwiderte er, «ich habe Milan Čepek nicht gekannt. Aber ich habe Petr Zakovsky gekannt, sehr gut sogar, er war mein Freund. Petr Zakovsky?»

František sah Wolf fragend an, der schüttelte den Kopf.

«Natürlich, Sie können ihn nicht kennen», fuhr František fort. «Keiner im Westen ihn kann kennen. Feiner Mann, einfacher Mann. Aber hat immer gesprochen von Freiheit. Immer wieder. Freiheit, Freiheit, Freiheit. Hat immer geredet von Kanada, hat immer gesprochen von der Provinz, die ich nicht kann richtig aussprechen. Saskatchewan, Name hat ihm so gut gefallen. Petr hat immer gesagt, das klingt nach Abenteuer. Ich persönlich war Kommunist damals, überzeugter Kommunist, scharfer Hund, wie die meisten von uns. Sonst wir wären gar nicht gekommen zur Grenzwache. Petr hat wahrscheinlich nur so getan, als ob er ist ein scharfer Hund. Ich habe erst langsam verstanden, warum er wollte an die Grenze. Er wollte auf die andere Seite von Grenze. Hatte keine Familie, nichts zu verlieren. Natürlich ich habe ihn nicht verraten, er war mein Freund. Er sagte: Komm mit, wenn wir zusammen gehen Streife, wir gehen hinüber, wir finden einen Weg. Ich habe gesagt: Ich bleibe bei meiner Familie. Und bitte, geh nicht hinüber, wenn wir zusammen gehen Streife. Sonst ich bekomme großen Ärger. Und dann er hat es doch getan.»

Konrad Wolf nickte. Er begann, die grausame Geschichte zu erahnen.

Hans Lammers Schuss auf der Streife mit Xaver Wurzer.

«Sie wissen alles?», fragte František.

«Ich ahne es», erwiderte Wolf, «aber bitte erzählen Sie weiter.»

«Viel Schnee, viel Nebel», sagte Herr František. «Wir sind gegangen Streife. Heute ist der Tag, hat Petr plötzlich gesagt, dann er hat Waffe weggeworfen und ist losgerannt, hinein in Nebel. Vielleicht wir sehen uns wieder, er hat noch gerufen.

Natürlich ich habe geschossen, musste schießen. Aber ich habe hochgehalten, weit über Kopf. Und dann. Ich höre noch einen Schuss. Und Petr hatte gar keine Waffe mehr.»

«Und auf der deutschen Seite», sagte Wolf, «sind an dem Tag Hans Lammer und Xaver Wurzer Streife gegangen.»

Wolf dachte an Elfriede Lammer, ihre Albträume. Sie musste wissen, dass ihr Mann nicht auf einen Wolf, sondern auf einen Menschen geschossen hatte, dass er deswegen erpresst worden war und sich aus Verzweiflung umgebracht hatte. Nun wälzte sie sich in einem Krankenbett in Zwiesel und erlebte in ihren Albträumen das Drama ein weiteres Mal.

«Ich habe gemeldet die Flucht natürlich», sagte Herr František. «Habe bekommen Schwierigkeiten, natürlich, weil mein Partner ist geflohen. Als der Nebel war weg, unsere Leute haben gesucht Spuren, aber es hat so viel geschneit. Keine Spuren, keine Kugel. Nichts. Ein Winter wie damals, Herr Konrad, so etwas man erlebt selbst bei uns ganz selten. So viel Schnee. Ich habe gewartet auf Nachricht von den Deutschen. Die waren stolz über jeden von uns, der ist geflohen. Ja, ich habe gehofft auf Nachricht: Wieder ein Tscheche ist geflohen über Grenze, Zeichen für Überlegenheit westliches System. Aber es gab keine Nachricht. Nichts. Und ich habe geahnt, was ist passiert mit Petr. Es gab ja diesen Schuss. Und ich habe nie mehr etwas gehört von Petr Zakovsky.»

Herr František schwieg wieder, in stillem Andenken an seinen Freund. In der Ferne heulte die Motorsäge auf.

Konrad Wolf spürte die Kälte jetzt nicht mehr. Das große Geheimnis um Hans Lammer lüftete sich vor seinen Augen. Er konnte es nicht fassen. Er war hierhergekommen, um Urlaub zu machen, um mit Ayla eine Entscheidung fürs Leben zu treffen. Nun war er in diesem Drama gelandet, angestoßen vom Tod des Petr Zakovsky.

Doch Wolf ahnte, damit war die Geschichte nicht zu Ende. Spätestens nach der Wende musste jemand Zusammenhänge hergestellt haben. Ein fehlender Mann im Osten, keine Spur von ihm im Westen, und am Tag seines Verschwindens hatte im Westen eine Kugel gefehlt.

«Wie haben Sie herausgefunden, was wirklich passiert ist?», fragte Wolf.

Der alte Tscheche lächelte schweigend in sich hinein.

«Ich nehme an», sagte Wolf, «Sie haben vom Schicksal von Hans Lammer erfahren. Und vom Schicksal seiner Frau?»

«Wissen Sie, Herr Konrad, ich bin Wirt, habe kleines Lokal in Kvilda. Und wenn man ist Wirt, Antworten kommen manchmal von ganz alleine. Mein Freund Theo war schon hier mein Gast, bevor er geworden ist Ranger. Als junger Mann schon, gleich nach Wende. Hat erzählt Geschichten, dies und das. Geschichte von der traurigen Witwe, Geschichte von dem Grenzschützer, der hat geschossen auf einen Wolf und sich umgebracht. Es war nicht schwer, wie sagt man? Zusammenzählen eins und eins? So haben wir gemeinsam herausgefunden die Wahrheit, Theo und ich. Und natürlich, unsere Behörden haben gefragt nach meinem Freund Petr, haben mich gefragt, hast du jemals von ihm gehört, František?»

«Und was haben Sie geantwortet?»

«Ich habe gesagt, jedes Jahr an Weihnachten ich telefoniere mit meinem Freund Petr. Er hat sich erfüllt den Traum. Kanada. Melfort, Saskatchewan, hat dort gekauft eine Farm. Hat jetzt einen anderen Namen, will in Ruhe gelassen werden. Und wissen Sie, gleich nach Wende, mein Sohn hat eine Reise gemacht. Wollte die Welt entdecken, Amerika, und ist auch gereist nach Kanada. Und ich habe gesagt: Pavel, schick mir eine Karte im Namen von meinem Freund Petr und schreib darauf, alles ist gut geworden, alles ist gutgegangen, die Flucht hat sich gelohnt. Er ist ein guter Sohn, Pavel, hat es getan. Die Karte habe ich gezeigt unseren Behörden. Wollen Sie jetzt sehen?»

Herr František blickte Wolf an. Der See in seinen blauen Altmänner-Augen trat über die Ufer.

«Hier?», fragte Wolf.

Der Tscheche wies mit dem Daumen über seine Schulter.

«Hundert Meter hinter uns. Eine Fichte, steht ganz allein. Der Grabstein von meinem Freund Petr. Irgendwo daneben hat der deutsche Grenzer meinen Freund vergraben. Xaverl hat mir gezeigt die Stelle. Und der Baum ist jetzt auch tot. Fällt bestimmt bald um. Sie können mir bringen die Karte, bitte schön.»

Zaghaft näherte sich Konrad Wolf der Fichte. Kahl, einsam, stolz stand sie, dem Untergang geweiht. Auf der dem Weg abgewandten Seite des Stammes fand Wolf die Karte. Mit einer schützenden Folie überzogen, mit mehreren Schichten Klebeband fixiert.

Auf der Karte weites flaches Land, am Horizont weiß gezackte Gipfel, darüber ein hoher Himmel.

Petr Zakovskys Himmelreich auf einem Stück Papier.

Und Petr Zakovskys Grab unter einem sterbenden Baum.

Dies war der Ort, an dem Hans Lammers Leben sich entschieden hatte.

Wolf versuchte zu begreifen.

Ein Mörder, der mitten in der Nacht einen Leichnam verscharrt. Ein Mörder aus Versehen vermutlich. Keuchend, schwitzend, in Panik hackt er den gefrorenen Boden auf, gräbt und gräbt und gräbt, zerrt den Leichnam ans Loch heran, lässt den leblosen Körper hineinfallen.

Spricht er ein Gebet für Petr Zakovsky? Weint er heiße Tränen in das offene Grab? Oder schleudert er die kalte Erde wütend auf den Leichnam, will er es nur hinter sich bringen, aus kläglicher Angst um sein eigenes kleines Glück, und vermutlich auch aus Scham darüber, dass er zu feige ist, einzustehen für den größten Fehler seines Lebens?

Konrad Wolf spürte, in stiller Andacht vor dem toten

Baum, einen Hauch von Mitleid mit Hans Lammer. Früher hätte Wolf diesen Hans Lammer verachtet, inzwischen aber fragte er sich, wenn er als Polizist die dunkelsten Taten anderer Menschen sezierte: Wäre ich stark genug gewesen?

Was hätte er selbst getan, wenn ein Schuss, der aus Versehen gefallen war, sein ganzes Leben zu ruinieren drohte? Vielleicht doch auch die Leiche verscharrt und gehofft, dass sich ein gnädiger Schnee über das Grab des Opfers legt und irgendwann das Gewissen sich beruhigt?

Konrad Wolf liebte es, Verbrecher zu überführen, aber er hatte es sich abgewöhnt, Urteile zu sprechen.

Wenn Konrad Wolf jemanden verachtete in jenem Augenblick, dann war es der Grenzer Xaver Wurzer, der Hans Lammer damals erpresste. Hatte er seinen Freund vielleicht sogar bestärkt darin, die Leiche verschwinden zu lassen, hatte er ihm vielleicht sogar geholfen, sie hier zu verscharren?

Die Stille des Waldes begann zu dröhnen in Konrad Wolfs Ohren. Er riss die Klebebänder ab, trug die Karte mit beiden Händen wie einen Schatz zurück zu Herrn František.

«Wie haben Sie erfahren, dass Xaver mit Hans Lammer Streife gegangen ist?», fragte Wolf.

«Er hat immer wieder gefragt, wie es war bei uns, ob Männer sind verschwunden über Grenze, ohne dass man hat gehört von ihnen», sagte Herr František. «Es war dann nicht schwer herauszufinden, dass er Freund war von dem verschwundenen Grenzer Lammer. Und dann ich habe ihn einfach darauf angesprochen. Habe gefragt, wie mein Freund Petr gestorben ist. Und er hat mir alles erzählt. Hat mir erzählt von dem tiefen Schnee, von dem Nebel, von der dunklen Gestalt. Dass sie haben gehört meinen Schuss und sind erschrocken. Und dass sein Freund Lammer hat verloren die Nerven. Dass er hat geschossen auf Petr. Petr hat nicht lange gelitten. War sofort tot. Xaverl hat mir gezeigt, wo Petr ist begraben. Und er hat mir auch erzählt, er hat gemacht Geld mit dem Tod von Petr. Er, und noch zwei Freunde. Haben, wie sagt man, erpresst Herrn Lammer?»

«Richtig», sagte Wolf, «Ludwig Rosenmüller und Franz Sigl hießen die beiden Männer. Wissen Sie, warum Xaverl gemeinsame Sache mit ihnen gemacht hat?»

«Das weiß ich nicht», sagte Herr František, «er hat nur erzählt von sich selbst. Wollte wohl seine Schuld loswerden, wie in der Kirche. Beichten. Sie treibt ihn um, diese Schuld, all die Jahre sie lässt ihn nicht los. Wollte Erlösung von mir. Absolution. Aber ich habe gesagt: Xaverl, die kann ich dir nicht geben. Ein sehr seltsamer Mensch, dieser Xaverl. Manchmal, man hat Angst vor ihm.»

«Herr František, Sie sind ein bemerkenswerter Mann», sagte Konrad Wolf, wie betäubt von der Geschichte. Aber so betäubt, so sentimental gestimmt konnte der Kriminalkommissar Wolf gar nicht sein, dass ihn das Misstrauen verlassen hätte.

«Ein bemerkenswerter Mann sind Sie», fuhr er fort. «Aber eines glaube ich Ihnen nicht. Nach dem Fall des Eisernen Vorhangs waren die Deutschen die Guten, denn sie waren auf der richtigen Seite der Grenze gewesen. Und Sie, Herr František, gehörten zu den Bösen, zu den Verlierern. Sie und Ihre Kameraden an der Grenze. Waren Sie wirklich so großzügig, dass Sie die Sache nach der Wende einfach auf sich haben beruhen lassen?»

«Was meinen Sie?», fragte Herr František.

«Ich an Ihrer Stelle hätte in aller Öffentlichkeit gesagt: Schaut her, auch die Deutschen haben geschossen, einen von uns haben sie verscharrt, und sie haben alles vertuscht.»

«Ich will meinen Frieden haben, Herr Konrad», erwiderte Herr František, offenbar nicht im mindesten gekränkt von Wolfs Misstrauen. «Vergangenheit lässt sich nicht ändern.»

«Frau Lammer», sagte Wolf, «haben Sie Frau Lammer jemals kennengelernt?»

Der alte Tscheche schüttelte den Kopf, mit dem feinsten Lächeln unter der Kapuze seines Parkas. Er schwieg. Wolf gab sich geschlagen.

«Herr František, wie Ihnen der Ranger bestimmt erzählt hat, ist der Tod Ihres Freundes Petr immer noch nicht vergessen, und das Morden geht vielleicht noch weiter ... Wir suchen den Grenzer Xaverl, ganz dringend.»

Herr František seufzte, fuhr sich mit der rechten Hand übers Gesicht.

«Ach, ihr Deutschen», sagte er, «lasst die Vergangenheit nicht ruhen, bis auch noch die letzte Rechnung ist beglichen. Und dann es gibt Mord und Totschlag. Aber bitte.»

Herr František knöpfte seinen Parka auf, zog aus der Innentasche eine Wanderkarte und einen Stift hervor, faltete die Karte auf. «Xaverl hat eine Hütte im Wald. Er sagt, dort er findet Ruhe. Hat mich einmal sogar eingeladen. Haben wir getrunken Bier zusammen. Aber ich will nichts mehr zu tun haben mit ihm. Muss er selber fertigwerden mit seinen alten Geschichten.»

Herr František zeichnete mit dem Stift ein rotes Kreuz auf die Karte.

«Sehr versteckt, schwer zu finden. Kennen Sie diesen Berg an der Grenze, den Siebensteinkopf?», fragte er.

«Ja, natürlich», erwiderte Konrad Wolf, ohne jemals den Namen gehört zu haben. «Wollen Sie nicht mitkommen zu der Hütte?»

Herr František hob die Hände. «Ich bin, wie sagt man auf Deutsch? Altes Eisen. Seit meine Frau gestorben ist, komme ich nicht mehr oft aus dem Haus. Und der Weg hierher war schon schwer genug.»

Herr František wuchtete sich von der Bank hoch, Konrad Wolf tat es ihm gleich. Er dachte mit einigem Grauen daran, dass er nun in der einbrechenden Dunkelheit den Weg zurück zu seinem Auto finden musste.

«Vielen Dank, dass Sie Zeit hatten für mich», sagte Wolf und streckte dem Tschechen die Hand entgegen. Doch der wehrte ab.

«Aber Herr Wolf, Sie kommen jetzt mit mir nach Kvilda.»

«Wohin?»

«Zu mir nach Hause», erwiderte er. «Da wartet jemand auf Sie. Junge Frau, hat angerufen bei uns, kurz bevor ich bin losmarschiert. Holt Sie ab mit Auto. Und ist sowieso der kürzere Weg, wenn Sie wollen zu der Hütte von Xaver.»

Der alte Tscheche ging voraus, steif und breitbeinig, wie auf Schienen bewegte er sich. Wolf hatte Mühe, ihm zu folgen, während er sich ausmalte, wie Ayla am Telefon den Ranger bestürmt hatte. Er hatte es geahnt. Sie war unwiderstehlich.

«Haben Sie selbst mit der jungen Frau gesprochen, Herr František?», fragte er in den Rücken von Herrn František hinein.

«Ja», erwiderte der Tscheche, der nun immer schneller zu laufen schien. «Ist sehr, wie sagt man, temperamentvoll?»

«Das kann man so sagen», erwiderte Wolf.

«Und wie heißt sie?»

«Ayla», sagte Wolf, nun mit beträchtlichem Stolz. «Ayla Davutoglu. Türkischer Name.»

«Ayla, Ayla, Ayla, was für ein Name», sagte der alte Tscheche, nicht im mindesten außer Atem. «Verstehen sich Deutsche und Türken in Deutschland?»

«Wird langsam besser», keuchte Wolf.

«Und Deutsche und Tschechen», sagte Herr František mit Empörung in seiner Stimme, «die verstehen sich immer noch nicht. Wissen Sie, meine Tochter arbeitet jeden Vormittag drüben auf der anderen Seite. Arbeitet neben deutschen Frauen, legt Lachs in Folien ein. Meine Tochter kann nicht sprechen Deutsch. Und die Deutschen können nicht sprechen Tschechisch, auch nicht die jungen. Niemand in Bayern lernt Tschechisch. Viele Männer kommen nur über die Grenze wegen unseren Prostituierten. Zwanzig Jahre nach Wende, wir verstehen uns nicht. Und der Lachs, wissen Sie, woher er kommt? Aus Schottland. Herr Konrad, ich sage Ihnen, die Welt ist geworden verrückt.»

Verrickt.

Herr František bog auf den geteerten Weg ein, der Richtung Kvilda führte. Mit einem Plätschern kündigte sich die Quelle der Moldau an. Wolf ging den Steg hinunter, griff zur Geldbörse und warf eine Euro-Münze in das Quellbecken, um sein Glück zu beschwören. Als Antwort stiegen Luftblasen auf.

Sie marschierten weiter, neben ihnen sprudelte die Moldau auf ihren ersten Metern zu Tal. Herr František begann, von Bed ich Smetana zu erzählen, dem tschechischen Nationalkomponisten, der an einem starken Tinnitus gelitten habe und in der Psychiatrie gestorben sei. Wolf hörte nicht hin, überwältigt von der Geschichte, die ihm der Tscheche offenbart hatte.

Im Dämmerlicht zeichneten sich bald die Umrisse von Kvilda ab. Wolf erkannte eine zusammengewürfelte Wintersportsiedlung. Am Ortseingang ein Rohbau von den Dimensionen eines Hotels, doch an der Doppelgarage mit der panzerstraßengroßen Zufahrt war zu erkennen, dass hier ein Privatmann baute. Wolf brachte den Reichtum in Zusammenhang mit der Skiliftanlage gleich nebenan; die Spitzen der Masten verschwammen im Nebel. Wolf sah frisch gestrichene, augenscheinlich neue Blockhütten neben verfallenden Häusern mit zertrümmerten Fensterläden. Häuserwände und Friedhofsmauern wild plakatiert. Ein verlassenes Fabrikgelände mit einem Schornstein. Die Dorfkirche, die Front mit Holzschindeln vertäfelt, duckte sich im Zentrum des Ortes. Sie gingen vorüber, erreichten eine Bierwirtschaft, «Na Hranici» stand auf dem schief hängenden Schild. Gasthaus zur Grenze.

Vor dem Lokal stand das kleine blaue Auto.

«Da sind wir», sagte Herr František und drückte die Tür auf.

Wolf freute sich auf ein Bierlokal aus dem böhmischen Bilderbuch, dunkle Tresen, Tische und Bänke aus massivem Holz, Butzenscheiben und Schummerlicht, bunte Wandgemälde mit rotwangigen böhmischen Trinkern und üppigen böhmischen Kellnerinnen. Doch im Neonlicht standen Resopaltische auf dünnen Blechbeinen, davor Plastikstühle, allesamt leer. An den Wänden Bilder von alten tschechoslowakischen Fußballhelden aus den achtziger Jahren, sie trugen Frisuren wie Pudel.

Hinter der stahlmatt schimmernden Baumarkt-Theke empfing sie eine blondierte Frau mittleren Alters, deren Frisur aus ebenjenen achtziger Jahren zu stammen schien. Den rot lackierten Nagel des rechten Zeigefingers hatte sie zwischen die Zähne geklemmt.

«Meine Tochter», sagte Herr František. Sie reichte Wolf die Hand, dann deutete sie mit dem Daumen über ihre Schulter.

«Ayla», sagte sie grinsend.

Herr František legte Wolf die Hand auf den Rücken, dann verschwand er hinter der Theke.

Wolf fand sie in der hintersten Ecke des Lokals, halb verdeckt von einem blinkenden Spielautomaten, rauchend, die Asche in einen Blechteller schnippend, zerzaust ihre Mähne, hart ihr Profil mit der verwegen geschwungenen Nase.

Ayla hatte ihn gefunden. Er hatte insgeheim darauf gehofft, ja, eigentlich hatte er es sogar erwartet. Wolfs Herz hämmerte.

«Du ruinierst dir deine schöne Stimme», sagte er, während er sich zu ihr setzte.

Erst jetzt sah sie ihn an.

«Und du, mein Schatz, hast offenbar gar keine Stimme

mehr. Warum bist du nicht ans Telefon gegangen? Warum hast du mir nicht gesagt, wo du steckst?»

«Weil es ein Geheimnis war», erwiderte Wolf.

«Und du glaubst, ich kann Geheimnisse nicht für mich behalten?», fragte sie.

«Darum geht es nicht», sagte Wolf.

«Sondern?»

«Um ein Ehrenwort unter Männern. Und darum, dass du mich auch so gefunden hast. Ich wusste, du würdest es schaffen.»

«Günther hat mir erzählt, dass du Theo getroffen hast in Zwiesel. Der Rest war einfach.»

Sie zog wieder an der Zigarette, Wolf lachte. Diese Frau wusste, wie man Männer zum Reden bringt.

«Was habt ihr denn besprochen bei eurem Altherrenausflug?», fragte sie. «Oder ist das immer noch ein Geheimnis?»

«Pass auf», sagte Wolf, «wir haben keine Zeit zu verlieren. Ich erzähle dir jetzt eine Geschichte.»

Schon nach den ersten Worten drückte Ayla die Zigarette aus. Als Wolf seine Erzählung mit der Postkarte aus Saskatchewan beendet hatte, legte Ayla ihren Kopf in den Nacken. Sie starrte an die dunkle Holzdecke des Grenzlokals, eine ganze Weile lang.

«Und das hast du alles ganz allein herausgefunden?», fragte sie.

«Und nicht nur das», antwortete er, «ich weiß vielleicht sogar, wo der Grenzer Xaver Wurzer steckt.»

Wolf zog Herrn Františeks Wanderkarte aus der Tasche, faltete sie auf, deutete auf das Kreuz, das Xavers Hütte markierte.

Ayla sah erst auf die Karte, sah dann Wolf an, und der dachte in jenem Augenblick: Wenn sie ihn nur immer so ansehen würde. Ein ganzes Leben lang wollte er von ihr so angesehen werden.

Herr František schob sich mit seinen steifen Hüften heran an den Tisch, das schüttere graue Haar akribisch gescheitelt. In der Hand trug er ein Tablett, darauf drei kleine Bier.

Er stellte die drei Gläser auf den Tisch, ließ sich in den Stuhl fallen.

«Lassen Sie uns anstoßen auf unsere Freunde, die lebenden und die toten», sagte er.

Wolf wollte abwehren, zum Aufbruch drängen, die Kollegen endlich über die Hütte informieren, doch Ayla prostete ihm schon zu, prostete auch Herrn František zu.

«Wie gefällt Ihnen Kvilda?», fragte der Tscheche, als er sein Glas abgestellt hatte. Mit einem feinen Lächeln fügte er hinzu: «Außergefild.» Das war der alte deutsche Name des Ortes.

«Großartig», erwiderte Wolf, er schüttelte den Kopf in gespielter Begeisterung, «es ist ganz wunderschön hier.»

Wieder erschien das feine Lächeln im Gesicht des alten Herrn František. «Sehr freundlich von Ihnen, Herr Konrad, aber Sie müssen nicht lügen. Kvilda ist hässlich. Hier an der Grenze, nach dem Krieg man hat alles abgerissen, was war alt, gemütlich. Und deshalb heute kein Vergleich zu Niederbayern. Mauth. Finsterau. Schöne Orte, ein Haus passt zum anderen.»

Alles eine Frage der Perspektive, dachte Wolf. Mauth und Finsterau waren zwar das reinste Idyll, wenn im Winter der Schnee bis über die Balkone reichte, aber als blühende Landschaften galten sie jenseits der Grenze nicht unbedingt.

«Und das Lokal hier gehört Ihnen?», fragte Ayla.

«Ja, meiner Tochter und mir», sagte František. «Gefällt es Ihnen?»

«Es ist sehr, nun ja, retro», sagte Ayla.

František sah sie fragend an.

«Alt. Wie früher», ergänzte Ayla.

«Richtig», sagte František. «Und Sie wissen was? Die Leute mögen das. Wie früher. Die Geschäfte gehen gut. Heute natürlich ist Montagabend. Tote Hose. Wieso lachen Sie, Herr Konrad?»

Wolf lächelte, weil Herrn Františeks Deutsch so wunderschön klang.

Totä Hosä!

«Wir sind froh», sprang ihm Ayla bei, «dass Sie uns geholfen haben, das Geheimnis von Hans Lammer zu lüften.»

«Sie machen auch Ermittlungen, gnädige Frau?»

«Ich kenne Frau Lammer», erwiderte Ayla. «Sie ist eine großartige Frau. Sie hat so viel durchgemacht. Und ich will nicht, dass noch mehr Unglück geschieht.»

Da wiegte der alte Tscheche den Kopf.

«Sie haben einen klugen Mann, Frau Ayla. Er hat recht, ich habe Frau Lammer getroffen. Freund Theo hat sie zu mir geführt, gleich nach Wende. Sie hat mir das hier gegeben. Und deshalb ich habe niemals gesprochen von dem Tod meines Freundes Petr.»

Er zog aus seiner Westentasche ein Kuvert und drückte es Ayla in die Hand.

«Ist eine gute Frau, Elfriede Lammer», sagte Herr František, «und bitte, geben Sie ihr das hier zurück. Auf Wiedersehen, gnädige Frau, auf Wiedersehen, Herr Konrad.»

Ayla setzte an, sich zu bedanken, aber da hatte Herr František sich schon erhoben, ging davon, breitbeinig und steif und doch wie auf Schienen. Der Gang eines Grenzers.

«Was ist da drin?», fragte Ayla, während sie den Brief aus dem Kuvert zog.

«Lies vor», sagte Konrad Wolf, ihm stiegen schon Tränen in die Augen.

Meine liebste Elfriede,
ich schreibe dir in tiefster Verzweiflung. Ich habe einen Menschen erschossen an der Grenze, an der meine Eltern gestorben sind. Es war ein Versehen, ich hatte Angst. Aber ich

habe nicht den Mut gehabt, die Tat zuzugeben. Man hat mich erpresst deswegen, und ich kann mich nicht einmal darüber beklagen. Es war ja meine Schuld. Ich habe Geld dafür bezahlt, dass niemand etwas erfährt, viel Geld. Vielleicht hast du selbst gemerkt, wie viel Geld fehlt, das wir doch dringend bräuchten für unser Geschäft. Ich habe dein Vertrauen missbraucht und unser gemeinsames Leben zerstört. Ich kann mit dieser Schande nicht mehr leben. Deshalb gehe ich nun an einen Ort, wo niemand mich finden wird.
Ich hoffe, ich kann dir damit ein neues Leben eröffnen.
Für immer
Dein Hans

Ayla barg ihr Gesicht in beiden Händen. Dann faltete sie den Brief wieder, steckte ihn ins Kuvert und das Kuvert in die Innentasche ihrer Jacke. Dort sollte sie ihn tragen in der folgenden Nacht, direkt an ihrem Herzen.

Wir sind natürlich sofort in Deckung gegangen, raus aus den Ski, jeder hinter einen Baum, das Gewehr im Anschlag, entsichert. Aber du hast nichts gesehen in dieser Brühe. Und dann ist alles ganz schnell gegangen, es war nicht einmal Zeit, unsere Leute anzufunken.

Der Hans, obwohl er ja ein Friedensdemonstrant gewesen ist, hat sich in den Schnee geworfen wie ich. Und er ist ja dann auch nicht aufgestanden. Hätte ja auch aufstehen können, das Gewehr wegwerfen und das Friedenszeichen machen. Peace! Schwerter zu Pflugscharen! Aber er hat sich geduckt wie ich, hinter seiner Fichte, in einer Mulde. Und dann hat sich etwas bewegt, dreißig Meter von uns entfernt.

Und da hat der Hans geschossen. Einzelfeuer. Bloß ein Schuss.

Der Hans hat die Nerven verloren. Die Angst. Und er hat immer noch Tabletten genommen gegen die Schmerzen in der Hüfte. Er ist einfach nicht mehr der Alte gewesen seit dem Skiunfall. Natürlich kannst du jetzt sagen, ihn hat seine Vergangenheit eingeholt. Die Flucht, die Eltern, die neben ihm erschossen worden sind damals. Auch im Wald, bloß fünfzig Kilometer weiter. Aber so ein Philosoph bin ich jetzt nicht. Es ist einfach ein schlechter Tag gewesen, mit dieser Nebelsuppe um uns herum. Und du hast ja damals auch nicht geglaubt, dass einer von den Tschechen es schafft über die Grenze.

Wir haben nach dem Schuss gewartet und in den Wald hineingehorcht. Aber das dauert ja, bis du nach so einem Schuss wieder was hörst. Was meinst du, wie das erst einmal pfeift in den Ohren. Irgendwann hat sich der Nebel verzogen, bloß ganz kurz. Und wir haben gemerkt, wirklich, wir sind auf der richtigen Seite von der Grenze. Wir haben zunächst geglaubt, wir haben uns im Nebel vielleicht verirrt. Also sind wir aufgesprungen, Gewehr im Anschlag, und da haben wir ihn dann gefunden. Der Hans ist vielleicht nicht mehr der Alte gewesen, rein nervlich, aber ein guter Schütze ist er immer noch gewesen.

Ein Schuss, ein Treffer.

Ein ganz junger Mensch noch, der Tscheche. Dichte schwarze Haare. Die braunen Augen offen. Haben in den Himmel hineingeschaut, und der Schnee ist ihm ins Gesicht gefallen. Und dann das Loch im Kopf. Man hat kein Kriminalist sein müssen, damit man erkennt, dass die Kugel vom Hans den Mann getroffen hat, Einschusswinkel und so weiter.

Jedenfalls. Eine Ewigkeit sind wir vor dem Toten gestanden. Es ist schon fast dunkel geworden. Ich hab immer noch gehofft, der steht gleich wieder auf und sagt: Cigareta?

Und ich halte ihm die HB-Schachtel hin, und wir lachen und fallen uns in die Arme.

Aber nix.

Ich habe gesagt, das müssen wir sofort melden, Hans, ich

funk jetzt unsere Leute an. Das tut mir leid. Ein Unfall, du kannst nix dafür, und wir sind beschossen worden. Die Tschechen haben ihren Kameraden wahrscheinlich verfolgt, als er geflüchtet ist. Und haben über die Grenze geschossen. Aber melden müssen wir das.

Der Hans natürlich total zerstört. Hat erst einmal geweint. Und dann sagt er: Jetzt warte einmal, Xaver. Du bist doch mein Freund, oder?

Natürlich, sag ich.

Also, sagt der Hans, wir melden jetzt erst einmal, dass wir auf einen Wolf geschossen haben. Mitten im Nebel und im Schnee ist plötzlich ein Wolf vor uns gestanden, geht auf uns los. Ich schieße auf ihn, und vorbei. Keine Spur von dem Wolf, verstehst du? Und den toten Tschechen verstecken wir jetzt im Wald.

Wie der Hans auf den Wolf gekommen ist, hab ich mich später oft gefragt. Aber die Wölfe sind ja immer noch ein großes Thema gewesen. Die entlaufenen Wölfe aus dem Nationalpark. Haben ja fast ein Kind gefressen damals.

Oder vielleicht ist ihm der Wolf auch eingefallen wegen der Uniform von dem toten Tschechen. Du weißt ja, auf dem Kragenspiegel ist ein Hund gewesen.

Warum hat er das getan, der Hans, warum hat er den Tschechen versteckt? Ganz ehrlich, wir haben nie darüber geredet. Du kannst in einen Menschen nicht hineinschauen, aber es ist ja wahrscheinlich schon hart genug, wenn du damit fertigwerden musst: Du hast einen Menschen erschossen. Zwar aus Versehen, am Eisernen Vorhang. Und unter Beschuss, die tschechische Kugel ist uns ja um die Ohren geflogen. Aber trotzdem. Wenn du jemanden umgebracht hast, das musst du erst einmal verkraften.

Und wahrscheinlich hat er sich auch sein schönes Leben nicht ruinieren wollen. Ist ja alles so perfekt gewesen, mit der Elfriede, dem Geschäft.

Und deshalb hat er das probiert, die Geschichte mit dem Wolf. Und ich habe es selbst nicht für möglich gehalten: Es hat funktioniert. Der Hans hat seinen Bericht geschrieben. Ein Wolf im Nebel direkt vor ihm, er ist erschrocken, ein Schuss ins Nichts. Keine Wolfsleiche zu finden. Du musst ja einen Bericht schreiben, wenn du von der Streife zurückkommst, und dir fehlt eine Kugel im Magazin.

Ich hab damals sofort zum Hans gesagt: Erzähl du deine Geschichte mit dem Wolf, aber ich hab nichts gesehen. Nicht, dass es heißt: Wir haben geschossen. Du, Hans, hast geschossen. Dein Gewehr, deine Kugel, dein Toter. Ich geh jetzt in die andere Richtung und schau, ob ich da einen toten Wolf finde. Und was du hier machst mit deinem Tschechen, geht mich nichts an. Da gibt mir der Hans die Hand und sagt: Xaverl, du bist ein echter Freund.

Die Tschechen haben natürlich keinen Alarm geschlagen, wenn einer von ihren Leuten abgehauen ist. Ist ja immer eine Blamage gewesen. Der Hans hat den Tschechen erst durch den Schnee geschleppt, im Unterholz versteckt. Das Blut? Natürlich hat der geblutet, und das Hirn, ich meine, ein wenig verteilt in der Landschaft. Aber der Hans hat alles saubergemacht. Und ein Segen für den Hans ist der Schnee gewesen. Es hat wieder geschneit, ganz dicke Flocken, dass du sagst: Wintermärchen.

Und der Hans ist noch in der gleichen Nacht wieder in den Wald und hat den toten Tschechen vergraben. Mit seinem Klappspaten ist er losgezogen aus der Kaserne. Das ist ein Bild gewesen, sag ich dir. Wie der Hans die Leiche durch den Wald gezogen hat, wie er gegraben hat, und bloß das funzlige Licht von der Taschenlampe im Wald. Die halbe Nacht hat er gegraben, durch den Schnee, ganz tief in die Erde. Wie der Hans durch den gefrorenen Boden hat graben können, meinst du? Viel zu hart? Ja weißt du denn nicht, dass der Boden gar nicht friert, wenn den ganzen Winter Schnee liegt? Ich meine, eine richtig dicke Schneedecke. Die hält schön warm. Natürlich, gekeucht und geflucht hat der Hans trotzdem beim Graben. Und dann den Tschechen hinunter in die Grube, und alles wieder zugeschüttet. Erde, Schnee drauf.

Die ganze Nacht hat es geschneit, noch mal ein halber Meter drauf. Und alle Spuren weg. Natürlich hat es eine Untersuchung gegeben. Und bei der Untersuchung haben sie dann natürlich nichts mehr gefunden. Keine Spur vom Wolf, und keine Spur vom Tschechen. Er war einfach ein Glückskind, der Hans.

Warum ich das weiß, wo der Hans den Tschechen vergraben hat? Ich bin ihm hinterhergefahren in der Nacht, hab zugeschaut von Anfang bis Ende. Aber er hat mich natürlich nicht gesehen.

Jedenfalls. Der Hans ist nicht fertiggeworden damit. Mit der Schuld, so sagt man wahrscheinlich. Dass er einen Menschen auf dem Gewissen hat. Ein halbes Jahr später, im Juni, im Fernsehen läuft gerade die Fußball-Weltmeisterschaft in Spanien, da zieht er seine Uniform an und verschwindet auf Nimmerwiedersehen. Geht er in den Wald, klettert auf eine Fichte und gibt sich die Kugel.

Ob ich etwas davon gewusst habe, willst du wissen. Wo er sich umgebracht hat? Wo denkst du hin? Ich habe auch gedacht, vielleicht ist er nach Amerika, neues Leben, Tellerwäscher und gleich ein Millionär, und Nationalparks haben die da drüben ja auch, einen oder zwei, glaube ich. Aber die Frauen in Amerika haben natürlich nicht das Format von der Elfriede. Natürlich, eher habe ich schon geglaubt, dass der Hans sich umgebracht hat. Aber ohne Abschiedsbrief? Das hat nicht zu ihm gepasst. Da glaube ich schon eher, dass die Elfriede den Abschiedsbrief hat verschwinden lassen. Wollte ja nix auf ihren Hans kommen lassen, und wenn er da hineingeschrieben hat, Elfriede, ich habe einen Menschen erschossen, dann hat das die Elfriede bestimmt keinem Menschen zeigen wollen. Ein Leben lang hat sie getrauert um ihn. Und jetzt findet man seine Knochen. Und sie trauert noch immer.

Ist das nicht eigentlich eine Dummheit von der Frau? Eine bodenlose Dummheit, wo sie mich doch hätte haben können.

12. KAPITEL

Einmal riss der Nebel kurz auf. Durch die Lücke offenbarte sich das letzte Rot des Abends, das matt über den Waldwogen verglühte. Davor kohlschwarz als Schattenriss die aufragenden Baumleichen. Dann zog sich der Vorhang wieder zu. Kurz hob Wolf die Taschenlampe. Der Strahl verfing sich im Dunst und zeichnete wild wuchernde Gespenster in die Nacht. Da senkte Wolf die Lampe wieder, hielt den Lichtkegel so nah wie möglich vor seine Füße.

Der Wald bei Nacht und Nebel. Es war ein Knacken, ein Rascheln, ein Raunen. Das Ächzen der Bäume im Wind. Das Huschen einer Maus, das Streifen eines Fuchses, das Fiepen eines Igels.

Dann plötzlich ein Quieken. Wolf fuhr herum. Er glaubte, das längsgestreifte Fell eines kleinen Wildschweins, eines Frischlings, zwischen Aylas Füßen zu erkennen. Wolf leuchtete um sich. Dunkle, massige Umrisse zwischen den Fichtenstämmen am Wegesrand, aufgeregtes Grunzen.

«Lauf, schnell», zischte Ayla, sie zerrte Wolf vom Fleck. Die beiden hasteten und stolperten eine Weile den Weg entlang, bis Ayla das Zeichen zum Anhalten gab. Sie horchten in die Dunkelheit hinein, alles blieb still.

«So einer wütenden Muttersau willst du lieber nicht begegnen, mitten in der Nacht», sagte Ayla.

«Ich sag dir noch einmal, lass uns umkehren», erwiderte Wolf keuchend, die Hände auf die Knie gestützt.

«Kommt überhaupt nicht in Frage, Konrad.» Sie nahm ihm die Taschenlampe aus der Hand.

Ayla und Wolf hatten das Auto in einem Waldweg auf tschechischer Seite zurückgelassen. Sie hatten noch von Kvilda aus die Polizei verständigt über alles, was sie wussten. Wolf hatte zunächst die Geschichte der Erpressung erzählen wollen, aber der junge Hermann hatte am Telefon erwidert, die Geschichte sei mittlerweile bekannt, die alte Frau Sigl habe alles erzählt.

Nun redeten sie plötzlich, die alten Herrschaften, die Mauer des Schweigens brach, jetzt, da es vielleicht schon zu spät war.

Dann hatte er dem jungen Hermann vom Versteck des Grenzers Xaverl erzählt und dabei den Eindruck gewonnen, er würde den Kollegen erstmals wirklich etwas Neues erzählen. Ein Einsatzkommando werde sofort aufbrechen, hatte Hermann versichert und Wolf gebeten, nichts auf eigene Faust zu unternehmen. Ayla, im Umgang mit Landkarten geübter als Wolf, hatte dem jungen Hermann die Stelle beschrieben, auf die Herr František das rote Kreuz gezeichnet hatte, zwischen dem Siebensteinkopf und dem Stráž, zu deutsch Postberg, um eine Winzigkeit auf der deutschen Seite gelegen, in einiger Entfernung vom nächsten Wanderweg.

«Ayla», sagte Wolf nun, immer noch mit den Händen auf den Knien, «ich sage dir noch einmal, was uns erwartet. Möglicherweise ist der Grenzer Xaverl gar nicht in Gefahr, und wir stören ihn nur in seiner Waldeinsamkeit. Möglicherweise hat ihn der Sohn von Frau Lammer auch schon umgebracht und ist über alle Berge, und wir finden die Leiche von Xaver Wurzer, vielleicht auch nur Leichenteile. Es gibt aber auch die Möglichkeit, dass wir den Lammer-Sohn in der Hütte antreffen. In der Dunkelheit.»

Als Polizist konnte Wolf nicht anders, er musste Xaverls Versteck auf eigene Faust suchen. Die Passauer Beamten würden länger brauchen, um zu der Hütte zu gelangen, an einen Hubschrauberflug war nicht zu denken bei dem Nebel. Es war Gefahr im Verzug. Ayla jedoch schien den Fall nun ganz persönlich zu nehmen, seitdem sie den Abschiedsbrief von Hans Lammer gelesen hatte.

«Ich glaube nicht, dass dieser Sohn ein Mörder ist», sagte Ayla in die Dunkelheit hinein.

«Das willst du nicht glauben, warum auch immer», erwiderte Wolf scharf. «Aber es ist egal, wer hier wen umgebracht hat. Wir sind im Dunkeln unterwegs, im Wald. Wir suchen jemanden, der in einen Mordfall verwickelt ist. Ich bin Polizist. Aber es gibt keinen Grund für dich, hier dein Leben zu riskieren. Du hast einen Sohn zu Hause.»

Es war ein weiterer Abend, den Juri zusammen mit Doktor Günther verbrachte, während seine Mutter Verbrecher jagte. Günther hatte sofort eingewilligt zu bleiben, wollte aber noch in der Nacht zurück nach Passau fahren. Juri fand es spannend, dass seine Anne und deren Freund der Polizei halfen. Fangt ihr einen Mörder?, hatte er Ayla am Telefon gefragt, und sie hatte erwidert, die Sache sei ganz und gar ungefährlich. Juri schien fast enttäuscht zu sein, er wusste ja nicht, dass das eine Lüge war. Seine Mutter und deren Freund folgten der frischen Spur eines Mörders.

«Dieser Sohn», erwiderte Ayla, ohne auf Wolfs Einwand einzugehen, «was kann das bloß für ein Mensch sein? Rächt er das verpfuschte Leben seiner Mutter, indem er die drei Erpresser ihres Mannes nach dreißig Jahren umbringt? Das glaubst du doch selbst nicht.»

Sie schien keine Antwort zu erwarten, schüttelte nur den Kopf, ging voran mit der Taschenlampe.

Der Sohn. Offensichtlich waren die Passauer Kollegen überzeugt, dass ein Sohn Elfriede Lammers, der definitiv nicht Hans Lammers Sohn sein konnte, hinter den Taten steckte, dass dieser junge Mann also Ludwig Rosenmüller ermordet und die Spuren so gelegt hatte, dass der Verdacht auf Franz Sigl fiel. Und dass er nun den dritten Erpresser, Xaver Wurzer, verschleppt oder bereits ermordet hatte. Aber um wen es sich dabei handelte, wusste die Polizei noch immer nicht, oder sie wollte es nicht preisgeben. Ayla hatte nichts mehr erfahren am Krankenbett von Frau Lammer. Die alte Frau war nur kurz aufgewacht, unfähig, mit den Beamten zu sprechen.

Er trug also offenbar den Namen Benedikt, hatte vor fünf Jahren lange Haare, lebte möglicherweise ganz in der Nähe, denn er musste schon am Montag erfahren haben, dass am Sonntag Hans Lammers Skelett gefunden worden war. Den Brief an seine Mutter hatte er wohl selbst in deren Briefkasten eingeworfen. Außerdem, so dachte Wolf, musste er die Lebensumstände der drei Erpresser gut gekannt haben. Musste von Ludwig Rosenmüllers künstlicher Hüfte gewusst haben. Musste gewusst haben, dass Franz Sigl ein Tierpräparator war und außerdem ein labiler Charakter. Wusste er auch von Xaver Wurzers Hütte?

Ayla wollte offenbar nicht wahrhaben, dass Elfriede Lammers tragisches Leben eine derart fatale letzte Wendung nehmen sollte. Sie marschierte durch die Dunkelheit, ohne zu straucheln oder zu wanken, Wolf hatte Mühe, ihr zu folgen. Sie passierten ein Grenzschild, von Tschechien nach Deutschland, der Wanderweg führte sachte bergauf, dann in einer scharfen Kehre nach links, um einem steilen Anstieg auszuweichen.

Ayla blieb in der scharfen Kehre stehen, ließ sich von Wolf erneut die Wanderkarte des Herrn František geben, suchte im Schein der Taschenlampe nach dem roten Kreuz. Und sie hatte sich nicht geirrt. Die scharfe Krümmung des Weges gleich nach der Grenze, der steile Anstieg dahinter, den auf der Karte eine Höhenlinie anzeigte. Hier mussten sie den Weg verlassen, in den Wald eindringen, die Steigung hinauf. Irgendwo dort oben verbarg sich die Hütte.

«Unser Plan?», flüsterte Ayla.

«Wir warten hier auf die Kollegen», sagte Wolf.

«Nicht dein Ernst», erwiderte sie, «du hast selbst gesagt, es kann auf jede Minute ankommen.»

Wolf zog sein Handy aus der Tasche, wählte die Nummer des jungen Hermann, der meldete sich sofort. Aus Hermanns Keuchen schloss Wolf, dass das Einsatzkommando schon durch den Wald preschte, vermutlich ganz in der Nähe war. Wolf schilderte die Stelle, an der Ayla und er sich aufhielten, und sagte: «Wir sondieren die Lage.»

«Das tun Sie nicht», zischte Hermann.

«Das tun wir doch», erwiderte Wolf ruhig.

«Wollen Sie erschossen werden? Sie, und Ihre Frau?» Hermann war in höchster Aufregung.

«Der Lammer-Sohn hat also eine Waffe?», folgerte Wolf.

«Ja», sagte Hermann, «deshalb bleiben Sie, wo Sie sind.»

«Wir gehen los, nur ein paar Meter. Wir suchen nur die Hütte, wir unternehmen nichts und geben Bescheid», sagte Wolf.

«Und Sie lassen die Leitung offen, verstanden?»

Hermann brüllte derart, dass Wolf den Eindruck hatte, er würde die Stimme nicht nur durch das Telefon, sondern auch schon über die Wipfel der Bäume hinweg hören. Die Tiere des Waldes jedenfalls waren um ihre Ruhe gebracht.

«Was sagt Hermann?», fragte Ayla.

«Er bedankt sich für unseren Einsatz und wünscht uns viel Glück», erwiderte Wolf. Er hielt kurz inne.

«Und übrigens, der Lammer-Sohn ist mit einer Waffe unterwegs.»

«Scheiß drauf», erwiderte Ayla. Wolf hatte nichts anderes erwartet. «Aber du bleibst hinter mir», sagte er und nahm ihr die Taschenlampe wieder ab.

Dann ging er los, die Böschung hinauf, mit der Taschenlampe eine kleine Schneise durch die Dunkelheit und den Nebelvorhang schneidend. Das Handy drückte er Ayla in die Hand.

«Wie weit gehen wir?», flüsterte Ayla, als sie nach dem ersten Anstieg ein kleines, felsiges Plateau erreicht hatten.

«Wir gehen nur so lange, wie wir uns sicher sind, dass wir zurückfinden.»

«Dann lass den Rückweg meine Sorge sein», sagte sie. «Du gehst voran, du bist der Boss.»

Ein bewirtschafteter Wald mochte bei Nacht schon eine einzige Falle sein, aber dieser nächtliche Urwald erschien Wolf bald lebensgefährlich. Äste, Wurzeln, Zweige, Stämme versperrten den Weg. Er wankte, stolperte, strauchelte, auf der Suche nach einem Trampelpfad, nach einem verräterisch geknickten Ast, nach einer Lücke in einem Busch, nach einem Licht, das eine Hütte erleuchtete.

Wolf spürte auf seinen Wangen Spinnennetze, fühlte, wie Zweige über seinen Nacken strichen, glaubte, in feuerglühende Tieraugen zu sehen. Fast war er froh, als das Gelände sich verengte und ein Haufen von toten Stämmen den Weg versperrte.

«Wir kehren um», flüsterte er, «das hat keinen Sinn.»

Er drückte Ayla die Lampe in die Hand, und sie führte ihn zurück, tänzelnd fast und so zielstrebig, als würden sie bei helllichtem Tag eine Dorfstraße entlangspazieren. Wolf hatte das Handy wieder an sich genommen und merkte, dass sie die Verbindung zu Hermann verloren hatten.

«Noch ein Versuch?», fragte Ayla, als sie zurück auf dem Plateau waren.

«Einer noch», sagte Wolf, «und jetzt gehst du voraus. Du kannst das besser.»

Wo Wolf zuvor geradeaus hinauf in den Wald gegangen war, hielt sich Ayla nun rechts, folgte dem Plateau, das sich um die Anhöhe wand. Für einen Augenblick brach der Mond durch den Nebel und die Wolken, Wolf erschrak in dem silbernen Zwielicht.

Er nahm die kleinen Kopfhörer aus seiner Jacke, verband sie mit dem Handy, stöpselte sie ins Ohr.

«Was machst du da?», fragte Ayla.

«Musik hören», erwiderte Wolf, «da kann ich mich besser konzentrieren.»

Andere hätten in seiner Lage möglicherweise Bäume umarmt, den Mond angeheult, Jungfrauen geopfert, um Gott oder das Schicksal oder den Kosmos gnädig zu stimmen.

Und wieder andere hätten auf einen Wolf gewartet, der ihnen den Weg weisen würde, mit einem Heulen oder auch nur mit einer flüchtigen Bewegung des Kopfes. Auf den Wolf vielleicht, der den drei Jugendlichen den Weg zum Skelett Hans Lammers gewiesen hatte.

Konrad Wolf aber hörte Musik, als der Mond sich wieder verabschiedete und sie erneut umfangen wurden von der großen Dunkelheit des Waldes, mit einer Taschenlampe als einziger Waffe, und deren Batterie mochte bald den Geist aufgeben.

Ayla tippte sich an die Schläfe, als sie ihren Freund mit den Stöpseln im Ohr sah, er aber wählte aus seiner Playlist Springsteen und drückte Youngstown.

When I die I don't want no part of heaven
I would not do heaven's work well
I pray the devil comes and takes me to stand
In the fiery furnaces of hell

Die letzte Strophe, der feuerglühende Höllenofen, dann setzte Nils Lofgrens Gitarrensolo ein.

Fünftausend Volt, nicht nur das Instrument unter Strom, sondern auch der Spieler.

Wolf ging schneller, überholte Ayla, beflügelt von dem infernalischen Lärm, vom Beifall einer tobenden Menschenmasse, von dem Gedanken, dass jedem, der sich immer nur in den Dienst der Sache stellte, einmal im Leben auch der große Auftritt gebührte.

Ein Teamplayer, ein Solo.

Wolf überholte Ayla, stolperte in ein Dickicht hinein, stolperte durch das Dickicht hindurch, mit traumwandlerischer Sicherheit.

Und er fiel.

Er spürte noch Aylas Hand, die nach seiner Schulter griff, aber sie bekam ihn nicht mehr zu fassen. Er verlor den Boden unter den Füßen, rollte seitwärts, überschlug sich, glaubte zu sehen, wie im Fallen das Handy mit dem hell erleuchteten Display von ihm geschleudert wurde, zu seiner Linken. Dann rollte er wieder eine kleine Ewigkeit durch die Dunkelheit, hatte keine Ahnung, warum er irgendwann doch zum Liegen kam. Er spürte nur den Schmerz in Hüfte und Rippen, den der Aufprall auf einem Felsen verursachte.

Konrad Wolf hatte den Eindruck, unmittelbar nach seinem Sturz Ayla über sich zu sehen. Aber das mochte an dem Schreck und den Schmerzen liegen. Es hatte einige Zeit gedauert, bis sie sich den Abhang hinabgekämpft hatte, einen Teil davon war sie auf dem Hosenboden gerutscht.

«Bist du in Ordnung?», flüsterte sie, während sie den Strahl der Taschenlampe in sein Gesicht richtete.

«Frisch wie ein Frühlingsmorgen», erwiderte Wolf, «das einzige Problem ist, dass wir kein Handy mehr haben. Ich habe es gerade verloren.»

Sie half ihm auf die Beine. Der Schmerz fuhr ihm durch den ganzen Körper.

Ayla lachte leise auf. «Schau mal, was du da in der Hand hältst. Das Ding wirst du bestimmt auch in der Stunde deines Todes nicht loslassen.»

Wolf hielt das Handy tatsächlich noch in seiner Rechten. Er drückte auf eine Taste. Das Display leuchtete auf, das Glas war zersprungen, aber das Gerät funktionierte. Nur vom Kopfhörer keine Spur mehr.

Aber hier stimmte irgendetwas nicht. Wolf stand mit offenem Mund vor Ayla, die rechte Hand in die schmerzende

Seite gestemmt. Der Fall, der Überschlag, das Rechteck aus Licht, das vom ihn geschleudert wurde.

Er kletterte den Hang zurück, wie von Sinnen krabbelte er, spürte die Schmerzen nicht, die die Steine und Dornen in seinen Handflächen verursachten. Er kletterte weiter, immer den Blick nach rechts gerichtet.

Und auf halber Höhe sah er das Rechteck aus Licht.

Ayla und Wolf befanden sich in einem der steil abfallenden Gräben, die vor Hunderten von Jahren die Goldgräber durch den Bayerischen Wald gezogen hatten. Der Graben lief spitz zu, an seinem Ende saß die Hütte. Wolf sah das Licht durch einen winzigen Korridor, den die Büsche und Sträucher an der steilsten Stelle des Abhangs freigaben.

Das Licht, das in der Hütte von Xaver Wurzer leuchtete.

Ayla kam hinterhergekrabbelt. Wolf legte den Zeigefinger auf die Lippen, deutete in Richtung des Lichtrechtecks.

«Du wirst mir langsam unheimlich», sagte sie kopfschüttelnd.

Er nahm ihr die Taschenlampe ab, ließ den winzigen Lichtkegel über den Abhang gleiten. Schnell fand er den Trampelpfad, der von der Kuppe in großen Bögen herabführte und dann Richtung Hütte abbog, fand den Trampelpfad, den Xaver Wurzer im Laufe der Jahre ausgetreten hatte auf dem Weg in sein Refugium.

«Meine Liebe», flüsterte Wolf, «wir sind ein Dream-Team. Jetzt aber schnell zurück.»

«Nein», erwiderte Ayla, «wir müssen sofort nachsehen, was dort vor sich geht.»

«Wir gehen zurück», sagte Wolf, «das ist nicht mehr unsere Sache.»

Er fasste sie am Handgelenk, doch sie riss sich los, derart heftig, dass er wieder ein Stück den Abhang hinunterrutschte.

«Bleib hier!», rief er, viel zu laut eigentlich für jemanden, der kein Aufsehen erregen wollte im nächtlichen Wald. Er kletterte wieder hoch, die Taschenlampe in der Hand, fand Ayla schon auf dem Trampelpfad Richtung Hütte, geduckt, mit der Sicherheit eines Tiers, das sein Revier durchstreift. Wolf machte die Taschenlampe aus und folgte ihr.

Das Licht aus der Hütte fiel auf eine vorgelagerte Veranda, eine Treppe führte hinauf. Ayla und Kommissar Wolf wagten sich bis zur Brüstung. Wolf drückte Aylas Kopf nach unten und spähte selbst darüber.

Er sah zwei Männer an einem Tisch. Ein alter Mann mit eisgrauem Bart, kantigen Zügen, spitzem Kinn, auf der Nase eine Brille mit silbernem Gestellt. Er trug einen olivfarbenen Pullover, am Ärmel erkannte Wolf die kleine schwarz-rot-goldene Flagge. Beide Arme des Mannes zeigten schräg nach hinten, offenbar war er an den Stuhl gefesselt. Der alte Mann redete lebhaft, schien sich nicht bedroht zu fühlen. Ihm gegenüber saß ein junger Mann mit einem stoppelig rasierten Schädel und einem Ziegenbart. Er trug eine graue Kapuzenjacke. Der junge Mann hörte ohne große Regung der Geschichte des alten Mannes zu, schien zwischendurch nur kurz Fragen zu stellen. Konrad Wolf glaubte, in den feinen Gesichtszügen eine Ähnlichkeit mit Elfriede Lammer zu erkennen. Er schob den Kopf noch ein wenig weiter über die Brüstung, sah auf dem Tisch vor dem älteren Mann ein Radiogerät.

Und vor dem jungen Mann lag auf dem Tisch eine Pistole.

Konrad Wolf ging wieder in Deckung.

«Hast du den jungen Mann schon einmal gesehen?», flüsterte Ayla.

Wolf schüttelte den Kopf.

Und das war schon eine erste Erkenntnis. Es war nicht der junge Sigl, nicht der junge Rosenmüller, es war auch nicht der Bürgermeister Sachsenhuber. Die drei führten zwar nicht den Vornamen Benedikt, aber Wolf hatte sie dennoch im Verdacht gehabt.

Das Wissen, dass der junge Mann fünf Jahre zuvor die Haare lang getragen hatte, brachte die Ermittler jetzt nicht weiter, und ob sein Name «Benedikt» war, spielte nun auch keine Rolle mehr. Man musste dem grausamen Spiel ein Ende bereiten, die Frage war nur, wie.

Klopfen, das «Herein» abwarten, sich vorstellen und das Anliegen vortragen: jetzt aber Schluss mit Mord und Totschlag, die Welt hat dringendere Probleme als eine dreißig Jahre zurückliegende Erpressung, und wollen Sie sich nicht endlich die Hand reichen, die Herren?

Oder die Hütte stürmen, Ayla durch die Tür, Wolf durch das Fenster, und die Sache mit dosierter Gewalt zu Ende bringen?

«Was machen wir?», fragte Ayla.

«Wir lassen die Polizei die Arbeit erledigen. Wir gehen zurück», antwortete Konrad Wolf auf eine sehr überzeugende Art.

Bis hierher und nicht weiter. Dies war die Grenze, die er um keinen Preis überschreiten wollte. Und Ayla schien ausnahmsweise nicht einmal daran zu denken, ihm zu widersprechen. Sie machte kehrt.

Wolf hatte nicht den geringsten Zweifel, dass er die richtige Entscheidung getroffen hatte, und er war sicher, er würde die Entscheidung niemals bereuen, was auch immer noch passieren sollte in dieser Hütte. Denn er hatte die Pistole auf dem Tisch gesehen.

Und seine eigene Dienstwaffe lag in einem Münchner Waffenschrank.

Sie schlichen den Weg zurück, den sie gekommen waren, kletterten den Anstieg hinauf, den Wolf heruntergepurzelt war.

Oben angekommen, ging Konrad Wolf voran, auf das Plateau hinaus. Er hob beide Arme und schwenkte das Telefon mit erleuchtetem Display, Ayla hielt sich dicht hinter ihm, wie er ihr aufgetragen hatte. Als sie die Lichtung überquert hatten, tauchten bewaffnete, vermummte Gestalten aus der Dunkelheit auf.

«Herr Wolf, wenn Sie nicht so eine nette Partnerin dabeihätten, hätte ich jetzt glatt Schießbefehl erteilt.» Es war die Stimme des jungen Hermann.

«Vielen Dank für den freundlichen Empfang», erwiderte Wolf.

«Jetzt lasst eure dämlichen Späße, es geht um Leben und Tod», ging Ayla dazwischen.

Wolf musterte die Männer vom Einsatzkommando, die schwarzen Kampfmonturen mit der Aufschrift POLIZEI auf Brust und Rücken, die Vollvisierhelme, die Gewehre. In ihren Rucksäcken mochten sich Nachtsichtgeräte und Wärmebildkameras und sonstige Mittel der modernen Polizeikriegsführung verbergen, vermutlich auch Erste-Hilfe-Koffer, falls Blut fließen würde. Für den Grenzer Xaverl und Elfriede Lammers Sohn mobilisierte die Staatsgewalt das volle Programm.

«Ihr habt die Hütte gefunden?», fragte Hermann.

Ayla nickte.

«Ich würde vorschlagen, wir übernehmen jetzt», sagte einer der vermummten Männer, offenbar der Leiter des Kommandos. Er hatte sein Visier hochgeklappt. «Zeigen Sie uns bitte den Weg.»

Ayla und Wolf gingen mit Hermann voran, der Trupp der Vermummten folgte ihnen zu dem Dickicht, in das Wolf aus Zufall gestolpert war. Sie schlichen den Hang hinunter, den Wolf gefallen war, bis zu dem Korridor, der den Blick auf das erleuchtete Fenster preisgab.

Der Kommandochef besprach sich kurz mit seinen Leuten. Fünf Beamte rückten daraufhin direkt zur Hütte vor, zwei kletterten wieder nach oben, sie sollten klären, ob es von der Rückseite her einen Zugang gab.

«Sagen Sie, Hermann», flüsterte Wolf, «das sieht ja aus, als wollten wir einen neuen Osama bin Laden fangen. Brauchen Sie wirklich diese Krieger?»

«Anweisung vom Innenministerium», antwortete Hermann, «seit der Sache mit dem Windrad ist der Fall hochpolitisch. Da darf kein Fehler mehr passieren.»

«Hat das Windrad überhaupt mit dem Fall zu tun?», fragte Wolf.

Der junge Hermann zuckte die Schultern.

«Das interessiert doch niemanden mehr», sagte er. «Es heißt jetzt: Im Bayerischen Wald herrschen Mord und Totschlag und Anarchie, und die Passauer Polizei ist zu blöd, um den Fall zu lösen.»

Konrad Wolf robbte näher an die Beamten heran, die in einer Entfernung von vielleicht zwanzig Metern zur Hütte in Deckung gegangen waren. Er hatte freie Sicht auf das erleuchtete Fenster. Wieder sah er die beiden Profile. Ein alter Mann, der redete, ein junger Mann, der zuhörte. Im Hintergrund ein gelbliches Küchenbuffet. Über ihnen eine Gaslampe.

Aus den Ohrstöpseln der Bereitschaftspolizisten, wenige Meter von ihm entfernt, rieselten Stimmen. Antworten wurden geflüstert. Die Männer des Kommandos hielten die Gewehre im Anschlag. Plötzlich schienen die Stimmen im Funkverkehr laut und hektisch zu werden. Wolf war zu weit entfernt, um Einzelheiten hinter dem Fenster zu erkennen, doch glaubte er, Bewegung wahrzunehmen. Die beiden Umrisse in dem Fenster bewegten sich aufeinander zu.

Der Einsatzleiter gab einen Befehl.

Dann fiel der Schuss. Es folgte ein Knall, dann ein Blitz, der den Wald taghell ausleuchtete. Wolf drückte das Gesicht in den moosigen Boden. Er hörte berstendes Glas, splitterndes Holz, Männergebrüll.

«Alles unter Kontrolle», ertönte am Ende die routinierte Stimme des Einsatzleiters.

Ayla stürmte hinein in die Hütte, Wolf versuchte gar nicht

erst, sie zurückzuhalten, auch der junge Hermann ließ sie gewähren. Mit einem gewissen Respekt schien er ihr sogar den Vortritt zu lassen, ehe er selbst die Lage erkundete.

Nach einer Weile kam Hermann wieder heraus.

«Sie waren kurz davor zu stürmen, aber dann mussten sie doch schießen», sagte er zu Wolf. «Der Lammer-Sohn hat dem Grenzer die Pistole auf die Stirn gedrückt. Er ist an der Schulter getroffen.»

«Stirbt er?», fragte Wolf.

«Keine Ahnung, jedenfalls blutet er stark.» Hermann fuhr sich mit den Händen über das Gesicht, massierte seine Wangen. Ein Versuch, die Müdigkeit zu vertreiben.

Konrad Wolf trat auf die Veranda, schaute durch die offene Tür. Im Licht der fauchenden Gaslampe sah er Ayla, von drei Polizisten umstanden, über den jungen Mann gebeugt. Er lag neben dem Tisch, der in der Mitte des Raumes stand, aus seiner Schulter floss Blut auf die Holzbohlen. Ayla hatte den Sanitätskoffer des Einsatzkommandos aufgeklappt. Sie schnitt den rechten Ärmel des Kapuzenpullis ab, dann den Ärmel des T-Shirts, drückte Mullkompressen auf die Wunde an der Schulter. Blut quoll zwischen ihren Fingern hervor, sie versuchte es mit einer neuen Kompresse. Der junge Mann sah ihr zu. Fassungslosigkeit lag in diesem Blick aus graublauen Augen. Er hatte ein schmales, fein gezeichnetes Gesicht, hohe Wangenknochen. Die Haare waren auf ein paar Millimeter rasiert. Am Kinn der Ziegenbart. Über seinen Körper hatte Ayla eine Wolldecke geworfen und noch einmal darüber ihre Wanderjacke. Die Beine des jungen Mannes lagerten auf einem umgestürzten Stuhl.

Auf der anderen Seite des Holztisches saß wie versteinert der Grenzer Xaver Wurzer. Er atmete schwer. Die ganze Person strahlte Feindseligkeit aus. Verachtung. Als fühlte er sich gestört in seinem Allerheiligsten, nicht nur von dem verwundeten jungen Mann, sondern auch von den Polizisten.

Als empfände er es als Zumutung, dass sie ihm das Leben gerettet hatten, und gleichermaßen als Zumutung, dass Ayla nun das Leben des jungen Mannes zu retten versuchte.

«Heim», sagte er immer wieder. «Heim. Ich mag jetzt endlich heim.»

«Es dauert nicht mehr lange, Herr Wurzer, dann dürfen Sie heim», sagte einer der Beamten.

«Heim, jetzt gleich», sagte der Grenzer, «zwei Tage hat der mich hier festgehalten. Ich will heim. Schlafen.» Er deutete mit dem Finger auf den verletzten jungen Mann. Am Handgelenk des Grenzers sah Wolf einen tiefen, rotblau gefärbten Einschnitt. Neben dem Stuhl lagen zwei Teile eines Kälberstricks. Das Gesicht des jungen Mannes war nun bleich geworden, kalter Schweiß trat auf seine Stirn. Schnell und flüchtig ging sein Atem. Ayla setzte ihm eine Nadel, einer der Beamten hielt den Infusionsbeutel, ein anderer drückte eine weitere Kompresse auf die Wunde.

«Der da», sagte der Grenzer mit ausgestrecktem Zeigefinger. «Der da. Der hat den Rosenmüller umgebracht. Er hat den Sigl in den Wahnsinn getrieben. Und mich hat er auch umbringen wollen.»

Ayla streichelte die Wange des jungen Mannes. Er sah sie aus großen Augen von ganz weit her an. Er schürzte die Lippen, er schien ihr etwas sagen zu wollen. Sie legte ihr Ohr an seinen Mund.

Das Fauchen der Gaslampe. Das Schweigen des alten Grenzers. Das Blut. Konrad Wolf wandte sich ab. Ihm wurde übel in diesem Wartesaal zwischen Leben und Tod.

Draußen auf der Veranda kam ihm der junge Hermann entgegen, er hatte gerade telefoniert.

«Herr Wolf», sagte er, «wir wissen jetzt, wer der junge Mann da drinnen ist. Und Sie werden es nicht glauben.»

Wolf sah in das Bubigesicht des jungen Hermann, keine Spur von Pokerface diesmal.

«Kenn ich ihn?», fragte Wolf.

«Indirekt», sagte Hermann, «aber Ihr Freund, Doktor Schweiger, der kennt ihn wirklich. Es ist Doktor Ben Zoller.»

Wolfs Polizistenhirn war fünfundzwanzig Jahre lang darauf trainiert worden, sich von nichts überraschen zu lassen, Zusammenhänge zu vermuten, wo niemand sonst sie sah. Aber es dauerte nun doch eine Weile, bis er sich vorstellen konnte, dass ein Operateur, der auf das Einsetzen künstlicher Hüftgelenke spezialisiert war, offenbar dem Hotelier Ludwig Rosenmüller ein neues, tadellos funktionierendes Hüftgelenk mit dem Werkzeug eines Tierpräparators herausoperiert hatte.

Zwei Stunden später war die Hütte in schmerzhaft grelles Licht getaucht. Der Wald war zum Tatort geworden, und die Hütte, die sich in Jahrzehnten der Umgebung angepasst, die Farbe des Waldes angenommen, manchen Tieren des Waldes als Unterschlupf gedient hatte, stand entblößt in ihrer ganzen Unvollkommenheit. Die Veranda ragte, auf morschen Balken lagernd, schief aus dem Abhang, als wolle sie gleich die ganze Hütte in den Abgrund reißen. Die Eingangstür und die Fenster setzten sich, weiß lackiert, vom dunklen Holz der Wände ab, sie waren wohl in einem Altbau aussortiert und hier wiederverwendet worden. Tisch, Stühle, Bank, Küchenzeile waren zusammengeschustert aus verschiedensten Epochen, als habe sich jemand wahllos auf dem Trödelmarkt eingedeckt.

Die Wanderarbeiter, die früher über die Grenze hinweg von Glashütte zu Glashütte zogen, hätten sich solche Hütten als Unterschlupf gebaut, meinte einer der älteren Beamten, der sich mit der Nachhut der Passauer Kripo zu der Hütte vorgekämpft hatte.

Während das Einsatzkommando abzog, waren Kisten, Koffer, Taschen über den Trampelpfad herangeschleppt worden von schwitzenden, fluchenden, rutschenden Menschen. Strahler waren vor der Hütte mühevoll ausbalanciert, Pfosten in den Boden gerammt, Trassierbänder gezogen worden. Es wurden Spuren gesammelt, Fotos geschossen, Mutmaßungen angestellt über den Gang der Ereignisse in der Hütte.

Xaver Wurzer war von Ben Zoller in der Hütte nicht geschlagen, nicht misshandelt worden, so viel stand fest. Warum ihm der junge Doktor die Pistole auf die Stirn gesetzt hatte, gerade als sich die Polizei bereit machte, die Hütte zu stürmen, ließ sich mit dem durchgescheuerten Strick erklären. Vermutlich hatte sich Wurzer gerade von der Fessel befreit und war auf seinen Peiniger losgegangen.

Wurzer sollte noch in der Nacht vernommen werden. Er hatte gebeten, zuvor kurz nach Hause gebracht zu werden. Die Chefin hatte eingewilligt, aber darauf gedrängt, dass zwei Beamte ihn begleiteten und danach sofort nach Passau brachten.

Und Doktor Zoller war nicht mehr ansprechbar, in kritischem Zustand auf dem Weg in das nächste Krankenhaus.

Doktor Ben Zoller, der Operateur, dessen Arbeit Konrad Wolf einige Tage zuvor in Passau auf einem Video verfolgt hatte.

«Haben wir jetzt unseren Mörder?», fragte die Chefin in die Runde, beide Hände in den Taschen ihrer Lederjacke vergraben.

Sie standen zu dritt vor der Hütte. Die Chefin hatte Wolf gemeinsam mit dem jungen Hermann zu sich gebeten, um sich zu beraten. Wolf fühlte sich geehrt, spürte aber auch ihre Unruhe. Er verstand sie gut. Sie wollte wachsam bleiben, auch wenn der Fall scheinbar gelöst war.

Ayla hockte ein wenig abseits auf einem Felsen und rauchte eine Zigarette, den Tränen nah, wie Wolf ahnte. Als Psychiaterin hatte sie eine medizinische Grundausbildung, aber das Leben eines Verwundeten zu retten zählte nicht zu ihrer täglichen Routine. Außerdem musste sie sich damit abfinden, dass der Sohn von Frau Lammer wohl doch zwei Menschenleben auf dem Gewissen hatte und ein drittes hatte auslöschen wollen. Sie trug Spuren von Blut auf ihrer Jacke, Blut an ihren Händen, Ben Zollers Blut sogar in ihrem Gesicht.

«Zumindest», erwiderte Hermann auf die Frage der Chefin hin, «haben wir einen weiteren Mord gerade noch verhindert. Die Szene in der Hütte war eindeutig. Der alte Grenzer ist auf Zoller losgegangen, und der hat ihm die Pistole an den Kopf gehalten. Sie war geladen und entsichert. Ihr Freund, Doktor Schweiger, hat uns den jungen Mann übrigens als, nun ja, sehr sonderbar geschildert.»

«Hat Günther Sie auf die Spur von dem Mann gebracht?», fragte Wolf. Er konnte es nicht fassen. Sein Freund Günther, der Herzchirurg und Golfer, als polizeiliches Superhirn.

«Auf die Spur sind wir schon selber gekommen», erwiderte der junge Hermann. Er erzählte, wie die Polizei am frühen Abend die junge Krankenschwester angetroffen hatte, die fünf Jahre zuvor mit dem jungen Besucher von Elfriede Lammer Bekanntschaft geschlossen hatte. Der junge Mann mit den langen Haaren, den Frau Lammer nicht hatte sprechen wollen, obwohl er immer wieder zu Besuch kam, Blumen brachte, sich nach ihrem Befinden erkundigte – er hatte sich als frisch promovierter Arzt aus München vorgestellt, der eine Stelle hier ganz in der Nähe antreten wollte. Sie beschrieb den jungen Mann als im Grunde scheu und gehemmt, was er mit einer für sein Alter übertriebenen Jovialität zu überspielen versuchte. Die Frage, was er denn von Frau Lammer wolle und warum sie ihn nicht empfange, habe der junge Mann nicht beantwortet. Aber, so sagte die Krankenschwester, je länger er zurückgewiesen worden sei, desto aggressiver sei er ihr erschienen. Einmal habe er Frau

Lammer sogar angebrüllt. Daraufhin habe man ihn gebeten, sich nicht mehr blicken zu lassen auf der Station.

Die Chefin hatte auf diese Nachricht hin die Nummer von Doktor Günther ausfindig gemacht und ihn gefragt, ob er einen jungen, langhaarigen Arzt mit Namen Benedikt kenne – so lautete die Unterschrift auf dem Brief, den Ayla und Wolf in Elfriede Lammers Haus gefunden hatten –, einen, der aus München zugezogen sei. Er kenne keinen, hatte Günther geantwortet, wolle sich aber umhören. Da hatte die Chefin erwidert: Er solle sich von dem Namen Benedikt lösen, von dem gebe es auch Abwandlungen, und auch mit den langen Haaren solle er sich nicht aufhalten, die könnten jetzt auch kurz sein. Aber es handle sich um einen jungen, introvertierten und manchmal allzu leutseligen jungen Kollegen. Die verkürzte Form von Benedikt, ein junger Mann, der von der Norm abwich: Da endlich hatte es im Hirn des Doktor Günther Klick gemacht. Doktor Zoller, das Wunderkind. Doktor Günther hatte den jungen Mann einmal gefragt, warum er sich ausgerechnet auf künstliche Hüftgelenke spezialisiert habe. Und er hatte geantwortet, seinem Vater sei vor Jahren ein Gelenk eingesetzt worden, und er habe damals unter der unzulänglichen Operationstechnik schwer gelitten. Offenbar hatte Doktor Zoller nicht seinen Vater, sondern den Mann seiner Mutter gemeint: Hans Lammer.

Doktor Ben Zoller. Ein Einzelgänger, keine Freundin, keine Freunde.

Mitglied im Schützenverein, daher hatte er wohl auch die Waffe.

Alles schien zu passen.

«Gibt es Spuren von dem jungen Mann an der Leiche von Rosenmüller oder in Sigls Werkstatt?», fragte Konrad Wolf. Er sprach leise, denn die geprellten Rippen machten sich schmerzhaft bemerkbar.

«Das überprüfen wir erst», sagte die Chefin, «wir wissen

ja erst seit heute Nachmittag, mit wem wir es zu tun haben. Tatsache ist, dass der junge Mann seit einer Woche nicht mehr zum Dienst erschienen ist, heute unentschuldigt. Und Tatsache ist, dass er mit den Lebensweisen von Rosenmüller, Sigl und Wurzer sehr vertraut gewesen sein muss. Vor einer Stunde haben Kollegen seine Wohnung geöffnet. Ein kleines Apartment, unpersönlich, ziemlich verlottert, sagen die Kollegen. Und was glauben Sie, was an den Wänden hängt? Fotos der Herren Rosenmüller, Sigl und Wurzer. In einem Heft haben die Kollegen eine Dokumentation gefunden, die nachvollzieht, was damals vor dreißig Jahren passiert ist. Wurzer war damals offenbar zu feige, seinen Freund allein zu erpressen, und hat sich von Rosenmüller und Sigl helfen lassen. Das meiste weiß Ben Zoller offenbar von seiner Mutter. Aber eine Frage hat sie ihm nicht beantwortet, die steht am Ende der Aufzeichnungen: Wer ist mein Vater?»

«Und jetzt halten Sie sich fest, Herr Wolf», übernahm der junge Hermann, «Ben Zoller hat es irgendwie geschafft, sich von den drei Erpressern Haare zu verschaffen. Er hat sich offenbar jahrelang in das Leben der drei hineingewühlt. Keine Ahnung, wie er das geschafft hat. Jedenfalls hat er Haarproben abgegeben für einen DNA-Test. Er wollte herausfinden, wer sein Vater ist. Er hat offenbar einen Freund in München damit beauftragt. Die Kollegen haben die Unterlagen darüber gefunden, gerade eben erst.»

Hermann hielt an der Stelle inne. Er zitterte in dem Blouson, seinem bevorzugten Kleidungsstück für jede Jahreszeit, in dieser Nacht trug er die blaue Variante.

Konrad Wolf fühlte sich im allgemeinen Schweigen verpflichtet, die entscheidende Frage zu stellen: «Und welcher von den dreien ist sein Vater? Rosenmüller? Sigl? Wurzer?»

«Keiner von den dreien, Herr Wolf», sagte der junge Hermann. «Keiner.»

Wolf versuchte ein weiteres Mal, sich in den Kopf dieses

Ben Zoller hineinzuversetzen. Er erfährt in jungen Jahren, dass seine Eltern nur Stiefeltern sind. Er macht sich auf die Suche nach Vater und Mutter, erfährt, dass seine Mutter ihn verleugnet und dass er sein Leben einer Erpressung oder gar einer Vergewaltigung verdankt. Er macht sich auf die Suche nach seinem Vater, schleicht sich in das Leben der drei Erpresser. Deren Namen hat ihm seine Mutter genannt, das lässt sich aus dem Brief schließen, den Wolf und Ayla gefunden haben bei ihrem Einbruch. Vielleicht stellt er sich in seinen schlimmsten Albträumen sogar vor, wie die drei Männer seine Mutter gemeinschaftlich vergewaltigt haben, und einer von ihnen hat ihn gezeugt.

Kann so ein verwirrter junger Mann in seiner Verzweiflung und seinem Hass zum Mörder werden, zum Vatermörder?

Vermutlich.

Aber wo war nun das Motiv? Keiner der drei Männer war Zollers Vater. Die drei Männer hatten mit seinem eigenen Schicksal augenscheinlich nicht das Geringste zu tun.

«Kollegen», sagte Konrad Wolf, aus alter Gewohnheit sagte er «Kollegen», als gehöre er zum Ermittlungsteam, «einen Dachschaden hat der junge Herr Zoller ja bestimmt, nach allem, was man jetzt weiß. Aber ist er wirklich so ein Psychopath, dass er jetzt sein ganzes Leben ruiniert, um diese drei Männer zu erledigen? Dass man jetzt das Skelett von Hans Lammer gefunden hat, ist natürlich ein traumatisches Erlebnis für seine Mutter gewesen – aber doch nicht für ihn. Selbst wenn ihn die Mutter gebeten haben sollte, die drei Männer zu erledigen: Würde er das wirklich tun? Und warum gerade jetzt?»

«Aber wir können uns doch nur an die Fakten halten, Herr Wolf», entgegnete der junge Hermann. «Diese drei Männer waren seine Obsession. Und er hat Xaver Wurzer in der Hütte da drinnen gefangen gehalten und hat ihm die Pistole an den Kopf gesetzt.»

«Frau Davutoglu», rief da die Chefin über den Kopf der beiden Männer hinweg, «hätten Sie einen Augenblick Zeit für uns?»

Wolf wandte sich um. Ayla hielt die Arme um den Leib geschlungen, als sie sich näherte. Ihre Augen waren rot geweint, ihr Gesicht kreidebleich.

«Frau Davutoglu», sagte die Chefin, «was hatten Sie für einen Eindruck von den beiden Männern in der Hütte?»

«Der junge Mann hat wohl mit seinem Leben schon abgeschlossen», sagte Ayla mit stockender Stimme. «Er hat mir immer wieder ein Wort zugeflüstert, hingehaucht vielmehr. Aber ich habe ihn nicht verstanden.» Sie räusperte sich. «Unheimlich fand ich eher den Grenzer. Dieser eisgraue, verbitterte, alte Mann. Der ist stumm dagesessen und hat gehofft, der junge Mann würde verbluten. Der kann einem Angst machen mit seinem Hass.»

Der junge Hermann winkte ab, drängte zum Aufbruch. Bei aller Zuneigung zu Ayla und der Chefin wollte er sich augenscheinlich nicht mehr aufhalten mit dem Hineinfühlen in Männerseelen. Er schätzte Beweise. Die Chefin aber ließ sich nicht beirren.

«Was wissen wir eigentlich von Wurzer?», fragte sie.

«Chefin, bitte!», sagte Hermann. Doch zu dritt trugen sie alles zusammen, was sie vom Grenzer Xaverl wussten. Dass er die Tragödie angestoßen hatte, indem er seinen besten Freund eiskalt erpresst hatte. Dass er keine Kinder hatte, dass seine Frau zum Freundinnenkreis von Elfriede Lammer zählte. Dass er offenbar schwer an seiner Schuld trug – Wolf vermied es, Herrn František als Zeugen dafür anzuführen, er hielt sich an sein Ehrenwort – und dass er als ein seltsamer, unzugänglicher Mensch galt. Das hatten die Nachbarn berichtet, die von der Polizei befragt worden waren.

«Es gibt keinen Grund, warum er Rosenmüller hätte umbringen sollen», folgerte Hermann. «Die Kollegen haben heute auf der Suche nach ihm sogar sein Haus durchsucht. Nichts Verdächtiges. Warum sollte er morden? Es gibt keinen Grund.»

«Vielleicht doch», sagte Ayla. Alle Blicke richteten sich auf sie, Wolf hielt den Atem an. «Ich hätte das fast vergessen: Er war unsterblich in Elfriede Lammer verliebt. Ihre Schwester hat es mir heute erzählt, im Altenheim, als Hermann schon aus dem Zimmer war. Die alte Dame meinte wohl, so etwas sei Frauensache. Elfriede hatte zwei Verehrer. Den Hans und den Xaverl, sagt sie. Die beiden Freunde. Beide wollten Elfriede heiraten, Xaverl hat ihr sogar einen Liebesbrief geschrieben und einen Heiratsantrag gemacht, aber Elfriede hat abgelehnt. Wie dem wohl zumute war bei der Hochzeit? Sein bester Freund heiratet seine große Liebe. Und nachdem Hans Lammer verschwunden war, hat er es wieder versucht bei der Elfriede, erzählt die Schwester. Er hat einfach nicht aufgegeben und wurde immer wieder abgewiesen.»

Wolf erinnerte sich an das Foto, das sie in Frau Lammers Haus gefunden hatten. Der Grenzer Xaverl zwischen Braut und Bräutigam, zu Tode betrübt. Hatte der Grenzer Hans Lammer nur erpresst, um dessen Leben zu ruinieren? Nicht aus Geldgier, sondern aus enttäuschter Liebe, aus Zerstörungswut und weil er immer noch an seine Chance bei Elfriede glaubte?

«Man muss sich nur vorstellen, was in dem Mann vorgegangen ist, als das Skelett von Hans Lammer gefunden wurde», sagte Wolf. «Der muss jetzt sein ganzes verpfuschtes Scheißleben noch einmal durchleiden. Den besten Freund verraten. Die Liebe seines Lebens verraten. Und wozu das alles? Er hasst sich dafür.»

«Und er hasst die anderen dafür», ergänzte die Chefin. Der Satz klang wie ein Schlussakkord.

Er hasst sich, und er hasst die anderen, die an dieser Geschichte beteiligt waren.

Alte Liebe, alter Hass. Ein verpfuschtes Leben.

Eine eigentümliche Spannung herrschte zwischen den vier Leuten vor der Hütte. Ayla, Wolf, die Chefin, der junge Hermann. Sie waren aus verschiedenen Richtungen auf diesen Fall gestoßen, nun schienen sie miteinander zum Kern der Geschichte vorzudringen. Es war wie so oft, wenn Ermittler Fakten und Meinungen zusammentragen, Theorien entwickeln und verwerfen und wieder neue Ansätze suchen – und dann an einem bestimmten Punkt spüren, sie kommen der Wahrheit näher, oder zumindest einer möglichen Wahrheit.

Genau genommen war es nur eine Ahnung, die sie teilten, doch die Chefin handelte sofort, und Wolf fragte sich im ersten Augenblick, ob sie dieser Ahnung nicht allzu schnell folgte, denn ein klares Mordmotiv hatten sie noch immer nicht.

Die Chefin rief die Beamten an, die Wurzer in ihrer Obhut hatten, um sie zu höchster Vorsicht zu ermahnen. Sie erfuhr, der Grenzer sei gerade in sein Haus gegangen, um frische Sachen anzuziehen. «Schauen Sie, dass Sie ihn sofort zu fassen kriegen», brüllte sie ins Telefon. «Sofort», brüllte sie, «und ruft mich zurück, wenn ihr ihn habt.»

«Penner», raunte sie Wolf, Ayla und dem jungen Hermann zu, während sie auf den Rückruf wartete. Es dauerte keine drei Minuten, bis sie die Nachricht erhielt: Der Grenzer sei durch den Hinterausgang in den Wald geflüchtet, und beim Versuch, ihn zu stellen, seien die Beamten mit einem Jagdgewehr beschossen worden. Verletzt sei zum Glück niemand, aber von dem Mann fehle jede Spur.

«In den Wald, sauber», sagte die Chefin, das Telefon noch am Ohr, erstarrt in einer Geste der Ratlosigkeit und des Entsetzens, ja der vollständigen Lähmung, die Konrad Wolf so sehr rührte, dass er gar nicht anders konnte, als zu sagen: «Chefin, nicht so schlimm, den fangen wir wieder.»

Die Chefin brauchte eine Weile, um ihre Fassung wiederzugewinnen.

«Natürlich fangen wir den wieder», sagte sie schließlich. Sie begann, Befehle zu erteilen – sofortige Großfahndung, verschärfte Bewachung des jungen Zoller, verschärfte Bewachung von Frau Lammer –, da stürzte einer der Beamten, die in der Hütte und in deren Umgebung nach Spuren suchten, auf sie zu.

Es sei kaum zu glauben, sagte der Mann atemlos, hinter der Hütte hätten sie gerade ein Erdloch gefunden. Es sei vollkommen überwuchert gewesen. Als sie die Abdeckung unter dem Gestrüpp wegzogen, hätten sie, trocken und luftdicht verpackt, Sprengstoff gefunden. Jede Menge Sprengstoff, offensichtlich von der Art, wie sie zur Sprengung des Windrads verwendet worden sei.

Es war eine Sache von Minuten, in der Wahrnehmung der Beteiligten verdichteten sie sich zu Augenblicken, in denen sich polizeiliche Routine in schiere Panik aufzulösen schien.

Wolf hämmerte sich mit den Fäusten an die Schläfen. Hatte er etwas vergessen, hatte er etwas übersehen?

Er ging zu der Stelle, von der aus er Xaver Wurzer und Ben Zoller beobachtet hatte. Der junge Arzt als Zuhörer, die Pistole vor sich. Ihm gegenüber der alte Grenzer, vertieft in seine Erzählung. Die Hände gefesselt.

War da noch etwas?

Auf dem Tisch?

Wolf trommelte noch einmal gegen seine Schläfen.

Das Radiogerät!

Wolf kehrte zurück in die Hütte und fragte den jungen Hermann, der sich dort mit der Chefin beriet, ob ein Radiogerät gefunden worden sei.

Völlig verbeult in der hintersten Ecke der Küche, antwortete Hermann. Vermutlich sei es beim Angriff der Polizei vom Tisch gefegt worden.

Die Chefin warf ein, in dieser Gegend sei kein Radioempfang möglich, wahrscheinlich habe Grenzer Xaverl das Gerät benutzt, um Kassetten abzuspielen, um Musik zu hören.

«Kassetten», sagte Ayla in dem Augenblick. Nein, sie brüllte es. «Kassetten! Das war das Wort, das Ben Zoller mir immer wieder zugeflüstert hat. Kassetten.»

Wolf entdeckte auf dem Küchenbuffet drei Musikkassetten, sie waren mit Volksmusik bespielt, zumindest waren sie so beschriftet.

Der junge Hermann nahm das Gerät in Augenschein. Es steckte noch eine Kassette im Laufwerk. Er sagte: «‹Waidlermesse› steht da drauf. Das gibt es ja gar nicht. Die haben die Waidlermesse gehört, als sie sich unterhalten haben. Der Abspielknopf ist noch gedrückt.»

Die Waidlermesse, viele tausend Mal gespielt bei Hochzeiten und Beerdigungen, bei Kirchweih und bei Wallfahrten, zur Ehre Gottes und zur Erbauung der Menschen, das Zwiegespräch zwischen den Waldbewohnern und ihrem Herrgott, komponiert von Ferdinand Neumaier, der allseits bekannt ist auch durch sein Lied: «Mir san vom Woid dahoam». Welche Rolle, fragte sich Konrad Wolf, sollte diese Messe im Gespräch zwischen Ben Zoller und Xaver Wurzer gespielt haben?

«Hermann», sagte in jenem Augenblick die Chefin, «die beiden Herren haben die Messe gar nicht angehört. Schau mal, was da noch für ein Knopf gedrückt ist. Der rote Knopf. Aufnahme.»

Ja endlich, die Haube weg. Danke dir recht schön. Aber wer bist du denn überhaupt, junger Mensch? Ich kenn dich doch, oder?

Ja, da legst dich nieder. Der Sohn.

Jetzt muss ich aber erst einmal durchschnaufen.

Der Sohn, ja leck mich …

Der Sohn aus München. Wäre gescheiter gewesen, du wärst droben geblieben in München und hättest mit dem ganzen alten Mist nichts zu tun. Das nimmt kein gutes Ende, auch mit dir nicht, glaub es mir.

Du willst immer noch wissen, wer dein Vater ist? Hat es dir deine Mutter immer noch nicht gesagt?

Seit fünf Jahren schleichst du jetzt schon bei uns umeinander. Aber ich bin's nicht, das habe ich dir vor fünf Jahren schon gesagt und sage es dir heute wieder. Ich bin es nicht, und der Rosenmüller und der Sigl sind es auch nicht. Bei den zweien bist du auch gewesen und hast dumme Fragen gestellt, oder? Und stimmt's, einmal bist du sogar eingebrochen bei mir? Du bist das gewesen, das eingeschlagene Fenster. Hast du irgendwelche Dokumente gesucht, wo drinsteht: Xaver Wurzer ist der Vater von Benedikt Zoller?

Was, ein Haar hast du von mir gebraucht? Was willst du mit einem Haar? Ja du bist ein Spinner, sage ich dir.

Aber wurscht, dann erzähle ich dir halt die ganze Geschichte. Irgendwann muss es einmal erzählt werden, auch wenn die Weiber das Andenken vom Hans in Ehren halten wollen, die Elfriede und die anderen Hexen.

Jetzt hör mir ganz genau zu. Schon als der Hans in der Nacht gegraben hat, habe ich mir überlegt, Xaver, was wäre passiert, wenn du geschossen hättest und der Hans wäre dabei gewesen? Und natürlich habe ich gedacht: Bei dir hätte es bestimmt nicht geschneit, so ein Glückskind bist du nicht. Bei dir hätte es der Herrgott regnen lassen, damit man im Matsch bestimmt alle Spuren noch ganz genau sieht. Und hätte der Hans mir geholfen? Hätte der seinen Beruf riskiert, sein ganzes schönes Leben? Ich habe ja immerhin eine Falschaussage gemacht fürs Protokoll: Hab nichts gesehen, habe ich gesagt und unterschrieben. Glatte Falschaussage.

Und dann hat es bei mir zu arbeiten begonnen, ich meine, innerlich.

Xaver, habe ich zu mir selber gesagt, du hast eine Belohnung verdient. Und glaubst du, der Hans hätte mir irgendetwas angeboten, ein wenig Geld? Nichts. Und dann habe ich überlegt, ich könnte ihm ja sagen: Hans, fünfzigtausend Mark, Schweigegeld sozusagen, das tut dir nicht weh, die Firma läuft ja wie geschmiert, und für mich: ein großes Geld, Mitgift, habe ja auch schon den Hochzeitstermin mit der Lotte gehabt, und die Lotte: nichts als innere Werte, arm wie eine Kirchenmaus. Aber das ist mir dann zu riskant gewesen, den Hans allein erpressen. Am Ende kommt dem noch einmal eine Kugel aus, aus Versehen, und die trifft mich.

Xaverl, habe ich zu mir gesagt, für so eine Erpressung, da bist du ein zu kleines Würsterl.

Und jetzt kannst du sagen, ich bin ein dummer Waidler, und sowieso immer die zweite Geige hinterm Hans gespielt. Aber ganz blöd bin ich dann auch nicht. Und natürlich, dieser Hass hat mir geholfen.

Hass. Ja genau. Hass.

Dieser Hass auf die feine Gesellschaft, wo ich nicht dazugehöre, aber der Hans schon, der hat dazugehört, weil er die richtige Frau geheiratet hat. Dieser Hass, ich sage es dir. Und die alte Liebe natürlich. Wie sagt man? Liebe verleiht Flügel. Die Liebe, nicht zu der Lotte, wenn ich ehrlich bin, sondern zu der Elfriede. Am Ende von der Geschichte, habe ich mir gedacht, wird die Elfriede vielleicht doch noch da landen, wo sie hingehört. Bei mir.

Und deswegen ist mir dieser Plan eingefallen. Du kannst sagen, was du willst, genial.

Ich bin zu dem Sigl und dem Rosenmüller gegangen, waren ja die besten Freunde damals. Wie Pech und Schwefel. Und ich sag' zu denen, lieber Ludwig, lieber Franz, ich erzähle euch jetzt eine Geschichte vom Lammer Hans. Hab die beiden ja gut gekannt, vom Stammtisch. Sie waren ja schon sauer auf den Hans, weil der auch ins Hotelgeschäft einsteigen wollte in Gratterszell. Der Rosenmüller hat Konkurrenz gefürchtet, und der Sigl auch.

Ich habe mich dann mit den beiden zusammengesetzt, natürlich nicht beim Wirt, wir haben uns im Wald getroffen, konspirativ wie der Geheimdienst in Moskau. Jetzt hätten die beiden auch sagen können: Das machen wir nicht, dass wir den Lammer Hans erpressen, weil, wir sind feine Menschen. Aber der Rosenmüller wollte den Hans ruinieren, und der Sigl hat das Geld gebraucht für seine großen Pläne mit dem Erlebnispark. Da sind sie also gemeinsam zum Hans und haben gesagt: Hans, wir haben da eine Geschichte gehört über dich, schöne Scheiße, und wir haben das eine oder andere Foto.

Woher die Fotos? Natürlich habe ich an so einem Wintertag, wo wir Streife gegangen sind, immer die Kamera dabeigehabt. Habe fotografiert, wie der Hans den Tschechen – an den Händen hat er ihn durch den Schnee geschleift. Das Fotografieren ist meine Leidenschaft gewesen damals, ganz ehrlich.

Xaverl, wo haben die zwei Deppen diese Fotos her?, fragt mich also der Hans später. Er ist schon misstrauisch gewesen, glaube ich.

Welches Foto?, frag ich.

Sagt er: Wie ich den Tschechen durch den Schnee zieh.

Hans, sag ich, waren sie bei dir auch, der Rosenmüller und der Sigl? Mir haben sie ein Foto gezeigt, wo wir zwei zusammen zu sehen sind, mit dem toten Tschechen im Schnee.

Das gibt's ja gar nicht, sagt der Hans, da war doch niemand. Haben wir da jemanden übersehen?

Wahrscheinlich, sag ich. Jedenfalls. Von mir wollen sie zwanzigtausend Mark, die zwei Verbrecher. Ich weiß gar nicht, wo ich die hernehmen soll, ich kann denen ja nicht gleich die Mitgift von der Lotte geben.

Xaverl, sagt da der Hans, lass das meine Sorge sein, das Geld geb ich dir. Du bist mein bester Freund.

Und was wollen sie von dir?, frage ich.

Hunderttausend Mark auf die Hand, sagt der Hans, und dann Ende des Jahres noch mal hunderttausend und dann in einem Jahr noch mal hunderttausend.

Und wo willst du das Geld herkriegen?, sage ich.

Und der Hans sagt, wird schon irgendwie gehen. Der Schwiegervater hat bestimmt irgendwo Schwarzgeld.

Und schau, Benedikt, schau, wie genial mein Plan gewesen ist. Ich selber wollte nämlich auf gar keinen Fall als Erpresser auftreten.

Mir ist es ja nicht in erster Linie um das Geld gegangen. Schon auch, aber noch mehr um die Elfriede.

Und kein Wort zur Elfriede, hat der Hans zu mir gesagt. Ich habe gesagt, natürlich nicht, und gewusst: Über kurz oder lang kommt die Geschichte der Elfriede zu Ohren.

Und weißt du was, Benedikt, ich habe mich sogar noch getraut, den Hans zu fragen: Willst du nicht zu unserem Chef beim Grenzschutz gehen und alles melden? Die Wahrheit sagen. Dann sind wir die Erpresser los.

Mir ist klar gewesen, dass er das niemals tut.

Spinnst du, sagt der Hans, erst erschieß ich einen Tschechen, vergrab ihn im Wald, mach eine Falschaussage, und bloß, weil ich erpresst werde, sage ich die Wahrheit? Die Elfriede würde mich nie mehr ernst nehmen. Die täte mich rausschmeißen. Und ob ich jetzt die Wahrheit sage oder nicht, ist auch schon egal. Das muss ich mit mir selber ausmachen, mein Leben lang, allein. Hauptsache: kein Wort zu Elfriede.

Da sag ich: Hans, ich bin an deiner Seite. Auf mich kannst du zählen.

Wie die Sportreporter immer sagen: Es kam, wie es kommen musste. Die Schwiegermutter ist dem Hans draufgekommen.

Ein rechter Drachen, sage ich dir, hinter dem Geld her wie der Teufel hinterm Weihwasser. Die hat von Anfang an geglaubt, der Hans hat die Elfriede nur wegen dem Geld geheiratet. Es ist ja auch ein Haufen Geld gewesen, hunderttausend Mark, und dann auch noch zwanzigtausend Mark für mich. Die hundertzwanzigtausend hat er mit Müh und Not noch zusammengekratzt. Hat selber Geld gehabt, einen Bausparer aufgelöst, ein Grundstück verkauft. Aber dann hat er jeden Monat noch einmal Geld auf die Seite bringen müssen für die nächste Rate. Und was damals keiner gewusst hat: Das Skihaus ist ja schon lange nicht mehr richtig gelaufen, da hat der Hans wahrscheinlich zu viel investiert in seine großen Pläne. Und in so einer Lage fällt jeder Hunderter auf, der fehlt. Da hat offenbar die Schwiegermutter genau hingeschaut und zur Elfriede gesagt: Dein Mann nimmt Geld aus der Kasse. Geht der ins Spielcasino? Hat der ein Gspusi? Oder geht der sogar zu den Nutten?

Da hat die Elfriede mit dem Hans geredet. Und er hat alles geleugnet.

Und das ist dann für den Hans zu viel gewesen.

Xaverl, hat er zu mir gesagt. Es geht nicht mehr. Er hat geweint, der Hans, stell dir vor. Er ist bei mir auf der Bude gewesen, in der Kaserne. Und weint mir was vor.

Ehrlich, ich bin so gerührt gewesen, dass ich gesagt habe, Hans, die zwanzigtausend Mark kriegst du von mir wieder. Da hat er gesagt, Xaverl, lass es sein, und ich habe gesagt, doch, die geb ich dir wieder. Da ist er aus der Bude, ganz verrotzt.

Und das ist das letzte Mal gewesen, dass ich ihn gesehen habe. Zwei Tage später ruft mich die Elfriede an. Ich kann mich noch genau erinnern. 8. Juli 1982. Deutschland hat im Halbfinale gegen Frankreich gespielt. Kannst du dich noch erinnern? Unser Torwart, der Schumacher, ist einem Franzosen mit dem Arsch ins Gesicht gesprungen. Mit dem Arsch ins Gesicht, das hat mir gefallen. Wir haben dann gerade das Elfmeterschießen gewonnen gehabt, da ruft die Elfriede bei mir an.

Xaver, sagt sie, ich weiß nicht mehr ein noch aus. Der Hans ist verschwunden seit gestern Nacht. Ist er in der Kaserne, er hat doch gar keinen Dienst?

Bei mir ist er nicht, Elfriede, sage ich, aber mach dir keine Sorgen. Ich bin an deiner Seite.

Wie wir die hunderttausend Mark aufgeteilt haben? Ja, du bist ein ganz ein Schlauer, Benedikt, natürlich habe ich die 20 000 vom Hans für mich allein behalten. Die hunderttausend haben wir durch drei geteilt, jeder hat von der ersten Rate 33 333 Mark gekriegt, im Wald haben wir das Geld aufgeteilt, der Sigl, der Rosenmüller und ich. Und die eine Mark, die übrig geblieben ist, die habe ich am Sonntag in den Klingelbeutel geworfen, damit der Herrgott nicht so streng mit uns ist. Dass er vielleicht einmal ein Auge zudrückt.

Aber dann ist doch alles aus dem Ruder gelaufen.

Als der Hans verschwunden ist, haben wir uns noch einmal getroffen. Ich habe gesagt, Ende, wir lassen die Sache auf sich beruhen, wir lassen Gras drüber wachsen. Uns geht die Sache nichts mehr an. Der Rosenmüller hat gemeint, die Elfriede könnte schon noch die Schulden zahlen von ihrem Mann, jedenfalls die zweite Rate. Da ist der Sigl fast durchgedreht. So ein Sensibler, immer schon gewesen. Hat gesagt, Rosenmüller, jetzt reicht es. Du hast das Leben von der Familie Lammer ruiniert. Du doch auch, du Depp, sagt da der Rosenmüller, hast du das schon vergessen? Du hängst mit drin. Und da habe ich mir schon gedacht, dass es nicht mehr lange gut gehen wird mit dieser Freundschaft.

Jedenfalls, die Elfriede. Wir haben oft miteinander geredet, die Elfriede und ich. Elfriede, der Hans kommt wieder, du darfst die Hoffnung nicht aufgeben, habe ich gesagt. Vielleicht ist ihm bloß alles zu viel geworden, die Hüfte, der Grenzschutz, das Skigeschäft. Ihre Mutter und der Vater haben gesagt, sei froh, dass der weg ist, der Hans hat dich betrogen und unser Geschäft ruiniert. Aber sie hat sich selber Vorwürfe gemacht, weil sie ihn zur Schnecke gemacht hat wegen dem Geld, das verschwunden ist. Sie ist in ihrer Stube gehockt. Hat nichts mehr gegessen. Bloß noch geweint. Dünn ist sie geworden, weiß wie die Wand. Aber sie ist immer noch stolz gewesen, hat so eine Würde gehabt in ihrem ganzen Elend.

Und ich habe zu ihr gesagt: Elfriede, wann immer du mich brauchst, ich bin da. Du weißt, was ich dir damals geschrieben habe. Das gilt noch immer.

Wie sie mich da angeschaut hat. Das kann ich dir nicht beschreiben.

Sie hat mir dann die Hand auf die Schulter gelegt und ist gegangen.

Heutzutage umarmen und knutschen sich ja wildfremde Leute, wenn sie zufällig im Wirtshaus am gleichen Tisch sitzen. Bussi, Bussi. Das ist so eine Sitte, ich glaube, die kommt aus München, oder, du musst das doch wissen. Aber damals, Hand auf die Schulter, das ist fast schon eine Liebeserklärung gewesen.

Es hätte also alles gut werden können. Aber dann.

Sag, bist du schon verheiratet, Benedikt. Nein? Gut so. Ich sage dir, pass genau auf, dass du eine Brave findest, von mir aus eine Dumme. Aber es gibt nix Schlimmeres als neugierige und misstrauische Weiber. Die Lotte hat sich natürlich gewundert, wo das Geld herkommt, die zwanzigtausend Mark und die 33333 Mark noch dazu. Und dann hat sie bei mir in den Schubläden geschaut, in meinen Schrank, in mein Nachtkastl. Und da findet sie wirklich diese Fotos vom Hans und dem toten Tschechen. Und was macht sie? Kommt nicht zu mir, sondern geht zur Elfriede und zeigt ihr die Fotos. Und erzählt, dass ihr Mann, der Xaverl, offenbar den Hans erpresst hat. Woher sonst käme das viele Geld, sagt sie doch glatt zu der Elfriede.

Und so ist dann alles aufgeflogen. Und die Weiber haben

sich zusammengetan. Meine Lotte, die Rosenmüllerin und die Siglin. Mit der Elfriede. Sie wollten das Andenken vom Lammer Hans in Ehren halten. Kein Wort über den toten Tschechen, niemals, haben sie sich geschworen, und das Versprechen haben wir drei Männer ihnen auch geben müssen. Kein Wort. Und die drei haben der Elfriede geholfen, wo sie nur gekonnt haben. Mit Geld und noch viel mehr. Das Skihaus ist ja schnell pleite gewesen, die Eltern von der Elfriede sind bald gestorben, und als Musiklehrerin hätte die Elfriede nicht so ein Leben führen können als noble Witwe.

Wir Weiber müssen richten, was ihr drei Deppen angerichtet habt, hat die Lotte zu mir gesagt. Wir Weiber müssen es wieder richten. Ihr Deppen.

Ja gut, das Gewissen, Benedikt. Das ist so eine Geschichte mit dem Gewissen. Am Anfang hab ich ja gar nicht recht geglaubt, dass der Hans wirklich zahlt. Habe gedacht, so ein feiner Mensch wie der Hans, der wird bestimmt irgendwann zugeben, dass er aus Versehen einen Menschen erschossen hat, und sich entschuldigen. Und dann hat er doch gezahlt, weil er Angst gehabt hat um sein schönes Leben.

Und da habe ich natürlich nicht mehr so viel Respekt gehabt vor dem Hans. Aber dass er sich umbringt? Eine ganz andere Geschichte.

Erst sagst du dir: Wahrscheinlich hätte der Hans das niemals in seinem Leben verkraftet, dass er einen unbewaffneten Tschechen erschießt, bloß weil er im Nebel nervös geworden ist. Der Hans, redest du dir ein, hätte sich auch so umgebracht, auch wenn er nicht erpresst worden wäre. Aber dann wirst du jede Nacht um vier Uhr in der Früh wach und denkst an deinen besten Freund, dem du das Leben ruiniert hast. Und das Leben von deiner großen Liebe hast du auch ruiniert. Vier in der Früh, und du kannst ums Verrecken nicht mehr einschlafen. Und so vergehen die Jahre, und es hört nicht auf, in der Nacht um vier. Du kannst nicht mehr schlafen. Du hörst beim Grenzschutz auf, aber das hilft auch nicht, im Gegenteil. Du wirst um drei schon wach.

Wie hat der Pfarrer immer gesagt, bei uns im Dorf? Gottes Mühlen mahlen langsam, mahlen aber schrecklich klein. Verstehst du das, Benedikt, junger Mensch?

Gottes Mühlen. Langsam, aber schrecklich klein.

Und um drei in der Früh malst du dir dann aus, wie du das alles wiedergutmachen kannst. Du fängst an zu beten. Lieber Gott, habe ich gesagt, ich mache das wieder gut. Irgendwann mache ich das wieder gut.

Ich habe bloß auf den Tag gewartet.

Du hast mich gesehen, stimmt's, hier in der Hütte, mit dem Knochen vom Rosenmüller, wie ich ihn ausgekocht hab. Du hast schon lange gewusst von meiner Hütte und hast dir gedacht, die drei werden nervös, wenn man die Boandl vom Hans findet.

Was hast du gedacht? Die Ratten kommen aus den Löchern?

So ist es, junger Mensch, so ist es gewesen.

Die Ratten kommen aus den Löchern.

Seit zehn Jahren habe ich schon gewusst, dass ich den Rosenmüller mit dem Werkzeug vom Sigl umbringen werde.

Und hab mich nicht getraut.

Aber dann die Boandln vom Hans. Was glaubst du, ich bin in den Wald gegangen und habe mir die Fichte angeschaut, wo er sich erschossen hat.

Da werden die Gespenster wieder wach.

Xaverl, sagt da der Hans mitten in der Nacht zu mir. Er hat so einen Totenkopf gehabt, mit Würmern drin, du kennst das bestimmt aus Filmen, aber es ist wirklich so. Totenkopf mit Würmern drin.

Xaverl, sagt der Hans zu mir, warum hast du mich verraten, deinen besten Freund?

Ich ruf beim Rosenmüller und sag, wir müssen uns treffen, der Hans ist aufgetaucht, das gibt Ärger, die Leute werden Fragen stellen. Werden wieder nachfragen, was damals war. Wir müssen uns treffen und reden. Und weißt du was? Da sagt der Rosenmüller: Der Sigl hat schon bei mir angerufen, stell dir vor, nach so vielen Jahren. Er will auch reden, weil ihn das Gewissen plagt. Meint, er will unsere Freundschaft wieder aufleben lassen.

Der Sigl, er ist immer schon so ein sentimentaler Depp gewesen.

Da habe ich gesagt, kostet ja nix, wir treffen uns, wo wir uns damals getroffen haben, als wir das Geld aufgeteilt haben. Um acht Uhr in der Früh, am Dienstag. Und ich ruf den Sigl an und sag, wir treffen uns alle drei. Um neun.

Pünktlich ist er gewesen, der Rosenmüller. Arrogant bis dorthinaus, immer noch. Hat mich immer für ein kleines Würsterl gehalten. Fragt mich noch, was hast du da in der Hand? Hat bis zum letzten Moment nicht geglaubt, dass ich den Hammer für ihn mitgebracht hab. Für ihn, den großen Rosenmüller.

Der hat einfach nicht verstanden, was ich mit dem Hammer mach, den ich mir aus der Werkstatt vom Sigl geholt habe.

Sei froh, Benedikt, dass du das nicht gesehen hast, wie ich ihn erschlagen hab, den Rosenmüller. Erschlagen und danach zerlegt.

Das Blut. Aber andererseits, du bist ja Chirurg, oder? Du kennst dieses Geschäft. Mir ist schlecht geworden am Anfang. Aber dann. Hab ich mir gesagt, Xaverl, das ist das Beste, was du in deinem Leben getan hast.

Und dann hab ich mich versteckt hinter der alten Waldwirtschaft. Und eine Stunde nach dem Rosenmüller ist der Sigl gekommen mit seinem Auto.

Ein Blick auf den Rosenmüller, dann ist er wieder hinaus. War ja klar, dass der das nicht aushält, dass der durchdreht.

Da hätte ich das blutige Werkzeug gar nicht mehr zurückbringen müssen in seine Werkstatt, der hätte sich auch so umgebracht.

Und der Knochen auf dem Rachel. Ist mir so eingefallen, als man das Hüftgelenk vom Hans gefunden hat. Hab ja gewusst, dass der Sigl fast jeden Tag auf den Rachel hinaufsteigt.

Weißt du was, junger Mensch, deine Mutter ist auch keine Heilige. Stell dir vor, die Elfriede hat mir in einer ruhigen Minute einmal gesagt: Xaver, was du mir angetan hast, werde ich dir niemals verzeihen. Ich halte jetzt still, um das Andenken von meinem Hans in Ehren zu halten. Aber wenn ich einmal tot bin, dann soll die ganze Welt erfahren, was du getan hast. Ich habe die ganze Geschichte aufgeschrieben. Das Büchlein liegt mit meinem Testament bei einem Notar in München. Wenn ich gestorben bin, geht das an die Polizei und an die hiesige Zeitung. Dann werde ich ein Leben in Würde hinter mir haben, sagt sie zu mir, und du, Xaver, bist eine Schande.

Kannst du dir vorstellen, wie man da lebt, wenn man weiß: Stirbt die Elfriede, dann bin ich ein geächteter Mann? Erledigt vor aller Augen. Stell dir das vor, die Geschichte in der Zeitung. Da willst du lieber selber Herr sein über dein Schicksal.

Benedikt, da planst du lieber deinen Abgang selber. Und alleine wollte ich mich auf gar keinen Fall verabschieden von der schönen Welt. Da sollten der Rosenmüller und der Lammer schon mitkommen.

Jetzt, wo der Hans gefunden worden ist, habe ich mich endlich getraut.

So, junger Mensch. Das ist meine Geschichte.

Und jetzt zu deinem Vater.

13. KAPITEL

Gottes Mühlen mahlen langsam.

Konrad Wolf hatte den Spruch zuletzt als Grundschüler gehört.

Schrecklich klein.

Der Religionslehrer hatte die beiden Wörter so hart ausgesprochen, dass der Schüler Konrad glaubte, er höre, wie Menschenknochen zermahlen wurden in den Mühlen, die sich in Gottes Namen drehten.

Die Frage, warum der liebe Gotte den Menschen nach seinem Ebenbild erschaffen hatte, ihn aber dann nach Belieben durch die Knochenmühle jagte, quälte Konrad Wolf in jener Stunde in der Nacht von Montag auf Dienstag, als ihn die Chefin in ihrem Dienstwagen nach Hause kutschierte, Richtung Gratterszell. Ob der liebe Gott sich selbst nicht leiden mochte?

Wolf hatte schon genügend Grausamkeiten erlebt als Polizist, aber die Stimme auf dem Band würde er so schnell nicht vergessen.

Xaver Wurzers Stimme, die selbstmitleidige Stimme eines Mörders.

Der Kassettenrecorder in der Hütte war nicht mehr zu reparieren gewesen, aber der junge Hermann hatte sich erinnert, im Partykeller seiner Eltern stehe noch so ein Gerät: in Mauth, nicht weit entfernt von der Hütte. Ayla war nach Hause gefahren, heim zu Juri, müde und traurig angesichts der Schicksale von Elfriede Lammer und ihres Sohnes. Außerdem wollte Doktor Günther noch in der Nacht Richtung Passau aufbrechen. Konrad Wolf aber war mit den Kollegen nach Mauth gefahren, die Chefin hatte ihn sogar darum gebeten. Dort hatten sie drei der vier Bänder abgehört, hatten vor- und zurückgespult, um die wichtigen Stellen des Gesprächs auf die Schnelle herauszufiltern. Nur das vierte Band war nicht mehr in Gang zu bekommen, jenes, das im Recorder gesteckt hatte und den Vater von Ben Zoller offenbaren würde.

«Chefin», sagte Wolf in das Halbdunkel des Autos hinein, schläfrig geworden von der Heizungswärme, «verstehen Sie, warum Xaver Wurzer seinen Hass auf den beiden Kompagnons abgeladen hat? Wenn er schon so wahnsinnig auf Elfriede Lammer fixiert war – hätte er nicht eigentlich sie umbringen müssen?»

Die Chefin lenkte den Dienstwagen durch den Wald, durch die Nacht, durch den Nebel. Sie trommelte mit den Fingern auf das Lenkrad.

«Das weiß ich nicht», sagte sie, «das ist eher eine Frage für Ihre Frau Davutoglu. Aber vielleicht ist er ja noch gar nicht fertig mit seinem Rachefeldzug. Vielleicht hat ihn Doktor Zoller nur unterbrochen.»

«Die Kollegen vor dem Zimmer von Frau Lammer sind alarmiert?», fragte Wolf.

Die Chefin nickte.

Es ging Richtung Heimat, oder zumindest Richtung Aylas Haus, und Konrad Wolf grübelte, ob das ein und dasselbe war aus seiner Sicht. Es würde nun bald an der Zeit sein, eine Entscheidung zu treffen. Kurz war er versucht, die Chefin zu fragen, wo sie selbst eigentlich zu Hause sei, aber er verwarf den Gedanken wieder. Falscher Zeitpunkt. Es würde noch jede Menge Gelegenheit geben, davon war Wolf überzeugt. Er konnte sich jedenfalls vorstellen, mit ihr zusammenzuarbeiten in Passau und in Gratterszell zu wohnen. Der schwarze Fleck hatte seinen Schrecken verloren.

Das Radio dudelte in das Schweigen der beiden hinein. Classic Rock. Wolf hatte Mühe, die Augen offen zu halten. Die Chefin hatte angeboten, ihn mitzunehmen, sie wolle mit Frau Hallmeier sprechen, der Nachbarin, jetzt sofort. Er hatte ihr Angebot gerne angenommen, hatte aber beschlossen, sich nun herauszuhalten aus dem Fall.

Wolf fand, sie hätten genügend riskiert, Ayla und er, sie hatten ihren Beitrag geleistet. Den Grenzer Xaver Wurzer einzufangen, das sollten nun andere erledigen. Und es würde wohl auch nicht so schwer sein. Ein alter Mann wie Wurzer würde nicht untertauchen und ein neues Leben beginnen. Eher würde er sich umbringen. Vielleicht hatte auch er seinen Abgang vorbereitet, mit einer Waffe im Baum, vielleicht drückte er ab, gerade jetzt, um ein Uhr morgens.

Wenn er aber wirklich noch eine letzte offene Rechnung begleichen wollte? Die Chefin fürchtete, Xaver Wurzer könne das vierte Band demoliert haben in dem Durcheinander, nachdem die Polizei die Hütte gestürmt hatte. Vielleicht hatte er sein letztes Geheimnis hüten wollen. An der Kassette arbeiteten die Kollegen nun mit einem Spezialisten aus Passau. Offenbar versuchten sie, das Band auf eine neue Spule zu ziehen, so hatte Wolf es jedenfalls verstanden. Die Chefin war ungeduldig gewesen, unwirsch, abweisend. Und sie war vorzeitig aufgebrochen, zusammen mit Wolf, um Frau Hallmeier aus dem Schlaf zu klingeln.

Denn Frau Hallmeier, fand die Chefin, sei das große Fragezeichen in der Geschichte.

Frau Wurzer, Frau Rosenmüller und Frau Sigl waren offenbar ihren Männern auf die Schliche gekommen und hatten sich mit Frau Lammer verbündet. Sie unterstützten sie mit Geld, nicht mit großen Summen, aber regelmäßig, aus dem laufenden Betrieb ihrer Familien heraus, ohne damit Aufsehen zu erregen. Und sie halfen ihr, die Geschehnisse geheim zu halten: alles, um das Andenken von Hans Lammer nicht zu beschmutzen. Keine war durch einen Zufall hineingeraten in den Fall, sondern jede von ihnen durch ihren Mann. Frau Bergmann, die Sägewerks-Witwe, war erst später zu dem Kreis gestoßen, sie hatte mit der Geschichte nichts zu tun. Aber Frau Hallmeier gehörte offenbar von Anfang an zum harten Kern. Welche Rolle spielte sie, die fünfte Frau, fragte sich die Chefin, und welche Rolle spielte ihr Mann?

Wolf wusste nur, Herr Hallmeier war Glasbläser gewesen, außerdem Gärtner aus Leidenschaft. Er war gestorben, kurz nachdem er in Rente gegangen war. Er war nirgends aufgetaucht in dem Fall.

Konrad Wolf überlegte, ob er selbst als Ermittlungsleiter auch so nervös wäre wegen dieser Lücke in der Geschichte. Oder ob er die Rolle von Frau Hallmeier überhaupt als Lücke sehen würde. Die Chefin hatte seit zwei Tagen kaum noch geschlafen, vielleicht sah sie jetzt Gespenster. Oder war sie in diesem Zustand besonders hellsichtig? Jedenfalls stand ihr Ruf auf dem Spiel. Sie leitete die Ermittlungen, sie hatte den Mörder schon in ihrer Hand gehabt und hatte ihn durch den Hinterausgang wieder entwischen lassen, so jedenfalls würde man das in der Öffentlichkeit interpretieren. Vielleicht wollte sie deshalb in Bewegung bleiben, irgendetwas tun, um ihre Hilflosigkeit zu überspielen.

Das Handy der Chefin wummerte in der Mittelablage, die Freisprechanlage war nicht in Betrieb. Wolf griff nach dem Gerät, doch sie war schneller. Sie meldete sich mit «Burgstaller», hörte eine Weile zu, dann sagte sie «bleib mal dran», und an Wolf gewandt: «Hermann ist ein Tüftler, der hat das Band tatsächlich selbst in Gang gebracht.» Und ins Telefon: «Lass uns gleich mithören, Hermann!»

Sie schaltete den Lautsprecher ihres Handys ein, drückte das Gerät Wolf in die Hand.

Wolf hörte ein Rauschen, dann wieder die selbstmitleidige Stimme des Mörders.

Weißt du, wir haben uns ja alle gefragt, wer ist der Verräter gewesen, oder die Verräterin? Wer hat da sein Maul nicht halten können? Weil, irgendjemand muss dem Überreuter ja die Geschichte vom Hans und dem toten Tschechen gesteckt haben.

Überreuter, ja kennst du den nicht? Überreuter Johann, der alte Chef von der Glashütte? Gibt es heutzutage auch nicht mehr. Aber damals ist er noch der König gewesen bei uns in der Gemeinde. Überreuter-Glas. Hundertzwanzig Angestellte.

Seine Frau ist schon sterbenskrank gewesen, Pflegefall. Und da ruft der eines Tages glatt bei der Elfriede an und sagt, er braucht eine Musiklehrerin für seinen Sohn. Man hätte es sich ja gleich denken können. Der junge Überreuter: so dumm wie die Nacht finster, der hätte Nachhilfe gebraucht in der Schule – aber keinen Klavierunterricht. Aber die Elfriede musste ja Geld verdienen, und da ist sie natürlich hingegangen zu dem Überreuter, in diese Villa, droben am Waldrand, kennst du die? Nein?

Jedenfalls. Da sagt der schmierige alte Überreuter tatsächlich zu der Elfriede: Frau Lammer, mir ist da eine ganz tragische Geschichte zu Ohren gekommen. Von ihrem Mann und diesem Grenzzwischenfall. Und natürlich ist es eigentlich meine Pflicht, die Sache den zuständigen Behörden zu melden. Schließlich bin ich hier am Ort der größte Arbeitgeber, habe eine Verpflichtung der Gemeinschaft gegenüber. Muss ein Vorbild sein für die Bürgerinnen und Bürger. Aber natürlich, wenn Sie ein wenig nett sind zu mir …

Stell dir vor, so einen Scheißdreck hat der erzählt. Verpflichtung der Gemeinschaft gegenüber. Aber wenn Sie ein wenig nett sind, Frau Lammer …

Und die Elfriede hat das getan. Sie ist nett gewesen zu dem Arschloch. Bloß für ihren Hans, damit nichts herauskommt von der Geschichte mit dem toten Grenzer.

Die Elfriede hätte die Geschichte mit dem Überreuter niemals erzählt, und wir hätten das niemals erfahren, wenn nicht diese Nachbarin vom Überreuter, die Hallmeierin, so neugierig gewesen wäre. Die hat gesehen, wie die junge Musiklehrerin jede Woche aus der Villa kommt und weint. Die Hallmeierin hat ja gewusst, wer die Musiklehrerin ist, und dass ihr Mann verschwunden ist. Und sie hat auch gewusst, was der Überreuter für ein schmieriger Hund ist. Da hat sie eins und eins zusammengezählt. Sie hat die Elfriede angesprochen, als die wieder einmal verheult herausgekommen ist aus der Überreuter-Villa, vom Klavierunterricht angeblich. Sie hat die Elfriede zu sich ins Haus gebeten, hat ihr einen Kaffee gemacht, und da sind sie ins Reden gekommen. Die Elfriede wollte nichts erzählen, aber die Hallmeierin hat ihr auf den Kopf zugesagt: Frau Lammer, ich kann mir genau vorstellen, was das für ein Klavierunterricht ist. Der Überreuter ist in der Firma schon immer hinter den jungen Frauen her gewesen, dem ist jedes Mittel recht. Das hat die Hallmeierin von ihrem Mann gewusst. Und da ist die Elfriede zusammengebrochen und hat ihr alles erzählt. Aber sie hat der Hallmeierin das Versprechen abgenommen: kein Wort zu niemandem. Das Andenken vom Hans darf nicht beschmutzt werden. Und so ist die Hallmeierin bekannt geworden mit der Rosenmüllerin, der Siglin und meiner Frau.

Für meinen Geschmack redet sie ein wenig viel, die alte Hexe, was meinst du, Benedikt? Ach so, du kennst sie ja gar nicht.

Jedenfalls. Die Elfriede ist jede Woche hingegangen und hat sich danach bei der Hallmeierin ausgeweint. Das hat aber bald aufgehört. Und jetzt kommst du ins Spiel, junger Mensch: weil nämlich die Elfriede schwanger geworden ist.

Der Überreuter wollte ihr die Abtreibung zahlen. Aber du kannst dir vorstellen, was deine Mutter da gesagt hat. Kommt nicht in Frage.

Das Religiöse ist bei den meisten von uns damals ganz tief drinnen gewesen. Nicht dass du sagst, wir haben gebetet jeden

Tag. Es war halt so, dass man am Sonntag in die Kirche geht, sein Geld in den Klingelbeutel schmeißt, und dann gehst du ins Wirtshaus und trinkst deine drei Halbe und haust der Bedienung auf den Hintern, und von mir aus machst du auch noch mehr Sachen mit ihr. So war das in der alten Zeit. Wie soll ich sagen, katholisch. Heute mögen das die Bedienungen ja auch nicht mehr so, und die Leute schauen lieber Fußball im Fernsehen, statt dass sie in die Kirche gehen und dann zum Stammtisch.

Jedenfalls. Die Elfriede ist da anders gewesen. Nicht diese Sonntagsbeterei in der Kirche und den Kopf schief legen und dem Herrgott schöne Augen machen und recht fromm tun, wenn die anderen zuschauen, sondern: Prinzipien.

Das Kind wegmachen? Niemals.

Sie hat kein Geld vom Überreuter genommen. War froh, dass der sie endlich in Ruhe gelassen hat. Und dich hat sie weggegeben nach der Geburt.

Ja, mein lieber Benedikt, da sitzen wir jetzt. Der Sohn von der Elfriede und ich. Wer hätte das gedacht? Die Welt, hat mein Vater immer gesagt, ist rund wie eine Mistgabel.

Wenn du wissen willst, was aus deinem Vater geworden ist: lange tot. Der depperte Sohn hat die Villa verkauft und sein Erbe verprasst droben in München. Saufen, Weiber, das geht ganz schnell in der Stadt. Und in der Villa wohnt jetzt eine Türkin mit ihrem Sohn, ledig, und ab und zu kommt aus München so ein komischer Kauz auf Besuch, ein Polizist angeblich. Grinst immer blöd und kriegt nix mit. Schon seltsam, dass solche Vögel heutzutage Polizist werden können.

Jedenfalls. Die alte Villa ist abgerissen, bis auf den Keller. Darauf haben sie jetzt so ein neumodisches Haus gebaut, Holzständerhaus, durch die Wände kannst du mit der Faust durchschlagen, und die Dämmung mit Altpapier, Zeitungen, stell dir vor. Früher hat man Schuhe ausgestopft und den Fisch eingewickelt mit dem Papier, und jetzt Dämmmaterial. Das ist der Fortschritt. Aber die alten Kellermauern stehen noch. Da unten im Keller hat der alte Überreuter dieses Musikzimmer gehabt. Schön eingerichtet, mit einer Couch zum Ausklappen.

Jetzt steht in dem Keller alles Mögliche umeinander, Radl, Rasenmäher, sogar Umzugskisten. Ich sage dir, mit der Türkin könnte ich nicht zusammenleben, die hält keine Ordnung.

Woher ich das weiß?

Ja, weil ich schon unten war und hab mir das alles angeschaut. Öfter schon. Die Kellertür, die zum Garten geht, ist ja meistens offen. Und einen Nachschlüssel habe ich mir auch machen lassen. Ich weiß schon lange, eines Tages fliegt der Keller in die Luft. Und ich mit ihm. Man braucht ja gar nicht viel Sprengstoff, es reicht ja, wenn du die Ladung am Heizölkessel festmachst. Ich kenn mich aus mit der Materie. Mein Vater hat mir das beigebracht, ein alter Sprengmeister im Granitwerk. Kennst du unser Granitwerk? Ist berühmt, der Granit aus dem Bayerischen Wald. Und mein Vater hat auch den Sprengstoff beiseitegeschafft und eingelagert, gleich hinter der Hütte. Hat gesagt, man weiß ja nie, wofür man das Zeug braucht.

Dynamit? So was Ähnliches, junger Mensch. Das will ich dir jetzt nicht näher erklären.

Weißt du, von allem, was ich angerichtet habe mit der Erpressung vom Hans, ist das Schlimmste da unten in diesem Keller passiert. Der muss weg, der Keller, und damit werde ich mich verabschieden von dieser komischen Welt.

Am Freitag wäre es fast schon so weit gewesen. Aber da haben sie mir im allerletzten Moment leidgetan, die Frau und das Kind. Bin wieder weg, und der Münchner, der komische Kauz, ist mir auch noch über den Weg gelaufen, mitten in der Nacht. Hätte mich fast erwischt.

Jedenfalls. Eine schöne Frau ist sie schon, die Türkin. Hab sie manchmal durch das Fenster gesehen, in der Nacht, wie sie ins Bett gegangen ist. Die machen ja keine Vorhänge zu, die Türken. Keine Türen zusperren und keine Vorhänge zuziehen.

Da hätte ich mich schon gerne dazugelegt, manchmal.

Fast so schön wie die Elfriede, früher.

Die Elfriede, meine Elfriede, und dieser schmierige, kleine, fette Überreuter. Weißt du, wie oft mir das durch den Kopf gegangen ist, wie die Elfriede sich auf diese Ausziehcouch gelegt hat und wie der Überreuter die Hosen runterlässt, und dann …

Und deswegen, junger Mensch, täte ich dich am liebsten mit in die Luft sprengen. Dich hätte man zerschneiden sollen, wie du auf die Welt gekommen bist. Dich Überreuter-Brut.

Was meinst du, ich werde jetzt nicht mehr in diesen Keller kommen, ich werde niemanden in die Luft sprengen?

Da hast du dich leider getäuscht. Schau her, meine Fesseln. Und du wirst mich nicht aufhalten, du Missgeburt. Das hast du nicht im Kreuz, dass du mich erschießt …

Dann war ein Schuss zu hören, ein Knall. Männergebrüll. Und der Lärm, als das Aufnahmegerät in die Ecke geschleudert wurde. Ende der Aufnahme.

«Ich komme sofort», rief Hermann ins Telefon.

Die Chefin hatte schon nach der Hälfte Gas gegeben, sie jagte den Dienstwagen durch die Kurven, bergauf, bergab.

Wolf zwang sich, wie ein Polizist zu denken, der einen Fall abarbeitet. Denk wie ein Polizist, sonst wirst du verrückt, sagte er sich.

Er machte sich Mut. Die Straßen rund um Wurzers Haus wurden bestimmt von der Polizei kontrolliert. Also musste sich Xaverl seinen Weg durch den Wald bahnen. Ein alter Mann im Dunkeln, mindestens fünf Kilometer musste er zu Fuß durch den Wald zurücklegen zu Aylas Haus. Vor drei Stunden war er geflüchtet, mit seinem Jagdgewehr. Konnte er schon in Gratterszell sein? Ja, er konnte.

Wolf rief Ayla auf der Festnetznummer an, keine Antwort. Sie war vorausgefahren, aber sie konnte nicht länger als eine halbe Stunde im Bett sein. Er wählte noch einmal und noch einmal. Dann rief er auf Aylas Handy an. Einmal, zweimal, dreimal. Wieder keine Antwort.

«Ayla, du Pennerin», schrie er und wählte ein weiteres Mal. Besetzt diesmal. Sofort drückte er die rote Taste, und gleich darauf nahm er Aylas Rückruf entgegen.

«Was willst du?», fragte sie schlaftrunken.

«Entschuldigung», sagte er, «ich weiß, es ist mitten in der Nacht. Aber es ist wichtig. Die Polizei meint, der Mörder von Rosenmüller könnte sich bei Frau Hallmeier verstecken ...»

Er zögerte, die Chefin musterte ihn von der Seite.

«Der Mörder, das ist Xaver Wurzer. Und es könnte sein, dass er sich bei uns auf dem Grundstück herumtreibt.»

«Bei uns?», fragte sie.

«Ja, bei uns, ich erkläre es dir gleich, ich bin schon unterwegs. Bitte, schalt die Alarmanlage ein. Mach alles dicht, leg die Riegel vor die Eingangstüren, auch an der hinteren Kellertür. Mach alle Fenster zu, alle Vorhänge, Jalousien ...»

«Nein», ging die Chefin dazwischen. Sie legte ihre Hand auf Wolfs Schulter. «Sagen Sie ihr, sie soll sofort den Kleinen aus dem Bett holen und abhauen. Runter auf die Hauptstraße.»

«Konrad», sagte Ayla, «was ist da los? Was hat dieser Mann mit uns zu tun?»

«Ayla, hör gut zu», schrie Wolf ins Telefon, «schnapp dir Juri und hau mit ihm durch den Garten ab, so leise wie möglich. Runter zur Hauptstraße, und warte dort auf uns. Der Verrückte kann schon im Keller sein.»

«Konrad!», rief Ayla, Verzweiflung in der Stimme.

«Tu, was ich dir sage, bitte!», antwortete Wolf. «Raus aus dem Haus. Sofort.»

Dann wurde die Verbindung gekappt. Wolf hielt das Handy in der Hand, starrte auf das erleuchtete Display, unfähig, noch ein Wort zu sagen.

Mit Tempo hundertzwanzig erreichten sie zehn Minuten

später das Ortsschild Gratterszell. Die Chefin bremste scharf, als sie die Stichstraße zu Aylas Haus erreichten, doch keine Spur von Ayla und Juri. Sie ließen das Auto stehen, schlichen die Auffahrt hinauf, blieben in einiger Entfernung zum Haus stehen. Kein Licht hinter den Fenstern. Keine Spur von Ayla und Juri.

Wolf wählte auf seinem Handy Aylas Nummer. Sie meldete sich nicht, auch nicht beim zweiten und beim dritten Versuch. Kein Klingelton war zu hören. Er wollte die Festnetznummer wählen, doch die Chefin legte ihm die Hand auf den Arm und schüttelte den Kopf.

Sie schlichen zur Haustür. Wolf versuchte, die Eingangstür aufzusperren, aber die ließ sich nicht öffnen. Der Riegel war vorgelegt. Beim Blick durch die Milchglas-Scheibe erkannte Wolf ein blinkendes rotes Lämpchen. Die Alarmanlage war eingeschaltet. Wer hatte sie eingeschaltet, Ayla? Wolf konnte das nicht glauben.

«Gibt es einen anderen Eingang?», flüsterte die Chefin. Er ging voraus, hinein in den Garten. Drei Zimmer lagen im Erdgeschoss zum Garten hin, an allen Türen und Fenstern waren die Jalousien heruntergelassen. Das erste war das Schlafzimmer. Wolf hob die Jalousie ein wenig an, die Vorhänge waren zugezogen. Sie schlichen weiter, um die Ecke, zur Kellertür an der Querseite des Hauses. Wolf zog den Schlüsselbund aus der Tasche, steckte den Schlüssel in den Zylinder, drehte. Aber auch diese Tür ließ sich nicht öffnen.

Auch hier war der Riegel vorgelegt.

Sie huschten die Böschung hinauf, zur Hangseite des Hauses, waren nun auf Höhe des Obergeschosses. Badfenster, Gästezimmer, alles verrammelt. Dunkelheit in den Lichtschächten der drei Kellerräume, die zum Hang lagen: Waschraum, Heizraum, Lagerraum.

Wolf eilte voraus, strebte wieder den Hang hinab zur Eingangstür, da fasste ihn die Chefin an der Schulter. Wolf wandte sich um. Und in jenem Moment sah auch er das flackernde Licht im mittleren Schacht.

Der Heizraum.

Ganz sachte, ganz leise hoben sie den Laubrost weg, der auf dem Schacht lag. Wolf beugte sich hinunter, so weit es ging. Er erkannte den Strahl einer Taschenlampe, der durch den Raum wanderte, über den Tank und die isolierten Rohre glitt. Aber die Person, die die Taschenlampe hielt, machte sich in einem Winkel des Raums zu schaffen, der nicht einsehbar war, sosehr sich Wolf auch verrenkte, im Lichtschacht hängend, mit der Nasenspitze bereits das Eisengitter vor dem Fenster berührend. Ein zweites Mal wanderte der Lichtkegel durch das Zimmer. Er streifte diesmal einen Gegenstand, der nicht in den Heizraum gehörte. Das Jagdgewehr. Und als die Lampe weiterwanderte, glaubte Wolf, nackte Zehen zu erkennen.

Er wand sich aus dem Schacht, die Chefin half ihm dabei, zog ihn einige Meter weg von der Öffnung.

«Was haben Sie gesehen?», flüsterte sie.

«Er ist da drin. Mit Ayla. Sie liegt am Boden.»

Erst jetzt schaltete sich Konrad Wolfs Polizistenhirn ab. Es dehnte sich die Zeit, es krümmte sich der Raum. Konrad Wolf taumelte. Als Polizist war er gewohnt, sich mit dem Schicksal fremder Menschen zu befassen. Nun war es Aylas Schicksal, Juris Schicksal. Sein eigenes Schicksal.

Er verlor den Boden unter den Füßen.

«Gibt es einen anderen Weg, unbemerkt hineinzukommen?», fragte die Chefin. Auch sie rang um Fassung.

«Es gibt keinen Weg», zischte Wolf, «der Verrückte muss schon im Haus gewesen sein, als ich angerufen habe. Wahrscheinlich hat er das Telefon gehört. Hat Ayla niedergeschlagen und dann alles verbarrikadiert. Hat sogar die Alarmanlage eingeschaltet. Er hat sich mit ihr eingeschlossen, Chefin! Was macht er mit Ayla?»

Die Chefin wandte sich ab. Im Schummerlicht sah er von hinten ihre Silhouette. Die Locken, so dick wie Taue, zeichneten sich gegen den Wald ab. Sie schien erstarrt zu sein.

«Wenn Ihrer Freundin, oder dem Kleinen, irgendetwas zustößt», sagte sie, «dann werde ich schuld sein.»

Wolf fasste sie an den Schultern, schüttelte sie.

«Jetzt reißen Sie sich zusammen, Chefin», ein Flüstern wie ein Schrei, «hören Sie auf zu jammern, wir müssen etwas tun.»

Die Chefin befreite sich mit einem Ruck aus seinem Griff, sah ihn an.

Dann ging sie zurück zum Schacht, brüllte gegen das geschlossene Fenster.

«Herr Wurzer, hören Sie mich?»

Keine Antwort.

«Herr Wurzer!»

Sie rührte ihre Pistole nicht an, griff sich stattdessen einen Reisigbesen, der an der Wand lehnte, Aylas Besen, den sie gekauft hatte, um im Garten die Steinplatten zu fegen.

Die Chefin drehte den Besen um, stieß mit dem Stiel durch das Gitter an die Scheibe, immer wieder.

«Herr Wurzer, reden Sie mit mir», schrie die Chefin. «Herr Wurzer, hier ist die Burgstaller Christa von der Polizei.»

Und tatsächlich, er antwortete.

«Willst du auch in die Luft fliegen?» Dumpf drang Wurzers Stimme durch die Fensterscheibe.

«Machen Sie das Fenster auf und reden Sie mit mir!», schrie die Chefin.

«Einen Scheißdreck tu ich. Es ist alles gesagt.» Wieder Wurzers gedämpfte Stimme aus dem Keller.

«Sie haben mein Ehrenwort, Herr Wurzer, ich tu Ihnen nichts. Ich bin's, die Tochter vom Wirt in Schellnau. Sie haben bestimmt meinen Vater gekannt.»

«Die Tochter vom Burgstaller-Wirt?», fragte Wurzer.

«Genau, die Christa, die einzige Tochter. Sie haben bestimmt meinen Vater gekannt. Sie können mir trauen. Machen Sie das Fenster auf. Ich will nur mit Ihnen reden, ich tu Ihnen nichts, versprochen. Sie haben mein Ehrenwort.»

Wolf und die Chefin hörten eine Weile nichts mehr, sahen kurz das Aufflackern der Taschenlampe, dann ein leises Knarzen. Wurzer hatte das Kellerfenster gekippt.

«Wirtstochter, was willst du denn noch von mir?» Wurzers Stimme war nun klar zu vernehmen. «Ich flieg jetzt gleich mit diesem Scheißkeller in die Luft, alles ist fertig. Und von mir aus fliegst du mit in die Luft.»

«Herr Wurzer, Xaverl, da ist ein Kind im Haus, ein Kind und seine Mutter. Die haben mit der Sache nichts zu tun.» Wolf schaute der Chefin über die Schulter. Es war nichts zu erkennen. Wurzer hatte sich unter dem Fenster an die Wand gedrückt.

«Nichts zu tun?», fragte Wurzer. «Die Türkin hat in der ganzen Geschichte herumgerührt mit ihrem komischen Freund, dem Polizisten.»

«Es war Frau Hallmeier, die hat Frau Davutoglu um Hilfe gebeten, Herr Wurzer.»

«Die alte Hexe», fauchte Wurzer. «Weißt du was, ich drück jetzt auf einen Knopf, und dann fliegen wir alle zusammen in die Luft. Und dann ist die Geschichte erledigt.»

Er hätte das schon längst tun können, dachte Wolf. Was hatte er da drinnen mit Ayla zu schaffen?

«Herr Wurzer», sagte die Chefin, «jetzt hören Sie mir noch einmal zu. Ich will Ihnen das Sprengen nicht ausreden. Was Sie erlebt haben, das reicht dreimal, um sich in die Luft zu jagen. Und um diesen Keller ist es nicht schade, nach allem, was hier passiert ist. Aber diese junge Frau und dieses Kind haben Ihnen nichts getan, Herr Wurzer, im Gegenteil. Die junge Frau und der Herr Wolf haben Ihnen das Leben gerettet. Wenn die beiden die Polizei nicht geholt hätten, dann hätte Sie der Herr Zoller erschossen.»

Wolf biss sich auf die Lippen.

Der Grenzer schwieg in seinem Kellerloch.

«Wie geht es den beiden, Herr Wurzer, dem Kind und der Frau?»

«Der Kleine schläft wahrscheinlich», sagte Wurzer, «und die Türkin liegt bei mir. Ich hab sie mit dem Kolben von meinem Jagdgewehr erwischt.»

Die Chefin blickte über die Schulter, legte Wolf die Hand auf den Mund, als er ansetzte zu schreien.

Dann wandte sie sich wieder dem Kellerfenster zu.

«Der Kleine, die junge Frau und ihr Freund. Das sind Münchner. Preißn. Türken. Die geht diese alte Geschichte nichts an, Herr Wurzer. Lassen Sie die beiden heraus.»

«Nichts da», sagte Wurzer, «den Kleinen könnt ihr von mir aus holen. Aber die Frau bleibt bei mir.»

«Aber warum, Herr Wurzer, bitte, warum? Was machen Sie mit ihr da drin?»

Sie erhielt keine Antwort. Wolf fasste sie an der Schulter, wollte sie wegzerren, um das Fenster einzuschlagen, aber sie schüttelte ihn ab.

«Herr Wurzer, bitte schön», sagte die Chefin, mit letzter Kraft schien sie ihre Fassung zu wahren, «wenn Sie nicht allein sterben wollen, wenn Sie mit einer Frau an Ihrer Seite sterben wollen, dann bleibe ich bei Ihnen.»

«Du willst mich doch bloß hereinlegen», sagte Wurzer.

«Das will ich nicht, Herr Wurzer. Hören Sie mir zu. Meine Eltern sind schon lange tot. Mein Mann ist vor fünf Jahren bei einem Autounfall gestorben. So ein Depp hat in der Kurve überholt, und mein Mann hatte keine Chance. Ich hab keine Kinder. Und im Dienst habe ich es meistens mit Leuten wie Ihnen zu tun, Herr Wurzer. Sie verstehen schon, dass mein Leben nicht besonders spaßig ist?»

Wolf hielt den Atem an.

«Eine Wirtstochter, immer aufgelegt zu einer Gaudi, oder?» Wurzer schien sich tatsächlich zu amüsieren.

«So ist es Herr Wurzer, ich kann Ihnen sagen, ich hänge nicht so stark an meinem Leben. Ich mache Ihnen einen Vorschlag. Sie sperren jetzt sofort die Kellertür da hinten auf. Ich komme zu Ihnen in den Heizungsraum. Und dann holt Herr Wolf den kleinen Mann und die Frau Ayla aus dem Haus. Und mit einer Wirtstochter haben Sie bestimmt mehr Vergnügen da drin als mit der Türkin.»

«Den komischen Kauz haben Sie auch dabei?», fragte Wurzer.

«Ja», sagte die Chefin besänftigend, «aber der will nur seine Frau und den Kleinen herausholen. Der tut Ihnen nix. Und wir zwei können da drinnen reden, so lange Sie wollen. Und von mir aus fliegen wir dann zusammen in die Luft. Zwei Waidler auf dem Weg in den Himmel, Herr Wurzer, das wäre doch was.»

Wolf hörte von der Einfahrt her Schritte auf knirschendem Kies.

«Dein Ehrenwort, Wirtstochter», sagte Wurzer, «und du kommst jetzt gleich, sonst ist es vorbei. Du klopfst, und du machst die Tür erst auf, wenn ich ›Herein‹ sage. Wenn ich bei dir eine Pistole sehe, dann gehen wir gleich in die Luft. Und vergiss nicht, mein Jagdgewehr habe ich auch dabei.»

«Sie haben mein Ehrenwort», erwiderte die Chefin.

Die Chefin wand sich aus dem Lichtschacht, im selben Augenblick näherte sich von hinten der junge Hermann, schwer atmend.

«Wie ist die Lage, Chefin?», fragte er.

«Die Lage, Hermann», flüsterte sie, während sie sich gemeinsam auf den Weg machten, die hintere Seite des Hauses entlang, zum Abhang, der hinunter in den Garten, zur Kellertür führte, «die Lage sieht folgendermaßen aus. In dem Haus sind ein schlafendes Kind und eine wahrscheinlich schwer verletzte Frau und außerdem ein Verrückter, der sich und das ganze Haus in die Luft sprengen will. Sprengstoff im Heizraum, neben dem Heizöltank, und in dem Raum liegt auch Frau Davutoglu. Er hat auch sein Jagdgewehr dabei. Aber Herr Wurzer hat noch Gesprächsbedarf, der will noch reden, ein bisserl jedenfalls, hoffe ich. Und deswegen geh ich jetzt da rein, zum Austausch. Und du holst die Frau und das Kind heraus.»

«*Ich* hole die beiden heraus», ging Wolf dazwischen.

«Das ist ein Polizeieinsatz», sagte Hermann, «das geht nicht. *Ich* hole sie heraus.»

«Herr Wolf holt sie heraus», erwiderte sie, «und du, Hermann, schießt, wenn du absolut sicher bist, dass du ihn erwischst, wenn er aufmacht. Der Schuss muss sitzen.»

«Aber, Chefin», sagte Hermann zögerlich, «wir müssen den Einsatz vorbereiten. Das Sonderkommando ist schon unterwegs.»

«Wir haben keine Zeit mehr, wir machen das zu dritt», sagte die Chefin. Sie schlitterten den Abhang hinunter, hielten vor der Kellertür. Die Chefin schnallte ihren Hüftholster ab, wollte ihn Hermann in die Hand drücken. Der wehrte ab.

«Chefin, Sie müssen die Waffe mitnehmen. Irgendwo versteckt.»

«Kein Risiko, Hermann», beharrte sie. «Du nimmst die Waffe. Und nur schießen, wenn du dir hundertprozentig sicher bist. Die Frau und das Kind gehen vor.»

«Verstanden», sagte Hermann mit fester Stimme. «Aber den Holster nimmt Herr Wolf. Ich habe meine Waffe dabei.»

Wolf schnallte sich den Holster um. Da zog ihn die Chefin an sich, umarmte ihn.

«Es tut mir leid, Herr Wolf», sagte sie, «ich habe da einen Fehler gemacht. Mehr als nur einen. Ich hoffe nur, es geht alles gut mit Ihrer kleinen Familie.»

Wolf hielt sie fest im Arm. Er wusste, eigentlich hätte sie Wurzer hinhalten müssen. Hätte weiter mit ihm reden müssen, durch das gekippte Kellerfenster hindurch, um dem Einsatzkommando Gelegenheit zu geben, sich einen Überblick zu verschaffen, einen Plan zu schmieden. Es gab nur zwei Zugänge zu dem Raum, das vergitterte Kellerfenster im Lichtschacht und die Stahltür im Kellerflur, und niemand wusste, ob Wurzer nicht nur im Heizraum, sondern auch anderswo im Haus Sprengstoff deponiert hatte, vielleicht in Juris Zimmer. Aber Wolf ahnte, dass er so ein Spiel auf Zeit niemals ausgehalten hätte, und das ahnte wohl auch die Chefin. Sie fühlte sich verantwortlich, ganz persönlich in der Schuld.

Wolf drückte sein Gesicht in ihre taudicken Locken. «Wir kriegen das hin. Wir drei schaffen das», sagte er. Da löste sie sich aus der Umarmung.

Die Chefin klopfte an die Kellertür, keine Antwort.

«Herr Wurzer, wir sind da», rief sie.

«Es ist schon offen», hörten sie Wurzers Stimme.

Die Chefin drückte die Klinke, die Tür ging auf, der Flur lag hell erleuchtet vor ihnen. Ayla lag leblos auf dem Boden, im knielangen, ärmellosen blauen Nachthemd lag sie vor der Heizraumtür. Blut sickerte von ihrer rechten Schläfe über die Wange auf den Boden. Wurzer hatte sie aus dem Heizraum gezerrt, leise die Tür zum Garten aufgesperrt und sich wieder zurückgezogen.

«Und jetzt, Wirtstochter, hast du genau zehn Sekunden Zeit, dass du zu mir hereinkommst und die Tür hinter dir zusperrst. Sonst fliegen wir alle in die Luft, auch der Bub da drüben in seinem Zimmer.»

Wurzers Stimme drang aus dem Heizraum, die Stahltür war einen Spaltbreit geöffnet.

Die Chefin ging voran, und als sie sah, dass Hermann ihr hinterherstürmte, auf die Stahltür zu, mit der entsicherten Pistole in der Hand, stoppte sie ihn.

Sie sah Hermann an, sah Konrad Wolf an. Schüttelte den Kopf.

Dann ging sie hinein, schloss die Tür. Der Schlüssel wurde im Zylinder gedreht.

«Da bist du ja, Wirtstochter», drang Wurzers Stimme durch die Tür.

Wolf und Hermann sahen einander kurz an. Dann fasste Hermann Ayla unter den Achseln, zog sie vorsichtig durch den Flur Richtung Ausgang. Wolf öffnete die Tür zu Juris Zimmer, machte Licht. Sah das schwarze Knäuel in der hellblauen Bettwäsche, Juris Drahtbürstenhaare, hörte Juris ruhigen Atem. Wolf wischte mit dem Handrücken die Tränen weg, die über seine Wangen liefen. Juri, das Murmeltier. Juri, der Junge mit dem Schlaf des Gerechten. Juri, der eine Bombenexplosion neben seinem Bett nicht hören würde, wie Ayla immer sagte. Er hatte tatsächlich diese schrecklichen Ereignisse verschlafen. Wolf hob ihn aus dem Bett, nahm ihn auf den Arm. Der Kleine antwortete mit einem Grunzen, einem Blinzeln, mit einigen Wortfetzen aus dem Reich seiner Träume. Dann schloss er die Augen wieder, legte sein Kinn auf Wolfs Schulter, schlief weiter, der Körper vollkommen entspannt. Wolf hielt ihn mit der Rechten, zog ihm mit der Linken die Bettwäsche über die Schultern. Dann ging er hinaus, eilig, aber nicht panisch. In der Tür drehte er sich um, warf noch einen Blick auf die Delfinposter, die Fußballerposter, die Kindergartenzeichnungen für Mama, den Fußball, den Hüpfball, das Regal mit den tausend Asterix-Heften, den Eragon-Büchern, Gregs Tagebüchern, den 3-Fragezeichen-Kassetten. Aus dem Heizraum vernahm Wolf den Bass des Xaver Wurzer, der bestimmt noch einmal von vorne anfing in seiner Erzählung, von der harten Zeit gleich nach dem Krieg, mit den schneereichen und entbehrungsreichen Wintern in Leopoldsreut, den vertriebenen Sudetendeutschen, dem Eisernen Vorhang, dem Fünftausend-Volt-Zaun, den Wölfen, mit seinem besten Freund Hans und seiner großen Liebe Elfriede.

Es ekelte Wolf an.

Er verließ das Haus, eilte mit dem schlafenden Juri auf dem Arm durch den Garten, die Auffahrt hinab, wo neben mehreren Polizeiautos bereits ein Krankenwagen mit geöffneten Türen stand. Sanitäter legten den Kleinen auf eine Trage neben Ayla, die immer noch ohne Bewusstsein war. Wolf drückte ihr einen Kuss auf die Stirn, legte seinen Kopf auf ihre Brust, ergriff ihre Hand und drückte sie eine kleine Ewigkeit lang.

Dann kehrte er um. Das Haus mit den vielen Fenstern lag still vor dem Wald. Der Nebel hatte sich verzogen, der Mond warf silbernes Licht auf die Fassade.

Wolf fand den jungen Hermann am Zaun, der die Grundstücke von Ayla und Frau Hallmeier trennte. Hermann hielt sein Handy ans Ohr.

«Die Chefin», flüsterte Hermann, als er Wolf erkannte, «sie hat die Wiederholungstaste auf dem Handy gedrückt. Meine Nummer.»

Er stellte das Handy laut.

Gemeinsam hörten sie jetzt Wurzers Gebrumm. Die Elfriede, der Hans, der Rosenmüller, der Sigl, die Weiber, die Hexen. Der Überreuter. Die alten Geschichten, er erzählte sie noch einmal.

«Wie gehen wir vor?», fragte Wolf.

«Wir sind erst zu fünft», erwiderte Hermann. «Zwei Männer sind am Kellerfenster, aber das Fenster ist wieder zu. Und das Gitter davor ist stabil. Wir können da nicht einfach hineinschießen. Die anderen beiden Beamten sind vor der Heizraumtür. Aber die ist aus Stahl, massiv. Die wahnsinnigen Kollegen haben sogar vorsichtig die Klinke gedrückt. Aber die Tür ist zu. Die Chefin hat wirklich zugesperrt.»

«Der zweite Kellerschlüssel, Hermann.» Wolf schlug sich

mit der flachen Hand gegen die Stirn. «Er hängt am Schlüsselbrett im Keller.»

Doch Hermann schüttelte den Kopf.

«Den haben die Kollegen auch schon gefunden. Geht nicht. Der andere Schlüssel steckt von innen. Wenn wir jetzt losschlagen, ist das ein Himmelfahrtskommando. Wir müssen auf die Spezialisten warten, noch fünf Minuten.»

Kein Risiko, dachte Wolf. Die Chefin musste den Grenzer hinhalten, dann hatte sie noch eine Chance.

«Aber Herr Wurzer», das war ihre Stimme aus dem Heizungsraum auf Hermanns Handy, «kann man das alles nicht irgendwann einmal vergessen? So viele Jahre später.»

«Vergessen, Wirtstochter? Wie soll man das vergessen? Die Elfriede im Keller. Das Musikzimmer, und der schmierige Überreuter, und die Elfriede auf der Ausziehcouch.»

«Aber das ganze Unglück ist doch schon so lange her. Da müssen Sie doch nicht das Haus der jungen Frau in die Luft sprengen, Herr Wurzer.» Die Stimme der Chefin klang so klar, als spreche sie direkt in das Handy.

«Gar nicht lange her, Wirtstochter. Weißt du, als das bekannt geworden ist, letzte Woche, mit dem Hans in der Fichte, da bin ich gleich hin, habe mir die Knochen angeschaut. Und dann ist alles wieder ganz frisch gewesen. Wie gestern. Der Schuss. Der tote Tscheche im Schnee. Der Hans, wie er ihn vergräbt. Wie wir ihn erpressen. Die Elfriede hier unten. Und der fette Überreuter. Das war das Schlimmste an der ganzen verfluchten Geschichte. Mein Leben ist eine Schande, Wirtstochter. Und irgendwann kommt sowieso alles raus, die Elfriede hat es in ihr Testament geschrieben.»

«Aber Sie können doch nichts dafür, Herr Wurzer. An der Sache mit dem Überreuter sind Sie doch nicht schuld.»

Wolf hörte von der Straße Motorenlärm, der anschwoll und erstarb. Türen, die geöffnet wurden, Schiebetüren. Die Spezialeinheit war eingetroffen.

«Ach, Wirtstochter. Aber natürlich bin ich schuld dran. Sonst würden wir zwei jetzt nicht hier sitzen. Ich hab die Elfriede an den Überreuter verkauft. Ich hab es wirklich getan.»

Es folgte eine längere Pause.

«Sie haben einfach das Geld gebraucht, Herr Wurzer, oder? Für Geld haben andere Leute schon viel schlimmere Sachen getan.» Die Chefin wollte ihm das schlechte Gewissen ausreden.

Doch als Antwort kam ein Lachen. Wurzer lachte, oder war es ein Schluchzen gewesen? Über das Handy war das nicht zu unterscheiden.

«Das Geld war es schon auch, Wirtstochter», sagte er schließlich, «das habe ich dringend gebraucht damals. Ich hab ja gewusst, die Frau vom Überreuter ist krank, und er ist ein geiler Bock. Aber der Überreuter hat mich anders entlohnt. Und das hat ihm sogar gefallen.»

Anders entlohnt. Wolf begann die Geschichte zu ahnen. Das Musikzimmer. Der fette Überreuter ohne Hose, Elfriede auf der Ausziehcouch. Die Bilder konnten den Grenzer nur so viele Jahre lang verfolgen, weil er sie selbst gesehen hatte. Er hatte als Lohn zusehen dürfen, wie Elfriede Lammer gedemütigt wurde.

«Jetzt sagst du nichts mehr, Wirtstochter, oder? Ich hab dem Überreuter zuschauen dürfen. Hab die Tür einen Spalt aufmachen dürfen. Die Elfriede hat mich nicht gesehen. Und sie darf auch niemals erfahren, dass ich zugeschaut habe.»

«Und jetzt», sagte die Chefin, «verstehe ich auch, warum es Ihnen mit der jungen Türkin hier unten so gut gefallen hat. Sie haben es gern, wenn Sie junge Frauen leiden sehen.»

Wolf biss sich die Lippen blutig.

«Eine schöne Frau ist sie schon, die Türkin», sagte Wurzer, «schade, dass ihr so schnell gekommen seid. Nichts gegen dich, Wirtstochter, aber diese Türkin, wie sie so dagelegen ist in ihrem Nachthemd.»

Wolf wurde übel bei dem Gedanken, dass der Grenzer auch nur seine Taschenlampe über Aylas Körper hatte wandern lassen.

«Ja», sagte der Grenzer in das neuerliche Schweigen der Chefin hinein. «Jetzt kennst du meine Geschichte. Als Einzige kennst du jetzt meine ganze gottverfluchte Geschichte, Wirtstochter. Du bringst die Leute zum Reden, das kannst du. Aber du musst verstehen, dass ich dich jetzt nicht mehr hinauslassen kann aus dem Keller. Von dem Überreuter seiner Erpressung soll die Welt von mir aus wissen. Aber mein letztes Geheimnis. Das soll niemand erfahren, gell. Gleich ist es so weit mit uns zwei, Wirtstochter.»

In dem Augenblick schleuderte Hermann das Handy von sich, rief in sein Funkgerät:

«Abbruch, Kollegen, weg von dem Haus, jetzt gleich!»

Sofort war Bewegung rund um das Haus. Die beiden Beamten, die vor dem Kellerfenster gekauert hatten, brachten sich im angrenzenden Wald in Sicherheit. Die beiden, die vor dem Heizraum gelauert hatten, rannten hinaus in den Garten, gingen hinter dem Geräteschuppen in Deckung. Hermann aber zog seine Pistole aus dem Holster und rannte los, Richtung Haus. Wolf zögerte nur für die Dauer eines Wimpernschlags, dann zog er die Waffe der Chefin aus seinem Holster und rannte Hermann hinterher in den Kellerflur.

Schwer atmend drückten sie beide ein Ohr an die Heizraumtür.

Sie hörten die Stimme der Chefin.

«... ein Widerling, Herr Wurzer. Sie sind so ein Widerling. Und wissen Sie was. Ich geh jetzt raus. Ich geh jetzt durch diese Tür hinaus, und dann können Sie sich von mir aus allein in die Luft sprengen.»

Es kam Bewegung auf in dem Heizungsraum. Dann fiel

der Schuss. Der Schuss aus Wurzers Jagdgewehr. Wolf und Hermann hörten durch die Tür das Stöhnen der Chefin, hörten Wurzer sagen: «Nirgendwo gehst du hin, Wirtstochter. Und jetzt geht's hinauf mit uns. Zwei Waidler auf dem Weg in den Himmel.»

Der junge Hermann feuerte auf die Tür, und Wolf feuerte ebenfalls. Sie schossen und schossen, schossen Beulen in die Tür, in das Schloss, die Querschläger pfiffen durch den Keller, und es war ein Wunder, dass sich die Kugeln, die Wolf und der junge Hermann abfeuerten, nicht gegen die Schützen wandten. Als ihre Magazine leer waren, drosch der junge Hermann mit dem Fuß auf die gottverdammte Stahltür ein, die sich nicht öffnen lassen wollte.

Konrad Wolf nahm alles wie in Zeitlupe wahr. Er sah Hermanns verzweifelte Tritte, sah sich selbst wie gelähmt. Zwei Männer am Ende aller Polizeiarbeit, aller Ermittlungsarbeit, aller Logik, am Ende des Glaubens, dass jedes Problem zu lösen wäre, wenn man den richtigen Ansatz wählte, dass das Schicksal den guten Menschen immer ein Hintertürchen offen ließ. Sie verzweifelten vor einer Stahltür, die sich nicht öffnen ließ. Und dahinter starb die Chefin.

Wolf ließ die Waffe fallen, zerrte Hermann von der Tür weg, versetzte ihm eine Ohrfeige, als er sich wehrte, zog ihn mit schier übermenschlicher Kraft hinaus in den Garten. Endlich begann auch Hermann zu rennen, und so rannten sie Seite an Seite, warfen sich hinter den Geräteschuppen im Garten, wo bereits zwei Beamte kauerten, warfen sich zu Boden genau in dem Augenblick, als die große Explosion sich Bahn brach.

Sprengstoff und Heizöl.

Konrad Wolf glaubte, die Feuerwehrsirenen unmittelbar nach der Explosion zu hören, aber das kam von dem Schock. Zwanzig Minuten nach dem Knall stand er reglos vor dem brennenden Inferno.

Die Flammen schlugen hoch und warfen ihr gespenstisches Licht in den Wald. Aylas freundliches Haus brannte lichterloh, und darin verbrannten die Chefin und der Grenzer Xaverl.

Es verbrannte Aylas Heim samt dem schwarzen Flecken und den Zeitungen, die zu Dämmmaterial geworden waren.

Verbrannte auch das Heim des Konrad Wolf?

Der Kommissar wandte sich ab, fand den jungen Hermann in der Auffahrt, an Frau Hallmeiers Zaun kauernd, sein Gesicht in den Händen verborgen, weinend. Wolf legte ihm die Hand auf die Schulter. Dann machte er sich auf den Weg Richtung Krankenhaus, zu Juri und Ayla, mit Aylas kleinem blauen Auto. Konrad Wolf hatte es vor den Flammen gerettet, im letzten Moment, in einem Anfall von Wahnsinn, wie die Polizisten fanden. Den Zweitschlüssel hatte er aus Zufall in der Hosentasche getragen.

Kommissar Wolf fuhr davon, im Rückspiegel die Flammengischt, vorbei an Frau Hallmeier, die am Rand der Auffahrt stand, in einen Morgenmantel gehüllt, Filzpantoffeln an den Füßen. Die alte Frau starrte auf Aylas brennendes Haus, sah, dass wegen des Funkenflugs auch schon erste Flammen aus dem Dach ihres eigenen Hauses schlugen.

Da schüttelte Frau Hallmeier ihr Köpfchen mit den Dauerwellen, die im Widerschein des Feuers glutrot schimmerten, und sagte:

«O mei, der Xaverl.»

EPILOG

Herr František ließ es sich nicht nehmen, seine deutschen Gäste persönlich zu bedienen. Steif und breitbeinig näherte er sich dem Tisch mit einem Tablett in der Hand, darauf fünf Budweiser, ein stilles Wasser und eine kleine Cola. Die braune Brause stellte er vor Juri ab. «Der kleine Herr, bitte schön», sagte er. Das Wasser für Ayla, «gnädige Frau», je ein Bier für den jungen Hermann, Ben Zoller, Doktor Günther, Konrad Wolf. Mit dem fünften Pilsener setzte er sich auf den Stuhl, den der Ranger gerade freigemacht hatte. Herr František erhob sein Glas, schaute in die Runde, sagte: «Dann wir wollen trinken auf Ihre Freundin, Frau Chefin!»

Sie hatten sich im Grenz-Lokal des Herrn František in Kvilda zu einer kleinen Trauerfeier zusammengefunden, vier Wochen nach dem Tod der Chefin. Es war Aylas Idee gewesen. Der junge Hermann hatte ein gerahmtes Foto der Chefin mitgebracht. Das Lockendickicht, die stahlblauen Augen, die Tränensäcke, das Gesicht aus Bayerwald-Granit. Im rechten oberen Eck ein schwarzes Trauerband. So verfolgte die Chefin von dem Foto aus, das auf der Fensterbank abgestellt war – und bestimmt auch aus dem Waidler-Himmel heraus –, wie die Gäste auf ihr Andenken tranken, jeder auf seine Weise erfüllt von Trauer und Dankbarkeit.

Als die Gäste ihre Gläser wieder abgesetzt hatten, schaute Herr František aus seinen wässrigen Augen in die Runde.

«Ihr Deutschen, immer diese Vergangenheitsbewältigung. Und am Ende Mord und Totschlag!» Er seufzte, sein weises Haupt schüttelnd. «Aber sagen Sie, Herr Wolf, warum ist mein Freund Theo so schnell wieder gegangen?»

Der junge Hermann kam Wolf mit der Antwort zuvor. «Ihr Freund Theo fühlt sich nicht recht wohl in meiner Gesellschaft.»

In Hermanns Bubi-Gesicht hatten sich markante Linien gebildet. Unglaublich, fand Wolf, wie ein Mensch innerhalb weniger Wochen altern konnte, oder vielmehr: reifen.

«Und warum?», fragte Herr František. «Theo hat etwas ausgefressen?»

«In diesem Kreis kann ich das ja sagen, es bleibt ja unter uns», erwiderte der junge Hermann nach kurzem Zögern, «es gibt gute Gründe für den Verdacht, dass Ihr Freund Theo das Windrad auf dem Schellenberg in die Luft gejagt hat.»

«Theo kann so was? Cool!», rief da der kleine Juri in die Runde. Zu spät hielt ihm Ayla die Hand vor den Mund.

«Ach, das glaube ich Ihnen nicht, Sie irren sich bestimmt», sagte Herr František gleichmütig.

Konrad Wolf ahnte, dass der junge Hermann recht hatte. Die Zeitungen schrieben auch die Sprengung des Windrads dem irren Grenzer Xaverl zu, doch die Polizei hielt sich bedeckt. Denn in dem langen Monolog des Grenzers war niemals von dem Windrad die Rede gewesen. Niemand hatte ihn in der Nähe des Windrads gesehen. Und wenn man die Aussagen verschiedener Zeugen verglich, dann konnte er gar nicht der Täter sein. Zu dem frühestmöglichen Zeitpunkt, an dem die Sprengladung mit dem Zeitzünder am Windrad angebracht worden sein konnte, war Xaver Wurzer bereits in der Gewalt von Ben Zoller gewesen.

Und wer kam in Frage, wenn man Xaver Wurzer ausschloss? Der junge Hermann hatte nicht lange gebraucht. um herauszufinden, dass nicht nur Herr František, sondern natürlich auch Ranger Theo, der ewige Wanderer, die Hütte im Wald kannte, hinter der in einem Erdloch der Sprengstoff lagerte. Alles Weitere konnte man sich zusammenreimen. Theo, der Windkraft-Gegner, galt als ein begnadeter Tüftler und Handwerker, und Wolf war überzeugt: Eine Razzia in seiner Werkstatt würde genügen, ihn zu überführen.

«Herr František», sagte Wolf, «ich bin mir sicher, dass

Hermann, also Kommissar Grassinger, gegen den richtigen Verdächtigen ermitteln wird.»

Hermann lächelte. Auch ihm graute es wohl, wenn er sich vorstellte, welche neuerlichen Schlagzeilen dem Bayerischen Wald diese Nachricht bescheren würde: ein Ranger, der ein Windrad sprengt.

«Wir werden sehen, es kommt alles auf die Aussage von Herrn Zoller an», sagte Hermann mit einem strengen Blick auf den jungen Arzt.

Hermann hatte mit Wolf schon über den Ausweg nachgedacht und auch mit Ben Zoller darüber gesprochen. Zoller musste seine Aussage korrigieren, musste den Zeitpunkt, an dem er Xaver Wurzer in seine Gewalt gebracht hatte, um fünf Stunden verschieben. Das würde genügen, um auch die Sprengung des Windrads dem wahnsinnigen Xaver Wurzer anzuhängen. Wurzers Motiv? Er wollte sich mit einem ganz großen Knall verabschieden, sich rächen an der Gemeinschaft, von der er sich sein Leben lang ausgestoßen fühlte.

Irgendwie so.

Ben Zoller, blass um die Nase, linkisch lächelnd, nippte an seinem Bier, dann sagte er:

«Das muss ich mir noch genau überlegen, ob ich meine Aussage korrigiere. Dem Theo, diesem Waldschrat, würde es nicht schaden, wenn man ihn ein paar Jahre wegsperren würde.»

«Halt deine Klappe, Ben, Herr Grassinger hat die Ermittlungen gegen dich noch nicht abgeschlossen», ging Doktor Günther erschrocken dazwischen.

«War doch nur ein Spaß», sagte Ben Zoller und zog sich wie ein verstockter Teenager die Kapuze seines Sweatshirts über den Kopf.

Doktor Günther hatte den jungen Kollegen unter die Fittiche genommen, nachdem er aus dem Krankenhaus entlassen worden war. Er hatte ihm einen Anwalt besorgt, hatte sogar eine Begegnung mit seiner Mutter arrangiert, die sich langsam erholte. Er wollte ihn in die Gemeinschaft eingliedern, aber er würde noch viel Erziehungsarbeit zu leisten haben.

Konrad Wolf konnte den Blick nicht von Ben Zollers ziegenbärtigem Gesicht wenden, in dem sich die ganze Absurdität dieses Falles spiegelte.

Er hätte den Grenzer Xaverl in der Hütte erschossen, wenn die Polizei nicht dazwischengegangen wäre, das hatte Ben Zoller bei seiner Vernehmung ausdrücklich bestätigt. Er hatte nach dem Fund des Skeletts von Hans Lammer endlich erfahren wollen, wer sein Vater war. Er hatte die Waffe mitgenommen, um den Grenzer in Schach zu halten, er war erst in der Hütte auf die Idee gekommen, Xaver Wurzer eine Lebensbeichte abzupressen und diese auf Band aufzuzeichnen – für seine Mutter, für die Polizei, für die Nachwelt, so sagte er in seinem Größenwahn. Er hatte nicht geplant, Wurzer zu erschießen. Aber die Waffe war geladen, und er hätte abgedrückt in jenem Augenblick, so groß war seine Wut, als Xaver Wurzer ihn eine Missgeburt nannte.

Ben Zoller hatte die Polizei erst auf die Spur von Xaver Wurzer gebracht, und wenn er ihn nicht festgehalten hätte, dann hätte Wurzer sich womöglich zusammen mit Ayla, Juri und auch ihm, Wolf, in die Luft gesprengt. Und wenn der junge Arzt dann Wurzer wirklich erschossen hätte – dann wäre die Chefin jetzt noch am Leben, Ayla wäre nicht überfallen worden, und ihr Haus würde noch stehen. Als Polizist hatte sich Konrad Wolf abgewöhnt, Menschenleben gegeneinander aufzurechnen. Nun jedoch, da er in schlaflosen Nächten immer noch das Stöhnen der sterbenden Chefin zu hören glaubte, fragte er sich: Hatte sich sein Einsatz in dem Fall wirklich gelohnt? Hatte es sich gelohnt, diese Hütte zu finden?

Letztlich hatte es sich nur dann gelohnt, sagte sich Wolf,

wenn die Geschichte dieses jungen Mannes ein gutes Ende nehmen würde.

«Werden Sie hier wohnen bleiben, Herr Zoller?», fragte er.

«Das weiß ich noch nicht» erwiderte Zoller, «erst einmal muss meine Mutter gesund werden, dann werden wir sehen.» Erstmals überhaupt brachte er es fertig, Wolf in die Augen zu sehen. «Und Sie, Herr Wolf? Werden Sie Ihr Haus wieder aufbauen?»

«Es war mein Haus, Ben», ging Ayla dazwischen, übertrieben freundlich, wie Wolf fand. «Und nein, Ben, ich werde es nicht wieder aufbauen, und ich werde niemals mehr ein Haus besitzen, definitiv nicht. Juri und ich, wir wohnen momentan bei unseren Nachbarn. Aber ich werde bald eine Wohnung suchen. Eine Wohnung für drei. In der Stadt. Fragt sich nur, in welcher Stadt.»

Wolf wusste, dies war nun seine Wahl. Er vertiefte sich in die Narbe auf Aylas rechter Schläfe und fragte sich, ob weitere Verwundungen zurückbleiben würden von dieser Brandnacht. Aber er war guter Dinge. Ayla schien das Leben als ein einziges großes Abenteuer zu betrachten, genau wie ihr Sohn, der mittlerweile auf Herrn Františeks Schoß gelandet war und Geschichten aus der Schule erzählte.

«Eines müssen Sie mir noch erklären, Sie beide», sagte Ben Zoller. «Wie haben Sie eigentlich diese Hütte gefunden, mitten in der Nacht? Die ist ja schon bei Tag kaum zu finden.»

Wolf sah Ayla an. Ayla lächelte und sagte:

«Es war ein Wolf, Ben. Ein Wolf hat uns beiden den Weg gewiesen.»

MIX
Papier aus verantwortungsvollen Quellen
FSC® C083411

Das für dieses Buch verwendete FSC®-zertifizierte Papier *Lux Cream* liefert Stora Enso, Finnland.